D1827597

通貨が堕落するとき

木村 剛
Kimura Takeshi

講談社

目次

主な登場人物

沢登隆一　金融監督庁検査部課長補佐。大蔵省時代から金融機関の検査を担当

木田高志　大蔵省金融企画局課長補佐。銀行局、証券局を歴任し金融機関を監督

福川峻　日本銀行信用機構局調査役。後に、調査統計局経済調査課長に昇格

村井浩三　金融監督庁検査部統括検査官

醍醐広司　金融監督庁検査部長。後に、金融庁総務企画局長に就任

高田喜美夫　大蔵省銀行局次長。後に、銀行局長、金融企画局長などを歴任

＊

近藤巧　大成銀行取締役資金為替部長

仲田均　東京国際銀行専務

ドン・コックス　ウィンドフォール・ホールディングス社長

＊

ラルフ・フィッシャー　米国財務省次官

ロバーツ・ラトリッジ　米国財務省次官補

＊

鹿島龍三　民主自由党幹事長

石崎慶一郎　衆議院議員。民主自由党にて鹿島派に所属

社会の存続基盤を転覆するうえで、通貨を堕落させること以上に巧妙で確実な方法はない

——ジョン・メイナード・ケインズ

装幀＊多田和博　カバー写真＊徳永良＋田中和枝

インタビュー　二〇〇三年初春

沢登隆一（金融庁九州財務局理財部長　四五歳）　二〇〇三年二月二五日　熊本第一ホテル

――ご無沙汰してます。熊本はいかがですか。

「暮らすにはいいところだよ。食い物も安くておいしいしねえ。人情もあったかい。それにしてもどうしたの、こんなところまで遠出して。最近は経済部の記者も暇なんだね」

――あれ、言ったことなかったかなあ。私は田舎がこっちなんですよ。久方ぶりに郷里に帰ったら、ふと沢登さんがこちらに栄転されたのを思い出しましてね。金融庁検査局にいらっしゃった頃には、本当にお世話になりました。

「おいおい、何が栄転なんだか。大いなる左遷だよ、左遷。まあ、おかげで楽させてもらっているけどね」

——しかし沢登さんは、いつまでこんな田舎でのんびりしているつもりなんですか。わが国の金融がこんなに情けない状況になっているっていうのに……。

「情けない状況って、何のこと?」

——われわれの税金、七〇兆円のことですよ。銀行システムを安定化させるために準備された公的資金七〇兆円は、きれいさっぱりなくなってしまうことが確定しました。こんなに情けない状況になったのによく平気でいられますね。

「ああ、そのこと。しかし、そのこと自体は、小野内閣が一九九九年一二月二九日にペイオフ延期を決定したときからわかっていたことだよ。ペイオフの解禁時期が延期されてしまった時点で、七〇兆円が消えてなくなることは決まっていた」

——決まっていたというのは穏やかじゃないですねえ。一体全体、どういうことなんですか。

「いいかい、ペイオフを延期するってことは、債務超過を解消しようとする問題銀行が筋の悪いあらゆることに手を出すチャンスを与えるってことに過ぎないんだよ。悪い財務体質がもっと悪くなるだけ。あのとき、ペイオフを延期したことで、公的資金七〇兆円はなくなったも同然だった。さらに三〇兆円程度は公的資金を追加しなければいけなくなるだろう」

——ええっ、七〇兆円を費やしてもまだ足りずに、この上三〇兆円も出すんですか。不良債権問題の処理に一〇〇兆円も国民のおカネを使うんですか。

「仕方ないさ。ペイオフの解禁時期を二〇〇一年四月から二〇〇二年四月にまで延期してしまったのが運の尽き。その後の衆議院選挙で、『万が一にも一般庶民に迷惑はかけられない』という聞こえの良い主張が、選挙の喧騒にまみれているうちに、『いつまでもペイオフを延期する』という論理にすり変わってしまった。いかなる場合であっても預金は全額保護されなければならないということになってしまったんだから、おカネはいくらあっても足りなくなるよね」

――あのときペイオフを延期したインパクトは大きかったんですね。たしか、衆議院選挙が終わった二〇〇〇年の秋にも、ペイオフ論争が再燃しましたけれども……。

「そうそう、ペイオフの再延期は絶対にしないはずだったのに、簡単に約束が反故(ほご)にされた。一年延期しただけでは飽き足らず、さらに二年間ズレさせることで与党間が合意してしまった。結局、来年の二〇〇四年四月まで延期されることがうやむやのうちに決まっちゃった。当初の予定だった二〇〇一年四月からみると、三年も先延ばしになった」

――このまま、ペイオフは延期され続けるんでしょうか。

「さあ、個人的には延期すべきではないと思うけれども、絶対に延期されないとは断言できないよね。ペイオフを延期した結果、各銀行の自己改革は大幅に遅れている。そして、不良債権はいまだに大量に残っている。問題銀行も決して少なくない。金融不安の実情は何も改善していないんだ。だから、ペイオフ解禁の期日が迫ると、改革の遅れた問題銀行から解禁反対の大合唱が起こってくる。どうせ、来年の四月も同じなんじゃないの。政府高官の中にも、護送船団行政が好きな方がいるみたいだし」

――いまだに護送船団行政なんて言っている人がいるんですか。

「あれっ、知らないの。いま言ってくれれば、政府からおカネが出せる。まだ沢山出しますよ。検査が厳しかったら言ってください。最大限配慮しますから。危なくなっていると救いようがない時がありますので、早めに言ってきてください。公的資金で資本を入れてあげますから――なんて常識外れなことを選挙区の銀行に言っているヤツがいるんだよ」

——それはひどい。それじゃ、公的資金がいくらあっても足りませんね。だったら、邪魔が入らないうちに、検査で厳しく査定して、問題銀行についてはどんどん処理してしまってくださいよ。

「どうしようもないほど腐りきった問題銀行については、検査で厳しく指摘して破綻処理してるよ。でも、少なからぬ問題銀行については、政府が中途半端に公的資金を注入し続けて延命させてるからねえ。最終処理を先延ばしすればするほど、劣悪な財務内容がさらに悪化して、公的資金を垂れ流すことになるんだが……」

——それは大問題じゃないですか。なぜ、手をこまねいているんですか。

「そんなことは監督局に聞いてよ。問題銀行を処理することをためらっているのは、監督局なんだから。監督局は一体全体何をやっているのかねえ。検査局は、淡々と検査するだけだからね。銀行を監督している部局が厳しい処分を下さない限り駄目なんだよ。いま、こうしてあなたと話している間にも、問題銀行の損失はものすごいハイペースで増加しているんだ。なまじ中途半端に公的資金を注入して生かし続けているから、損失を穴埋めするための公的資金は際限なく膨(ふく)らんでいく」

——金融庁監督局と言えば、ご同期の木田課長のところですね。木田課長のところが厳しい処分を下さないということになると、際限なく公的資金が必要になりますね。

「そのとおり。預金者を完全に保護するという名目で、問題銀行を抱えたままの金融システムを支え続けようとすれば、打ち出の小槌(こづち)のような巨額の財源が必要になる。だから、公的資金七〇兆円が払底するのは時間の問題だった。問題銀行を徹底的に排斥しない限り、おカネはいくらあっても足りない」

——検査局の方から監督局にガツンと言うことはできないんですか。木田課長にビシッと言ってやってくださいよ。

「木田にガツンと言ったところでねえ。いずれにしても、金融庁の動向は、総務企画局長の高田さん次第じゃないかな。ただ、あの人は大蔵省銀行局にいた頃から、検査部局の言うことなど聞く人じゃなかったからね。護送船団行政の権化のような人だから。検査官ふぜいが、銀行監督を取り仕切るエリートに対してモノを言うんじゃねえって感じだよ。なんと言っても高田さんは、東京国際銀行の奉加帳出資を企画して実行した張本人だし、保有株式の会計基準を低価法から原価法に変更することさえも認めてしまった人だからねえ」

——一九九七年一二月に実施した会計基準変更の話ですね。

「ああ。低価法だと株が下がると損が出る。損が出ると資本が減るので自己資本比率八％を維持できない。そこで、保有株式の評価方法を低価法から原価法に切り替えます、とばかりに、銀行が保有している株式の評価を、低価法から原価法に変更することを奨励した。こんなのは金融行政じゃない。吐き気がするよ。まるで金融当局が粉飾決算を奨励しているようなものさ」

——あれで、大蔵省に対する海外当局の不信感が募りましたよね。

「そりゃそうさ。僕の知ってる米国当局者なんて、『低価法を原価法にするというのは、ナショナリー・オーガナイズド・カバーアップ——国家による組織だった隠蔽（いんぺい）工作——なのか』と聞いてきたくらいだからね。あれで、誰も大蔵省を信用しないようになった。本当に致命的だったね」

——でも、あのとき大蔵省は、「会計上、原価法が認められているのに、一体なにが問題なんだ」という言い方をしていましたよね。「たまたま期末に株価が下がっていただけで償却させるというのは理不尽なんじゃないか」とか、「翌期には株価は戻っているかもしれない」とか、「基本的に売ることを考えていないから原価法の方が適切だ」とか、いろんな言い訳をしてましたけれども。

「要するに、高田さんは何もわかっちゃいないんだ。会計上認められているからいいという形式的な問題じゃないということに気づけなかった。金融当局が不良債権問題を本気で解決するつもりがあるのか、それとも、先送りしてごまかすつもりなのかという、当局の信用問題であるということがわからなかった」

——大蔵省が屁理屈こねて時間を無駄遣いしている間に、その大事な信用は崩壊してしまいました。

「そうだね。大蔵省が信用を失って、個々の邦銀がどうのこうのという問題じゃなくなってしまった。邦銀システム全体の問題になってしまったんだ。海外の金融関係者は、『いい加減な大蔵省に監督されている、いい加減な邦銀など信用できるか』とはっきりと言うようになった」

——当時、邦銀にカネを貸す外銀はいなくなりました。邦銀が外貨を借りるときに上乗せされる金利——ジャパン・プレミアム——も天井知らずに上昇しましたよね。

「あの時、ジャパン・プレミアムは、本当の意味でジャパンのプレミアムへと変質したんだよ。個々の邦銀のプレミアムではなく、日本のプレミアムに変わってしまった。ダブルAという最高級の格付を持つ五菱銀行ですら、ジャパニーズバンクというだけの理由で大幅な上乗せ金利が求められるようになったんだから」

——何が一番の問題だったんでしょう。

「信用を失ったことだ。それに尽きる。金融問題はすべて信用の問題だからね。したがって、とにもかくにも、日本の金融当局はまずみずからの信用を回復しなければならない。あのままでは、個々の優れた邦銀がいくら頑張ったところで、本当の意味で、ジャパン・プレミアムは消えない。だから、検査局は信用を回復するために厳しい検査を遂行しようとしていたんだけれどね……」

——できなかったんですか。

「…………」

木田高志（金融庁監督局銀行第一課長　四五歳）　二〇〇三年二月二八日　金融庁応接室

――例の七〇兆円はなくなってしまいました。バブル崩壊から一〇年以上も経過しています。それなのに、なぜ不良債権問題は片づかないのですか。

「いい質問だね。でもそれは、銀行の頭取たちに聞いてもらいたい」

――でも、その頭取たちを監督しているのは金融当局ですよね。この間、ご同期の沢登さんに会ったら、「監督局は何をやっているんだ」と物凄い剣幕でしたよ。きっちり監督して、駄目なやつはトットと処分してくださいよ。

「ううむ……建前としてはそうだけれども。なかなかねえ……。処分、処分と言うのは簡単だけれども、実際は難しいんだよ。この苦労は、検査部にはわからないだろうなあ……。それにしても、銀行監督っていうのは、何をすることを指すんだろうね……。銀行を守ることを意味しているようで、そうでもないような……。最近、真剣に悩むんだよ」

――あれっ、木田課長らしくないですねえ。大蔵省時代は、監督当局として、強引に合併させたり、むりやり吸収させたりしていたじゃないですか。

「たしかにそんな時期もあった。個々の銀行を守ることが信用秩序を守ることだと思い込んで、ありとあらゆる手段を使ってきた。わたし自身、銀行を救済することが正しいと信じて、粉骨砕身がむしゃらに働いてきた。問題銀行が再生することを信じて巨額の公的資金も注ぎ込んできた。しかしなあ、一〇年経ってもこのありさまだ。結局、問題銀行は再生してこないんだよ」

――なぜ問題銀行は再生しないのですか。

「それも、いい質問だ。ぜひ頭取たちに聞いてみてくれ。なんで七〇兆円も注ぎ込んだのに再生しないのか、問いただしてほしい。七〇兆円だよ、七〇兆円。世界史上未曾有の巨額の公的資金を注ぎ込んだんだ。それなのになぜ再生しないのか。私の方が聞いてみたいよ」

——再生してこないんだったら、問題銀行なんてさっさと処分してしまえばいいんじゃないですか。どうして復活してこない問題銀行を処分しないんですか。検査局の人たちは、さっさと処分すべきだって言っていますよ。これは、監督局の信用問題ですよ。

「沢登にだいぶ吹き込まれているね。検査局は責任がないから、好き勝手なことが言えるんだ。監督局みたいに最後の最後まで面倒を見る必要がないからね。監督局の仕事は、検査局以上の能力と注意が必要なんだ。だけど、そもそも金融行政の信用を失墜させたのは検査局なんだよ。一九九八年一月に発覚した接待スキャンダル、覚えてるでしょ」

——ええ覚えてますよ。収賄容疑で検査部の幹部が逮捕されましたからね。

「検査先の大蔵省担当者から飲食やゴルフ接待の形で二〇〇〇万円以上の供与を受けていたり、銀行にねじ込んで自宅マンションを七〇〇万円も値引きさせていたというんだから驚きだよ。その見返りに、検査の日程や対象支店などの情報を事前に流したり、資産査定を甘く見積もったっていうんだから。不正融資の事実を握り潰すなんてこともしていた。他の銀行の検査報告書のコピーを他の銀行に渡すということまでやっていたんだからね」

——「ノーパンしゃぶしゃぶ」で高級官僚が接待されていたというので、社会問題にまで発展しましたものね。

「ニューヨーク・タイムズにも、『スペシャル・シャブシャブ・レストラン』として紹介されたしねえ。そういう下劣なことを検査官がしていたから、金融行政への信用が失墜したんですよ」

――しかし、接待を受けていたのは、検査官だけじゃないでしょう。銀行局も証券局も接待されていたんじゃないんですか。主計局なんてもっとすごかった。

「接待問題だけをとってみれば、そうかもしれない。しかし、現場の検査官は総会屋に対する問題融資を発見して、それを上司にきちんと報告していた。それなのに、その上司がノーパンしゃぶしゃぶの魅力に負けて、その情報を握りつぶしてしまった。そちらの方が問題です」

――たしかにそういう問題もありましたね。

「総会屋への融資というあれだけ重要な情報すら中間管理職に握り潰される。そういう状況で、適切な金融行政ができたと思われます？」

――なるほど。それで、毎年毎年、金融当局が発表する不良債権の数字が変わっていたんですか。検査の数字が信じられないんだったら、不良債権の本当の数字なんてわかりようがないですもんね。

「そういうことになるでしょうね。問題銀行の再建だって、検査結果が悪くなかったので再建することを決断したんだけれども、頭取として送り込まれた大蔵ＯＢが中身をじっくり調べてみたら、腐りきっていてもう手後れだったというケースは数えきれないほどあるんです」

――要するに、検査がいい加減だったと。

「そう、不良債権問題の根源は、監督の方じゃなくて検査にあるんです」

――でも、そういうことだと、やはり検査を厳正に行うことが必要になりますよね。そして検査とともに、監督の方も厳しくしなければなりませんよね。厳しい検査結果が上がってきたけど処分しないということじゃ意味がありませんから。だったら、沢登さんが主張しているように、問題銀行は迅速に処理していかなければならないいんじゃないんですか。

「……そうねえ」

――どうして、そこで腰が引けるんですか。やはり、これまでの金融行政のやり方がどこか間違っているんじゃないんでしょうか。

「きみは、言いにくいことをはっきりと言ってくれるねえ。これまでのわたしだったら、『ふざけんな、きみに何がわかる』って怒鳴りつけるところなんだが、最近はそういう見方にも寛容になってきたというか、何と言うか……。実際、七〇兆円も使い果たしてしまったしね。まあ、完全無罪を主張するほど厚顔無恥ではなくなってきたってところかな」

――一九九七年一一月に、次々と金融機関が破綻して、銀行に公的資金が注入される大きなきっかけになりましたよね。

「それは一言では言いきれないな。要するに、あの時の金融行政が誤っていたということなんでしょうか。

――単純じゃないっていうのは、どういうことなんですか。

「そうねえ、一九九七年一一月に起こった大洋証券の破綻は世の中が大きく変わったことを感じさせたね。その後すぐに発生した東北拓殖銀行と山三證券が瓦解したことも強烈なインパクトを与えた。おまけに徳陽市民銀行まで巻き添えをくって頓死（とんし）してしまった。それぞれの事件は、それぞれにそれなりの意味と意義を持っているんだ」

――どういう意味と意義なんでしょう。

「勘弁してほしい。公の場で語るにはまだ早すぎる……」

第一章　暗　転

1

「藤田さん、大洋証券に資金を融通してください」

一九九七年一〇月三一日、木田高志は、北嶋證券常務の藤田孝則を電話越しに怒鳴りつけていた。言葉こそ丁寧だが要は恫喝(どうかつ)である。

準大手証券で業界七位の大洋証券が倒産寸前に陥っていたのだ。

大洋証券は、一九八八年に当時世界最大のトレーディング・ルームを建設して一躍名を上げた。総工費は八〇億円。東京証券取引所の立会場の約二倍の面積である。三〇〇〇台のコンピューター端末と大型スクリーンを備え、二四時間取引に対応できるように仮眠室なども完備していた。大洋証券の役員は「これが利益を生み出す工場だ」と胸を張った。当時はバブル経済の時流に乗って、四九〇億円もの経常利益をあげていたのだから鼻息も荒い。しかし結局は、このトレーディング・ルームが過大投資となって経営を圧迫していく。一九九七年三月期まで六期連続で赤字を記録、一九九七年九月中間決算も四〇億円の赤字だった。さらに、大洋第一ファイナンスなどの系列ノンバンクにおける不良債権が八〇〇億円と多額にのぼるようになり、本体が債務保証をしていたこともあって、にっちもさっちもいかなくなっていた。

大洋証券は、資本増強策として、生命保険会社九社から二〇〇億円の劣後ローンを受けており、その償還期限が迫っていた。生保側は「ロールオーバー（借り換え）は無理だ」と念を押している。大蔵省証券局課長補佐として、大洋証券を監督する立場にある木田高志は、何らかの対策を早急に打ち出すことが求められていた。

「そう言われましても、なかなか難しい相談ですな」

北嶋證券の財務を預かる藤田は、言質（げんち）を取られないよう細心の注意を払いながら、ああでもない、こうでもないと煮え切らない返事を長々と繰り返していた。

もうかれこれ三〇分にはなる。

エリートを自任する木田には心外だった。天下の大蔵省の要求をなかなか呑もうとしない。それだけで北嶋證券は万死に値する――木田は本気でそう思っていた。

「大蔵大臣も日銀総裁もインターバンク取引は絶対に守ると繰り返し言っているんですよ。それが信じられないとでも言うのですか！」

声の調子がヒステリック気味に高くなる。インターバンク取引とは、金融機関同士が短期資金を貸借すること。インターバンク市場は、金融機関の資金繰りを支えている。

激昂している木田とは対照的に、電話の相手方は落ち着き払っている。

「木田さん。わたしは何も当局を信じていないとは申しておりませんよ。ただ、経営者としてご要望を斟酌したときには、難しい場合もあり得るという一般論を申し上げているわけでして……」

藤田孝則の言葉は彼の本心をストレートには反映していない。

大蔵官僚のずるさを、一九九一年六月に発覚した損失補塡スキャンダルでいやというほど思い知らされている。北嶋證券は、株式投資で失敗した顧客の損失を補塡していた。これはたしかに問題の多い取引ではあったが、大蔵省はその存在を了承していた。ところが、互いに納得尽くで実施していたにもかかわらず、大蔵省は最後の最後にハシゴを外して、北嶋證券にすべての罪をなすりつけたのである。その一部始終を間近でみていた藤田が当局を再び信用するはずがなかった。

「一般論を言っている場合じゃないでしょう。大洋証券の窮状はあなたもご存じのはずだ。わたしは日本証券界のリーダーとしての見解をお聞きしているんですよ」

「証券界のリーダーと申されましても、わたしどもは一介の業者ですから」

「御託はもういい。とにかく大洋証券に貸してください。日本中を混乱させたいんですか！」

木田は、電話越しに激しい啖呵を見舞った。いったん受話器を耳から離したのか、藤田からの応答に間があく。しばらくしてから、やけに丁寧な声が返ってきた。

「木田補佐のご意向はおうかがいいたしました。これはひじょうに重要な問題とわたしどもも認識しておりますので、社長とも相談いたしまして、北嶋證券としての対応を迅速に検討いたしたいと存じます。それでは――」

藤田が静かに受話器を置く音が遠くで聞こえた。

丁寧だが断固たる拒否である。

まさか――木田高志はたった今起こったことが信じられない。

大蔵官僚の指示に従おうとしない業者がいる。

たかだか北嶋證券ごときが……。

何かが変わったように思えた。何かが……。

いや、そんなはずはない……。

条件反射的に木田の指はプッシュホンのボタンに向かう。電話先は日本銀行信用機構局の福川峻(ふくかわしゅん)だ。特徴的な丸顔が浮かんでくる。東大の教養課程のときクラスメートだった福川は、金融システム問題に関する日銀サイドのカウンターパートになっていた。

「日本銀行の福川でございます」

挨拶が終わるのを待たずに木田は話し始めた。

「おう、大蔵省の木田だ。いま北嶋證券の藤田常務と話をしていたんだが埒(らち)があかない。日銀の方からもプレッシャーをかけてくれないか」

木田はぶっきらぼうに言い放った。

「北嶋證券は何と言っているんだ」

「藤田は、聞きたくもない一般論を繰り返すだけだ。四の五の言ってごねているんだ。便宜を図ってもらうときだけヘラヘラして、国家の一大事にはいち早く逃げ出すときた。どれだけ大蔵省が証券界を守ってきたか、わかっていないようだ。恩義のオの字もない。大洋証券が潰れてもいいと思っているのか！　自分を何様だと思っているんだ！」

木田はおさまらない。

「気持ちはわかるが、怒ったところで問題は解決しないだろう。いずれにしても緊急事態であることは争う余地がない。マーケットをモニターしている営業局からも大洋証券の資金繰りが危機的な状況にあるということは逐一報告を受けている。営業局の調査役からはすでに北嶋證券の資金部に資金融通を依頼しているはずだが、藤田常務はよく知っているから、俺の方からも電話を入れてみよう」

「あの恩知らずたちに、ガツンと言ってやってくれ。当局の要請を断ると後が恐いことを思い知らせてやるんだ」

木田のはらわたは煮えくりかえっている。

「いずれにしても、おたくのトップもウチの総裁もインターバンク取引は守ると公言しているんだ。北嶋證券が資金を大洋証券に貸さない理屈はないだろう。木田のところが大洋証券の最終処理案を作るまでの間、つなぎ融資するだけだからな。国家の保証付きのブリッジローンだ。藤田常務も最後の最後には納得するだろう」

「頼むぞ。福川――」

木田は、電話をガチャリと切った。

2

木田に電話を叩き切られた福川は、「珍しく憤っているな」と訝(いぶか)りながら、名刺ファイルを机の引き出しから取り出した。万事まめな福川は資料の整理にも時間を割いて万全を期している。ほどなく名刺ファイルから北嶋證券の項を探し出すと藤田孝則の名刺をさぐり当てた。名刺には、藤田の人物像や会った日時、注意事項なども鉛筆書きで克明に記されている。

日本銀行に入ったばかりの新人時代、名刺をもらった取引先の役員の名前を間違えて、先輩にどやしつけられたことがある。それ以来福川は、もらった名刺をきちんと整理したうえで、人物像などを名刺に書き入れることを日課にしていた。藤田とは証券業界との定例会で何度も顔を合わせているが、名刺にはここ二ヵ月で五回ほど会った形跡が残っている。実際、大洋証券再建の件でも二回ほど直接相談していた。

「はい、北嶋證券でございます」

呼び出し音を幾度も聞くことなく、電話先には藤田の秘書が出た。

「いつもお世話になっております。日本銀行の福川でございますが、藤田常務はご在席でございましょうか」

「――少々お待ちください。ただいま在席かどうか確認してまいります」

福川はピンときた。藤田常務の在席は北嶋證券秘書室に設置してあるランプボードで確認できるはずだ。わざわざ確認する必要はない。秘書は藤田から、「すぐにつなぐな」と言い含められているのだろう。

しばらくの間、トルコ行進曲のメロディを聞かされながら、福川は思考を整理していた。大洋証券は準大手。万が一のことがあった場合の影響は計り知れない。

大蔵省と日銀が保証しているんだ。

金融不安を避けるためにも北嶋證券にはカネを出させないと……。

「お待たせいたしました。藤田でございます」

三〇秒くらいの間があっただろうか。落ち着き払った声で藤田が電話に出てきた。

「日本銀行の福川です。大洋証券の件ではいつもお世話になっております」

福川は、「大洋証券の件ではいつもお世話になっております」というくだりを、意図的に強く発声した。やや嫌みに聞こえたかもしれない。

「ご用件は何でございましょうか」

藤田の声は事務的なトーンのままだ。

「先刻ご承知のこととは存じますが、大洋証券の資金繰りが厳しくなっています。北嶋證券さんのお力を借りたいのですが」

福川はへりくだった言い方をしたが、その響きには当局特有の慇懃（いんぎん）無礼さがふんだんにこもっている。言わんとすることはわかるだろう、というメッセージは十分に伝わっているはずであった。

「ほおっ、大洋証券さんがそんなことになっておりますかな」

「藤田さん、知らないふりは止めましょう。大洋証券の状況は先刻ご承知のはずです。大蔵省からも要請があったはずですが」

「そういえば、大蔵省の木田補佐もそういうことを言っていらっしゃったような気がしますなあ」

明らかに藤田は乗り気ではない。

「藤田さん、大蔵省も日銀も北嶋證券さんにこうしてお願いしているんです。なんとか、ご決断いただけませんかねえ」

「何を決断するのですか」

「大洋証券に対する融資ですよ。今日さえしのげば三連休です。大洋証券も一息つけるでしょう」

福川は畳みかけていく。

「なるほど——」

藤田は合いの手を一つ入れて尋ねた。

「——それで、なぜ北嶋證券が大洋証券に貸さなければいけないんです?」

福川は一瞬詰まった。業界の危機に業界のリーダーが立ち上がるのは金融ムラの常識である。そんなことは言うまでもないだろう——という台詞が喉まで出かかったが、それを呑み込んで福川は説明口調に徹した。

「ここで万が一にも大洋証券が倒れると、日本の証券界全体の信用力が問われることになります。ひいてはわが国金融界が国際的な信頼を失ってしまうことになるかもしれない。ここは日本のために北嶋證券さんに一肌脱いでいただくしかないのです。無理を承知でぜひお願いいたします」

藤田孝則は沈黙した。が、しばらくしてはっきりと頑なに拒否を示した。

「北嶋證券はその任にありません」

思わぬ回答に福川は絶句した。

藤田がそう答えるとは想像していなかった。大蔵省と日銀の要請を業者が拒否する。そんなことはこれまでなかったし、あってはならないことであった。

「藤田常務、何も難しいことはお願いしていない。今日だけ資金を融通してくれればいい。それだけのことなんですが」

「福川さん、あなたは難しいことじゃないと言われるが、この状況下で大洋証券にカネを貸すというのは大変難しいことなんです。潰れかかっている大洋証券にカネを貸したい民間企業なんてどこにもいませんよ」

「しかし、リスクはないでしょう。大蔵大臣も日銀総裁もインターバンク取引は守ると断言しているんです。しばしの間のつなぎ融資です。当局が保証しているんですよ」

「…………」

藤田は再び沈黙した。

沈黙の長さは、藤田の自己納得のプロセスを示している——福川はこう読んで、藤田の発言を辛抱強く待った。重苦しい空気が場を支配したが、待てばいいと決め打った福川には心地よい静寂でもあった。

しかし、福川の読みは見事に外れる。藤田がおもむろに口を開いて、こう言ったのだ。

「リスクがないのなら、どうして日銀が貸さないのですか？」

鈍器で後ろからいきなり殴られた感じがした。どう答えるべきか、福川は迷い、そして動揺した。その動揺は受話器の向こうにも十分伝わったらしい。

「福川さん、われわれは民間企業だ。危ない先に融資はできない。そんなことをすれば、株主代表訴訟が待っている。身ぐるみはがされてしまうかもしれないんだ。そういうリスクをおかせとあなたは言っているんですよ」

藤田は攻撃に転じた。一息ついて福川はなんとか態勢を立て直した。

「何を言うんです、藤田さん。あなたは当局を信じないんですか。大蔵大臣も日銀総裁もインターバンクは守ると断言しているんですよ」

「だから申し上げているんです。日銀が貸し出せばいいではないですか。リスクがないなら、日銀が大洋証券の手形を割り引けばいいでしょう」

「当局がインターバンクを守るといっているのにそこまで頑なになる必要はないんじゃないですか。これまで当局が約束を破ったことがありますか」

福川は敢えて言い切ることによってみずからを励ました。

ここで言い負けてはならない。金融当局の威光が揺らぐことはあってはならないのだ。

「そこまで言うのなら、福川さん。大洋証券向け融資に日銀が保証してください。日銀が保証書を差し入れてくれるのなら融資に応じましょう」

藤田は傲然と言い放った。

「藤田さん、あなたは当局の言葉が信じられないと言うんですか。公の場で大蔵大臣と日銀総裁があれだけ何回も言っているのを信じないんですか」

思いもよらぬ要請に、福川は思わず声を荒げた。

「誰も信じていないから、大洋証券が資金繰り難に陥っているのと違いますか。別にウチだけがそうだというわけじゃないでしょう。保証書を入れるんですか、入れないんですか。はっきりしてくださいよ」

「日銀総裁の言葉は保証書以上の重みがある。それで十分じゃないですか」

「なに眠たいこと言ってるんです。それで大金が貸せるわけがないでしょう。こっちは自分の全財産が差し押さえにあう可能性だってあるんですよ。株主代表訴訟に備えて、財産をカミさんに生前譲渡している取締役だっているんですから。日銀総裁が大丈夫だと言っている——ハイそうですか、とはいきませんよ」

「し、しかし、日銀総裁が断言しているんですよ。そ、そ、それが信じられないと言うんですか」

福川の声は絶叫に近くなった。藤田が落ち着き払っているだけに違いが際立つ。

「そういう福川さんは日銀総裁の言葉を信じているんでしょうな」

「当然です」

自然に力がこもった。受話器を持つ手がいつの間にか汗ばんでいる。

「わかりました。それなら福川さん、あんたでいい。大洋証券向け融資について、あなた個人としての保証書を差し入れてください。日銀の肩書を明記してくれれば、万が一の場合でも日銀がなんとかしてくれるでしょう。その代わり、万が一の場合、あなたは一生かけて大洋証券の負債を返すことになるでしょうな。いくら日銀が高給取りだといっても返せないでしょうね。一生かけても」

「………」

福川は咄嗟に反応できない。知らない間に下唇をかんでいる。予想だにしなかった展開に思考が働かない。

俺が個人で大洋証券を保証するだと……。

日銀総裁の言葉が信じられないだと……。

一生かけても返せないだと……。

さまざまな想いが渦巻き、言葉がでてこない。落ち着き払った藤田の声が鼓膜を突き抜けて、脳のひだに直接突き刺さってくる。福川はすばやく応答できない自分に苛つきながら、苛立ちが焦りに変わっていくことに、また焦りを感じていた。

「――ねえ、福川さん。自分のリスクになると、大洋証券になんて貸し出せないでしょう。あなたがわたしにおっしゃっていることは、そういう危ないことなんです。さっきの個人保証は冗談ですけど、いずれにしても、北嶋證券の答えは変わりません。それでは……」

藤田の言葉が皮肉っぽく響いた後、一方的に電話は切られた。

切れてしまった受話器を耳に当てながら、福川は放心していた。ツー、ツーという発信音がどこかはるか遠くで鳴っている。信じられないことが起こっている。しかし、それは受け入れられない。

藤田との会話を消化しきれないまま、福川の視線は助けを求めるように窓の外の景色を窺う。どんよりと濁った曇り空は、福川の胸中に急にたれこめた暗雲を象徴しているかのようであった。

3

福川峻への電話を切った木田高志は半ば放心していた。

大蔵省の意向に従わないやつがいる……。

断ったはずの煙草を求めて、右手がポケットをまさぐる。あるはずのない煙草ケースを一通り探した後で、行き先のなくなった右手は木田の尖った顎に戻ってきた。苛ついているのが自分でもわかる。鏡で自分の顔を見れば、きっと暗く歪(ゆが)んでいるに違いない。

俺らしくない……。

認めたくない事実をつきつけられて、今にも木田の感情は沸騰しそうだったが、人一倍強い自制心がそれを抑えている。

それにしても……世の中は、本当に変わってしまったんだろうか。

木田は、過去に一度、世の中が変わったことを思い知らされそうになったことがある。そのときは、そうではないと思い返した。

しかし今回はどうも違うようだ。

いや、違うはずがない……。

思い迷う木田の記憶はそのときのことを手繰り寄せようとしている。

それは、木田高志が証券局に異動する前、銀行局に在籍していた頃の話だ。主計官として公共事業を担当していた木田高志が銀行局に異動となったのは、一九九六年七月のことである。金融行政を初めて担当する木田は、異動後、猛勉強を続け、課長補佐として多忙な日々を送っていた。

「それにしても難問山積だな」

木田の席の窓からみえる桜田通りの並木道は、秋の様相を色濃く演出している。新東銀行と五菱銀行の合併で幕を開けた一九九六年も終盤に差しかかろうとしていた。枯れ葉が歩道を埋め尽くし、イチョウのまばゆいばかりの黄色が、いつのまにか周囲と調和してやわらいだ空間を構成している。

金融行政上の難問にぶつかるたびに、送別会で木田を送り出した主計局次長がしみじみと語った言葉が思い起こされた。

「木田くん。きみは昭和五六年入省組のエースだ。だから、本来は主計局で働くべき人材なんだ。しかし、高田次長がどうしてもと言ってねえ」

高田喜美夫は銀行局次長。大蔵事務次官確実と言われる逸材である。

大蔵事務次官といえば、官僚のトップに君臨する官僚中の官僚だ。高田も例に洩れず主計局暮らしが長いエリート中のエリートであったが、不良債権問題がなかなか片づかない中で、世間の大蔵省バッシングが強くなってきたため、銀行局に急遽送り込まれたのだ。類まれなる頭脳と腕力を買われて、火消し役として指名されたわけである。この難所を乗り切れば、官房長、主計局長を経て、事務次官へと到達する絵に描いたようなエリートコースが彼を待っている。

大蔵省のモンスター――これが高田喜美夫のニックネームだ。相手につねに威圧感を与える話しぶりから冷たい人という印象を与えがちだが、懐に飛び込むとことん面倒をみる親分肌のところがある。彼の豪腕を示すエピソードには事欠かない。

「銀行局のやつらには任せておけない」

これがモンスター高田の口癖である。

国家予算を司る主計局で鍛えぬかれたプロフェッショナルの目で見れば、銀行局がやっていることは穴だらけだ。本流でないやつらは仕事も一流じゃない――高田は心底そう思っていた。これまでの銀行行政は、主計官から言わせれば手抜き査定ばかりだ。銀行局プロパーの職員には何もできないと高田は頭から決めつけていた。

そこで、強大な人事権をフルに活用して、主計局の優秀な人材を銀行局にひっぱることにしたのだ。主計局は数多くのエリートを抱え、大蔵省内の人材銀行の役割を果たしている。白羽の矢が立った木田高志は、事務次官候補である高田喜美夫のお眼鏡にかなったと言えた。木田の気持ちが昂ぶらないわけがない。

そして、銀行局に着任した木田は、ほどなく高田と同様の認識に至る。

大蔵省の規制で何重にも権益を守られていることを自覚せず、あたかも自分の能力で利益を稼いでいるかのごとき錯覚をしている夜郎自大的な銀行経営者たち。自分たちの後進性を何ら自覚していない。そのくせ、したたかな政治力があるわけでもない。そんな経営者たちを手玉に取れないなんて……。公共事業予算を巡って百戦錬磨の政治家たちを相手にしてきた自分の敵ではない。木田はそう確信した。

大蔵官僚は官僚中の官僚、国家の最高エリートなのだ。国を支えているのは大蔵官僚であり別格なのだ。その大蔵官僚に解決できない問題などない。何もできずにひたすら先送りを続ける銀行局の政策は、銀行局プロパーの能力のなさを反映させているだけだ。高田さんとおれの力で変えてやる——木田は密かに誓った。

その手始めが関西相和銀行であった。

関西相和銀行は和歌山県を基盤とする第二地方銀行である。一九四一年に無尽会社として設立され一九八九年に普銀転換した。五三店舗を張り巡らし預金量は五七〇〇億円を超えている。和歌山県では第二位の規模を誇っていたが、系列ノンバンク二社を通じて不動産融資を拡大したのが裏目に出て、実質一九〇〇億円規模の不良債権を抱えていた。世間に公表している不良債権は五七〇億円に過ぎないのだが、その三倍以上の貸出債権が腐っているわけだ。検査結果によればそのうちの四〇〇億円はすでに回収不能だという。一九九五年に大蔵省から頭取を送り込んで再建を図っていたが効果ははかばかしくない。

もはやどうにもならないところまできていた。

ところが、銀行局プロパーは関西相和銀行を処理する覚悟を決めることができずに先送りを続け、いたずらに不良債権額を膨らませてきた。これに対して、高田喜美夫は異議を唱え、最終処理することを決断したのだ。一九九六年の夏、高田の獅子奮迅の働きで預金保険法を改正し、一〇〇〇万円を超える預金の全額保護にも必要な額を預金保険機構からの特別資金援助で賄えるようになったことが決断の決め手になった。

木田は夏休みを返上して、関西相和銀行対策に追われた。実務としては、銀行法第二六条に定められている業務停止命令を発令して営業を停止させることになる。

その銀行法第二六条には、「大蔵大臣は、銀行の業務又は財産の状況に照らして必要があると認めるときは、当該銀行に対し、その業務の全部若しくは一部の停止又は財産の供託を命じ、その他必要な措置を命ずることができる」と明記してある。要するに、「必要な措置」であれば何でもできるのだ。まさに大蔵省はオールマイティーであると書いてある。

これが大蔵省なのだ。

木田はその一員であることを誇らしく思うと同時に、その強大な権限を使いこなせない銀行局プロパーに改めて情けなさを感じていた。

無論、戦後初めての業務停止命令である。実務的に詰めておくべき論点は無数にあった。肩には自然と力がこもる。

晩秋には、深夜二時を過ぎる木田高志の残業は常態化していた。

4

一九九六年一一月二一日。

木田高志が待ちに待った日がやってきた。関西相和銀行に対する処理が言い渡されたのである。戦後初の業務停止命令が下されたのだ。銀行法第二六条の規定に基づき、預金の払い戻し以外の業務が停止された。多数の報道陣が詰めかける中、関西相和銀行はその生涯を実質的に終了した。

「苦心の大傑作だ」

大仕事を終えた木田の胸のうちは、達成感ではちきれんばかりであった。

整理、清算、解体を目的とした受け皿銀行を設立して、そこにいったん営業譲渡し、預金保険機構の資金援助を活用する。そして、不良債権処理や預金の払い戻し業務などの残務整理が完了した後は解体するなど、さまざまな苦心の跡が生々しい。預金者保護に目的を絞った清算銀行に移行させることに主眼が置かれている。行政の認定で破綻処理に踏み切った最初のケースである。

平成の時代に入って起きた金融機関の経営破綻は、それまでほぼ例外なく資金繰り破綻だった。経営難が囁かれ、預金が流出し、資金繰りに窮した経営者が事業継続を断念することで初めて破綻処理に移行することができた。裏返せば、どんなに経営内容が悪くても、資金が回っている限り、銀行局は手が出せないと思われていた。

高田喜美夫と木田高志は、ついにその常識を覆したのである。

「預金については、これまでの金融機関の破綻時において、いずれの場合でもすべての預金者が保護されたのと同様に、今回もすべての預金が保護されることとなるので、預金者におかれては心配されることなく、良識ある行動を取られることを強く希望する」

高田と木田は、大蔵大臣と日銀総裁にこう発言させて、預金者のパニックを防止し、経済に対する悪影響も最小限にとどめた。他の銀行に取り付け騒ぎが次々と起こるなど最悪の場合に備えてさまざまな対策を用意してきたが、その多くは使わずに済んだ。

うれしい誤算である。

予想外の混乱が起こることもなく、高田と木田の努力は報われた。渋る銀行局プロパーの反対を押しきって成し遂げただけに、感動もひとしおであった。

「俺は銀行行政を変えた」

木田高志は自分の成し遂げたことを誇りに思った。この関西相和銀行の処理が前例となって、大規模な金融界の再編統合が高田の手によって始められるはずである。オールマイティーMOFがその腕力を頼みにして、次々と金融界にメスを入れていく。あと一年も経てば、金融不安など昔話になってしまうはずだ。

そのためにも、関西相和銀行の破綻処理については一点の曇りも許してはならなかったし、曇りが発生することがないように細心の注意を払って熟慮してきた。

関西相和銀行の処理は今後の金融行政を占う試金石だった。

ところが、事態は木田の予想を越えて展開する。

失業の危機に突然直面した関西相和銀行に勤める八二〇人の従業員が、死にもの狂いの抵抗を始めたのである。関西相和銀行の受け皿となる清算銀行は、融資や決済など通常の銀行業務は行わず、預金の払い戻しを完了すれば解散する予定になっていたからだ。従業員組合の怒りは、経営陣を通り越して一直線に大蔵省へと向かった。

「なぜ関西相和銀行だけ清算されねばならないのか」

これまでの破綻処理においては、受け皿銀行が引継銀行となって、銀行営業を続行したため、従業員の雇用は守られてきた。給与は削減されたものの、雇用は守られてきた。それがなぜ関西相和銀行だけが見捨てられなければならないのか。従業員の怒りは、管理職や地元企業、さらに政治家を巻き込んで、勢いを増していく。

一二月一三日、木田高志の席にある直通電話が鳴った。

「木田補佐ですか……」

関西相和銀行の渡来哲治（わたらいてつはる）頭取である。声が弱々しい。

「組合がストライキに突入すると言ってきました。どうしたらいいんでしょう」

渡来は完全にうろたえている。木田の胸中に「ストライキ」という言葉が突き刺さった。

「そんなものは、あなたの責任で押さえ込んでもらわなければ困る」

「そう言われましても……」

「あなたがそんな弱腰でどうするんですか。舐められたら終わりですよ」

眉をひそめた木田は怒りをあらわにして、渡来に食ってかかる。

ここは正念場だ。

金融機関が破綻した場合、受け皿銀行への事業譲渡が実施されるまで、預金の払い戻し業務は破綻金融機関の従業員が担っている。もしストライキが決行されると、窓口での業務は麻痺し、預金の支払いが一時停止する。そうなると、預金保険法上の保険事故にあたってしまう。

預金保険法第四九条第二項の一は、「金融機関の預金等の払い戻しの停止」を第一種保険事故と定義し、ペイオフへと移行する手続を定めている。保険事故が起きた場合は、預金者の請求に基づいて保険金の支払いがなされることになる。仮に一時的であっても、ストライキで「預金等の払い戻しの停止」が発生すれば、意図せぬペイオフが実行されるおそれがあるわけだ。そうなれば、「ペイオフを五年間凍結する」という公約を破棄することになる。精緻に組み上げてきたこれまでの金融行政の理論が崩壊し、金融不安が一挙に波及するかもしれない。

「とにかくなんとか事態を収拾してください」

木田はそう言いきって受話器を力まかせに叩き付けると、すぐに内閣法制局にいる菅野正（すがの）の電話番号をプッシュした。菅野は二年次下の大蔵官僚で、二年間の予定で内閣法制局に出向している。木田とは旧知の仲だった。

「菅野、参ったよ。例の関西相和銀行がストライキに入りそうだ。このままだと、預金の払い戻しが停止して、ペイオフを実行しなければならなくなる」

「ええっ、本当ですか」

驚いた菅野は思わず聞き返した。

「ああ。思いつきなんだが、臨時職員を雇って預金の払い戻しに応じるというのはどうだろうなあ。それでペイオフは回避できないかな」

「うーん。確認しないといけませんが、スト破りを禁じた労働協約があるんじゃないんでしょうか。それに違反してしまうのでは」

「そうか。それじゃ、支店を全部閉鎖して、管理職だけで本店での払い戻しに応じるというのはどうだ」

木田は思いつくまま口にしてみる。

「それなら、できないことはないでしょうね。ただ、それでは全預金者の払い戻しに対応できるということにはならないでしょうから、結局、保険事故に相当してしまう可能性が高いですね」

「うまい方法はないということか」

「わかりません。考えてみますが。何か思いつけば電話しますよ」

しかし、二日後に返ってきた菅野の答えは、「ストライキが起こったときに、ペイオフの可能性を完全に回避するうまい手はない」というものだった。

頭取の渡来哲治も頑張ったが、一二月一八日、関西相和銀行従業員組合は永続性のある新銀行の設立を求めて、組合員の八〇%以上の賛成でスト権を確立した。地元政治家へも根回しを開始する。和歌山県議会は、清算銀行ではなく、永続的に通常業務ができる銀行を設立することを求めて、政府に意見書を提出した。

もっとも、従業員組合の方も、すぐにストライキを打つことはできない。

本当にストライキを打てば、過激な労働者というレッテルを貼られ、二度と銀行業界では再就職できなくなる。実際に預金の払い戻し拒否などすれば、地元での批判が高まり、地元企業への再就職も難しくなるだろう。

しかし、スト権をちらつかせて、交渉を有利に進めることはできる。

メリットとデメリットを計算し尽くした上で、彼らは行動を起こした。ストライキこそ起こさなかったが、年を越した一九九七年一月二〇日、近畿財務局を通じて、大蔵省の業務停止命令に対する行政不服審査を申し立てたのだ。こんなことは日本の金融行政史上はじめてのことである。行政不服審査法は、行政処分に承服できないとき六〇日以内の不服申し立てを認めている。一月二〇日はその最終期限にあたっていた。

「一九九六年九月中間決算の業績予想は、大蔵省の指導を受けた監査法人の監査を受け、一一月五日に修正発表したものである。しかしながら、その一六日後に業務停止命令が発令された。業務停止命令以前に、必要かつ適切な行政指導がなされず、抜き打ち的な業務停止命令で地域経済、従業員の雇用などに重大な影響を与えるという行為は、従業員、株主、取引先等を欺く(あざむく)ものである。関西相和銀行は、大蔵省による世論作りのための生け贄(いけにえ)にされた犠牲者だ。誠に遺憾であり、強い憤りを感じる。大蔵省には、永続性のある新銀行をつくり従業員を引き継ぐ義務がある」

関西相和銀行の従業員組合は、大蔵省に対する怒りを不服申し立てに託したのだ。ストライキも悪夢であったが、この不服申し立ては、木田にとって驚天動地以外の何物でもない。

「何を血迷っているのか」

大蔵省の威光に逆らう怪しからんやつがいる。木田にとって、それは、国家反逆罪に相当する重い罪であった。

「第二地銀の分際で、大蔵省に盾突こうとは何事か！」

怒りが全身を包む。激怒で頭の中が真っ白になる。大蔵省の威光のなんたるかを知らない無知蒙昧な組合員風情が……。

実際、いかに不服申し立てをしたところで大蔵省の決定が覆るはずもない。高田とともに一分の隙もない計画を練ったのだ。関西相和銀行の処理計画が見直されるはずもない。そういう意味で、関西相和銀行の反乱は蚊にさされたほどの痛みもない。

たしかに一点の曇りではあるかもしれない。

しかし、布で一拭きすれば消えてしまうたぐいの曇りである。

木田はそう信じた。

いや、そう信じたかった。

それから一ヵ月後の二月二四日、木田自身が起草した文書が公に配布された。不服申し立てを淡々と棄却する文書である。

「関西相和銀行については、直前の昨年八月の大蔵省検査の結果、債務超過が判明した。九月中間決算でも、監査法人の監査結果で、大幅な債務超過に陥ることが判明し、自主再建の道もなく、金融機関の協力も得られなかったため、銀行法第二六条に基づく業務停止命令に踏み切った。違法性は全くなく、異議申し立てには理由がない」

余計な手間をかけおって……。

木田高志はただただむかっ腹が立った。しかし、腹立たしさの片隅で、言い知れぬ不安が膨らんできていることも否定できなかった。

絶対権力である大蔵省に逆らう者が出てきた。

何かが崩れ始めている。

しかし、それが何であるかがわからない。それがわからないだけに一点の曇りは、一拭きでは消えそうになかった。拭いても拭いても、曇りは消えることなく、その大きさは時を経る毎に大きくなっていきそうであった。

このときの苦い思いは、木田の心の中に沈殿し続けている。

5

一九九七年の春が訪れても、銀行界は停滞したまま浮上しようとしない。木田の心の一点の曇りは、まだ奥底でうごめいている。木田が関西相和銀行の不服申し立てを棄却してからたった一ヵ月後、再び日本の金融界は揺れ動こうとしていた。

三月二一日、米大手格付会社のランディーズ・インベスターズ・サービス社が、経営不安が囁かれていた東京国際銀行が出している金融債の格付を、トリプルBからダブルBに引き下げたのだ。ダブルBは投機的と呼ばれる格付であり、邦銀で投機的という格付をつけられたのは初めてである。ランディーズ社は、「東京国際銀行は深刻な不良債権問題を抱えており、今後予想される業務収益、現在の自己資本や貸倒引当金の水準で十分に吸収することは難しい」と断言した。

東京国際銀行が発行している金融債の表面利率は二・一五%だったが、マーケットでは一%以上上回る三・二五%で取引され、他の金融債との金利差は一・五五%にまで開いた。「東京国際銀行が経営破綻した」という噂がマーケットを駆け巡り、東京国際銀行に向かうほとんどの資金はストップした。東京国際銀行は「格下げは誤解にもとづくもの」とすぐさま反論したが、もはやマーケットには東京国際銀行の主張に耳を貸す者はいない。

事実、東京国際銀行は、バブル期に不動産・ノンバンク業界への過剰な融資を行った結果、大量の不良債権を抱えている。一九九六年末頃から急速かつ大幅に株価が下落し、一挙に二〇〇円を割り込んだ。東京国際銀行に対する信用は崩壊した。

木田高志の心の曇りは入道雲のようにたちまち膨れ上がり、垂れ込める暗雲へと転化しそうであったが、急遽鳴った電話の受話器から響いた高田の磊落(らいらく)な声に我に返った。至急、次長室に来い、と言う。木田は次長室にかけこんだ。

「木田くん――」

高田はソファーに座った木田に上体を寄せる。声を潜めた。

「――今度は東京国際銀行の救済作戦だ。どのような形であっても、今の時点で東京国際銀行を破綻させるわけにはいかない。ある銀行を生かすか殺すかはわれわれ大蔵省が決めるのだ。マーケットが決めるのではない」

高田喜美夫は静かに一喝した。

「一九八四年にコンチネンタル・イリノイ銀行が危機に陥ったとき、米国政府は全力を挙げて守った。やるぞ」

ただでさえ恰幅のよい高田の体軀が大きくみえる。相変わらず自信に溢れた声が頼もしい。心の中の暗雲は瞬く間にかき消された。木田は表情を引き締めて背筋を伸ばす。

地方の一金融機関に過ぎなかった関西相和銀行とは異なり、東京国際銀行は国際的に活躍している大銀行だ。簡単に潰してしまうわけにはいかない。

しかし、東京国際銀行の傷み方は並ではなかった。大幅な債務超過なので、株主や債権者にその権利を放棄してもらう必要があるのだが、生損保三〇社から借り入れている総額三七〇〇億円近い劣後ローンを全額切り捨てて、すべての株式を紙屑にしても足りないのだ。どう考えても金融債の元本をカットすることが必要になるほどのひどい財務内容だった。

この危機を乗り切るには、オールマイティーMOFのフルパワーが必要になる。

高田喜美夫は、腹をくくって大きな舞台回しを始める。木田高志も東京国際銀行の経営に強引に介入した。検査部からは「事実上の破綻」を示す検査結果があがってきたが、高田は当然のことのようにそれを握りつぶした。これが、金融行政を司る銀行局と手足に過ぎない検査部の力の差であった。

それにしても、間近でみる高田の豪腕は噂をはるかに超えていた。各銀行の頭取クラスとサシで話を決めていく。日本銀行など高田の言うがままだ。大鉈（おおなた）をふるって一つ一つ捌いていく。

関係者が勢揃いしている中で、高田喜美夫は胸を叩いた。

「大蔵省は逃げないので安心していただいて結構だ」

日銀に東京国際銀行の優先株八〇〇億円を引き受けさせることを呼び水にして、生損保が抱えていた劣後ローンのうち一五〇〇億円を資本に振り替えさせるとともに、大銀行に対して七〇〇億円の新株を発行して引き受けさせる。寺院や仏堂の造営建て替えなどで寄付を求める際に、氏名や財物を記録する帳面のことを奉加帳というが、この増資は後々「奉加帳増資」と呼ばれるようになる。

このとき高田がすごかったところは、資本増強だけで終わらせなかったことだ。

関連ノンバンク三社を法的に整理し、海外拠点からは全面的に撤退。役員賞与の不支給継続は当然のこととして役員報酬も五割カット。行員数を二割カットし、行員給与も一〇～三〇％カット。

本店売却などの資産処分も徹底する。邦銀では初めての、リストラ実施と呼んでよかった。

常人を越えた高田喜美夫の奮闘の結果、東京国際銀行は九死に一生を得た。

「さすがはモンスター高田だ」

木田は改めて敬服した。

心に宿った一点の曇りは広がるのを止め、崩れ始めた何かは、崩れることを止めたように思えた。

高田喜美夫は大蔵省の底力をみせつけた。オールマイティーＭＯＦの威光は多少揺らいでいたが、東京国際銀行の一件は、その権威を疑う者にすさまじい反証をみせつけたと言っていい。

潰す銀行は潰す。しかし、守る銀行は何がなんでも守る。

邦銀の生死は大蔵省が決定するのだ。

大蔵省は海外で活動する銀行については守ると宣言している。動揺する海外の金融関係者に、「ＭＯＦがいる限り何も心配することはない」というメッセージを、行動をもって鮮烈に送った。

東京国際銀行の危機を乗り切って、一九九七年六月、高田喜美夫は銀行局長に昇進する。高田に能力を認められた木田は、すでに燻(くすぶ)り始めていた大洋証券の再建問題を片づけるという密命を受けて、証券局の主席課長補佐へと異動した。木田の心の中の一点の曇りは小さな染み程度に縮小し、消えてしまったはずであった。

ところが、一年前に負ったその古傷――木田の心に宿った一点の曇り――が、大洋証券に関する北嶋證券の藤田孝則とのやりとりの中でまた疼いてきたのである。

6

木田の後を受けて藤田とやり合った福川峻の心も、どんよりと曇っている。

もっとも、福川の胸中に垂れ込める暗雲は、木田の心に宿った一点の曇りとは違い、もっとはっきりと重くのしかかっているタイプのものであった。北嶋證券の藤田孝則と激論を戦わせる前から、その暗雲は福川の心を包み込んでいる。昨日今日発生した暗雲ではない。

見るからに頑健な白亜のコンクリートで構築された日本銀行本館の中で、福川峻は深い悩みに浸り続けてきた。金融当局に対する信頼が地に堕ちていくのを実感していたからだ。ふくよかな丸い顔立ちは福川の育ちのよさを周囲に感じさせた。その普段柔和な表情は険しくなりがちである。

トリプルＡの栄華を誇った邦銀の格付は、ダブルＡ、シングルＡ、そしてトリプルＢと直滑降のように落ちていた。格付水準が急落していく中で、公表される不良債権の数字がコロコロと毎年変わった。そして、不良債権額は一向に減る気配をみせなかった。「不良債権は一〇〇兆円」という数字が一人歩きし、特定銀行の経営不振の噂が飛び交い続けている。一〇年前、邦銀が強すぎるので、「オーバープレゼンス」という非難が世界に沸き起こっていた面影はどこにもない。

日々、邦銀に対する不信の度合いは深まっていた。

投資家は邦銀のバランスシートにうさん臭さを感じ、預金者は銀行頭取の言動に眉に唾をつけた。大蔵省銀行局において権勢を誇っている高田喜美夫は、「邦銀は大丈夫だ。全く心配ない」と対外的に宣言し続けていたが、言い続けているうちに御託宣にありがたみがなくなっていった。

「大蔵省はマーケットがわかっていない」

これは福川の偽らざる実感である。高田喜美夫に代表される大蔵官僚は、長い歳月、自分の思い通りに金融界を動かしてきた。それは事実である。実際一〇年前、当時の大蔵省の高官は米国当局に対して、「米銀はつぶれるかもしれんが、邦銀は一九四二年以来ひとつも潰れていない。誇りを持ってやっている邦銀には本来規制なんて不要なのだ」とまで放言していた。

しかし、自由化が進み、大蔵省の勝手な理屈が通じにくくなっていく。そして、時代に対する認識が追いつかなくなった。マーケットと大蔵省の距離は時が経つとともに広がっていく。海外の投資家は不安に陥り、邦銀を信用できなくなりつつある。中でも問題視されたのが不良債権だ。不良債権の金額が明らかでないから、邦銀の財務諸表は信用できない。これは致命的であった。

「要するに、日本では経済の基本法である商法と市場の基本法である証券取引法が守られていないということだ。これで信用してくれと言う方がどうかしている」

商法第二八五条ノ四第二項は、「金銭債権ニ付取立不能ノ虞アルトキハ取立ツルコト能ハザル見込額ヲ控除スルコトヲ要ス」と明記し不良債権をことごとく償却することを求めている。回収が無理だと思われる部分については、即座に引当・償却しなければならないのだ。引当・償却を先送りすることは認められていない。

また、証券取引法は、「重要な事項について虚偽の記載があり、又は記載すべき重要な事項若しくは誤解を生ぜしめないために必要な重要な事実の記載が欠けている」場合には損害賠償の責があることを明らかにしている。虚偽の財務諸表を公表した場合には罪に問われるのである。不良債権の引当を怠れば、それはすなわち損害賠償の対象になるのだ。

しかし、邦銀の多くはこれらの重要な条文を無視し続けてきた。不良債権に対する十分な引当をしようとしてこなかった。そして、そうこうしているうちに、マーケットでは「邦銀のバランスシートは粉飾されている」という見方が定説となってしまう。

「福川さん。あなたの言いたいことはわたしも理解できないわけではないんですが、われわれは大蔵省に決算数字を承認してもらっている。高田さんの指示の下に決算を作っているんです。日本では大蔵省が法律なんですよ。もっと言えば、日本の金融システムを維持するために、われわれは大蔵省の指導の下にこういう数字を出しているんです。これ以上、われわれにどうしろというんですか」

福川はみずからの主張を、大成銀行の近藤巧など親しい大手銀行の企画部次長にぶつけたりするが、こういう風に諭されると反論もできない。大蔵省は税務当局でもある。不良債権を償却させた結果、法人税収が落ちることはできれば避けたい。いきおい償却や引当は限定的なものになりがちだった。銀行経営者は赤字を出したくないし、大蔵省も税収を落としたくない。だから積極的に償却しようという考え方は生まれようがなかった。

みずからの無力に歯ぎしりしながら、粉飾スレスレ、いや粉飾そのものの決算が正々堂々と公表されているのを苦々しく眺めざるを得ない。

「しかし、この粉飾決算を続ければ、根深い不幸が始まる」

福川峻は腕組みして大きな吐息をついた。

「遅かれ早かれ、粉飾だらけのバランスシートを許している会計基準なんて信用できないということになる。とすれば、ディスクロージャーなんていくら進めようが信用できない。結局、こんなディスクロージャーでお茶を濁している経営者が何を言おうが信用できないということになっていく。不信が不信を呼び、疑惑が疑惑を煽るだろう。不信と疑惑は投機家やヘッジファンドが得意とするところだ。邦銀の株は狙い売られ、不信売りがドンドン出てくるようになる。そうなってから何を言おうが、誰も言うことを聞いてくれるはずがない」

しかし、福川に大蔵省を批判する資格はなかった。それは福川も自覚している。彼が所属する日本銀行は大蔵省の金融行政に腹をくくって抵抗したことなどなかったし、彼の上司で信用機構局を統率する大槻望局長に至っては、「大蔵省の金融行政に協力することが日本銀行の果たすべき役割である」と部下に向かって明言していた。かく言う福川も典型的なイエスマン・タイプのエリートだったから、あえて組織内で軋轢を起こしてまで自分の主張を通すつもりはない。かつてクラスメートだった木田高志にも、批判めいたことは一言も言わない。しかし、一人になれば、冷めた評論家としての頭が冴えてくる。

日々、日本は信用を失っていた。

邦銀は国際社会の信頼を失っていった。

福川は日々悩むだけであった。そして、胸の中の暗雲は広がり続けた。

しかし、国内の金融業者が当局を信用しなくなるというところまでは、福川の計算に入っていなかった。先ほど体験した北嶋證券の藤田常務が示したような対応までは予測に入っていない。その意味で、福川も読みが甘かったのである。

7

その日は静かに夜明けを迎えた。

一九九七年一一月三日――北嶋證券藤田常務に対する木田と福川の説得が不調に終わった翌日――に、大洋証券は会社更生法を申請し事実上倒産した。上場証券会社では史上初めてのことである。

六九ある支店は閉鎖され、二七六〇人の従業員は解雇される。負債総額は三七五〇億円にのぼった。系列の一四社は法的に整理される。当局主導の再建は結局挫折した。

大洋証券については、経営が左前になってから、ずっと参謀本部・大蔵省、財務部・日銀の二人三脚でサポートしてきたはず——であった。

上層部でどのような議論が行われたか、福川峻は与り知る立場にない。しかし、結果的に北嶋證券常務の藤田孝則が下した判断は正しかった。そのことだけは痛いほど思い知らされた。

大洋証券が破綻した結果、インターバンクで戦後はじめての支払不能が発生したのである。被害者は群馬県内の信金だ。大洋証券に貸した二〇億円は二度と戻ってこない。貸倒損失が生じてしまった。三〇兆円規模のインターバンク市場からすれば大した金額ではない。銀行の銀行である日本銀行において、日々三六〇兆円の資金が決済されていることを思えば、ゴミ粒のような金額である。しかし、当の信金にとってみれば、洒落ではすまされない損失であった。日銀総裁を信用したばかりに、預金者から預かっている大事なおカネを大洋証券に貸し出して焦げつかせてしまったのだ。

日銀クラブの記者会見場はごったがえした。

口元をへの字に引き締めて、薄い白髪の早野雄三総裁が悠然と入室してくる。七二歳になる早野の顔にはしみが目立ち、さすがに老いを隠すことはできないが、気丈な顔付きだけは昔のままだ。

幹事の新聞記者が先陣をきる。

「今回の大洋証券の破綻についてコメントをお願いします」

「大洋証券は、多額の不良債権を抱える関連ノンバンクの経営再建を図るため、関係金融機関の支援を受けて、一九九四年に経営改善計画を取りまとめ、その実行を図ってきたところですが、これ以上の経営改善計画の遂行は困難との判断に至り、関連ノンバンク等について法的な措置をとることにしたようです。この結果、大洋証券による関連会社への与信の毀損等により、通常の事務の継続が困難となったので、法的枠組の中で会社の再建を図ることが適当と判断し、営業の一部休止を決定するとともに、本日付で東京地方裁判所に会社更生法の適用を申請しました。また同時に、顧客の損害を防止するために、外部からの資金繰りにより顧客資産の返還に万全を期すための保全処分の申請を行うこととしたという連絡を受けました」

「経営責任についてどうお考えになられますか」

「大洋証券からは、経営責任の明確化のため、経営陣は退任すると聞いております」

「投資家に対する影響はいかがですか」

「大洋証券による会社更生法の申請を受けて、東京地方裁判所では保全処分命令を下しましたが、顧客資産の返還業務等を例外とする措置が講じられています。また、寄託証券補償基金、主力銀行等、関係者による最大限の支援・協力により、預かり金を含む顧客資産の保護と速やかな払い出しがなされるものと認識しております」

いつもながら紋切り型の他人行儀な答え方だ。これでよく記者たちが反発しないものだ——と福川峻は記者会見のたびに思う。答えたようで答えない——日常会話と全く違う世界がそこにある。

「金融システムの動揺は起こりませんか」

「先ほど申し述べた関係者の努力により、投資家の保護が図られ、かつ証券市場の安定が確保されることは、わが国金融システムに対する内外の信任を維持していく上において重要なことと認識しております」

厳粛な雰囲気の中ではあったが、福川は思わず吹き出しそうになった。

まともな会話になっていない。平行線はいつまで経っても平行線のままだ。これでは茶番劇にもならない。もっとも、これはマスコミに対する想定問答の基本中の基本である。

「回答にならないような回答がいちばんいい。そうすれば何も答えなかったことと同じになる」

先輩たちから厳しく教え込まれたことを思い出す。マスコミに対してモノを言う際には、とにかく言質をとられない。言い換えれば、何も言わない、ということに力点がおかれる。マスコミから「この間の回答と違うではないか」などという揚げ足取りの突っ込みをされないように、日本最高の頭脳たちが細心の工夫を凝らしている。だから結果論として、なるべく中身がないことを言うことになる。即答しづらい質問には、質問と答弁とがスレ違ってもいいから、原則論を答え続ける方がベターだ。だから記者会見では、答えているような、いないような禅問答が多くなる。

当番記者が続けて尋ねた。

「インターバンク市場で初めてデフォルトが発生しましたが、これについてはどうお考えですか」

「デフォルトが発生したこと自体は誠に遺憾ですが――」

通常通り、早野日銀総裁は想定問答を一字一句淡々と読み上げていく。

「――自己責任原則が貫徹するビッグバンにおいては必然の流れであり、致し方ないと思います」

早野雄三日銀総裁はさらりと言いきった。記者席は黙々とメモをとっている。

が、これを聞いた福川の丸顔はみるみるうちに真っ青になった。

何だって……。

たったいま早野が洩らした一言が福川の心の臓を貫いている。目を吊り上げて、遠く壇上にいる早野雄三をみやった。表情がこわばるのが自分でもわかる。

ビッグバンにおいては必然の流れだと……。致し方ないだと……。

脳裏には、怒りで真っ赤に染まるインターバンク関係者の顔が次々と浮かんでくる。昨日の昨日まで、福川峻を含めた日銀の現場サイドでは、「インターバンク取引は守るから、大洋証券に資金を融通してくれ」と散々言ってきたのである。恫喝に近い行政指導もしてきた。北嶋証券の藤田常務にも融資を頼んだ。ところが、大洋証券が破綻して債権が焦げついた瞬間に、「大洋証券に貸したのは各金融機関の自己責任だから損しても仕方がない」と日本銀行のトップが言いきったのだ。

「インターバンク市場は守る」

と再三再四公言しながら、危機が現実のものとなったとき、金融当局は思いきりハシゴを外した。そして、金融当局の言葉を信じて大洋証券にカネを貸していた金融機関が大きな損失を被った。金融当局の信用は地に堕ちる。インターバンク市場は変質するだろう……。

福川峻は直感した。目の前が真っ暗になる。明日から誰も金融当局の言うことなど信用しなくなる。信用が基盤であるはずのマーケットにおいてその信用が消えてなくなるのだ。

「マーケットが死ぬ……」

どこからかこのメッセージが繰り返し繰り返し福川の心奥に響いてくる。これから一体何が起こるのか。それが何であるかはわからなかったが、とてつもなく大変なことが起こるであろうことは十分に感じていた。

第二章　波　紋

1

マーケットが再開すると、福川峻の懸念は誰の目にもはっきりとわかるようになった。インターバンクは機能不全に陥り、呼吸困難な状況に陥っている。インターバンク市場ははっきりと瓦解した。インターバンク市場において、戦後初めてのデフォルトを発生させた衝撃波はそれほどまでに大きかった。

元本を丸々失うリスクを見せつけられたインターバンク市場の参加者は心底震え上がっている。その後も体の震えがどうにもこうにも止まらない。〇・〇一%単位の薄い利鞘(りざや)のために、元本一〇〇%のリスクをとるギャンブラーは、インターバンク市場にはもともと存在しない。

インターバンク市場の参加者はきわめて保守的なサラリーマンである。それが彼らの業務に期待される性分であった。毛ほどのリスクも嫌がる金融マンの集まりなのである。皆が出している間はおずおずと資金を出すが、誰かがカネを誰かに出さなくなったようだとなると、マーケットを環流していた資金はピタリと止まる。

大洋証券のデフォルトの結果、インターバンク市場は本来の機能を果たさなくなった。動脈硬化を起こしたままで血の循環が悪くなっている。相互にわかり合っているはずの邦銀同士でさえおカネが回らない。お互いに相手が潰れるかもしれない不安を持っているから、お互いに貸し出さないのだ。邦銀同士が信じていないのだから、外銀が邦銀を信じてカネを貸すはずがない。

金融株が売られまくり、週の終わりの一一月七日の東京株式市場では、日経平均が二年四ヵ月ぶりに終値で一万六〇〇〇円を割り込んだ。

それでも金融秩序の維持を預かる立場上、福川らは、資金の融通をインターバンク関係者に依頼しなければならない。福川は自分の職責を恨みながら電話をかけまくった。今度は、経営難の噂が絶えない東北拓殖銀行の資金繰りが厳しくなってきたのだ。

東北拓殖銀行は一九〇〇年に東北拓殖銀行法に基づく特別銀行として発足。一九五〇年に普通銀行に転換し、その後、都銀として、東北地区のみならず大都市圏や海外でも積極的に業務を展開したが、バブル崩壊後、急速に経営が悪化していた。公表不良債権は九三五〇億円。貸出債権に占める割合は一三・四%で、都銀の中では群を抜く高水準である。

状況を打開するために、四月一日に北海銀行との合併を発表したが、調整が難航し、九月一二日に合併延期を決定している。実質上の合併破談だ。このニュースが流れてから一ヵ月の間に二五〇〇億円もの預金が流出していた。

これまではなんとか一、二週間前に手当てできていた日々の資金繰りのめどが、前日や当日の朝にならないとつかないほど悪化し、資金調達のために日銀と一日に五回も六回も電話連絡しなければならない状況に陥っている。実際、大洋証券が破綻した当日、東北拓殖銀行は必要額が調達できないという絶体絶命の危機を経験した。そのときは、岩手県庁に頼み込み、県庁の斡旋で全国信用金庫連合会から五〇〇億円を借り入れてしのいだ。しかし、日々生きている、生かされているという綱渡りの状況に変化はなかった。

「近藤さん、お願いします。ここで東北拓殖銀行を窮地に追いやるわけにはいかない。そちらは資金があまってるじゃないですか。回してやってください」

電話の相手先は都銀中堅の大成銀行だ。部長の近藤巧が電話先に出ていた。近藤は企画部次長の頃から福川峻とつき合いがある。現在は取締役資金為替部長になっている。

「福川さん、おっしゃることはわかりますけど、インターバンクは最近危ないですからね。いきなりデフォルトになったりするから」

近藤の言葉には、精一杯の皮肉と批判が込められている。

一言一言が内臓にグサリとくるのを感じながら、福川はみずからを奮い立たせた。ここで都銀の東北拓殖銀行までがあの世に行ってしまったら日本はどうなる。東北拓殖銀行の預金量は七兆一四〇〇億円。貸出金は六兆九七〇〇億円。並大抵の金額ではない。日本の金融秩序を守るという無垢な使命感が福川を突き動かしていた。

「そんなことはありません。インターバンクは大丈夫です。金融当局が責任をもって支えます。大丈夫です」

ひたいからは汗がにじんでいる。

「そんなことといったたって、大洋証券の一件をみてたら、そうは思えないよ――」

近藤は軽く福川を挑発した後、同意を求めた。

「――そうでしょう、福川さん」

「大丈夫です。日銀を信じてください」

福川の声に熱がこもる。知らぬ間に力んでいるのがわかる。

「そう言われてもね」

「本当に大丈夫なんです。わたしを信じてください」

「まあ、福川さんがそこまで言うんだから、短い期間なら資金を回さないとは言わないけれど、正直言って心配だね」

「近藤さん、心配は御無用です」

福川は腹をくくって断言した。

「インターバンクは以前からわたしどもの総裁が公言してきたように確実に守ります。大洋証券は証券会社で、バンクじゃなかった。要するに、インターバンクじゃなかったんです。だから、われわれは守らなかったんです。東北拓殖銀行はバンクです。インターバンクなんです」

「なるほど」

近藤は瞬時に相槌を打った。

「銀行同士ならインターバンクになる。それなら、守るというんですな」

険しかった口調が急に柔らかくなった。

大成銀行の近藤巧は、北嶋證券の藤田ほど頑なではなかった。しかしそれは福川を信じたからではない。近藤なりの計算であり打算である。

近藤の大成銀行は多額の不良債権を抱え、深刻な信用問題を抱えている。万が一の場合、日銀に駆け込んで資金繰りをつけてもらわなければならないケースだってある。そういう意味で、東北拓殖銀行と立場は同じだった。目くそ鼻くそとは言わないが、大同小異の状況にあった。いざという場合を考えれば、日銀を邪険に扱うことはできない。その日銀でエリートコースをひた走る福川に恩を売っておくことは、少なくともマイナスではない。近藤は瞬時に算盤をはじいた。

「わかりました。お貸ししましょう。わたしどもも東北拓殖銀行とは長い付き合いですし」

「ありがとうございます」

「現場に指示しときますよ。福川さん、ただし、これは貸しですからね。それじゃ、また」

遠くで近藤が受話器を置く音が聞こえた。ほっとした福川は深く椅子にもたれて重い深呼吸をひとつした。どっと疲れがでてくる。張り詰めた全神経が一瞬ゆるんだ。

「とりあえず、目先の金融危機はしのいだ」

束の間の達成感が疲労した体を包む。しばしの間、心地よい余韻にひたった。

しかしこのとき、福川峻は、みずからが犯した大失態に気づいてはいなかった。

2

「大洋証券はインターバンクじゃなかった」という福川の発言は、大成銀行の近藤と東北拓殖銀行の担当者を介して、一瞬のうちにマーケットに広まった。今にも資金ショートしそうな東北拓殖銀行は必死だったし、近藤にしてみれば、「自分の大成銀行に対する資金融通が止まらないようにしておきたい」という思惑が働いたのだろう。

当日はそれでよかったのだが、徐々に副作用がでてきた。

福川の発言を解釈すれば、「金融当局は証券会社を守らない」ということだから、証券会社には貸せなくなる。

当たり前の話だ。

そこで、飛ばしの噂が絶えないため信用力が落ちていた証券大手の山三證券がクローズアップされてきた。山三證券は日本証券界の老舗である。「法人の山三證券」として一世を風靡した時期もそんなに大昔の話ではない。しかし近年は往年の影もなく、株の含み損を飛ばしていたとして評判と信用がガタ落ちになっていた。メインバンクの芙蓉銀行はどうも突き放しているらしい。噂が噂を呼ぶ。資金繰りは一気に悪化した。誰も山三證券に対するリスクなど取りたくはない。山三證券への資金はみるみるうちに細っていった。

インターバンク市場から資金が取れなくなった山三證券は禁じ手を使う。系列の山三投資信託がかき集めてきた投信資金をみずからの資金繰りに組み込んだのである。

日本では、信託という金融の器は不十分なまま整備されずに放置されてきた。普通、信託という器は受託者責任という重大な責務を背負っている。受託者は、委託者の財産を守る義務があり、財産を管理する者として慎重に投資行為・管理行為を行わなければならない。だから本来であれば、信用力に問題があり破綻のリスクがある金融機関などに資金を融通してはならない。欧米では、このようなスタンスのことをプルーデントマン・ルールというが、日本ではプルーデント（慎重な）という言葉が笑い話になるほど、受託者としての責務は無視されてきた。かくして厳密な意味での受託者責任が課せられない日本では、信託の器が好きなように悪用された。

山三證券系列の山三投信には、投信販売で集めた巨額のカネが貯えられている。本当は他人のカネだが、受託者責任の希薄な日本では、自分のカネのように自由に使える。山三證券は山三投信のカネを横取りして、自分の資金繰りを行うようになった。

ここでとばっちりを受けたのが東北拓殖銀行だ。

東北拓殖銀行は、その山三投信からの資金融通でなんとか日々をしのいでいた。毎日数百億円のロットで山三投信から資金を調達していたのだ。ところが、山三投信は全余裕資金を山三證券に回したため、東北拓殖銀行に融通するカネがなくなる。全体で二〇〇〇億～三〇〇〇億円調達しているうち、山三投信からの数百億円が消えてなくなったのだ。

東北拓殖銀行の危機は一挙に表面化した。

「福川さん、何とかしてください。助けてください」

「うちが潰れたら、東北地方の経済は大変なことになります」

受話器の向こう側から毎日悲鳴が聞こえてくる。東北拓殖銀行の本支店では、預金解約を求めて殺到する客が途絶えない。地盤である東北地方では、預金残高の減少をなんとか最少に食い止めていたものの、他の地域では前年同月比二〇％以上の大幅な流出が続いていた。六兆円台を維持していた預金量はみるみるうちに五兆五〇〇〇億円を切るほどになった。噂を聞きつけた民放テレビ局の中継車が本店に横付けすると、行員がパイプ椅子を出して来店者を店内に座らせ、店の外まで行列が続かないように必死に防戦していた。行列が表までおよんで悪い噂が広まったら万事休すだ。

東北拓殖銀行の役員から、毎日毎時間、嘆願されている福川は、一一月上旬こそ大成銀行など他の都銀に指示して資金を回させていたが、日増しに募るマーケットの厳しさと冷たさを体感していた。それが自分の失言によって発生しているとは自覚していなかったが、多くの銀行の対応が日増しに冷たくなっていることは嫌でもわかった。

それに加えて、信用機構局長である大槻望の言動が怪しい。いつまでたっても、東北拓殖銀行に関する明確な方針を打ち出そうとしないのだ。一ヵ月前には、「是が非でも東北拓殖銀行を助けろ」と福川に厳命していたのに、最近はその話題に触れようとしない。大蔵省の高田銀行局長とは頻繁に連絡をとっているようだが、その内容は一向に福川まで下りてこなかった。

春先に一七五円をつけていた東北拓殖銀行の株価は、九月一七日には一〇〇円を割り込み、一〇月八日には八〇円を下回った。一一月初めには額面近い六五円にまで落ち込む。きなくさい気配が漂った。

そして一一月一二日、東京株式市場が四三三円下げ、二年四ヵ月ぶりに一万五五〇〇円を割り込み、マーケットの危機感が最高潮に達したとき、たまりかねた福川は大槻の部屋にかけこんだ。

「大槻局長、このままでは東北拓殖銀行の資金繰りは破綻してしまいます。善後策の指示をお願いします」

詳細な資料を基に、エリート官僚らしく一分の隙もない説明を施した後、おもむろに福川は核心に迫った。首都高速が眼下に見下ろせる局長室には、大槻と福川の二人きりである。内容が内容だけにドアは完全に閉め切ってあった。鼈甲色の厚手の眼鏡に指を当てながら、大槻は丹念に資料の数字を追っている。普段は判断が人並み優れて速く雄弁な大槻が沈黙を続けている。実際には、数十秒に過ぎなかったのであろうが、この沈黙は福川には何時間にも感じられた。

首都高を流れる車の列にしばし視線を移して改めて黙考してから、大槻は口を開いた。

「それで福川くん。このまま推移したとき、東北拓殖銀行はいつまでもつのかね。要するに資金繰りはいつ破綻するのかね」

「一一月一七日の週は乗り越えられないと思います」

「一一月一七日ね……」

日付を低い声で反復したとき、固く腕組みした大槻望の眼鏡のフレームの奥で妖しい光が放たれたが、福川は気がつかなかった。

「わかった」

大槻は短く答えた。

「後は僕の方で処理するから、福川くんは、適時、状況だけを報告してくれ」

そんな馬鹿な——福川は息を呑んだ。

東北拓殖銀行を見殺しにするというのか——。

その結果何が起こるかを素早く計算して反論しようとしたが、福川の頭脳は働こうとしない。回路がショートしてしまったらしい。

日銀総裁を信じていらっしゃるんですか——北嶋證券常務の藤田孝則が言った台詞が浮かんでは消え、消えては浮かんだ。

東北拓殖銀行に資金を融通するために行ってきたこれまでの俺の努力は何だったんだ。

インターバンク取引を守るという約束はどうなったんだ。

総裁談話も、蔵相発言もウソ八百だったのか……。

感情論が渦となって福川の頭を駆け巡り、何か大槻に言ってやりたい衝動に福川は突き動かされた。しかし、その衝動がハッキリ言葉になる前に、大槻は会話を打ち切った。

「指示は以上だ」

大槻の険しい目は出口を指し示し、福川の退室をうながしている。プッシュホンに向かった指はすでにボタンを押し始めた。

「もしもし、高田さんですか……」

受話器に向かって話し始めた大槻は、レザーの椅子を回転させて福川に背を向けた。こうなっては議論の余地はない。上司に異議を唱えることは、日銀においては重大なタブーである。中でも大槻は実力者だ。たかだか調査役風情に意見ができるわけがない。エリートコースをひた走る福川が、東北拓殖銀行のためにみずからの出世を犠牲にすることはあり得ない選択肢であった。

深々と頭を下げながら、局長室のドアを閉めた福川ははっきりと感じていた。

都銀下位の東北拓殖銀行の運命は潰えたのだ。ここ二週間の資金繰りだって、日銀の看板をチラつかせた日夜に及ぶ福川の根回しでなんとか切り抜けていたのである。それがなくなればどうなるか。答えは決まっている。

「福川調査役、東北拓殖銀行の常務からお電話です――」

局長室を出た福川を見つけて、アシスタントの女性が声をかけてきた。福川は自分でも驚くくらいのスピードで両手を左右に振って、電話を切るようにジェスチャーで示していた。アシスタントは怪訝な顔をしながらも指示にしたがった。

「申しわけございません。福川はただいま席を外しておりまして――」

福川は席に戻るのをやめ、廊下に設置されている自動販売機コーナーに向かうことにした。妙に喉が渇く。東北拓殖銀行で働く五五〇〇人の運命は決した。冷たいウーロン茶の缶が取出し口に落ちてくる。アルミ缶特有の無機質な音を聞きながら、福川は自分に言い聞かせていた。

「東北拓殖銀行は終わった――終わったのだ。それでいいのだ……」

二日後の一一月一四日、日経平均株価が一万五〇〇〇円を割り込み、ムードは最悪となった。邦銀が海外から外貨を調達する際に要求される割り増し金利――ジャパン・プレミアム――は〇・五％を超えて急拡大する。邦銀に対するクレジット・ラインは一斉に引き締められた。

福川峻は優秀な官僚だった。

彼が予想した通り、東北拓殖銀行は一一月一七日の午前中に破綻した。

東北拓殖銀行は資金繰りの一環としてローンを証券化したユーロ債を発行したばかりだった。銀行が係った証券化商品で、証券発行の翌営業日にその銀行が破綻するというのは世界広しといえども前代未聞の出来事である。

取り付け騒ぎが各地で起こった。郵貯や大銀行へ大規模な資金シフトが起こる。大蔵大臣が緊急記者会見し、公的資金の導入の是非について検討する旨を表明する。これまで反対一色だった公的資金の導入に対して、識者からも賛成の声がもれ始めた。

金融界が沈みこむ中、マスコミは、サッカーの日本代表が初めてワールドカップに出場するニュースで沸き立っていた。前日の一六日、マレーシアのジョホールバルで、日本代表が延長戦の末、三対二でイランを下し、一九五四年スイス大会予選の初参加から四三年、一〇度目の挑戦で悲願を達成したのだ。

しかし、福川の心は全くといってよいほど沸き立たなかった。

3

東北拓殖銀行は、下位とはいえ都銀である。

都銀でも潰れるという前例ができて、マーケットは一段と動揺を強めた。

日本の金融当局は絶対に銀行を破綻させないという神話が崩れさったからだ。東北拓殖銀行といえば、都銀下位ながら海外業務を展開し、インターナショナリー・アクティブ・バンク、つまり国際的に活動している銀行として知られていた。東北地方では名門中の名門である。その名門が破綻した。波紋を呼ばないわけがない。

大蔵省銀行局長の要職にある高田喜美夫にも各国から電話が殺到した。

「——ミスター・タカダ、一九九五年一〇月の約束はどうなっているのかね」

国際電話の相手は、米国財務省で次官を務めるラルフ・フィッシャーだ。映画俳優のハリソン・フォードにそっくりの大柄の容姿が浮かび上がってくる。財務省は、アメリカにおける大蔵省だ。次官はナンバー2のポストだが、財務長官ウィリアム・ルースが金融実務に疎かったため、実質上ラルフ・フィッシャーが実務全般を取り仕切っていた。

ラルフの言う約束とはこういうことだ。

一九九五年一〇月、ジャパン・プレミアムが〇・五%くらいまで拡大したとき、大蔵省と日本銀行は、欧米の金融機関のトップをワシントンに集めて大演説をぶった。そしてその席で、「国際的に活動している銀行については救うための万全の準備をする」と言明したのである。

ラルフは米国金融当局の代表として会合に出席してその発言を直に聞いていたし、高田もその経緯については十分承知している。

　皮肉をたっぷりと利かせてラルフが吠えた。初めから喧嘩腰だ。

「あれは、東北拓殖銀行を含む大手一九行はつぶさないということだったと理解しているのだが、そうではないのかね」

「ミスター・フィッシャー、たしかに日本政府は、国際的に活動している銀行についてその機能を守ることを確約していますよ。しかし、東北拓殖銀行という固有名詞については、何ら言及してはいませんなあ」

　イエスかノーかのハッキリとした回答を求めていたラルフは、高田の煮え切らなさに苛立ちを隠しきれない。口調が詰問調になる。

「そんな謎かけにつきあっている暇はないのだがね」

　電話線を通してイライラが伝わってくる。

「お互い忙しい身の上だ。それでは、もっとハッキリと聞こう。つぶさないと言っておきながら、どうして事前に断りもなく、東北拓殖銀行を破綻させたのかね」

　ラルフは「断りもなく」という表現に感情をぶちまけた。

　無論、そんな挑発に乗る高田ではない。

「あなたもよくご存じのように、東北拓殖銀行は、すでに国際業務から撤退する方針を決定しておりましてね。この方針は、今年の夏に開催された日米金融協議の場でもあなたに申し上げているはずですが」

　軽く呼吸を整えて、高田は続ける。

「したがってその時点で、東北拓殖銀行は、インターナショナリー・アクティブ・バンクではなくなっていたわけです。われわれは、一九九五年一〇月の約束は覚えているし、それを破るつもりはありません。先ほどからそう申し上げているつもりですが」

「ミスター・タカダ。そんな言葉遊びをするために、わたしがはるばる米国から電話をかけてきたと思っているのかね。要するに――」

ラルフは大きく一息吸ってから言い放った。

「きみは嘘つきなのか。どうなんだ。そこをはっきりしてもらおうじゃないか」

徹底した個人主義に立脚した米国人にとって、嘘つきというのは最大の侮蔑の言葉である。しかし、高田は落ち着き払っていた。

「繰り返しになりますが、東北拓殖銀行は、すでに海外から撤退することを決定していたわけですから、インターナショナリー・アクティブ・バンクではありません。われわれはウソをついていないわけです。したがって、嘘つきでもない。そもそもわたしどもは大手一九行が果たしている金融機能を守るといっているのであって、個別の銀行云々という話をしたわけでもない。実務的にみれば、東北拓殖銀行が抱える第三者債務については全額が速やかに支払われるので、あなたの国に迷惑をかけることは何もありません――」

低く静かな声が高圧的に響く。慇懃無礼な物言いの中に刺がある。

「――嘘つき呼ばわりはやめていただきましょうか」

ついにラルフの癇癪玉が破裂した。

「東北拓殖銀行はインターナショナリー・アクティブ・バンクじゃないか。屁理屈をこねるんじゃない！」

「ミスター・フィッシャー、それは、あなたの認識が誤っています。現時点における東北拓殖銀行は、インターナショナリー・アクティブ・バンクではありません」

思いもかけぬ反応に、ラルフ・フィッシャーは困惑していた。困惑するあまり、二の句が継げなかった。あまりの非常識に絶句したと言ってもいい。

これが日本を支配している大蔵省という生き物なのか……。

「しかし……」

納得できないラルフはさらに重ねて追及しようとしたが、それを察した高田は、機先を制して一方的に言いきった。

「われわれは大蔵省です。大蔵省がやることに間違いはありません。おたくの国に迷惑をかけることは絶対にありませんから安心していただきたいものですな。それとも、アメリカの金融機関は、東北拓殖銀行に対する債権を返済してもらわなくともよいとでも言うんですかな。フィッシャーさん」

高田喜美夫の野太い声が高飛車に電話口から響く。これ以上の議論が何も生み出さないことは明らかであった。

ラルフはトーンダウンして低く唸った。

「……間違いなく、わがアメリカに何も迷惑をかけないと約束できるのですな」

「そうです。わたしどもは大蔵省です。申し上げたことは必ず成し遂げます」

「ぜひそうであってほしいものですな。約束は約束です。何と言っても、大蔵省さまの約束なのですから――」

ラルフは、精一杯、皮肉を利かせたが、高田には何の効果もなかった。

「どうぞ、ご心配なく――」

4

「高田の野郎、ふざけるんじゃねえ！」

高田との会話が終わるや否や、激しい金属音を鳴り響かせて、ラルフは受話器を叩き付けた。隣で会話の一部始終を聞いていたロバーツ・ラトリッジ次官補が静かに口を開く。ロバーツは米国財務省におけるナンバー3、ラルフの懐刀である。

「それにしても、日本の役人は、盗っ人猛々しいというか、何と言うか。ああ言えばこう言う。こう言えばああ言うで、屁理屈だけはキッチリとこねてきますな」

「ああ、あいつらは嘘つきのチャンピオンだ」

怒りにまかせてラルフは吐き捨てた。目が吊り上がっている。

「何がインターナショナリー・アクティブ・バンクだ。これが初めてならともかく、ここ数年間毎年毎年、『不良債権はございません。まったく大丈夫です。処理は終わっています』としれっと言い続けておきながら、不良債権の定義が変わっていく。『不良債権が増えてるじゃないか』と言うと、『定義が変わりましたから』と平気で言いやがる。あいつらの頭の構造はどうかしてるぜ」

「ここ数年の大蔵省の説明は、われわれを小馬鹿にしているとしか思えませんからね。わざわざ不信を煽っているとしか思えない。そもそも、われわれに本当のことを説明する気はないんでしょう」

「ああ、俺たちのことを馬鹿な日本国民と同じレベルで考えていやがる。金融の素人だと侮って、その場しのぎのいい加減な言いわけで煙に巻こうとしているのがミエミエだから、なおさら頭にくるんだよ」

「まあ大蔵省は、長年の間、よらしむべし、知らしむべからず、っていうんで、何にも説明せずに言うこと聞けというやり方でやってきているらしいですから、それでわれわれに対しても十分やっていけると思っているんでしょう。甘いですなあ。やまと銀行が米国を撤退させられたことをもう忘れたんでしょうかね」

やまと銀行ニューヨーク支店は、巨額の損失を組織的に隠蔽して虚偽報告していたとして、米国金融当局から一九九五年一一月に米国撤退という厳しい行政措置をくらっていた。

ロバーツ・ラトリッジは、当時、ニューヨーク州銀行局次長として当該事件に深くかかわったほか、在米外銀を一〇年以上にわたって担当した経験がある。ニューヨークに支店を出している邦銀は五〇以上あったから、多数の邦銀マンとの付き合いから、嫌でも日本の金融行政に詳しくなっていた。

しかし、だからと言って、大蔵省に対する点数が甘いわけではない。

「ラルフ、まあ、近いうちに思い知らせてやりましょうよ。いずれにしても、日本は金融行政に関しては、発展途上国並みかそれ以下です。銀行に対する検査が全く機能してないんですから。銀行と示し合わせて、不良債権隠しに荷担するような検査官がいるのは、世界広しといえども先進国では日本だけでしょう。いや、日本は先進国だったかな」

「ふん、あんな国が先進国だなんて世の中が狂っているとしか思えんな。もう一度、第二次世界大戦直後のように、わがアメリカのマッカーサー元帥にでも登場してもらった方がいいんじゃないか。そうしないと、目が覚めないいんだろう。あの馬鹿どもは――」

喉の渇きを覚えたラルフは、部屋に備え付けられている小さな冷蔵庫からダイエット・コークの缶を取り出した。カロリー・コントロールにうるさい彼は、飲み物はこれに決めている。三ヵ月ほど前に日米金融協議で来日したとき、赤坂の料亭にダイエット・コークが置いてなかったことが彼の逆鱗に触れて、大蔵省の担当者がコンビニに走ったというエピソードがあるほどだ。酒を飲まないラルフにとって、飲み物と言えばダイエット・コークしかない。

勢いよく缶を開けて、一気に飲み干したラルフは、そのままアルミニウム缶を片手で握り潰した。鈍く乾いた音が静かな室内に響いた。

「中身のない大蔵省など、こんなふうに潰してしまえばいいんだ」

それは単なる呟きではなかった。

5

桜田通りを越えて斜向かいに位置する郵政省の横の小路を抜けると、「秋吉」という名の洒落た焼鳥屋がある。ちょっと見にはわかりにくいこぢんまりとした店作りになっているが、うまい日本酒を飲ませるというので評判の店だ。大蔵省からは歩いて一五分くらいの距離にある。

「おい、言ってたことが違うんじゃないのか」

沢登隆一は木田に絡み始めた。

すでに二人の前には、空になった二合徳利が三本ならんでいる。空けたのはどちらかというと沢登の方で、残業がある木田は飲むのを控えている。沢登の顔はすでに朱に染まっている。酔眼が木田を睨みつけていた。

「お前、東北拓殖銀行は絶対に守り切ると言ってたんじゃないのか。検査結果を甘くするだけ甘くさせられて、俺たち検査部は『資産内容に問題がある』程度のことしか書かせてもらえなかった。

それがいきなり破綻だときやがる。一体全体、何が起こってるんだ」

　銀行に対しては強気で出る検査部であったが、大蔵省内部ではほとんど力がないというのが実情である。銀行監督を司る銀行局にはまったく頭が上がらない。沢登がいかにこぶしを振り上げようとも、木田のいた銀行局に届くことはほとんどない。その一方、銀行局がなにかを決定すれば検査部は唯々諾々と従うしかなかった。個別行から銀行局に根回しされて検査結果に手心を加えさせられることも、一度や二度ではなかった。銀行局にとって検査部は属国扱いだった。

「でも沢登、お前は検査部に配属されたときから、東北拓殖銀行は営業停止にすべきだと主張してたじゃないか」

「そりゃそうさ。あの資産内容をみて、行政処分に踏み切らないなんて金融当局は大蔵省ぐらいのものだろう。米国ならもう五年前に一部業務に関しては業務停止にはなっているだろうな。目も当てられない惨状なんだから」

　沢登はお猪口(ちょこ)を空けて続ける。

「だがな、木田。お前も知っているように、銀行局のお偉いさんたちは、それを知っていながらずっと東北拓殖銀行には一切手をつけてこなかった。この春に地銀の北海銀行との合併を画策し、それが失敗したら、英国のバーミンガム・バンクとの提携をサポートした。しかし、東北拓殖銀行の財務体質には、何らメスを入れていない。バランスシートが悪化するのを黙認していただけだ」

「何もしてなかったというのは言い過ぎなんじゃないか。関西相和銀行の処理をみろ。あんなことは昔はできなかった。銀行局は銀行局なりに水面下で動いているんだ。高田銀行局長なんかは舞台回しで東奔西走していたぜ。マスコミ向けのスタンドプレーをしないから目立たないだけさ」

　木田は高田の立場をかばった。

「まあいいさ。銀行局さまが仕事をしていると主張されるのなら、百歩譲って、そうだとしよう。しかしな、その仕事の結果が東北拓殖銀行の破綻だったというのが、俺には解せないんだ。これまでと全然違うじゃないか」

「そうだな……」

木田も相槌を打った。

「一体何が起こってるんだ」

砂肝をほおばっていた木田は、ゆっくりと嚙み砕いて胃袋に流し込んだ。薄塩が鳥の味を引き立てて旨味を引き出している。沢登の直線的な突っ込みはとりあえず聞き流そうと思ったが、どうもそれでは諦めてくれそうになかった。沢登のお猪口に熱燗を注ぎながら応対する。

「たしかに大洋証券までは、お前の言う通り、大手金融機関は守れというのが至上命令だった。俺だって、証券局の補佐として、資金繰りの根回しをやらされていたからな。北嶋證券の藤田常務があまりにも頑なだったんで失敗したが……」

「そうだろう。大蔵省は、決済システムに全く関係がなく、中堅証券会社にすぎない大洋証券すら助けようとしたんだぜ。なんで決済機能を担っている東北拓殖銀行を潰すんだ。しかも、東北拓殖銀行は都銀だ。中小銀行じゃない。そこがどうにも俺にはわからねえ」

手酌で酒を注ぎ終わった木田は白磁に青の線が入ったお猪口にゆっくりと口をつけた。お構いなく沢登は執拗に同じ疑問を繰り返す。

「なあ、木田。おかしいんじゃないか。何か変なことが起こってる。何かが変わって、これまでと違うことが起こっているに違いない」

とりあえず木田は聞き役に徹した。

「東北拓殖銀行の資金ショートはたった二〇億円だった。たった二〇億円なんだ。こんな金額なんて何とでもなったはずだ。護送船団行政を頑なに守ってきた銀行局なら、日銀を恫喝すればどうとでもなった金額だろう。そのカネを出さなかった。つまり、銀行局は東北拓殖銀行を意図的に潰したわけだ」

木田が沈黙していることをいいことに、沢登は一挙にまくしたてる。

「これまで俺たちの検査結果に見向きもせずに、愚にもつかない合併工作や提携話に走ってた奴らがなぜこんな過激な処置に走ったのか。そこが解せないんだ。リスクを最も恐れてきた銀行局のお偉方が自分の判断で、こんな大層なことができるとは思えないんだがなあ」

沢登はしきりに首をひねっている。考えが整理できないときにでるくせだ。

「じつはな……」

酔っ払った沢登がとりとめのない自分の推論をさらに展開しようとしたとき、ゆっくりとお猪口を飲み干した木田はぼそっと口を開いた。周囲を気にしながら、誰にも聞かれないように一段と声を潜める。

「——お前のいうとおり、東北拓殖銀行は意図的に潰したようだ」

一瞬の沈黙が二人の間を支配した。時は動くのを止めた。

「——どうしてなんだ」

木田にあわせて声を潜めた沢登が聞き耳を立てる。

「これまで、銀行局が大々的な手術に踏み切れなかったのは、セーフティーネットがなかったのが大きな要因だ。もっとはっきり言えば、公的資金の導入がタブー視されている限り、騙し騙しでも不良銀行を延命させざるを得なかったわけだ」

「それが銀行局さまの立派な言いわけだということは俺も知っているよ」

「まあ、茶々を入れるな」

木田は沢登をピシャリと制した。

「とにかく公的資金が導入されない限り、この修羅場は乗り切れない。それはお前だって否定しないだろう」

「当たり前だ。不良債権は不良債権。いったん腐った債権は、どれだけ祈ったところで健全債権には変わってくれない。誰がどう考えても、公的資金は必要だよ。しかも巨額の公的資金がな」

「そうだろう。公的資金が導入されなければ、ニッチもサッチもいかない。そこで、高田局長は密かに民主自由党の幹部に根回しを進めてきた。ようやくそれが実ったということらしいんだ」

「ほおーっ、公的資金の導入が国会で審議されるのか」

「そうじゃない。何もなしに公的資金の導入を持ち出したら、それこそ住専国会の二の舞になる。たったの六八五〇億円であの騒ぎだ。今度の金額は桁が違うからな。最低でも一〇兆円の公的資金の枠を確保しようという話だ。事は慎重な上にも慎重に進めなければならない」

「たしかに一〇兆円もあれば手術に取りかかることもできるだろうが、一体全体どうしようっていうんだ」

「そこだ。国会を通すためには、世論のバックアップが絶対に必要になる」

これまでチビチビとやっていた木田は、手酌でさっと注いだ杯を勢いよくあおった。

「厳しく辛い決断だが、そのためには、金融不安というものがどういうものか、国民に骨身にしみて思い知ってもらう必要がある。国民は甘えているんだよ。大蔵省に何でもかんでも守ってほしいと思っているくせに、公的資金の導入には感情的に反対する。本当に身勝手で始末におえない。だから、公的資金の導入に意味もなく反発し続けていると、どうなってしまうのかを彼らに理解させなければならない。東北拓殖銀行は、そのための尊い犠牲になってもらわねばならないんだ」

6

沢登は息を呑む。

ごくりと生唾を飲みこんだ。

赤ら顔がいっぺんに素面に戻っている。沢登の視線は、木田の横顔に狙いを定めて微動だにしなくなった。一言も聞きもらすまいと木田の口元を凝視している。

「――公的資金を導入するために、意図的に金融不安を演出するシナリオはできあがった。高田局長がこのところ表立った動きをみせなかったのはこの困難な作戦を完璧なものにするために練り上げていたからだ。アホな国民を扇情的に煽り立てて公的資金の導入に反対してきたマスコミのやつらも、今度の今度だけはさすがに理解を示すだろう」

たまらず沢登は割って入った。

「し、しかし、やるならやるで、検査の示達書で厳しく指導するとか、新規業務の停止とか、やり方は色々あるじゃないか。そういう目的のために、いきなり東北拓殖銀行クラスの大銀行を意図的に破綻させるというのはあまりに理不尽だ」

「わかってないな、沢登。大義の前に小義は忘れろ。公的資金を導入するために、金融不安が必要なんだ。そのためには、東北拓殖銀行クラスの破綻が絶対に必要なんだ。地銀程度だとマスコミは理解しない。東京国際銀行では大きすぎるが、関西相和銀行程度では足りないんだ」

木田の語り口は真剣である。

「去年、これまでの慣例を破って、関西相和銀行にあえて業務停止命令を下したのは、公的資金を導入させるための世論を喚起するためでもあったんだ。後で高田局長にその意図を聞いたとき、俺は彼の深謀遠慮に戦慄したよ。しかし、関西相和銀行の処理は完璧すぎて、パニックらしいパニックが起こらなかった。意外に粛々と進んでしまったので、公的資金を導入すべきという世論は盛り上がらなかった。だから、もう一回り大きな生け贄が必要だと高田局長は判断したんだと思う」

「しかし、いくらなんでも、いきなり金融不安を煽るというのは、行政としての手法を逸脱しているんじゃないか」

「沢登、だから検査部は駄目なんだ。俺たちは大蔵省だ、単なる行政官庁じゃないんだ。俺たちは日本国家そのものなんだよ。俺たちが日本を主導し、日本を繁栄させてきた。これまでもそうだし、これからもずっとそうだろう。公的資金を導入して不良債権問題を決着させなければ日本は滅びる。それを避けるためには、多少の犠牲は必要なんだ。それが現実なんだよ。日本では、何事も行きつくところまで行かないと、大胆な方向転換ができないんだ」

「そんな激しいショック療法をとらなくとも、淡々と検査結果に基づいて、行政命令を下していくことでも、公的資金の必要性は主張できる。決済業務を継続させつつ、新規業務を停止していくことで、段階的な撤退を促すことはできるはずだ」

沢登は抵抗した。

「お前はそう言うがな。丹後銀行をみろ。大失敗だよ」

丹後銀行は、兵庫県を基盤とする有力第二地銀である。第二地銀としては最大規模を誇っているが、その栄光は過去のものとなり、一九九四年三月には関連ノンバンク一〇社の経営改善計画を提出するところまで追い込まれるなど、すでに死に体となっていた。その前後から、大蔵省の完全な管理下に置かれてきたが、結局再生することなく経営難が続いていた。

「それは、銀行局の運営がまずいだけじゃないか」

「そんなに簡単なもんじゃないんだよ。銀行の経営は。ここまできたら、巨額の公的資金を突っ込むしかないんだ――」

　表情を動かすことなく木田は言いきった。

「――いずれにしても、もうそのための連続ドラマのシナリオは動き出している。後は、公的資金の導入まで突き進むしかない」

「……連続ドラマのシナリオだと。東北拓殖銀行だけじゃないのか」

　沢登が思わず小さく叫ぶ。東北拓殖銀行だけでも巨大な衝撃なのに、これが連続する。しかも、意図的にショックを引き起こそうというのだ。

　衝撃的な話をしている割には、木田の口調は淡々としたままで変わらない。

「そうだ。一つだけでは公的資金の必要性について国民を説得するには足りないということで、近々大手証券が破綻することになっている。飛ばしで問題になっているあの証券会社だよ。それでも足りなければ、次は信託銀行だ。大手ゼネコンという手もあるがな。いずれにしても、世論の動向を冷静に見極めつつ、公的資金の導入を絶対に勝ち取る。大丈夫、うまくいくさ」

「木田、その考え方は間違っている。金融不安を意図的に引き起こすなんて正気の沙汰じゃない」

　沢登の思いは叫びに近くなっていたが、こんな場所で大声を出すわけにもいかない。誰かが聞いていないとも限らない。前後左右に眼をやった沢登は、感情を抑えて何とか絞り出した低い声で翻意を迫ったが、木田は全く揺らがなかった。

「何を言っているんだ、沢登。お前が常日頃主張している青臭い正論は、金融不安を起こすことばかりじゃないか。たとえば、お前は不良債権に対する完全な引当を求めている。だけど、全銀行が不良債権の引当を正確にしてみろ、邦銀なんてほとんど全部が自己資本不足になっちまう。大多数が破綻だよ。そういう無謀なことを言っている割にはナイーブなんだな。それに、あの証券会社は不祥事の頻発で、信用は地に堕ち顧客離れも加速している。俺たちが手を下さなくとも遅かれ早かれあの世行きさ。若干早めに引導を渡してやるだけだ」

「それは違う。正しい道を貫くために避けることのできない辛い試練を耐えるというやり方は国民に納得してもらえると俺は信じている。その過程で国民は必ず公的資金の必要性を理解する。だが、公的資金を導入したいがために、単なる手段として国民に辛い試練を与えてみるというのは邪道だ。少なくとも公僕がとるべき政策じゃない」

「甘いな、沢登。世の中はお前が言っているほど、賢くもないし、正しくもない。もっと言えば、賢く正しくあろうとも思っちゃいない。国民は立派なポリシーなど持っちゃいないよ。彼らはおれたち官僚にリードされたがっているんだ。みていろ、俺の言った通りになるから。あれだけ公的資金の導入に反対だったマスコミが今度は賛成に回る。そしてすんなりと法案は国会を通過する。来年春には、一〇兆円単位の公的資金を大手を振って利用できるようになる。これでだいぶ金融行政の幅が広がるだろう」

「しかし……」

沢登はまだ言い足りなかったが、木田はすでに立ち上がっている。

「悪いがこれから会議なんだ——いま話した大手証券会社の件でな」

「本当なのか……」

木田が話したことを、沢登はまだ信じたくなかった。

意図的に金融不安を発生させるなんて……。狂気の沙汰だ……。

「いまにわかるさ。今日の勘定は後で教えてくれ。ちょっと急ぐんでな」

感傷を寄せ付けない木田の冷たい声が背中越しに投げつけられる。

視点が定まらないまま、沢登は木田の背中を追っていたが、立って追いかけるほどのエネルギーも残っていなかった。金融不安を実験するという衝撃的な事実に心身ともに打ちのめされていた。

頭を整理するためと自分に言い聞かせた沢登は、首をひねりながらさらに呑んだくれるほかになかった。

7

その日、赤坂界隈の店を転々として、珍しくハシゴ酒をした沢登が自宅に戻ったのは午前三時を回っていた。呑んでも呑んでも酔いが回らない。起きて待っていた妻の恵子にひとしきり小言を言われたが、何を言われようと耳に入ってこない。沢登の胸中は衝撃的な木田の話で占領され、すべてがうわの空であった。

何が起こるのか。

空前絶後の金融実験が行われようとしている。

呑んだくれた沢登の脳裏では、これまで深く関わってきた金融行政の歩みが走馬灯のように断片的に浮かんでは消え、浮かんでは消えている。沢登隆一は、大蔵省証券局で証券行政を経験した後、ニューヨークの在外公館での勤務を終えて、一九九六年の夏に官房検査部課長補佐のポストに戻ってきた。今のポストは一年ちょっとしか経験していないが、ニューヨークを含めて金融関連の仕事を七年以上担当している。

「俺が日本に帰ってきたのは、ペイオフの凍結が決定された直後だった……」

居間においてあるダークブラウン色のソファーに反り返るくらいに体を預ける。弾力のないソファーは、へべれけになった沢登の身体を飲み込んだ。沢登はくすんだベージュ色の天井を眺めながら、頼りない記憶を手繰ろうとしていた。

沢登隆一がニューヨークから帰国したのは、一九九六年の六月下旬である。

帰国一週間前の六月一八日、住専処理法等金融関連六法が成立した。この中で預金保険法は改正され、ペイオフが行われる場合のコストを上回る資金支援が可能になった。それまでは、ペイオフの場合のコストを下回らなければ資金援助はできなかったのだが、その制限が取り払われたのだ。これで、ペイオフする必要がなくなった。預金は銀行が破綻した場合であっても全額保護されるようになったのである。この法律改正は、大蔵省のモンスター——高田喜美夫の豪腕によるものであった。

「ペイオフはいずれ必要な措置ではありますが、現時点においては、善意の預金者に損失を求めることに明確な国民的合意がございません。金融機関が不良債権問題を抱えている状況だけに、ペイオフをするということが信用不安を醸成し易くなるという面もございます。さらに、銀行のディスクロージャーは不十分でございますから、預金者に自己責任を求めるに足る情報が開示されているとはいえない状況にあります。庶民たる預金者を守るためには、ペイオフを凍結しなければなりません。したがって、緊急措置としてペイオフを凍結することをここに宣言するものでありますっ！」

記者会見に臨んだ当時の大蔵大臣小野啓三は、高らかにペイオフの凍結を宣言した。庶民を守るための政策に異論があろうはずもない。それほどこみいった議論もなされないまま、ペイオフ凍結は既成事実となり、預金保険法が改正された際、二〇〇一年四月までペイオフの凍結を解除しない――ペイオフをしない――ことが盛り込まれた。

沢登隆一は、その直後に大蔵省検査部に舞い戻ってきたのだ。

「結局のところ、それが日本の方向を誤る兆しだったのだ」

アルコールまみれの脳みそで沢登は反芻していた。あのとき、大蔵省は一時しのぎの道を選んだ。わずかな血の出る外科手術を恐れ、痛み止めのモルヒネでとりあえずごまかそうとした。その副作用に俺たちはいま苦しめられているのだ。

「浅井部長、いつまで問題の先送りを続けるのですか。こんなことを続けていて、不良債権問題が本当に片づくとでも思われているのですか。右肩上がりの経済は終わったんです。地価が再び上がることを信じ続けて、銀行検査ができるとでも思っていらっしゃるんですか。このままで検査部は本当にいいんですか」

沢登は若さに任せて検査部長の浅井誠によくくってかかった。実際、金融の都ニューヨークから戻ったばかりの沢登にとって、当時の大蔵省行政はひとつひとつが納得できないことだらけだった。ニューヨーク駐在時代、ウォールストリートのインベストメント・バンカーたちから、日本の金融当局の優柔不断を散々馬鹿にされてきた反動という面も多少はあったかもしれない。

不良債権問題自体は、他の国々においても別に珍しい話ではなく、ＩＭＦ加盟国の三分の二は何らかの形で不良債権問題に端を発した銀行危機を経験している。しかしそれらの国のほとんどは、銀行危機を三年から五年以内に終結させている。そこが日本との大きな違いであった。バブルが崩壊して数年が経過している一九九六年時点においては、不良債権問題などほぼ解決のめどが立っていておかしくない。

しかし、三年ぶりに土を踏んだ祖国の実態は違った。

「まあまあ沢登くん、きみは帰ってきたばかりだから、そういうアメリカ的な考え方をするのかもしれんが、日本には日本のやり方があるんだよ。邦銀はまだまだ多額の株式の含み益を抱えている。大事には至らんさ。そもそも銀行局がそんな下手を打つわけがないだろう」

「そうはおっしゃっても、検査結果をみれば、事態が深刻であることは明らかじゃないですか。なぜ、銀行局は手をこまねいているんですか。トットと処理しないでどうするんでしょうか。時間をかければかけるほど、先延ばしにすればするほど、処理するための金額は巨額になる。これはどこの国でも経験した単純な事実です。ガンと同じで早期発見・早期手術が重要なんです。これは世界の常識ですよ。日本一の秀才が集まった大蔵省がそんなこともわからないなんてどうかしてますよ」

「そうキャンキャン吠えなさんな。検査部には検査部の立場というのがあるんだよ。身のほどを知るという言葉があるだろう。われわれは、銀行局の指示にしたがって淡々と検査していればいいんだ。事実去年は、懸案事項にいくつも着手したじゃないか。コスモス信組に、木津第一信組、丹後銀行の処理も行った。金融問題の処理は計画通りに進んでいる」

どぶねずみルックと揶揄される大蔵官僚にしては珍しく、薄いピンクのカラーシャツを颯爽(さっそう)と着込んだ沢登の肩を軽く叩きながら、検査部長の浅井誠は諭すように優しく言葉を選んだ。しかし沢登は納得できない。

「浅井部長、その計画進行が遅すぎるから言っているんですよ。不良債権というガン細胞はわが国の銀行全体に転移し蔓延しつつあります。もっと一斉に網羅的に即時処理しないでどうするんです」

「おいおい、世間知らずの若造みたいなことを言わんでくれよ。きみは分別のある大蔵官僚だろう。昨年暮れの住専国会を忘れたのか。たった六八五〇億円であの騒ぎだ。たった六八五〇億円だぞ。マスコミから総攻撃をくらって、ほとんど罪人呼ばわりだ。俺だって忸怩（じくじ）たる思いはある。しかし、いまきみが言ったとおりに、悪臭が立ち込めるこの腐ったゴミ溜めを一気にひっくり返してみろ。いくらかかると思う。一〇〇〇万、二〇〇〇万という単位の話じゃないんだ。数兆円単位のカネがいるんだぞ。カネが。それとも、きみがうるさいマスコミと腰の重い国会議員を説得して、巨額の公的資金の導入を認めさせてみせるとでも言うのかね」

一九七〇年代に次々と設立された住宅ローンの専門金融機関（住専）は、不良債権を積み上げたために、その処理が大問題となった。

その端緒は一九八〇年代に遡る。

大企業が債券発行など直接金融に手を染めると、銀行は新たな融資先を探さなければならなくなった。そこで脚光を浴びたのが住宅ローンである。銀行が大挙して進出したため、玉突きのように住専は押し出されて不動産関連融資へと営業基盤を広げた。さらに一九九〇年三月、地価の異様な高騰に対応するため、不動産融資に対する総量規制と三業種規制が実施されると、この規制の網の目から外れた住専が、これも規制から外れていた農協系統金融機関から資金を流し込まれ、ほとんど無人の野を行くがごとく不動産市場にカネをばら撒き続けることになる。

これが住専の致命傷になった。

その後のバブル崩壊による不動産市況の急落が住専の経営を直撃したのだ。

一九九一年から九二年にかけ、大蔵省検査部は住専七社に対して立ち入り検査に入ったが、結果は惨憺たるものだった。審査能力はなきに等しく、母体行からの安易な紹介融資に頼るその姿は、金融機関ではなく、垂れ流しパイプというべきものであった。そういう状態でバブルが崩壊すればひとたまりもない。九一年一〇月から九二年八月にかけて母体行の金利減免や母体行以外の金融機関の融資残高維持を柱とする第一次再建計画が始まったが、すぐに行き詰まった。次に策定された第二次再建計画は、結局問題を先送りするだけだった。住専問題は徐々に金融問題の中核と認識されるに至った。農協系統金融機関が巨額の債権を保有していることもあって、農林族からの圧力が強力で、潰すに潰せない。

政治の圧力は、住専を紹介した銀行の責任を追及し、負担を押し付ける方向に動いた。負けじと銀行も押し返す。ニッチもサッチもいかなくなったところを民主自由党幹事長の職にあった鹿島(かしま)龍三(りゅうぞう)がこの危機の収拾に乗り出し、橋山内閣は公的資金の導入へと踏み込んだ。

一九九五年一二月二〇日早朝、橋山総理大臣は首相官邸で記者会見に臨む。

「日本の金融秩序に対する内外の信頼を回復するため、住専問題を緊急に解決する必要があります。また景気回復からも、これ以上先送りすれば傷口を大きくし、金融界の混乱を大きくするだけと思われます。ぎりぎりの苦渋の決断として、多額の公的資金を導入せざるを得ません。住専処理のために六八五〇億円の公的資金を導入することを政府は決断しました」

橋山内閣にとっては苦渋の選択であったが、その途端に国民の怒りは爆発する。野党は国会に座り込みを続けて国民にアピールした。破綻した住専に国民の血税を注ぎ込むことは国民の支持を全く受けられなかった。

このドタバタ劇の結果、公的資金の議論はタブーとなり事実上封印されたのである。検査部長である浅井誠の言葉は、厳然と存在しているこのムードを色濃く反映していた。大蔵官僚の誰もが、この不良債権問題を公的資金なしにどう解決するか、もがき苦しんでいたのだ。それは、実態を糊塗しながら国民を欺き、政策の中身をごまかしながら、現状をわずかずつ辛抱強く改善させていく、気が遠くなるような苦行であった。

それでも、沢登は納得できなかった。

「しかし、結論はみえているじゃないですか。無から有を生み出すことはできません。不良債権は不良債権。これを健全な債権に一夜のうちに変えてしまうマジックはどこにもない。それどころか、放置すれば腐っていく一方です。一体全体どうするんですか」

詰め寄る沢登の視線を浅井は避けた。

「きみの高尚な意見は承っておくが、わたしは一介の検査部長に過ぎない。わたしにはどうにもできんよ」

荒々しく煙草に火をつけた浅井は、椅子を四分の一だけ回転させて横を向きながら、ゆっくりと煙を吐き出し始めた。浅井の視線は窓の景色に向かっている。ショートホープのきつい匂いが沢登のさらなる追及を謝絶していた。

沢登は欲求不満のまま観念して自席に戻った。

8

「おう。また、激しくやってたみたいだな」

自席に戻った沢登に声をかけてきたのは、検査部のベテラン村井浩三である。肩書は統括検査官。彫りの深い顔に若干縮れ気味の黒々とした髪の毛が妙に似合っている。検査一筋二五年、地方財務局から一つ一つ長い階段を上ってきた。いわゆるノンキャリアの叩き上げである。豊富な経験を刻み込んだ深い皺がこれまでの苦労を象徴していた。検査実務の生き字引きといえる村井は、金融検査に関する沢登の指南役でもある。

「村さん。浅井部長は駄目だよ。全くやる気がない。このままじゃ、銀行の不良債権処理は進まない。時間の問題で銀行は耐え切れなくなる。そうなれば、これまで溜めに溜めた歪みが一挙に表面化してくるだろう。誰にでもわかっていることだ。そうなったら、また、検査部は何をやっていたんだってことになるよ」

「そうさな。いつでも検査部は叩かれ役。貧乏クジを引かされる役回りだ」

村井はひょうひょうと応じる。

「銀行局はいつだって金融システムの安定だとかいうごたくを並べて現実を直視しようとしない。そのあげくに検査結果を甘めに書き直せと言ってくる。こんなことがいつまでも許されていてよいわけがない」

「そのとおりさ、沢ちゃん。しかしなあ、大蔵省さまにあっては、一に主計局、二に主税局、三・四がなくて、五に理財局。六・七なくて八に銀行局だ。検査部なんて、その下の下の下。順番にすれば、関税局より下位の二〇番目ぐらいかもしんねえ。銀行検査なんてキャリアさまの関心事じゃないからなあ。浅井さんだって、ここで後少し静かにしておけば、元の畑の主税局に戻れるってえ寸法だ。賢いあの人がそんなリスクを冒すはずはねえよ」

村井は自然にべらんめえ調になった。これが彼の地である。

「村さんは相変わらずシニカルだね」

「シニカルなんて高尚なもんじゃねえよ。沢ちゃん、俺はな、リアリストなんだ。ノンキャリアだから苦汁や辛酸は何度も舐めてる。銀行局の若い補佐さまたちは、俺たち現場の言うことなんざ、何も聞こうとしやがらねえ。現場で汗を流している俺たちよりも都銀のＭＯＦ担の言うことを信じやがる。あんたもキャリアなら上の方針に嚙み付くようなことはしないこったな」

「俺はエリートじゃないからね。そんなことに気を配ったところで昇進するわけもない。もし本当のエリートだったら、検査部なんかに配属されずに、今頃主計局主査として他省庁の予算を取り仕切っているだろうさ」

　同期トップとして肩で風切る木田高志の姿がふと浮かんだ。木田は入省してすぐ文書課に配属され、北海道の室蘭で税務署長を経験した後、ずっと主計局の中枢を歩んでいる。大蔵官僚なら主計官僚になりたい。しかし、「エリートだったら検査部なんかに配属されない」という台詞は、検査部一筋の村井に対する明らかな侮蔑である。一瞬場がしらけたことに気づいた沢登はあわててとりなそうとしたが、年配の村井は機先を制してカバーに回った。

「沢ちゃん。気持ちはよーっくわかるよ。キャリアなら予算やりたいもんな。チマチマした銀行検査なんかより、日本国家の財政を取り仕切るっていうのは面白いに違いねえや。早く沢ちゃんが検査部でのお務めを終えて、主計局に栄転できるように俺は祈ってるぜ」

「村さん、俺は別に……」

「まあまあ、いいってことよ。本心を隠せないその素直で直情径行的なところが、沢ちゃんのいいところっていうか、いい感じなんだなあ。要するに、キャリアのくせにヘタクソなんだな。そう、ヘタクソなんだよ。キャリアだったら、本心は心の奥底に隠して厳重に鍵をかけておくもんさ。絶対に他人に悟らせちゃなんねえ。そうでないと、大蔵省では偉くなんねえよ。まあ、沢ちゃんの場合、その未熟さがなんとも言えないいい感じを出してんだよな。そう、いい感じ、いい感じ♪」

ポンポンと沢登の肩を叩くと、村井浩三は人気女性デュオが歌っていた一年前のヒット曲を鼻歌まじりに口ずさみ、書類の詰まった段ボール箱が無造作に積まれた室内を器用にステップを踏みながら部屋を去っていった。


たしかに沢登隆一は、普通の大蔵官僚と違っているかもしれない。

どうみても、お役人とは思えないファッションセンス。奇抜だというのではない。やたらにお洒落なのだ。お役人といえば野暮ったいはずが、沢登はそのカテゴリーに属していない。サッカーで鍛えた筋肉質を今も維持し、一七五センチの身長に七七キロという体軀に最新のファッションが映える。中腹も年相応に緩んでいる気配がない。いまも毎週武蔵野サッカークラブでたっぷり汗を流しているからだ。

ニューヨークでの駐在時代、もともとあったファッションセンスが格段に洗練されて開花した。ワイシャツはカラー地の洒落たものを着こなしている場合が多く、無地の純白であった例がない。袖にもカフスが光る。スーツはブルックスブラザーズのダブルを愛用し、ネクタイもシルクの派手めなものを好む。そのいでたちは、まるでウォールストリートのインベストメント・バンカーのようである。着任日、検査部の部屋に入ろうとしたら、金融業者と間違えられて注意されたほどだ。

ただ、仕事ぶりは、その洗練されたファッションとは正反対だ。

泥臭く、正論を唱え続ける。正義漢が猪突猛進に突き進むという感じがピッタリとくる。そのため、上司と衝突するのは、浅井検査部長が初めてではなかった。

ニューヨークに赴任する前、証券局に在籍していた時も、証券スキャンダルに関して上司とぶつかった。当時沢登は、「営業特金への補塡を許すべきではない。即刻、厳しい行政処分を下すべきだ」と主張して譲らず、役席と激しくぶつかり遠ざけられた。その後の経緯をみれば正しかったのは沢登だったのだが、人事上はマイナスだった。ピカピカのエリートコースとはお世辞にも言えない検査部に追いやられてしまった。

しかし、沢登はくさらなかった。着任以来、夜を徹して働いた。

妻の恵子や二人の子供と過ごす時間はきわめて限られたものとなったが、大蔵官僚の生活はそういうものだと決めつけている沢登には全く気にならない。多くのキャリアは検査部に配属されたことを「島流し」に喩え、与えられた仕事を適当に流すだけであったが、沢登はみるからに違った。地道に銀行検査を極め続けた。現場の検査官の何十倍も検査資料を読みこなし、ニューヨーク時代のネットワークを通じて海外の当局検査状況などにも精通しようと研鑽を続けた。

冷静になって現実を直視すれば、「村さん」こと村井浩三が指摘したとおり、金融行政は大蔵省銀行局が完全に取り仕切っている。検査部が口を出す余地はほとんどなかった。検査結果が行政に活かされたことなどなかった。東京国際銀行が債務超過に陥っているという重要な検査結果も高田によって握り潰されてしまった。曲がったことが嫌いな硬骨漢の村井にしても振り上げたコブシは空回りしがちだ。何せ、銀行局は検査部の言うことなど聞こうともしないのだから……。

沢登も検査部がそういう状況にあることは重々承知している。

しかし彼は憑かれたように金融を極めようとしていた。

何が自分を突き動かしているのか沢登自身もわからない。行き場のない怒りが彼を駆り立てているようでもある。積極的に評価すれば、銀行局による先送り行政に対する反発であるかもしれない。

消極的に解すれば、検査部責任論に対する防御であったかもしれない。実際、金融機関の破綻や不祥事が起これば、「検査部は何をやっていたんだ」「検査官の目は節穴か」などと容赦ない罵詈雑言がマスコミや政治家から浴びせられてきた。

時折、恩師が大学を送り出すときに言ってくれた言葉を思い出す。

「これからの世の中で大事なことは金融だ。主計局が多少間違えてもたいしたことはないが、金融で失敗すると大変なことになる」

検査部への配属は決して華々しい栄転とは言えなかったが、つねに前向きに思考できるのが沢登の強みである。雨の日も風の日もサッカーでしごかれた開北高校時代に培われたものか、彼は逆境をそれほど苦にしないところがあった。

小柄で色白の木田高志と大柄で浅黒の沢登隆一は、開北高校のサッカー部で同じ釜の飯を食べた旧知の仲だ。木田は守りの要のポジションをこなし、クールにゲームをコントロールする役回り。沢登はセンターフォワードで、どちらかと言うとテクニックよりもガッツで点を取るファイタータイプだ。ともに東京大学にストレートで合格し、木田高志は法学部、沢登隆一は経済学部へと進学。相談したわけではなかったが、偶然にも就職先は同じ大蔵省だった。公務員試験の順位は共に高順位で、木田が二番、沢登は一〇番。バランス感覚に優れそつなく冷静に仕事をこなしていく木田と、強気一辺倒で寄り切って行く豪腕タイプの沢登はなにかと好対照である。その二人が、いまは銀行局と検査部に配属されて対峙している。

「検査部の意地をみせてやる」

日々の実務では、浅井検査部長の厚い壁に阻まれて自分の思い通りには何も進まなかったが、沢登は来るべき反撃の日のために、着々と理論武装と戦闘準備を整えていた。

第三章　不　能

1

木田高志の予言が実現するまでに歳月はかからなかった。

一一月二四日、四大証券の一角である山三證券が自主廃業を決定したのだ。

東北拓殖銀行の破綻からたった七日後のことである。

山三證券は一八九七年に創業した伝統ある証券会社で、かつては「法人の山三」と呼ばれた兜町のドンであった。預かり資産は二三兆九六〇〇億円。従業員は七五〇〇人を数える。損失を付け替えて隠す飛ばし取引が累増し、耐え切れずに崩壊のときを迎えた。負債総額は戦後最大の三兆円を超えるとみられる。

千代田区の大手町ビル支店では、山三證券の転換社債を持っていた中年男性が玄関シャッターが開くと同時に警備員につかみかかり支店長との対面を迫るというハプニングが起きた。名古屋支店では、午前八時から五〇〇枚の整理券を配ったが瞬く間になくなり、翌日分の整理券を配る手配に追われた。

翌二五日、日経平均株価は一時八〇〇円を超す下げ幅になるなど急落し、一万六〇〇〇円を割り込む。そして木田の予想通り、公的資金導入論が一挙に盛り上がった。

この間、福川峻は多忙を極めている。

東北拓殖銀行の破綻処理に加えて、山三證券に対する日銀特融が決定されたからだ。

日銀特融とは、資金繰りが行き詰まった金融機関に対し、預金者などを保護するために日銀が無担保で拠出する特別融資のことだ。一九六五年に田中蔵相によって実行された日銀特融が平成になって再び陽の目をみた。

山三證券が自主廃業を決めてから最初の営業日の一一月二五日の朝一番に、日銀総裁の記者会見が開催された。日銀記者クラブは色めきたったが、早野日銀総裁の談話はいつもと同様淡々としたものだった。

「山三證券は、バブル崩壊後の収益悪化が続く中で、今春以降、格付機関による格下げの動きや総会屋事件の表面化などから、内外市場における信任低下が一段と顕著となっていました。また、最近、同社における巨額の簿外債務が存在する疑いが濃厚であることが、関係当局への報告により明らかになりました。こうした中で、本日、山三證券から廃業及び解散にむけ、臨時取締役会において営業休止を決議したとの報告を受けています。わが国を代表する大手証券会社の一つである同社がかかる事態に至ったことは、日本銀行としてきわめて遺憾であると考えています」

「経営破綻の直接の原因はなんですか」

無味乾燥としか言いようのない説明文の読み上げが終わると、記者会見の幹事を務める新聞記者が質問を始めた。

「今般の山三證券の経営行き詰まりの直接の原因は、巨額の簿外債務の判明というきわめて特殊な事情にあります。とはいえ、同社が内外市場において広範な業務展開を行い、多数の顧客を擁していること等を勘案すると、今後、同社の自主廃業の過程を円滑に進めていくことが、わが国および海外金融市場の安定を確保するうえできわめて重要であると考えています」

拍子抜けするくらい淡々とした早野日銀総裁の口調は変わらない。

「三〇年振りに日銀特融を実行した理由をお聞かせください」

「先ほど述べた状況に鑑み、日本銀行としては、わが国の中央銀行として、信用秩序の維持というみずからに課された使命を適切に果たしていくため、臨時異例の措置として同社の主力取引先金融機関とも協力しつつ、日本銀行法第二五条に基づき、同社の顧客財産の返還、内外の既約定取引の決済、海外業務からの撤退等に必要な資金を供給することといたしました」

「それで、日銀の貸付金が焦げつくことはないのですか」

「同社は債務超過の状態にはなく、また政府においても、本件の最終処理を含め、寄託証券補償基金制度の法制化、および同基金の財務基盤の充実や機能の強化等を図り、十全の処理態勢を整備すべく適切に対処したいとしているので、日本銀行資金の回収に懸念が生じるような事態はないと考えています」

重要な問題であったが、さらりと早野総裁は流した。

「金融システムに動揺が走り、信用秩序が崩れることはありませんか」

「以上の措置により、同社と取引関係のある内外の投資家及び一般債権者との間の取引は円滑な履行が確保されることとなるので、投資家、取引先ならびに金融・資本市場参加者は冷静な行動をとられるよう、強く希望したいと思います」

早野は、一字一句違えることなく想定問答を読み上げた。

幹事記者の質問が終わるや否や、待ちきれないようにヒゲ面の記者がおおげさに挙手をした。質問があるらしい。ひとくせありそうな顔だ。

「日本経営新聞の藤島です。山三證券は飛ばしや損失補塡の噂が絶えず、二六〇〇億円を超える簿外債務を抱えているなど、経営内容に相当の問題があると思われます。なぜそのような問題のある金融機関に対して日銀特融の実行を決定したのか、責任者として明確なお答えを伺いたい」

同席している記者全員が聞きたかった質問である。会場は瞬時に静まり返った。

「――先ほども申し上げたように、山三證券は債務超過ではないとわたくしどもは聞いております」

メモをとっていた総勢六〇名ほどの記者たちは手を止めて、壇上に立つ早野の顔を一斉に見上げる。日本経営新聞の藤島は納得できずに重ねて訊いた。

「マーケットでは四三〇〇億円の資本金ではまかないきれない簿外債務があるという見方が一般的です。早野総裁は、なぜ山三證券は債務超過ではないと確信しておられるのですか」

記者たちのペン先は再びメモ用紙に向かった。早野総裁の答えを待ち構えている。

薄くなりつつある白髪をなでながら、早野雄三はへの字にゆがんだ口元を再び開いた。

「ただいま御質問のありました山三證券が債務超過か否かに関しましては、来週、大蔵省が検査に入ると聞いております」

答えになっていない。総裁会見に立ち合っていた福川峻は首をかしげた。無担保、無保証、無制限で数千億円ものカネを貸そうとしている日本銀行のトップが、山三證券の資産内容については知らないと言っているのだ。無責任と言われても仕方ない答弁内容である。

案の定、次の矢が飛んできた。

「総裁、あなたは当事者じゃないんですか。この特融に関する限りあなたは、責任者であって、評論家じゃないでしょう。国民のカネを怪しげな金融機関に対して、無担保、無保証、無制限に貸そうとしているのに、どこかの誰かが債務超過ではないと言ったというだけで、それで本当によろしいとお考えなんですかっ！」

場のよどんだ空気がゆらめいた。しかし、そのざわめきも早野には全くとどかない。

「先ほどご説明したとおり、山三證券につきましてわたくしどもは債務超過ではないと聞いており、来週、大蔵省が検査に入って確認すると聞き及んでおります」

見事であった。見事なほどに答えようとしていない。官僚答弁の鑑のような回答であった。

記者が何を質問しようがお構いなしにこれまでの説明を繰り返す。答えるつもりのないことを知らしめるというお定まりの手だ。そのうちに記者も飽きてきて、次の質問に移るというわけである。このときもいつもと同じ光景が繰り返されようとしていた。

「……わかりました。さっきの質問はもういいです」

藤島は官僚のやり口を熟知しているようだ。いったん矛をおさめて、変化球を投げてきた。

「質問をかえましょう。山三證券は、海外に子会社や現地法人を多数もっています。そういう意味で、数千億円にのぼるとみられる日銀特融のおカネは海外に流れてしまう可能性もあるわけですが、その資金使途については、どうつかんでいらっしゃいますか」

福川はピンときた。この記者はかなり調べているようだ。

山三證券は、飛ばし取引関連で海外の顧客と多額のディールを行っている。ところが破綻となると、その飛ばし取引をどう清算するかが問題となる。要するに、「日銀特融が万が一にも飛ばしの清算などに使われていることはないでしょうね」と念押ししているわけである。

人知れず福川は固唾を飲んだ。

無論、早野は動じない。はっきりと、ゆっくりと、一字一字手に取った想定問答を読み上げた。

「資金使途については一切承知しておりません」

すさまじい回答である。

金貸しがそのカネの使途を確認していない。

ギャンブルに使おうが、女に注ぎ込もうが、貸したカネを何に使ってもよいと言っているわけである。しかし、カネを貸すときにその資金使途を確認しないバンカーはいない。実際、日本銀行も銀行に対しては資金使途を確認するよう指導している。福川は耳を覆いたかった。

日銀は金貸しでなくなった――金貸しのモラルを失った。

中央銀行がモラルを失った。

モラルハザード……。

この言葉が福川の心理の深層に刻み込まれることになるのは、この記者会見からであった。

2

「結局、日銀は知らぬ存ぜぬか!」

この記者会見の模様を時事クイックでウォッチしていた沢登隆一はモニター画面に向かって吼えていた。時事クイックは通信社が提供している情報端末のことである。

「債務超過ではないと聞いている、大蔵省が検査に入ると聞いている、資金使途については存じ上げておりません、と来やがった。あくまでも第三者だ。あいつらは何でもかんでも俺たち検査部に責任をなすりつけようとしてんじゃないのか。自分で調べればいいじゃないか。銀行なんだろう。日本銀行ってのは。なあ、村さん」

「沢ちゃん。そう日銀を責めるな。どうせ、日銀の御殿女中たちのことだから、自分だけで答え振りを決める度胸があるはずねえ。ウチの偉いさんと示し合わせた上での結果だろうぜ」

「それにしても、何も知らぬ存ぜぬで日銀特融を出すなんてことをよくも恥ずかしげもなく言えたもんだね。中央銀行としての誇りとかプライドというものはないのかねえ」

いきり立った沢登は収まらない。口調はどうしても辛辣になる。

「まあ、それだけウチの偉いさんの力が凄いっていうことだろうさ。俺たちだって、その権力の凄さにはいつも泣かされている。ご都合主義でゆがめられた検査結果がその象徴ってえわけさ」

「しかし、今度の山三證券の検査は違うだろう。何と言っても大金融機関が破綻して、しかも何千億円もの日銀のカネが出るんだ。徹底的に暴いてやる」

彫りの深い村井浩三の表情が一瞬曇った。流れるような仕草で煙草を一服吹かす。紫煙がゆるりと天井へと流れていく。そして、諭すようにゆっくりと口を開いた。

「なに甘いこと言ってんだよ、沢ちゃんは。検査結果なんて、やる前にわかってるに決まってんだろう。いいか、山三證券は債務超過じゃないと決まったんだ。これは、決定事項なんだよ。俺たち検査部の出番じゃねえ」

いさめる口調は完全に冷めている。

「でも検査は来週から……」

「ああ、来週からやるさ。お定まりの形作りだよ。とりあえずやったということにして、債務超過じゃねえという話をでっち上げんのさ」

「債務超過じゃないって本気ですか、村さん」

突っ込む沢登に対して静かに深く息を呑みこんでから村井は答える。

「ああ本気さ。答えはもう決まってる。証券局さまから数字が降りてきているからな。純資産は若干のプラスだ。一〇〇〇億円ほどのな。後はダラダラと処理を長引かせりゃいい。世間が関心を失った頃に、債務超過が明らかになるって寸法だ。破綻した後で資産が値下がりしたとか、意外に処理費用がかかったとか、適当なことを言っておけば、新聞記者もガタガタ言わねえ。そもそも、その頃には、山三證券に関心のある国民なんていやしねえよ。これでみんな幸せ、万事ＯＫというわけだ」

「それじゃ、国民を騙すことになる。検査は厳正であるべきだって、村さんいつも俺に言っているじゃないですか。そんなこととすれば、また検査部が叩かれることになりますよ。いいんですか」

顔を真っ赤にした沢登の語気は激しくなった。感情が高ぶっているのが自分でもわかる。

しかし、感情が高ぶっていたのは、沢登だけではなかった。

村井浩三の抑え続けてきた感情が突如弾けた。

「馬鹿やろう！」

沢登にじろっとした眼をくれて、村井の胴間声が部屋中に響く。驚いた課員が仕事をやめて一斉に沢登と村井の方を振りかえる。ざわついていた部屋の空気が静まり返った。「鬼の村井」の顔が真っ赤になっている。

「そんなこたあ誰だってわかってんだよ。好き好んでそんなことをやりたい奴がいるわきゃねえだろう。山三證券が債務超過でないわきゃねえ。あれは誰がどうみたって債務超過だよ。債務超過。債務超過に決まってるさ。俺だってそんな検査結果に判は押したかねえ」

天を仰いだ村井は息を継いで、気持ちの高ぶりを抑えた。周りの課員たちがヒヤヒヤしながら二人を見守っている。顔をしかめた村井は声を低めた。

「——じゃあ、どうするっていうんだ。沢登さんよお。あんたもバリバリのキャリアなら、あのお偉いさんたちとタイマン張って、正論を通してきなよ。あんたらは間違ってる、っていつものように吼えてきなよ。お前らは国賊だ、と罵ってきてくれよ。そして、お偉いさんの結論を覆してきてくれ。俺たちの今の立場じゃ、できることとできないことがあるってことは、お前さんでもわかるだろう。子供じゃないんだ。それで俺にどうしろっていうんだよ」

窪んだ村井浩三の両眼は沢登の顔を睨みつけた。心なしか潤んでいる二つの黒い瞳から無念の感情が滲み出ている。いつのまにか沢登の両肩に村井の手が置かれていた。

「例の損失補塡問題を思い出せ。俺は信託銀行のファントラにおける損失補塡の事実を突き止めていたんだぜ。明らかに法律違反だったし、動かぬ物的証拠もおさえていた。しかしなあ、銀行局のお偉いさんの一言でチョンだ。『信託銀行の損失補塡はあってはならないし、あるはずもない』とか言われて終わりなんだよ。いいか、三ヵ月に及んだ検査の苦労が、お偉いさんの一言で終わりなんだ。それが現実なんだよ」

例の損失補塡問題とは、一九九一年に証券会社が、顧客が損失した場合の補塡を約束していたことが発覚して世論に叩かれた証券スキャンダルのことである。北嶋證券や山三證券など大手証券会社は軒並みマスコミから糾弾され、続々と経営者が更迭された。しかし、その背後で信託銀行も同様の取引をファントラ（指定金外信託）という器を使って行っていた。企業に運用資金を融資し、その資金をそのままファントラで運用、さらに運用金利を保証するという「にぎり」をやっており、「バックファイナンス付きファントラ」と呼ばれたこの取引は、マーケットでは周知の事実だった。ところがこの存在は、大蔵省高官の一言で、闇から闇へと葬られたのだ。

沢登は発すべき言葉を失った。

「沢ちゃん……」

村井は、がっしりとした沢登の両肩を背広ごと力任せに両手でつかんだ。

「沢ちゃん。偉くなれ。早く偉くなって、この理不尽を正せ」

ゆっくりと噛み締めるように吐き出した村井浩三の一言一言を浴びながら、沢登は目頭に熱いものがこみ上げてくるのを止められない。

腐ったゴミ溜めが悪臭を放っているのに何もできないのか。ゴミ溜めをゴミ溜めと呼んではいけないのか。

俺たちの仕事は一体何なんだ……。

3

慌ただしく展開する一九九七年一一月の悪夢は、山三證券の破綻では終わらなかった。

山三證券が倒れてすぐの一一月二六日、第二地方銀行の徳陽市民銀行が資金繰りが回らずに破綻する。徳陽市民銀行は仙台市を拠点とする第二地銀で、総資産は七九四〇億円。預金量も六四〇〇億円にのぼる。一九九七年九月中間期は四億円を超す経常損失を計上し、中間期としては二期連続の赤字となっていた。

第二地銀とはいえ、突然の破綻にマーケットは動揺を深めた。

プルルル……。世の中が騒然とする中で、大蔵省銀行局長室の電話が鳴る。

「もしもし、高田ですが」

「ハロー、ミスター・タカダ」

聞き覚えのあるだみ声。フィッシャー米国財務省次官だ。

「ああラルフさん、お元気ですか」

「早速で申しわけないが、一昨日自主廃業した山三證券と今日破綻した徳陽市民銀行のことについて、納得のいく説明をいただきたいな」

「山三證券の第三者債務については、全額支払われることになっているので、なんらご心配ありません。徳陽市民銀行は地方の小銀行です。アメリカさんに心配していただくには及びませんよ」

高田の英語は相変わらず流暢だった。よどみなく流れるという表現がこれほどぴたりと当てはまる官僚は、大蔵省広しといえども彼だけだろう。

「そうは言っても、山三證券は四大証券の一つだ。何で倒れるのを阻止しなかったんだ。これまでの大蔵省だったら、絶対に潰さなかっただろう」

「ラルフさん、あなたはそう言うが、アメリカでドレクセラー証券が破綻したとき、アメリカの当局は救いの手を差し伸べなかったでしょう。それと同じですよ」

一呼吸置いて、高田は答える。相変わらず、答えぶりにはよどみがない。

「アメリカではそうだが、日本は違うときみは言ってきたじゃないか」

「日本もアメリカと同じことをやるようになったということです。評価していただきたいですな」

「ミスター・タカダ、そんな戯言を聞くために電話したんじゃない。山三證券は意図的に潰したのか、それとも不可抗力で潰れたのか、どちらなんだ」

煮えきらない高田に、カウボーイ気質のラルフは苛立ってきた。

「潰したというのは穏やかじゃない言い方ですなあ」

黒ぶち眼鏡のフレームの奥で狡猾な目が一瞬光を放った。無論、受話器の先のラルフにはわかるはずもない。

「どうなんだ。潰したのか、潰れてしまったのか」

「さあ、どうなんでしょう。わたしには、マーケットが無理な経営をとがめる形で動くというのは望ましいようにも思えますが……。時代の流れということなんじゃないんでしょうかねえ」

相変わらず高田の回答は煮えきらないままだ。ラルフはカチンときた。

「これまで大蔵省は、金融機関がいくら破綻しても問題ないと言いきっていただろう。すべてはアンダー・コントロールだと説明してきたじゃないか。それは嘘だったのか」

「いえいえ、われわれは嘘などついてませんよ」

「だとすると、山三證券は意図的に潰したんだな。その意図はなんだ」

「そうとは言っていないでしょう」

流暢に流れる高田の英語が一瞬よどんだ。

ラルフごときに、民主自由党の幹部と握った密約——公的資金を導入する環境を整備するために東北拓殖銀行と山三證券を生け贄にする秘密作戦——のことを話せるはずがない。やはり、役人答弁でかわしておくに限る、と高田は瞬間的に判断した。

「ビッグバンの本格化に伴い、日本にもグローバライゼーションの波が押し寄せているということなんでしょうねえ。ビッグフォーと呼ばれた四大証券の一角が倒れてしまうというのは、たしかに隔世の感があります。これからは、フリーでフェアなマーケットでグローバルな競争が本格化するということなんでしょうなあ」

「そんなゴタクは聞いてない！」

のらりくらりとした長口上に、ラルフが持ち前の癇癪玉を爆発させた。

「要するに、大蔵省は山三證券を支えられないくらいに弱体化したのかどうかを聞いているんだ。イエスかノーかで答えろ！」

ちょっとは頭も回るじゃないか……。高田は電話口で苦笑いしながら、再び流暢に話し始めた。

「大蔵省が弱体化したという話は寡聞にして聞いていないんですがねえ」

「いいか、これまでお前らは、『邦銀が破綻していると批判する人もいるが、金融機関は、われわれが完全にコントロールしている状況下で潰れている。だから何も問題はない。丹後銀行をみろ。関西相和銀行をみろ。何の問題も起こっていないじゃないか』と言ってきたんだ。それがなんだ。東北拓殖銀行が破綻したと思ったら、今度は山三證券か。一体何を考えてるんだ」

「だから、何も問題は起こっていないでしょう。第三者の債務は完全に支払われるのですから。アメリカに何の迷惑もかけていないと思いますがねえ」

「そういう問題じゃない。俺はお前らの能力のことを聞いてんだよ」

右肩と顎で受話器を固定した高田は黒ぶち眼鏡をはずしてレンズを磨きながら、ことさら静かに応対するように心がけていた。頭に血が上ったカウボーイ野郎にはのらりくらりと答えてやるに限る。

「ですから、ご心配には及ばないと申し上げています。大蔵省のやることに問題があるはずがありません」

「なにが『ご心配には及ばない』だ。心配だから電話してるんだろう！」

「まあまあラルフさん。冷静に話し合いましょうよ。罵り合っても何の解決にもならんでしょう」

「うるさい。じゃあ聞くが、徳陽市民銀行の破綻はどうなんだ。大蔵省のコントロールの下での破綻だとは到底思えないんだがな」

黒ぶち眼鏡のレンズを磨く高田の手が止まった。受話器を手で持ち直しながら、次の台詞を探す。

ラルフは痛い所を突いた。たしかに徳陽市民銀行は急所だった。徳陽市民銀行の破綻は、民主自由党と練った秘密作戦において想定していなかった純粋なアクシデントだったのだ。山三證券が自主廃業した瞬間に、インターバンク市場におけるカネの流れがピタリと止まり、徳陽市民銀行は資金繰りに窮してショック死してしまったのである。このため、徳陽市民銀行を処理するスキームはなんら準備されていなかった。

「それで営業譲渡先は決まったのか」

高田は答えられない。

「いつ最終的なスキームは固まるんだ」

ラルフの矢継ぎ早の質問が続く。高田は、ラルフの追及に、いつものように流暢な返答がすぐに出てこない自分に怒りを覚えていた。怒りは焦りに変わり、焦りは新たな焦りを呼んだ。いつものような余裕しゃくしゃくの受け答えができない。

「要するに、大蔵省が言ってきたアンダー・コントロールではなくなったんだろう」

「……そんなことは絶対にない」

ようやく高田は態勢を立て直した。

「じゃあ、徳陽市民銀行の最終処理案を教えてくれ」

「……そ、それは近日中に決まる予定だ」

「ほう、じゃあその大枠を聞かせてもらおうか」

「……まだ、話す時期でもない」

いちいちひと呼吸置かないと答えられない自分に腹が立つ。

高田が沈黙する時間は、ラルフが勝利を確信する時間であった。勝ち誇ったラルフの顔が目に浮かぶだけに無性に腹が立つ。高田はラルフの次の追及に備えるべく思考を巡らせていたが、突如ラルフの口調が上機嫌に変わった。

「ミスター・タカダ」

話しぶりに余裕があふれている。

「今日のカンバセーションはひじょうに有益だった。大蔵省はウソつきだがスーパー・パワーだと思ってきたが、どうも俺は間違っていたようだ。パワーの方にもどうやら問題がありそうだな」

ラルフの皮肉が高田の心の襞に刺さる。しかし、返す言葉が出てこない。

「――ではお大事に。テイク・ケア・オブ・ユアセルフ」

上機嫌のラルフはあざ笑うように電話を切った。

拍子抜けした高田は、黒ぶち眼鏡を手に持ったまましばし放心する。思わぬ展開に思考を立て直そうとするのだが、なかなか考えがまとまらない。完勝と思っていた勝負が振り出しに戻った。そんな感じだった。完全試合目前のピッチャーが下位打線に出会い頭の一発をくらった気分だった。

しかし、主戦場は国内である。海外ではない。

ラルフ・フィッシャーのような門外漢には勝手に吠えさせておけばいい。

高田は自分に言い聞かせて、次なる指示を部下に下達するために、プッシュホンに手を伸ばした。

4

「いつになれば、昔のように、楽に何も考えないで資金繰りができるんだろうか。こんなことが長い間続けられるわけがない……」

冷え込みが厳しくなった一二月の夜道を自宅に向かいながら、近藤巧は力なく呟いていた。大成銀行の資金繰りを預かる彼は、このところ眠れない日々を過ごしている。五〇代の彼の頭は見事なグレーに染まっていたが、急速にその白さが増す一方、抜け毛で薄くなりつつもあった。

原因はストレスである。

大成銀行の格付は現在トリプルBマイナス。投資適格ギリギリの水準だ。しかしマーケットはさらに厳しい。海外のマーケットでは全く資金が取れなくなっていた。電話さえ取ってくれないことがある。頭取の石井匠が体力に見合わないニューヨークやロンドンの支店を閉める決断ができないまま、日々大量のドル調達に迫られている。海外で調達できないのであれば、日本から送金するしかない。円資金を調達してドルに換えるしかないのだ。近藤の負担は日々重くなるばかりであった。ドルを調達してドルを運用するのであれば、為替リスクの多くを回避できる。しかし、円を調達してドルを運用するのでは、為替リスクをもろに被ることになる。だから、為替スワップを組んで為替リスクをヘッジしたい。

ところが、である。その為替スワップができないのだ。邦銀のクレジットを嫌がって、外銀は長期間のスワップに応じてくれない。三ヵ月程度のお付き合いを時たましてくれるか、倒産しても大丈夫なように現金担保を差し入れろと言ってくる。足元をみて目茶苦茶なプライスを押し付けてくる外銀もある。ロンドンでは、スワップの価格があまりに外銀に有利であるがために、一部の外銀が円のマイナス金利を提示するという冗談のような事態さえ起こった。

米銀や欧銀は邦銀に対する信用供与枠を一斉に凍結している。日本の金融をみる目は一変してしまった。日本の金融当局に対する海外の不信は決定付けられた。「日本の当局は絶対に銀行を破綻させない」という神話は完全に崩壊した。

危ない銀行のリストが毎週のように週刊誌をにぎわし、マスコミ各紙では毎日のように識者が銀行の危機を煽った。その意味では、高田喜美夫と民主自由党の秘密作戦は功を奏した。公的資金の導入に異を唱える主張はいっぺんに姿を消した。経団連など経済四団体は、金融機関の不良債権処理に公的資金を導入すべきとの考えで完全に一致した。

公的資金の導入は待ったなしとなった。

一〇兆円を超える公的資金の導入は既成事実として、その地位を獲得していく。一〇兆円を超える金額は国民にとってはあまりにも現実感のない数字であったようだ。反対らしい反対もみられないまま、想像もできないほど巨額の公的資金が金融システムのために用意されようとしていた。住専に対する六八五〇億円の公的資金で大激論が戦わされた一九九五年一二月とは様変わりである。

一九九七年一一月に集中して発生したたった一ヵ月の出来事が、世論をドラスティックに変えてしまったのだ。

しかし近藤巧にとっては、それらすべての影響が足許の調達難として跳ね返ってきている。しかもその厳しさから逃れる術はない。耐えるしかないのである。

「こんな屈辱を受けるんだったら……」

近藤の脳裏に、一〇年前の記憶がよみがえる。当時大成銀行はトリプルＡの最高水準の格付を取得し、高収益を謳歌していた。いま負担になっている海外支店の多くはこの時期に設立したものだ。一方、いま大成銀行への貸し出しを絞っている米銀は青息吐息の状況だった。不良債権問題で破綻寸前に陥った多くの米銀は、資金力に優れた邦銀に頼った。大成銀行にも、平伏して資金請いをする米銀が門前市をなした。邦銀の資金援助がなかったら、少なくとも米銀大手の四〜五行は破綻していた。現在、米銀が邦銀にしているような仕打ちを当時実行していれば、日本に米銀など一行も残らなかっただろう。それほど、米銀は危機にあった。

「あの時、あいつらを潰していれば……」

近藤は知らず知らずのうちに唇を噛み締めていた。かじかんだ唇が少し切れて血の味が口の中に広がる。生暖かい塩辛さに気づいて、近藤は現実に戻った。

今更悔やんでも致し方ない。後悔は新たな後悔を呼ぶだけだ。それよりも、目先の重要問題を解決することが先決である。

目先の問題。近藤の頭髪を日々白くし、薄くさせている問題。それが資金繰りなのであった。

世の中が騒然とする中、財務内容が悪いと噂にのぼった銀行には預金者が殺到していた。宇都宮、和歌山、富山、札幌、名古屋、大阪、福岡、そして東京と、全国八ヵ所で火の手が上がった。昭和恐慌以来初めて、正真正銘の取り付け騒ぎが起こっていた。

「預金全額を即刻解約します」「俺のカネを返せ」「わたしの預金はどうなるの」。各地で動揺した預金者が悲鳴をあげた。一斉にATMに殺到するが、あまりに強い現金引き出し需要に応えきれない。真偽も定かでないまま、「△△銀行のATMにはカネがない」「徳陽市民銀行の次は××銀行だ」という噂が流れ、取り付け騒ぎはあっという間に伝染した。窓口で長時間待たされたために頭に血が上り、暴動一歩手前にまで悪化したケースも頻発した。阿鼻叫喚の地獄絵図が展開していた。

全マスコミに対し、高田喜美夫が「お前らは金融恐慌を起こすつもりか！」と恫喝したこともあって、テレビ各局は、預金取り付けの模様を報道こそしなかったが、修羅場が目の前で繰り広げられていることに皆が戦慄を覚えていた。そしてその戦慄は人々の口を介して伝わっていく。

腐っても鯛、落ち目でも大蔵省。

最悪の事態になったところで、預金の取り付け騒ぎなど起こるはずがない、と誰もが心の底では思っていた。誰もがそうだと信じていたかった。

その心の支えがポキリと折れた。

大成銀行のATMでも預金を引き出す人の列ができ、各支店で人垣ができている。騒ぎが拡散しないように、集まってきた預金者を店内に入れ、あふれそうになると順に応接室に招き入れる。それでも用意した整理券が足りなくなる。そこで、一〇〇番を超えても、九九番という整理券だけを配り続けるという奇策を実施した。預金者の不安心理を防ぐためである。

平常を超える預金の払い戻しに対応するには、大量の現金が急に必要になる。大成銀行からは、一日で四〇〇億円もの資金が流出した。日本銀行の内部規定では、準備預金と翌朝のインターバンク市場で調達可能な資金額の合計までしか日本銀行券を出せないのだが、大成銀行はそのギリギリの限度額まで現金が必要になった。日本銀行の大成銀行担当者は、携帯電話を持って現場に常駐し、一部始終を本部に報告する態勢をとった。

近藤巧は、預金の払い戻しに対処するために、毎日資金繰りに追われている。

ところが、その円資金が自由に取れないのである。大洋証券が破綻してからというもの、インターバンク市場は取引が一挙に細っていた。インターバンクが市場として機能するためには、不特定多数から不特定多数に対して貸し借りが行われる必要がある。いまや日本のインターバンク市場は少数による少数のためのマーケットと化した。少なからぬ銀行は資金調達に難をきたしていた。

大成銀行のような都銀は、預金よりも貸し出しが多いため、その差額をマーケット調達に頼っている。その市場がインターバンク市場なのだが、これがまだ円滑に機能していないままなのだ。邦銀が邦銀を信じていない。資金が余っても資金を融通しようとしない。中でも、長い取引を皆が嫌がって取引が細っている。長いと言っても、たかだか三ヵ月である。その三ヵ月のリスクがとれないのだ。邦銀だからこそ邦銀の内情は手に取るようによくわかる。だから、貸すに貸せない。いきおい取引はオーバーナイト（翌日返しの資金取引）に集中するようになっている。

「これが恐ろしい」

近藤は心底思う。もし万が一、明日変な噂が広まって、「大成銀行にはとりあえずオーバーナイトを見合わせよう」ということになったら、一巻の終わりである。このとりあえずというヤツが恐いのだ。このとりあえずという資金の出し手のためらいが一瞬の空白を呼ぶ。平時であれば、その一瞬は本当の一瞬で済む。しかし、破綻の噂が飛び交うマーケットでの一瞬は、半日あるいは一日、もしくは期限のない一瞬になってしまうかもしれない。その一瞬が大成銀行に死刑宣告を下してしまうかもしれないのである。

実際、徳陽市民銀行が一瞬で殺されたのを目前でみただけに、いつあの恐怖が自分に襲いかかるかと思うと夜も眠れない。

　預金と貸し出しのギャップは八兆円ある。多少の資本強化では、資金繰りは改善しない。焼け石に水なのだ。一瞬の恐怖におののいているインターバンクは、正常と呼ぶには程遠い状況にある。


　一一月二六日、慌てた日本銀行と大蔵省は緊急談話を発表する。

「大蔵省、日本銀行は、一一月二四日の談話の中で、預金等の全額を保護するとともに、インターバンク取引等の安全を確保すること等について申し述べたところであるが、ここに改めてわれわれの決意を表明したい。金融システムは経済社会の根幹をなすものである。大蔵省、日本銀行はその安定性の確保に万全を期したい。したがって、金融機関の預金その他の資金の払い出しについては、これが滞ることのないよう、大蔵省、日本銀行としては、潤沢かつ躊躇なく資金を供給する考えであり、国民の皆様におかれては、いたずらな風評に惑わされることなく、冷静な行動をとられるよう強く要望するものである」

　大蔵大臣と日銀総裁の両巨頭が揃い踏みした表明であったが、マーケットはもはや聞く耳を持たなかった。国民はこういう無機質な建て前論に反応できなくなっていたのである。そもそも、冷静に考えているからこそ、問題銀行から資金や預金を引き揚げているのだ。

　大蔵大臣と日銀総裁の権威は地に堕ちた。

　インターバンク取引を全額保証するという大蔵大臣と日銀総裁の談話にもかかわらず、資金の出し手は資金放出を絞り込んだ。インターバンク市場全体では八〇〇〇億円近くの資金が余っているのに、ホールドしたまま貸し出そうとしない。

　カネはじゃぶじゃぶなのに、インターバンクの金利は切り上がっていく。

そして海外では、ジャパン・プレミアムが一%を軽く超えていく。

金融株は売りに売られ、五〇円の額面を割った金融銘柄は一二行を数えた。株が下がると、保有株式の低価法評価が義務付けられている銀行は、さらに苦しくなる。株価が下がった分、償却しなければならないからだ。ただでさえ不良債権の償却で苦しい台所事情が、やりくり不可能な状況にまで追い込まれていく。それを見越した株式市場はなおのこと売りを強めてきた。

株式の含み益を自己資本に取り入れていた邦銀は、途端に自己資本比率の維持に苦しみ始めた。分子の自己資本が目減りしていく中で、定められた比率を維持しようとすれば、分母となる資産、すなわち貸し出しを減らしていくしか方法はない。この結果、邦銀の貸し出し姿勢は急速に厳しくなり、貸し渋り（クレジット・クランチ）という現象が広範囲に発生した。

ただでさえ脆弱だった景気は、一気に悪化の道をたどる。

5

大成銀行資金為替部の朝は早い。スタッフは七時半にはほとんど揃って資金調達の準備にバタついていたが、自宅が遠い近藤は八時少し前に席に着いた。

「部長、今日は五兆円分の手形オペの満期がきます。日銀は貸し出しを実行するでしょう。CPオペもやるかもしれません」

席に着くなり、部長代理の安岡康が報告にきた。切れ者で知られる安岡は、総合企画部に属していたが、緊急事態ということで二ヵ月前に資金為替部に呼び戻されていた。

ああ、また大量の資金をマーケットから調達しなければならない……思わず溜め息がもれた。

「貸し出しはいくらくらいだ」

「二兆円くらいじゃないですか。ＣＰオペも五〇〇〇億円程度出るかもしれません」

貸し出しは文字どおり、日銀が銀行に貸し出すこと。ＣＰオペは事業法人が発行するコマーシャル・ペーパーを日銀が買い入れることによって、資金を供給するオペレーションのことだ。邦銀同士でも資金を融通しないので、邦銀の資金繰りを支えるのは日本銀行だけという状況になっていた。

「今日も貸し出しとＣＰオペか。毎日毎日、ご苦労さん。本当に日銀さまさまだな」

ふと近藤が洩らした言葉を安岡は聞き逃さなかった。

「何言ってるんですか、部長。インターバンクをぐちゃぐちゃにしたのは当局なんだから自業自得ですよ。あいつらが先月アンナコトさえしなければ、われわれだって、もっと楽に資金繰りできてますよ。わたしは二度と当局なんて信じませんからね。嘘ばっかりついて」

「たしかにそうだな」

近藤は軽く目を閉じた。先月のアンナコトが昨日のことのように思い出される。準大手証券の大洋証券が会社更生法を申請した。そして、インターバンクでデフォルトが発生した。

それからだ。インターバンク市場が本格的におかしくなったのは……。インターバンクを絶対に守ると言っていた金融当局はハシゴをはずした……。

「あれは人災だった」

あの一一月の出来事がなければ、こんなに資金繰りにあくせくする必要もなかっただろう。白髪もこんなに増えなかったに違いない。

近藤の呟きは安岡の耳にも届いたようだ。

「そう、人災なんです。だから、日本銀行がその責任を負って資金をわれわれに出すのは当然の義務なんです。ウチがありがたがる必要なんてないんですよ。中央銀行は最後の貸し手だなんていうけど、そうじゃない。日本銀行は、そして早野総裁は、最初の貸し手として死ぬまで邦銀にカネを出し続ける義務があるんです！」

そう言い捨てると、安岡は資金調達の現場に忙しそうに戻っていった。

「死ぬまでカネを出し続ける義務があるんです……ってか」

たしかに人災だ……。安岡の後ろ姿を見ながら、近藤もそう思う。

しかし、日銀が出動しなければ資金繰りが続かないという異常事態の中で、邦銀は日銀の資金供給を前提として行動している。いずれ日銀がCPオペを実行して、手持ちCPを買い上げて資金を供給してくれるということを見込んで、超低金利であってもとりあえずCPを引き受けておくという慣行が慢性化していた。日銀はカネを出し続ける、否、出し続けざるを得ない。

通常、中央銀行は最後の貸し手と呼ばれる。銀行が危なくなったときにはまずインターバンク市場でショックを吸収し、それでも賄いきれない場合に初めて中央銀行が登場する。ところが日本の場合は、インターバンク市場が機能しなくなったために、何かしら問題があったときはすぐに中央銀行である日本銀行が出動しなければいけないという非常事態が常態化してしまった。

日銀特融も増える一方だ。一〇月末に三七〇〇億円に過ぎなかった日銀特融の残高は、一一月末には三兆八〇〇〇億円を超えた。東北拓殖銀行向けが二兆二〇〇〇億円、山三證券向けが一兆二〇〇〇億円、徳陽市民銀行向けも二〇〇〇億円を上回った。

日本銀行は、最後の貸し手ではなく、最初の貸し手と化している。

危機のバッファーとなるべきインターバンク市場がない。今後、万が一のことがあったら瞬間的に平成金融恐慌が訪れる。だから、日本銀行は問題銀行の資金繰りを事前に常時支えざるを得ない立場に追い込まれた。じゃぶじゃぶに資金をマーケットに供給することが日々の日課となった。各邦銀は、日銀からの資金供給を大前提に資金繰りを組む。

自己責任などこのマーケットには微塵もない。

壮大なモラルハザードが密かに進行していた。

6

「日本は、いつＩＭＦに支援要請を出すのか」

のっけからこう突っ込まれて高田喜美夫は面食らっていた。

フィナンシャルストリート紙の記者から電話を受けた瞬間に、このキツイ質問をぶつけられたのだ。米国人記者にしてみれば、日本はもはやＩＭＦに助けてもらわねばならない発展途上国のように映るらしい。

ふざけるな！

高田は憤懣やるかたない。

が、日本の金融システムに対する海外の懸念の高まりは、高田の読みを超えるものだった。

受話器に手を伸ばして、証券局に送り込んだ腹心の電話を鳴らす。

「木田くん。高田だが、最近の金融界の状況をかいつまんで報告してくれたまえ」

キビキビとした声が受話器から跳ね返ってくる。

「はい。日本の金融機関の格付が一斉に見直されましたので、外国人投資家の売りを浴びて株価は急落しています。ジャパン・プレミアムは一・二%を超えました。ほとんどリスクのない外国為替取引までが縮小しています。危機的な状況です」

木田の説明は簡にして要を得ている。

「企業の方はどうかね」

「急速な信用収縮が企業を襲っています。貸し渋りが日本中に蔓延していますし、資金繰りに苦しむ金融機関では一方的に貸し出しを引き揚げる貸しはがしを始めました。一二月一六日には、東証第一部上場の東京食品商事が会社更生法を申請して事実上倒産しましたが、負債総額は六四〇〇億円で、山三證券などの金融機関を除けば、一九九七年最大の倒産になりました。その翌日の東京株式市場は全面安となり、一時一〇〇〇円近く下げ、終値では一万五三一四円をつけています。昨日は一万五〇〇〇円を割り込みました。株価は奈落の底へと落ちていくようです」

「奈落の底か……」

思わず呟いた後、高田は気持ちを奮い立たせた。

「心配するな、木田くん。もう少しで展開は変わる」

いつもどおりの落ち着き払った声に、木田は励まされたようだった。

「局長だけが頼りです。民間銀行から郵便貯金に乗り換える動きが激しくなっています。不安にかられて、銀行からおカネを引き揚げる預金者も急増しています。その結果、市中に出回っているお札の総額は一一月末で四八兆円。前の年と比べて一三・六%も増えています。このペースは、それまでの前年比六~八%増を大きく超えています。しかも、そのおカネがなかなか銀行へ戻ってこない。銀行を嫌ってタンス預金になってしまっているんです。そのためか、家庭用金庫の売り上げが急増しているようです。販売に追いつかず、急遽生産ラインを拡張するメーカーまで現れました」

「――だいぶ機は熟してきたな」

この危機を心配するというよりも、危機の温度を測っているという冷徹な響きだ。

「はい、わたしもそう思います。民主自由党は、緊急金融システム安定化本部を立ち上げ、公的資金の導入を真剣に論議し始めました。マスコミの反対論も今では完全に鎮火しています。学者等の識者の論調も公的資金の導入に好意的です」

「そのとおりだ」

声に自信が漲（みなぎ）った。

「新聞各紙では、『内外のマーケットは、政府が公的資金を使ってでも金融システムを守るという明確な意志を持っているかどうかを注視している』というコメントが広く浸透してきた。これはこちらが流しているんだがな。御用学者に『政府には断固たる意志が欠けているのではないか』と批判させて煽っているのも効いてきた。あと一歩で公的資金は導入できる」

「すでに局長のお力で、一二日に改正預金保険法を成立させましたから、特定合併に対する資金注入もできるようになっています」

特定合併に対する資金注入とは、健全な銀行が経営が悪化した銀行を救済合併する場合のみならず、経営が悪化した銀行同士が合併する場合も、預金保険機構の資金援助の対象にすることができるようになったことを意味する。

「そう、とにかく合併さえすれば、公的資金を導入できる道はつけた。後は、銀行に直接公的資金を突っ込む方法を整えて、公的資金のボリュームを確保するだけだ」

「わが大蔵省は、預金保険制度の対象である金融機関が扱うすべての金融商品を二〇〇一年三月末まで全額保護する方針を国会で改めて公約しましたから、相当のボリュームの公的資金が必要と思われます。最低一〇兆円は必要でしょう。預金保険法に定められている特別資金援助の規定を適用して、預金保険の対象である通常の預金のほか、外貨預金や長期信用銀行が取り扱う金融債など預金保険の対象外の金融商品も保護することが必要になるでしょうから、相当の金額でなければなりません」

木田の言葉に、高田は大きくうなずいた。

「そのためにも、国民の危機感が必要なんだ。このあいだ、検査結果に基づく銀行の問題債権の金額を日本経営新聞にすっぱ抜かせたが、あれは結構効いてるぞ。何と言っても、七九兆円もの問題債権があるんだからな。一〇兆円はクリアできるだろう。俺は、できれば、それを三倍にしたいと思っているんだがな」

「えっ。公的資金を三〇兆円にするんですか」

「そうだ。大手銀行だけでも問題債権は五七兆円ある。三〇兆円くらいないと、抜本的な解決策とはみなされないだろう」

「あの記事は効きましたね。大手だけで五七兆円ですから。大蔵省の公式見解では、大手銀行の不良債権は一九兆円ということになっているので、その三倍の規模の問題債権があるわけですね」

「だから三〇兆円ぐらいの公的資金が用意されたというアナウンスメントが必要なんだ。金額だけじゃなく、内容ももう一ひねりする必要がある。きみにはまた隠密裏に動いてもらうが、よろしく頼むよ」

高田からはもう何度も依頼されている——動き方はわかっていた。

「証券局のきみが動く方が目立たなくていい。記者たちにこちらの動きを悟らせてはならないんでな。あくまでも公的資金の導入は政治主導なんだ。大蔵省ではなく、民主自由党が動いていることにしないといかん。われわれが動いているのを察せられるのはまずい。住専の二の舞は演じたくない。評判の悪い大蔵省が表に出て『これしかない』と言ったところで、決してコンセンサスは得られないだろうからな」

「わかっています。他の案件の説明ということにして、民主自由党のあの人のところに行ってくればいいんですね」

「ああ、すぐ行ってきてほしい。状況は流動的だ。もう一押しして、公的資金を上乗せさせよう」

「わかりました」

電話を切るなり、高田の密命を受けた木田高志は民主自由党の本部へと向かっていた。

7

日本を代表する映画スターの三船敏郎がこの世を去ったクリスマスイブの日、公的資金の導入は決まった。一九九七年一二月二四日、橋山政権は新たな金融システム対策をとりまとめ、金融界にビッグ・プレゼントを届けたのだ。

とにもかくにも公的資金の導入が正式に決まった。金額も一〇兆円ではなく、三〇兆円にカサ上げされた。この金額がマーケットに与えるインパクトは大きい。高田喜美夫の根回しが効を奏したと言えるだろう。

それだけではない。高田は自己資本比率対策として、株式評価に関して、低価法ではなく原価法にすることも認めることにした。時価が簿価を下回る場合に差額を評価損として計上しなければならない低価法から、原価法を採用して株式の評価損を計上させないという、いわば禁じ手を使うことを許可したのだ。株価が急落する中で銀行からは悲鳴が上がっていた。低価法のままでは決算が作れない、自己資本比率規制もクリアできない、という嘆願が高田のもとに寄せられてきていた。

高田喜美夫は、公的資金の導入とともに、この禁じ手も封印から解いてみせたのである。

金融機関は安堵した。マーケットもとりあえず好感した。

高田喜美夫が主導した銀行救済策により、とりあえず、徳陽市民銀行をもって一九九七年の破綻は一段落した。

「高田局長、大成功した割には、お顔の色がすぐれませんが」

公的資金の導入が成し遂げられたお祝いを兼ねて忘年会に繰り出した銀座のバーで、隣に座った木田が問いかけた。弾き語りのピアノの音が静かに流れてくる。

「まだ大仕事が残っているんでな」

「勝って兜の緒を締めよ、ですか。でも、もう法案は通りますよ。民主自由党があそこまでコミットしたら、国会を通さないわけにはいかないでしょう。世論も公的資金の導入には賛成の方向に落ち着きましたし」

正面を見据えたままの高田は、木田の話を横顔で聞きながら、ジャックダニエルのダブルをロックで静かに飲んでいる。

「たしかに懸念材料はあります。一九九七年に倒産した企業の負債総額は、過去の最悪値である一四兆二〇九億円を記録しました。前年比でみると七五・四％増。倒産企業の従業員は一三万八八〇〇人に達し、円高不況の八六年以来、一一年振りに一三万人を突破しています。銀行を嫌って市中で保有されているおカネの額も、年末には五四兆円を上回り過去最高になりそうです」

統計数字を含めて冷静に説明した後、木田は勇んで言った。

「しかし来年からは、われわれには公的資金があります。三〇兆円もあるんです。わたしは、局長が本格的な銀行再編をやるのをお手伝いします。たしかに大仕事ですが、やりがいはあります」

「木田くん——そうじゃない」

ポツリと、しかし力強く高田の声は響いた。

「大仕事というのは、銀行再編ではないんですか」

おそるおそる聞いてみる。

高田の唇はゆっくりと開いた。

「……ふうむ。そんな次元の話ではない」

ジャックダニエルの琥珀（こはく）の液体が高田の喉に勢いよく流し込まれた。グラスをテーブルの上に置くとき、乾いた氷の音がカランと響く。高田は上体を寄せながらゆっくりと木田の方に顔を向けた。

「木田くん。現時点における、わが大蔵省にとっての最重要の課題は何だ」

「それは、大蔵省改革でしょう」

木田は即座に答えた。

行政改革のかけ声の下、大蔵省の強大な権力はマスコミと政治家から敵視され続けてきた。その中でも、「財政と金融を分離すべき」という議論の勢いは強く、「金融にかかわるものはすべて大蔵省から切り離せ」という極論も無視できぬ勢力をもっていた。大蔵省は悪人扱いである。すでにこれまでの議論によって、大蔵省が持っている金融検査・監督機能を一九九八年六月から金融監督庁に移すことが決まっている。その金融監督庁は総理府の外局に置かれる。

北風吹きすさぶその逆境の中で大蔵省は最後の抵抗を試みていたのだ。金融の企画・立案機能を大蔵省に残すか、金融監督庁に移すかで、侃々諤々の議論が行われている。ここで負けると、強大な大蔵省に復権することは難しくなるかもしれない。ここで踏ん張れば、逆に金融監督庁を大蔵省の植民地に取り込むことができる。長期的には勢力の拡大が図れる。

その意味で、大蔵省にとって、金融の企画・立案機能を残すことは、サバイバル・イシューであった。大蔵省の今後を決める天下分け目の関ケ原である。事務次官の有力候補である高田は、かねてより戦略を練っていた。

「そうだ。金融の企画・立案機能を金融監督庁に渡すわけにはいかない」

「おっしゃる通りです。企画・立案はもとより、銀行法や証券取引法、投資顧問業法などの業法も引き続き大蔵省が所管する必要があります」

満足そうに高田がうなずいて、バーテンにお代わりを注文した。

「企画・立案が残れば、検査・監督についても口を挟む余地が残る。金融監督庁を大蔵省の別働部隊に仕立て上げることも難しくないだろう。債務超過に陥った個別金融機関の破綻処理は原則として金融監督庁が担当するかもしれないが、信用秩序に重大な影響がある大規模の銀行破綻は大蔵省と事前に協議することになる。そうなれば、大蔵省の金融機関への影響力は依然として残る」

「おっしゃるとおりです」

「木田くん。だから、公的資金だったのだよ」

高田の唐突な物言いに咄嗟に答えることができずに、木田は首をひねった。

「……と言いますと」

「まだわからないかね。なぜ、わたしが公的資金にこだわったのか」

「……邦銀の不良債権問題を片づけるには、公的資金なしにはできないからではないんですか」

「それは、いくつかある理由のうちのたった一つにすぎん」

木田は目を丸くしたまま、高田をみつめた。

「わたしは主計局の人間だ。本来であれば、たかが民間銀行の失敗を尻拭いするために、財政資金を使うことなんぞ、絶対に許したくはない。国家百年のための財政再建が遅れるだけだからな」

その気持ちは、木田にもよくわかった。主計官をやったことのある者であれば、皆、本心ではそう思っている。

なぜ銀行のためだけにこんなに税金を使わなければならないのか。

あいつらは俺たち公務員の二倍も給料をもらっているじゃないか。

「しかし今回に限っては、公的資金を出さないわけにはいかなかった。なぜだかわかるか」

咄嗟の返事に窮した木田は沈黙し、高田の答えを待つ。

「いいかね、木田くん。ここまで金融危機が深刻化した。そして、公的資金の導入という財政上の要請が高まっている。そんな状況で、財政と金融の分離なんてできると思うかね」

凄みのある眼光が木田を覗き込む。

思わずグラスから手を離した木田は、あっ、と小声で叫んでいた。

公的資金を必要とする金融危機において、財政と金融を分離することは難しい。実際、民主自由党においても、「危機が迫っているときに危機管理機能を大蔵省から外すわけにはいかない」という意見が澎湃(ほうはい)として湧き起こっている。「火事になっているのに、消防署を建て替えてどうする」というわけだ。

「まさか。高田局長はそこまで読み切った上で、東北拓殖銀行や山三證券を破綻させたのですか」

「それは、きみのご想像にお任せするよ」

この人は恐ろしい——木田は心底そう思った。

大蔵省最大の危機であった財政・金融の分離策を無効なものにするためには、民間金融機関をも犠牲にできる。国家の鼎（かなえ）である大蔵省の権力を守るためには仕方ない。木田は高田の深謀遠慮に驚嘆する一方で、背筋がぞくぞくするのを覚える。

それは、まだ自分が未熟者であるからだと自分に言い聞かせて、木田は残っていたレミー・マルタンを一気に流し込んだ。喉が焼けるようにヒリヒリと痛んだ。


行政改革の最後の焦点であった大蔵省改革は、年が明けた一九九八年一月二〇日に決着する。与党の方針は、「金融破綻処理制度及び金融危機管理への対応に限って大蔵省に担当させるという措置は、金融システム改革の進捗状況を勘案し、当分の間とする」ということで固まった。

この当分の間という表現が曲者である。

当分の間という表現で、明治時代の太政官布告以来、一〇〇年以上も続いている制度さえあるのが日本という国なのだ。今後の運用の仕方によっては、半ば永久的に「金融破綻処理制度及び金融危機管理への対応」を大蔵省の権益として残すことも可能である。

こうして、金融の企画・立案機能は大蔵省に残った。

高田喜美夫の完全な作戦勝ちであった。

第四章　不　信

1

高田喜美夫の策略は意図した成功を収めている。

東北拓殖銀行と山三證券を意図的に破綻させ、公的資金導入への道を開くという、高田と民主自由党の二人三脚の秘密作戦は予想以上のインパクトを世の中に与えた。あれだけ紛糾した一九九五年の住専国会が嘘のようだ。一九九八年二月、金融安定化緊急措置法は国会を難なく通過した。総額三〇兆円という巨額の公的資金の用意が出来た。

当初、金融機関は「当局による経営へのチェックが厳しくなりかねない」とか「経営責任を問われる可能性が否定できない」として、公的資金の注入に尻込みしていたが、高田は政治家を操り、邦銀トップで全銀協会長行でもある五菱銀行を脅し宥めすかして、公的資金の投入に手を挙げさせた。不健全な銀行から申請すると、かえって資本不足を露呈することになるため、マーケットから狙い撃ちされるのを恐れたのだ。

「公的資金は優良な銀行から入れていくべきだ」というのが政府・民主自由党の意向であり、高田の戦略でもあった。それは、「不良銀行は救わない」という建て前論を墨守するための当然の帰結でもあった。五菱銀行への公的資金の注入をきっかけに、他の大手行が横並びで公的資金の投入に挙手する。モラルハザードを防止するために経営責任をとらせるべきだとの意見も根強くあったが、高田は完全に黙殺して、責任論を無視した資本注入を断行していく。

その一つの論拠となったのが、人気ナンバー1のエコノミスト、北嶋総研に所属するジェイソン・ダニエルの主張である。ジェイソン・ダニエルは、北嶋証券のシンクタンクである北嶋総研の主任研究員。北嶋証券は日本を代表する大証券会社であり、アメリカ人ながら日本語を巧みに話すジェイソンは舶来信仰の厚い日本では評判が高い。中でも経営者からの評判は絶大であり、その大きな理由は、彼の主張がつねに経営者に優しいことにある。経営者に厳しい刃を向けることは決してない。それは親会社の北嶋証券が引き受けビジネスをとるために必須の条件であったし、その特徴はこの局面でもはっきりとあらわれた。

高田にとってありがたいことに、ジェイソン・ダニエルは、「審査なしで一律に導入すべきだ。経営責任などの条件をつけるのは間違っている。人民裁判などをして経営責任を明らかにしても景気回復に役立たない」と主張して世論を煽動してくれた。その中で高田喜美夫は、大蔵省や日本銀行に、「金融市場の混乱など外部要因で公的資金が投入される場合もあるので、必ずしも経営責任は問わない」などとあやふやな答え方をさせながら、経営責任なき資本注入の着地点を探る。

そして、高田の作戦通りに世の中は展開していく。

一九九八年三月、金融安定化緊急措置法に基づいて、金融安定化委員会は一兆八二〇〇億円という大金を惜しげもなく考えもなく銀行団に大量投入する。委員長は、労働経済が専門で金融はズブの素人であった佐伯陽子教授。審査は全く形式的で、一行当たり一〇〇〇億円という投入金額はあまりにも画一的だった。高田喜美夫作、高田喜美夫演出の創作劇だ。問題の多い東京国際銀行に関しては、資本を注入した上で、日本銀行信用機構局長の大槻望を頭取として送り込み経営を強化することを、早野雄三日銀総裁と合意した。大槻望は三月に東京国際銀行に顧問として迎え入れられ、六月の株主総会で頭取として承認される予定である。念には念を入れる周到さだ。

三〇兆円の公的資金が用意されたことは画期的であり、実際、一兆八二〇〇億円もの公的資金が注入されたのをみて、マスコミでは「これで金融危機は解決する」という論調が目立ち始めた。景気の先行きについても明るい見方をするエコノミストが増える。ジェイソン・ダニエルに至っては、「経営責任論にこだわって、横並びの資本注入をしていなかったら、日本は大変なことになっていた」として、自分の見識を自画自賛し始めた。

しかし、この情勢を検査部の立場から眺めていた沢登隆一の顔色は優れない。この佐伯委員会の決定に納得がいかなかったのだ。

「愚策中の愚策だ」

ムカムカしながら沢登は吐き捨てるようにつぶやいた。

「大蔵省のお偉いさんは、金融危機に対処するということの意味を全く理解してない」

マスコミで登場するわけ知り顔の識者たちのおためごかしとは裏腹に、沢登が連絡をとりあっている海外の金融当局者たちは完全に白けきっていた。

たしかに、ジェイソン・ダニエルが繰り返して主張しているように「何もない」よりはよかったという議論はできる。「これがなければ日本は大変なことになっていた」という主張もわからないではない。しかし、そんなことは真の論点ではなかった。

「リュウイチ、公的資金を三〇兆円も準備したことは評価しよう。しかしなあ、その入れ方が問題なんだよ。わかるかね」

昨晩、ロバーツ・ラトリッジ米国財務省次官補から久しぶりに国際電話がかかってきた。ロバーツはニューヨーク駐在時代、沢登がやまと銀行ニューヨーク支店損失事件を担当したときに交渉した相手方だった。それ以来、ときおり情報交換をしている。聞き役に徹しようと決めた沢登は、黙ってロバーツの説明をうながした。

「大事な問題は、なぜ申請主義をとったのか、ということなんだ。日本は、大蔵省がみずから乗り出して、生かす銀行と殺す銀行に峻別するのではなく、銀行が申請してくるまで資本投入を待つという悠長な政策を採用したね。財務内容が悪い銀行が申請してくるまで待つ――これが申請主義なんだが、全く理解に苦しむね」

「それは、どういうことだ」

「金融当局であれば、どの銀行の財務内容が悪いかぐらいキチンと把握しているものさ。日本の週刊誌は、毎週毎週どこの銀行が危ないかを競って書き立てているだろう。金融当局ならどこに資本をどれくらい入れればよいか、ほとんど知っていたに決まっている。それがわかっていなかったとすれば、監督能力と検査能力が問題視されるだろうね」

耳が痛い台詞を平気でロバーツは口にする。もっとも、それは沢登に対する親密さの裏返しと言えた。

「普通の国なら、問題銀行を認定し、その銀行の経営権を掌握し、旧経営陣の経営責任を徹底的に追及しながら、リストラ案を実行する。それでもおカネが足りない場合に、はじめて公的資金の投入をお願いする。これが世の中の順序だろう。これはグローバルスタンダードではなくコモンセンスの話だ。常識があるかないかの問題だね」

ロバーツは核心を突いた。

「ところが日本では、問題銀行が『わたしは問題先です』と告白してくるのを待つという。そんな気長な金融当局は、現在のところ、日本以外には見当たらないね。古今東西、金融危機に際して、問題先が自首してくるまで待つという奇抜な政策を採用するという愚かなことを繰り返しているのは日本だけだよ」

一呼吸して、ロバーツは復唱した。

「本当に愚かだね。リュウイチの国は……」

ロバーツの直截な物言いは在米当時から変わらない。沢登は否定もできず本音で返した。

「愚かじゃないんだな、日本は。中途半端に賢いんだ。大蔵省は馬鹿じゃない。馬鹿じゃないから、日本の金融システムが傷んでいて、公的資金の注入が必要なことはわかっている。しかし、問題銀行をみずから認定したくない。そこで、『このままだと銀行システムは危ない。だからおカネは入れたい。しかし、強制的には入れられないから、申請させなければいけない』という複雑な思考経路をとっているんだよ」

「どうしてそんな複雑なことをする必要があるんだ」

「大蔵省は接待スキャンダルで厳しく叩かれた。あらゆる裁量がいけないって言われてんのさ。問題銀行なんて指名したら、究極の裁量行政が復活したと言って批判されかねない。そこで、『公的資金が欲しい問題銀行は言ってきなさい』と誘って申請を待ち続けることにしたのさ」

「ふーん、なるほど」

怪訝そうな声を出しながらも、ロバーツは一応理解を示した。

「ところが誰も手を挙げてこないというわけだ。申請主義をとる以上、銀行に申請させなければいけない。銀行サイドに申請したいと思わせなければいけないから、ペナルティーを与えてはならないという話になる。しかし、ペナルティーなしでは、銀行に厳しい世論は納得しない。そこで、なだめすかした結果、銀行が申請してきたら、『ペナルティーは与えないけれど、リストラぐらいはしろよ』と指導することになる。ところが、リストラを厳しくすると申請してこなくなるから、厳しくすることはできない。そうすると抜本的なリストラにはならない。今度は世論が呑まないという話になる」

沢登の説明を聞いて、小考してからロバーツは再度言った。

「やっぱり愚かというほかないな」

日本を小馬鹿にしたロバーツの口調が癇に障るが、反論する材料が見当たらない。

「そうだな。そう言われても仕方のない面はある」

沢登は素直に認めた。責任論なき公的資金の導入は、銀行のモラルハザードを強める一方だ。国民の税金で助けてもらっているにもかかわらず、当の銀行は、「国を救うために、本来は必要のない公的資金を受け入れた」とうそぶいている。経営者にペナルティーが科せられないためにモラルハザードが蔓延しているのだ。そんな状態で、リストラなんかに本腰が入るわけがない。実際、銀

行の貸し渋りにあっている中小企業からは、

「ふざけるな。国民の税金で助けてもらうくせに、抜本的なリストラもできないのか。銀行が企業に対してリストラを要求するときは、人員減の二、三割は当たり前で、給料カットも二、三割は当たり前だ。ボーナスだってでない。減配・無配は当たり前だ。カネを貸している企業には厳しくて、自分が借りる番になると一挙に甘くなる。何でお前は自分には厳しくできないんだ」

という激しい批判が巻き起こっている。

2

「——ところで、リュウイチ」

ロバーツは急に話題を変えた。

「ジェイソン・ダニエルって知ってるか」

「ああ、北嶋総研のエコノミストだろ。公的資金の導入を成功に導いた民間側の立て役者だよ。緊急出版までして公的資金導入の必要性を訴えている」

「このあいだ、財務省にきてさ。ラルフと話していったんだが、ジェイソン・ダニエルがどうかしたのか」

「をとうとうと唱えていったよ。人民裁判をやるのはいけないとかいって、今回の日本の公的資金導入の意義対し、申請主義の正当性を訴えてたな。おめでたいやつさ」

「ああ、日本でも、金融危機において責任論を云々するのは素人の感情論だと断じて、経営者に対する処罰に反方をしてくれているありがたいエコノミストだ」

「なんで、そのエコノミストさまが申請主義を云々してるか知ってるか?」

「それが彼の信ずるところなんだろ」

「リュウイチ。証券業者の手先になってるエコノミストが、自分の主義や信条のために、あれだけのキャンペーンを張るわけがないだろう」

「それはそうかもしれないが……」

「佐伯委員会は、銀行に甘いという世間の批判をかわすために、何をしたか覚えてるか。ちょっと知恵をつかっただけなんだが……」

首をひねって沢登は記憶を辿った。

「たしか信用力に応じた金利を付けることによって、市場原理によるペナルティーを与えるということで落ち着いたはずだが……」

「それで、信用力に応じた金利は付いたかねえ」

「付くわけないだろう。本当に市場金利なんか付けてしまうと、一〇%上乗せとか二〇%上乗せとかいう金利が付いてもおかしくない銀行がゴロゴロしている。いくら金利を払おうが資金を調達することができない邦銀も少なくない。そんな状況で、本当の金利は付けられないし、そんなことをしたら誰も申請してこなくなる」

「それでどうした」

「しょうがないから、いい加減極まりない金利を付けてしまった。要するに目くらましをやったわけだ。こんなことをきみに言うのは本意ではないけどね」

「そんなことはリュウイチに教えてもらうまでもなく知っているさ。よせばいいのに、佐伯委員会は各行別に付けた金利を公表したからね。俺たちは素人じゃないから、いかにその金利水準がマーケットの実勢を無視した非常識なものか、一目でわかったよ。日本の金融当局は『わたしはマーケットを知らない』ことをディスクローズしたわけだ。こんな愚かな行為を目の当たりにして、『日本政府はすごい』とか『金融当局はよくやっている』と思ってくれる金融専門家は皆無だろうね」

苦笑しながら語る一言一言が日本を小馬鹿にしている。

「まあ、そうだろうな」

「そこでだ。この愚策を佐伯委員会に推薦したのが、ジェイソン・ダニエルさまというわけなんだが、あいつは利巧なんだな」

「なんで愚策を推薦する奴が利巧なんだ」

「まだわからないのか。そのいい加減な金利を付けたのは誰だったかな」

「あっ」

沢登は息を呑んだ。

「そう、そのいい加減な金利を付けるお役目を担ったのが、北嶋證券だったわけだ。公的資金を申請した銀行一行につき三〇〇〇万円はとったらしいから、少なく見積もっても三億円くらいは懐に入れてるだろう。ジェイソンは五〇〇〇万円くらいボーナスをもらったんじゃないか」

沢登の怒りに火が点いた。どうりでジェイソン・ダニエルが金融機関に対して甘い評論をするわけである。国民の味方を演じながら、金融機関からカネをもらっていたわけだ。

「なんだ、あいつはそういう奴だったのか。国賊じゃないか」

「日本人じゃないのに、国賊も何賊もないだろう。ただ、あの程度のエコノミストに好きなようにかき回されているようじゃ、日本は終わってるな」

口を尖らせて沢登は反論する。

「しかし、もともとジェイソンはお宅の国の金融当局出身じゃないか」

ジェイソン・ダニエルは若い頃、ニューヨーク連銀で一年ほどエコノミストの見習いをした経験がある。

「たしかにそうだが、アメリカの金融当局に入る奴には三通りいるんだ」

ロバーツは咳払いを一つした。

「まずは、本当にパブリック・ポリシー（国家の政策）を担いたくて志望する奴。これが五％。この層は本当に優秀で出世も早い。俺もその一人だ。次にくるのが、カネが目当てで履歴書をきれいにするために入ってくる奴だ。だいたい一五％かな。経歴に当局でも経済分析をやっていましたと書くために役所を利用する奴だ。ジェイソンはこの輩だよ。本当にトップ層なら、俺みたいに官僚の組織の中で順調にエリートコースを辿ってるはずさ」

声に優越感が滲み出ている。気になった沢登は、一つだけ質問をした。

「それで、残りの八〇％はどういうやつらなんだ？」

「リュウイチ、それはとてもいい質問だ。これは国家機密なのであまり教えたくないのだが」

ロバーツはわざとらしく間を置いた。

「残りの八〇％はどこにも雇ってもらえないので役所にくるんだよ。アメリカの役人で優秀なのはさっき言った五％だけさ。後は玉石混交どころか、石っころだらけさ。役人が全員優秀だなんて幻想をもっているのは、日本とフランスだけじゃないか。もっとも、日本では最近そうではなくなったみたいだけれどな」

ロバーツは苦笑して続けた。

「日本では、どうも肝心の五％に問題がありそうだな」

沢登は、全くそのとおり――と言いたいのを堪えていた。

3

紫陽花が色づき始めた。

湿った空からいまにも雨が滴り落ちてきそうな季節になると、霞が関は人事の季節を迎え、ソワソワし始める。本来であれば、検査部に二年在籍している沢登隆一も転出リストに載る予定であったが、今年は金融監督庁が大蔵省から分離して発足するというので、それどころではなくなっていた。金融監督庁職員四〇三人のうち三七三人が大蔵省から出向する。

一九九七年六月に制定された金融監督庁設置法に基づいて、業務を見直し検査実務を改めて位置付けなければならない。毎日午前二時に帰る生活が五月初めからずっと続いている。

今日も段ボール箱と格闘しながら資料の整理に余念のない沢登のところに、村井浩三がやってきた。ボサボサ頭にサンダルを引っかけた格好は、とてもではないが「鬼の村井」にはみえない。

「沢ちゃん。こりゃ、どうしようもねえ」

鬼の村井が頭を抱えていた。縦皺の特徴的な顔が沈んでいる。

「なにがさ」

「決算だよ、決算」

村井浩三は分厚い資料を投げてよこした。各行の財務計数がところせましと並んでいる。一九九八年三月期決算——ついこの間公表された決算計数である。

この一九九八年三月末は、邦銀にとって特別の意味がある。資産の自己査定が始まったからだ。

不思議なことにわが国では、貸し出しのプロフェッショナルであるにもかかわらず、銀行は引当・償却の金額をみずから決めてこなかった。自分の主力商品である貸出債権を値付けしてこなかったわけだ。「金融当局が決めるもの」として手を付けなかったと言っていい。半導体のメーカーが半導体の値段がわからないとか、自動車メーカーが車の価格を知らないなんてことは、まずないわけだが、邦銀界だけは違っていた。本来独立した立場から厳しくチェックしなければならない公認会計士も文句を言わずに、大蔵省の判断をそのまま受け入れてきた。

それがようやく金融当局の手を離れ、一九九八年三月期から銀行はみずからの資産をみずから査定するようになる。そして、公認会計士が独立した立場からその数字をチェックするという新しい時代に入るはずだった。今度こそ、償却不足や引当不足はなくなるはずだった。不良債権問題は終結するはずだった。そう金融当局も公言していた。それに今回は一兆八二〇〇億円も公的資金を投入している。住専に注ぎ込んだ金額の三倍だ。邦銀の信用は今度こそ回復するはずであった。

「決算がどうしたんだって……」

「こいつら、まだ粉飾してやがる。公的資金の注入をなんだと思ってやがんだ。大蔵省のお偉方は許しても、お天道さまは許しちゃくれねえぞ」

「そんなにひどいですかね」

「ひどいも何も、これまでの償却方針をほとんど変えてないんだ。お抱えの会計士とつるんで償却を先送りしてやがる。最低だぜ。こいつら」

村井の形相は怒りで阿修羅のごとく歪んだ。

「中でも、東京国際銀行がひでえ。不良債権を飛ばしてるっていう話を誰も知らないとでも思ってんのかねえ」

「東京国際銀行がそこまでひどいかどうかは知らないが、俺んところにも昨日ロバーツから電話があってさ。決算に関してお小言をもらったよ」

沢登もついぼやいた。

「ロバーツが出揃った決算をみたところ、インドネシア向け貸出債権に関する都銀の平均処理率が約一〇％に過ぎなかったらしいんだな。一部の都銀に至っては二％ぐらいしか処理していないらしい。ところが、昨年一二月期決算のアメリカやドイツの銀行では一〇〇％近くを引当・償却しているんだね」

一九九七年夏、東アジア諸国は次々と通貨価値の下落に襲われ、タイ、インドネシア、韓国がIMFの金融支援を受ける非常事態に陥っていた。

「村さんも知ってのとおり、インドネシアは社会不安に陥っていて国家を転覆させかねないような激しい暴動すら発生している。誰がどうみても、インドネシア向けの貸出債権が安全であるわけがない。政府ですら転覆しかねない国なんだよ。完全償却は当たり前というのが普通の感覚だろう」

何ともやりきれないという口調で、沢登は続ける。

「ところが邦銀だけはそうじゃない。一〇〇％と一〇％だぜ。これは致命的な差だ。ロバーツは、『邦銀は本当にどうしようもない』と吐き捨てやがった」

「そうかい。アメリカさんにはお見通しってわけか。こりゃただでは済まないかもな」

「邦銀も止せばいいのに、『米国やドイツの銀行は後からノコノコやってきてカスをつかんだから一〇〇％引き当てなければならないが、邦銀は全然違う。相当昔から現地業務を行って、確固たる基盤を作った上で営業しているから、融資先は優良な企業しかない』とか『貸し出し先の多くは日本企業の現地法人で、親会社からの保証を法的にバッチリ取っているから大丈夫だ』とか言って強弁したらしい。本当にその場しのぎの嘘しかつけないから始末に負えない。ロバーツのところでは、東南アジアの金融当局と邦銀に関する情報を交換しているから、簡単なウソはすぐにばれてしまった。これでますます邦銀は信じられないということになってしまったそうだ」

「邦銀の言うことは信じられない、そんな邦銀を放置している日本の金融当局も信じられない、ってわけか」

顔をしかめて村井は紫煙をくゆらせた。マイルドセブンの香りが広がる。

以前は日本の金融当局の了承なしに、海外の当局が邦銀の本店を検査することなどなかった。しかし最近は違う。「外国支店の健全性をチェックするためには、本部の健全性を検査することが不可欠だ」として、海外の当局が邦銀の本部に直接インタビューする。このままの勢いだと、日本における実地検査すら始めてしまうかもしれなかった。金融当局にとって、これ以上の屈辱はない。

「こん畜生……金融監督庁は違うってところをみせてやんなきゃな。沢ちゃん」

「ああ、村さん。本当の勝負はこれからだ」

二人の胸は固い決意にあふれた。

4

次官室に据え置かれているテレビの画面では、米国の有名大学であるMITのポール・クレージュ教授が聴衆を相手に熱弁をふるっていた。経済学者というよりもタレントの領域に達したクレージュは、日本発の世界恐慌の危険性を煽り立て、がなりたてている。

「ラルフ、どうしましょうか。どうも日本は自力で不良債権問題を片づけるつもりがないようです。不良債権を償却しようという気配がない。当局も隠蔽に協力しているようですしね。小国なら、放ってておけばいいのですが、万が一にも邦銀が一斉に破綻でもするようなことがあると、わが国も無傷では済みますまい」

ラルフ・フィッシャーに対するときは、ロバーツ・ラトリッジの言葉遣いはやけに丁寧になる。ラルフが人並みはずれた癇癪持ちであることを二年間の奉仕で十分に理解しているからだ。

「お前の言うとおりだ。このまま放置はできないな。それにしても程度が低すぎるな、日本の大蔵省は。素人丸出しだ」

「なんと言っても、ＷＴＩですからね」

「ＷＴＩか。たしかにな」

この頃、海外当局者たちは密かに日本の当局のことをＷＴＩと呼ぶようになっていた。ＷＴＩといえば、米国で生産される代表的な原油の名称であるウェスト・テキサス・インターミディエイト（West Texas Intermediate）のことである。しかし、彼らがいうＷＴＩはそうではない。ウェル・トレインド・インケイパビリティ（Well-Trained Incapability）――よくよく訓練された無能力者――という意味であった。

「本当に何を考えているのか。頭は悪くなかったはずなんですがね。昔は、オールマイティーＭＯＦと呼ばれていたのに」

「頭が良かろうが悪かろうが、邦銀と日本の金融当局は全く信用できない。あいつらは嘘つきだからな」

「たしかに嘘ばっかりですね」

「とにかく、あいつらは現在に至っても、何をやるべきなのかを理解していない。こうなったら、俺が乗り込んで教えてやるしかないだろう」

ラルフが妙に意気込んでいる。横柄な性格が露出してきた。

「乗り込んだところで、大蔵省が納得するかどうか」

「誰が大蔵省に行くと言った」

「――しかし、大蔵省以外にどこへ行くんです。日銀ですか」

「銀行に対して何ら法的強制力を持たない日銀に行ってもしょうがないだろう。まあみてろ」

ラルフはこともなげに言い捨てると、机の上に積み上げられた書類に目を移し、ルーティンワークに戻った。頭の中はフル回転だ。

彼は一つの計画を実行しようと思っていた。


行動するとなると、ラルフ・フィッシャーは早い。

二週間後の六月一八日には、すでに成田空港に降り立っていた。日本の高官と異なり、彼は体一つボストンバッグ一つで移動する。これが日本の高官だったら、最低でも三人、多いと五、六人のお付きのスタッフが金魚のふんのように連れ立っていただろう。しかも、「次のお食事は何がよいだろう」「手洗いをご所望の場合はどこにお連れしよう」などと複数のスタッフがボスのことで競って気を回すものだから、肝心の交渉準備に気が入らないという笑うに笑えないケースも少なくない。それに比べて、ラルフ・フィッシャーの立ち居振る舞いは水際立っていた。

ラルフは、まず大蔵省に立ち寄った。六月の組織替えで金融の企画・立案機能を担う金融企画局長に就任した高田喜美夫と形ばかりのミーティングを終えると、そこそこに切り上げてしまった。満を持してラルフを待ち構えていた高田にすれば、肩透かしをくった格好である。

大蔵省を後にすると、一八五センチの大男はタクシーを拾って一路永田町へ向かう。

ラルフは、固く心に誓っていたのである。

「不良債権問題の解決は、政治主導でやるしかない」

それが日本の金融当局と五年以上角突き合わせて来たラルフの結論であった。何度厳しい要求を大蔵省に突きつけてきたことか。そのたびに、高田喜美夫を筆頭とする大蔵省高官はわかったようなわからないようなジャパニーズスマイルで返してくる。今度こそわかったかと思って待っていると音沙汰なし。ラルフは折り紙付きの癇癪持ちであった。何度短気を起こして爆発したことか。それこそ数え切れない。

大蔵省と日本銀行は幾度となくアメリカにスタッフを派遣して、預金保険機構やペイオフ、不良債権問題の処理を調べてきた。かれこれ一〇年にはなる。すでに調べるべきことは調べ尽くしているはずだ。それなのに実行することができない。

「日本は発展途上国以下だ」

ラルフは苦々しくこれまでの記憶を辿っていた。

「アイ・ウォーン・ユー――警告しておく。このままでは金融危機は悪化するだけだ」

何度、この台詞を日本の金融当局の高官たちに繰り返してきただろう。

しかし、この警告に含まれた激しい怒りを誰も感じることなく、真剣に対応することもなく、ただひたすら歳月だけがむなしく過ぎ去ってきた。

「不感症の金融当局の連中に何を言ってもむだなのだ。今回は本当の警告を日本に発するために俺は来たのだ。政治家たちに直接最後通牒を突きつけてやる」

これまでとは腹のくくり方が違う。

アメリカでの根回しも周到に準備し、完全な委任を取り付けてきた。

話してみて改めて感じたのだが、ラルフ以上に米国政府の高官たちは日本の実情に危機感を抱いていた。日本に関する情報がないのでジャーナリスティックなマスコミ記事に踊らされている側面は否定しきれないが、「自分では危機に対処できない国・日本」のイメージは、ラルフ以上に彼らの方が強く持っている。

ラルフの上司である財務省長官のウィリアム・ルースなどは、

「ラルフ、グッドアイデアだ。もっと早く決断してもよかったな。アメリカは日本の現状を強く懸念しており、このまま何も変わらないようであれば、国際マーケットから邦銀を一行残らず締め出す用意がある——というくらいはぶちかましてきてもいい。とにかく、日本に思い知らせてやってほしい。一切の責任はわたしがとる」

と叱咤激励したほどだ。

ラルフの心持ちは、日本に進駐軍として乗り込んだマッカーサー元帥の境地と同じである。愚かな国民には偉大なアメリカの指導者が必要なのだ。

日本の金融動向を探るために、すでにニューヨーク州銀行局に命じて、駐在員事務所を日本に開設する手筈も調えてあった。ワシントンやニューヨークには、日本の新聞や雑誌の記事を分析するチームを組成し、日本語のわかるスタッフをすでに雇用している。このあたりは、日本事情に精通しているロバーツ・ラトリッジが調整するよう命じてある。

大蔵省が嘘をついて切り抜けようとしても、そう簡単に問屋は卸さない。実際彼らは、日本経営新聞から週刊日本経済まで有力紙や有力誌の記事を調査・分析している。情報収集に余念がない。

というのも、一九九七年初、山三證券に飛ばしの疑惑が持ち上がったとき、週刊日本経済はハッキリと「山三證券は株式の含み損を飛ばしている」とたびたび報じていたのに、大蔵省から何ら情報が得られなかったのである。米系証券のアナリストたちから飛ばしの話を聞いたラルフは、日本の高官に何度も問い合わせたが、返答は決まって「そんなことは絶対にない」というものだった。ところが結果はみてのとおり、飛ばしは存在していた。

ラルフは「当局よりも週刊誌のほうがよほど情報を持っているじゃないか」と心底腹を立てた。そこで自前で日本の情報を手に入れる努力をするようになったわけだ。

5

国会議事堂を右手にみて、参議院通用門前の交差点を左に折れると、右手に飾り気のない灰色のビルがみえてきた。守衛が物々しく警備にあたっており、機動隊らしき車両が三台さりげなく駐車している。

民主自由党本部である。

「まずは、カンジチョウだったな——」

入り口で用件を告げると、秘書らしき男が手招きで順路を示してくれた。導かれた部屋には、恰幅の良い紳士がすでに黒革の応接セットでラルフを待っている。

民主自由党幹事長を務める鹿島龍三であった。

重厚なその立ち居振る舞いは、与党の要職を占めるだけの人材であることを感じさせる。もっとも、白人至上主義のラルフ・フィッシャーにとってはたかだか東洋の島国の一政治家にすぎない。初対面ではあったが、臆するところは全くなかった。

「ハイ、ミスター・カシマ」

「ようこそ、いらっしゃいました」

鹿島の手招きに応じて、黒革のソファーに腰掛けたラルフは、挨拶もそこそこに本題に切り込んだ。鹿島のスケジュール表は陳情などでびっしりと詰まっている。限られた時間で確実に用件を伝える必要があった。

「——今回の訪日は警告です」

「警告？」

いきなりの直截な言葉に鹿島龍三は思わず聞き直した。

「そう、警告です。重大な警告です」

ここぞとばかりにラルフは身を乗り出す。

「この警告が無視された場合、アメリカは在米の邦銀に対して撤退命令を出します。三年前のやまと銀行のようにね。そうなれば、少なくともヨーロッパはアメリカに追随して邦銀を彼らの領域から追い出すでしょう。われわれは他国にも働きかけます。間違いなく邦銀は国際マーケットから締め出されることになりますね」

「それはただ事ではありませんな」

ゆっくりと組んだ両手をほぐした鹿島は、ゆったりと椅子にもたれかかった。

「で、その警告の内容をお聞かせ願えますかな」

ラルフのきつい先制パンチに見舞われた鹿島であったが、そこは百戦錬磨の政治家である。動揺した気配は塵ほどもみせない。

「不良債権問題を放置している日本の金融当局はあまりにも非常識です。アメリカをはじめとする海外当局と市場関係者は、邦銀がいまにもデフォルトしないかとびくびくしている。ところが、当局は邦銀が国際マーケットの時限爆弾になっているというのに涼しい顔です。センス・オブ・アージェンシー――緊急性の認識が感じられないのです。われわれは、これまで長いあいだ我慢してきましたが、もう限界です。日本の当局は信じられない。そこで真の実力者であるカシマさん――あなたに直接お願いにきたというわけです」

「なるほど、不良債権問題についてはわたしも憂慮しているが、この三月に公的資金を三〇兆円用意し、実際一兆八二〇〇億円も主力銀行に注入したばかりだ。大蔵省からは、金融危機はしのいだと聞いているのだが、それは間違っているとおっしゃられるのですかな」

今年で五〇歳になる鹿島の英語はお世辞にも流暢とは言えなかったが、短い単語の積み重ねで語るストレートな表現はそれなりに迫力がある。

「それは完全に間違っています」

ラルフは即座にはっきりと否定した。

「佐伯委員会による、あの一兆八二〇〇億円を評価している者は海外には誰一人としておりません。あえて言えば、日本の金融当局だけじゃないでしょうか。あんなものは、不良債権問題を解決する手術とは呼べません。金融危機の本質を一時期覆い隠すバンソウコウぐらいのものでしょう」

「ふーむ。そうですか。ラルフさんがそこまで事態を厳しくみてらっしゃるとは」

「ミスター・カシマ。わたしだけじゃない。これはアメリカでのコンセンサスです。いや、世界のコンセンサスと言ってもいい。だから、わたしはこの問題に関する全権を委任されてきているのです」

「なるほど、それではご用向きを伺いましょう」

鹿島の顔付きがひきしまり、真剣みを帯びたのをみて、ラルフは安堵した。民主自由党の実力者である鹿島龍三を本気にさせなければ、今回の訪日の意義はない。

「それほど難しいことではありません。銀行危機を経験した日本以外の国ではどこでもやっていることです。ＩＭＦに加盟している国の約三分の二では日本のように銀行危機を経験しましたが、ほとんどの国はその危機をだいたい三年から五年までの期間で克服しました。三年から五年の間ですべて終わっているのです。つまり、銀行危機に対する処方箋はすでに定石があるということです」

ラルフは、ゆっくり一息入れてから本題に入った。

「われわれからの要求は三つです」

ラルフの目が鹿島龍三を睨み付けている。

「まず、破綻銀行は即時閉鎖してください。マーケットから退出させていただきたいのです。そうでなければ、われわれが退出させることになるでしょう。次に、銀行に貸倒引当金を十分積ませてください。不良債権問題が発覚してから、もう七、八年になるにもかかわらず、邦銀は大幅な引当不足の状態にあります。そんな馬鹿なことは他の国ではあり得ません。最後に、銀行監督を強化していただきたい。大蔵省の銀行監督はもはや信じられません。彼らはわれわれに長年ウソをついてきました。護送船団行政ではない、厳しい銀行監督がすぐに実施されなければなりません」

ウソという言葉が一段と強く発声された。

「ミスター・カシマ。何も難しい要求ではない。銀行危機に際して他国がやってきた、いわば当たり前のことばかりです。われわれは、日本ほどの先進国がその当たり前のことができないのでいらついているのです」

ラルフの視線がきつく鹿島龍三の目を射る。

「ジャスト・ドゥ・イットです。とにかく早くアクションしてください。やるべきことをやってください。やるべきことはもう決まっているのです」

高圧的な声が響いた。

6

「――お考えは拝聴しました」

ことさらゆっくりと返答しながら、鹿島龍三は、石崎慶一郎とのやりとりを思い出していた。

石崎慶一郎は鹿島の派閥に属する三回生議員だ。一〇年前に父親の石崎慶介が引退するときに通商産業省を辞職して出馬、富山県第一区の地盤を引き継いで見事当選している。最近、参議院から衆議院に鞍替えしたばかりだ。若手議員の中では金融問題のエキスパートと言ってよかった。

石崎が言ってたとおりだな……。

石崎は現在、大蔵省政務次官の職にあったが、先送り体質の抜けない大蔵官僚と何かと対立していた。「大蔵官僚は肝心なことは何も報告してこないんですよ」と鹿島に会う度にこぼした。

石崎慶一郎は通産省時代にハーバード大学に留学していたこともあり英語を苦にしない。米国の金融当局者とも直接コンタクトしていたので、現場からの報告がいかに事実を捻じ曲げているか、身に沁みてわかっていた。あまりのひどさに局長クラスを怒鳴りつけたこともしばしばだ。万事秘密主義の高田喜美夫とは特にそりが合わず、緊迫した冷戦状態と言っていい状態が続いている。

「鹿島先生、このままでは大変なことになる。アメリカ流に一気呵成にやらないと、日本は本当に後悔することになりますよ」

これも石崎の決まり文句だった。

そのせいか大蔵省では、「石崎はアメリカの回し者」という陰口も叩かれている。ラルフ・フィッシャーの三つの要求も、普段石崎が鹿島に訴えつづけていることばかりである。鹿島龍三の頭の中では、ラルフ・フィッシャーと石崎慶一郎が見事にシンクロナイズしていた。

「――ご用向きはその三つと考えてよろしいですな」

鹿島は淡々と確認した。

「そうです」

「承知しました。早速とりかかりましょう。そのかわり、在米邦銀の撤退の件はなしということでよろしいですな」

「約束しましょう。われわれとしては、やるべきことさえちゃんとやっていただければ、内政干渉のようなことはしたくありません。ただ一つ申し上げておきますが」

ラルフは、勿体をつけて付け加えた。

「われわれは、邦銀に対する監視体制を強めています。この七月にニューヨーク州銀行局の在日オフィスを赤坂に設けるのもその一環です。ニューヨークとワシントンには日本の情勢を分析するアナリストも専属でつけました。今回の要求が実行されるか否かは、きっちりとモニタリングさせていただきますので、そのつもりでお願いします」

「ラルフさん、ご心配していただかなくて結構。この鹿島龍三がやると約束した以上、約束は守ります。まずは、危ないという噂が長らく続いている東京国際銀行についてきっちりと片をつけましょう。それから不良債権に対する引当については、検査マニュアルを作って厳しいガイドラインを新たに設けます。そして新しくできた金融監督庁にはしっかりと問題銀行を検査させますよ。まあ、みててください」

鹿島龍三は太鼓判を押した。

「しかし、大蔵省がそんなに信じられんですか」

「――あいつらは最低だ」

初対面の鹿島の前にいることも忘れて、ラルフは一言のもとに吐き捨てた。ラルフの大蔵省嫌い――高田嫌い――はもう生理的なところにまで高まってしまっている。

「最低ですか。なかなか手厳しいですな」

「……などという人もいるということです」

我に返ったラルフは一応取り繕った。

鹿島龍三と大蔵省のことで言い争うのが今回の訪日の目的ではない。政治家に会うときは礼儀と言葉遣いには気をつけろと知日派のロバーツから何度も釘を刺されていた。

「ラルフさん。日本はやるときはやります。政治がやるといえばやるんです。官主導というのは昔の話。いまや完全に政治主導です。今日明日中にでも早々に動き出しましょう」

「ありがとうございます。やはり思いきってミスター・カシマに面会してよかった。わたしも安心してアメリカに戻れます」

鹿島龍三と別れの握手を交わしたラルフは、半日後には機上の人となっていた。


鹿島の動きは早い。

ラルフの意向を踏まえた「金融再生トータルプラン」の作成を側近に指示すると、いち早く推進協議会を立ち上げる。腹心の一人である石崎慶一郎も主要メンバーとして加わり、縦横無尽に活躍し始めた。不良債権に対する引当を厳格化するため、金融監督庁において金融検査マニュアル検討会が組織された。そのマニュアルには、米国流の内部管理手法が取り入れられていく。

アメリカ流の厳しい処理を断行するというムードが徐々に醸成されていく。永田町は俄然金融色に染まっていった。日本で初めてセンス・オブ・アージェンシーが認識された。しかも官僚主導ではなく、政治主導で金融再生の枠組みが組み立てられていく。

反対勢力の柱である大蔵省は、一月に発覚した接待スキャンダルの後遺症から立ち直れずにいる。大蔵官僚が金融機関から接待を受けて手心を加えていたことが発覚し、大問題になっていたのだ。すさまじい大蔵省バッシングの中では、さすがの高田喜美夫も模様眺めに徹するほかはない。

石崎を中心に、問題銀行の早期処理、不良債権の完全引当、銀行監督の強化といった施策が練り上げられていく。これは、公的資金による資本注入で銀行の体力を温存しながら回復を待つソフトランディングを志向しつづけていた民主自由党の従来の方針と百八十度異なっていた。金融機関の破綻も顧みず一気に金融の膿の摘出手術を求めるハードランディング方針が確立される。石崎たちの路線は、高田喜美夫に近い大蔵省寄りのベテラン政治家からは反発を買い、白い目を向けられたが、そこは鹿島がうまく取り仕切った。

「来る七月の参議院選挙は大過なく乗り切れるはずだ」という見通しの中で、金融行政の大胆な方向転換が実現していく。今度こそ金融システムの膿に本格的なメスが入る——と思われた。

しかし、予測していなかった事態が発生する。

七月一二日、楽勝とみられていた第一八回参議院選挙で、民主自由党が前回から一六議席を失う大敗を喫してしまったのだ。景気が悪化する中、国民は新民主党を率いる若きリーダー菅野直介の可能性に票を投じた。

単独過半数の獲得が至上命題であった橋山首相は大敗の責任をとって退陣、それを受けた民主自由党総裁選では、大蔵大臣を一期務めた後、外務大臣に回っていた小野啓三が勝利を収めた。鹿島龍三は幹事長の座を静かに下りた。

第五章　動　揺

1

一九九八年の夏は例年になく暑かった。

金融監督庁が発足し、新政権が誕生するという政と官の空白期に、このタイミングを狙いすましたかのようにヘッジファンドは売りを仕かけてきた。東南アジアの通貨・経済危機を仕かけ、濡れ手に粟の大儲けをした有力ヘッジファンドたちは、甘い経営体質でバブル崩壊の後遺症から一向に立ち直ろうとしない邦銀に狙いを定め、より大きなマネーゲームを仕かけようと虎視眈々と牙を研いでいたのである。

世界に三〇〇〇以上あるといわれるヘッジファンドは、総額四〇〇〇億ドル以上の資金力をもつ。これに高度なハイテク金融技術を組み合わせて、レバレッジを利かせ、投下資金を何十倍にも膨らませて一気に売り浴びせ、あるいは急激に買い占める。マーケットに巨大な相場の流れをつくるのが彼らのやり方である。

このとき、真っ先に狙われたのが東京国際銀行であった。

六月五日、ヘッジファンドから情報をもらった月刊誌が、「東京国際銀行の破綻で戦慄の銀行淘汰が始まる」というタイトルで、東京国際銀行の系列ノンバンクにおける不良債権問題を報じる。それをきっかけに、経営が悪化していた東京国際銀行の株はヘッジファンドの餌食となり、狙い売られていった。前の年には六〇〇円近くあった株価があれよあれよという間に落ちていく。六月一九日には一〇〇円を切り、新民主党が参議院選挙で躍進した七月一二日には初めて額面の五〇円を割った。さらに八月一一日には一時三七円を付ける。

すさまじい売り圧力にさらされた東京国際銀行は、いまにもマーケットになぎ倒されそうであった。東京国際銀行の株は投資家のおもちゃになった。

「おい、金融企画局はどうすんだよ」

大蔵省三階にある喫茶店「サボテン」に木田高志を呼び出した沢登は、いきなり詰問調になっていた。この六月の組織改編で、銀行局と証券局が一体となり、木田は高田が統括する金融企画局に移っている。沢登隆一は相変わらず検査部だったが、大蔵省から金融監督庁へと所属が変わっていた。金融の企画・立案だけを残して、監督と検査の諸機能は、大蔵省から新しい金融監督庁に移管された。

「どうするって、みての通りさ」

「五菱信託銀行と合併させるのか」

「そうさ、だからこそわざわざ八月二〇日には小野首相にご出陣願って、五菱信託社長を官邸に呼び出して合併を要請したんじゃないか」

高田喜美夫は、この危機を乗り切るため、東京国際銀行と五菱信託銀行を合併させようと画策していた。六月半ばには、意図的に日本経営新聞に合併をリークしてムードを盛り上げている。

経営不振の銀行が出てくると健全行との合併に持ちこむ。これが大蔵省伝統のやり方である。金融企画局長の高田喜美夫はこのディールを成功させるために、権謀術数の限りを尽くしている。昨年三月の危機を乗り切った手腕を間近でみていた木田は、高田が今回の危機もうまく乗り切ることを確信していた。

「しかし、合併すれば何とかなるというのは短絡的なんじゃないか。この時代に大きいことはいいことだといって、手放しで評価してくれるような甘っちょろい投資家はどこにもいない」

「まあ、大丈夫だから心配するな」

木田は沢登の懸念を全く気にかけない。

「心配するなと言われても、そういうわけにはいかないだろう。東京国際銀行との合併の噂が出た銀行の株価をみてみろ。例外なく急落したじゃないか。マーケットは相当厳しくみているぞ」

「公的資金もたっぷり入るんだ。どこに問題がある」

「どうかな」

沢登は間髪容れずに異議をはさんだ。

「マーケットは『黒＋黒＝真っ黒』だとみている。『合併すれば、経営や資産内容が改善される』なんて誰も思っていない。いくら公的資金が入ったところで、『真っ黒＋白＝薄汚れた灰色』ぐらいにしか思ってくれないんだよ。それがマーケットのコモンセンスなんだ。合併したところで問題の根本は解決されない」

「お前はそう言うがな、これまで大蔵省はこれで問題を解決してきたんだ。東京国際銀行と五菱信託銀行を合併させて、そこに資本注入するというストーリーに問題があるはずはない。百歩譲ってお前の言う通り『黒＋黒＝真っ黒』だったとしよう。それでも合併させて資本を注入することができる。そのために、銀行局は預金保険法を予め改正しておいてある。特定合併にも公的資金は入れられるからな」

木田は改めて、高田の先見性を誇らしく思った。

「わかっちゃいねえな。強力な金融当局の指導の下で、合併や提携を推進し、金融機関を救済していくというストーリー自体に無理があるんだ。それはもう白昼夢でしかない。その事実は徳陽市民銀行で証明されてしまったじゃないか。徳陽市民銀行なんて、東京国際銀行とは比較にならないほど小さい。小さな小さな地方銀行だ。でも去年一一月に破綻して半年経っても合併してくれる先は出てこなかった。営業譲渡も騙し騙しなんとか進んだというのが実情じゃないか。忘れたのか」

ここぞとばかりに、沢登は言い募った。

「要するに、徳陽市民銀行という小さな地銀でさえ、大蔵省は自分の思いどおりにできないようになっているんだ。現実を直視しろよ。そういう状況なのに、どうやったら大きな東京国際銀行や五菱信託を思い通りに動かすことができるんだ。できるわけないだろう。その厳然たる事実を認めないから、無理に無理を重ねて変な方向に行ってしまうんだ」

「変な方向というのはどういうことだ」

「冷静に考えてみろ。大蔵省は東京国際銀行は健全だと主張しているわけだが、その合併先の五菱信託銀行も当然健全ということになっている。金融に馴染みのない俺のかみさんでさえ、『健全な先と健全な先とが合併するのにどうして公的資金が必要なの。どう考えてもわからない』って言ってるほどだ。金融の素人ですら不審に思う合併を強引に推し進めてうまくいくわけがない」

「別にお前のかみさんに評価してもらうためにやってるんじゃないさ」

「納得できないのは、俺のかみさんだけじゃない」

沢登の反論はとまらない。その厳しい舌鋒は、東京国際銀行が全日本リースに対する貸出債権を放棄して、その穴埋めに公的資金が使われる――ことに向かった。

「どうにもこうにも、全日本リースに対する債権放棄は全く理解できない。債権放棄しなければ再建できないということは、全日本リース向け債権は不良化していたということだ。とすれば、引当金がすでに積まれているのだから、債権放棄したところで公的資金は要らないという話にならないとおかしい。ところが、『債権放棄しますから資本は過少になります。したがって国民の皆さんのおカネが必要になる』と説明するものだから訳がわからない。公的資金が要るということは、引当金を積んでいなかったことを示しているはずだ」

アイスコーヒーの氷をストローで搔きまわしながら、木田は黙って聞いている。

「しかし一方で、貸倒引当金を積んでいなかったとすると、全日本リースは健全債権でなければならない。そうでなければ粉飾決算になる。しかし、全日本リースが健全債権だとすれば、債権放棄はできなくなる。債権放棄すると株主に対する背任行為になるからだ。実際、東京国際銀行は米国の投資家から株主代表訴訟を起こされているだろう。結局、粉飾決算か背任行為のどちらかになるってことだ。こういう明らかに矛盾している政策パッケージを強引に実現しようとすれば、破綻するのは目にみえている。止めた方がいい」

しばらく黙って聞いていた木田は、ゆっくりと言葉を発した。

「沢登、それではどうすればいいというんだ」

木田にしては珍しく、露骨にしかめっ面をしている。

「厳正な検査結果に則って、債務超過だと認定すればいい。そうすれば、東京国際銀行に早期是正措置を発動するという段取りになる」

「それでどうする」

「どうすると言っても、それ以上何ができると言うんだ」

「ほおーっ、検査部ってのは、本当に無責任だな。東京国際銀行が早期是正措置の対象になったらどうするんだ」

木田はおどけて尋ねた。

「淡々と業務停止命令を下すだけさ」

事もなげに沢登は言い放った。

「それが無責任だというんだ。いいか、東京国際銀行の総資産額のランキングは、世界で二二番目だ。地銀や信金とは違うんだぞ。拠点も全世界に点在している。東京国際銀行を生かすか殺すかは、日本だけの問題じゃない。世界全体の問題なんだ。軽々しく潰せるわけがないだろう」

沈着冷静が売り物の木田にしては珍しく声を荒げた。

「それはどうかな。逆に聞くが、債務超過であることを隠し続けることは、当局として無責任じゃないのか。国民から債務超過の実態を隠し、嘘をつきつづけ、巨額の公的資金を無駄遣いすることは無責任とは言わないのか」

「仕方ないだろう。それしか選択肢はないんだ。われわれは金融恐慌から国民を守っているんだ。

感謝されこそすれ、批判される筋合いにはない。それともお前はこの悪臭立ち上るゴミ溜めを洗いざらい公にするとでもいうのか」

ゴミ溜めか——。

沢登は、ニューヨークから検査部に赴任した際、浅井検査部長が同じ台詞を口にしていたことを思い出していた。そして、あの時浅井に執拗に食い下がらなかったことをずっと後悔している自分を再確認した。

「ああ……」

深い一呼吸の後で、沢登は澱のように溜まっていた思いを吐き出した。

「俺はこのゴミ溜めを洗いざらいきれいにするときが来ていると思う。本当はもっと早く着手すべきだった。しかし悔い改めるに憚ることなかれだ。いま決断しなければ日本は大変なことになる」

「何が大変なことになる——だ。お前の言うとおりにしてみろ。それこそ、日本は大混乱だ。国際マーケットだって、大きなダメージを受ける。お前の言ってることはナンセンスだよ。まあ、お前のような過激派はほかにはいないだろうけどな」

「残念ながら、過激派は俺一人じゃない。醍醐(だいご)検査部長は腹をくくっているし、検査官は全員そう思っている」

「へえーっ、主計エリートだったあの醍醐さんがねえ。大蔵省の中枢にいた彼がお前みたいな過激なことを言うとは信じられんな」

「醍醐部長は着任以来、お前の言うゴミ溜めの実態を精査し、ここまで腐った背景を調べ上げた。その上で、これ以上護送船団行政を続けて、問題を先送りすることは状況を悪化させるだけだということを確信したんだ」

この六月、浅井誠の後任として検査部長に着任した醍醐広司に、邦銀の不良債権問題の実態をレクチャーし、悪化した背景をつまびらかに解説したのは沢登本人だった。

厚さ一二センチのファイル三冊にまとめあげられた説明資料は、「沢登ファイル」と呼ばれ、いまでは検査部における最重要資料として活用されている。これまでの検査結果を丹念にフォローした資料だ。いつ誰が何をどう判断したために、ここまで不良債権問題が悪化したのかという背景とその理由が、言い逃れようのないエビデンスと共に克明に記されている。検査部に赴任してから二年間というもの、残業に残業を重ねて仕上げた沢登の努力の結晶であった。師匠を自任する村井浩三が全面的に協力してくれたおかげで、現場の検査官から当時の裏事情を詳細にヒアリングすることができた。銀行局の圧力でいかに検査結果が歪められてきたのかも明らかにされている。

浅井誠を見限った沢登は、新しい検査部長に賭けていた。

醍醐は銀行局調査課長を務めた経験もあり、不良債権問題に関して素人ではない。詳細な事実調査に基づいた沢登の渾身の主張を醍醐は全面的に受け入れた。少なくとも、沢登にはそう思えた。

「バランス感覚抜群の醍醐さんも、ノーリターン・ルールでヤキが回っちゃったのかなあ。沢登に同調するなんてねえ」

ノーリターン・ルールというのは、金融監督庁に部長以上で着任した大蔵官僚は大蔵省に戻れないとする新しい取り決めである。醍醐広司は部長なので大蔵省に戻ることは許されない。

「ノーリターン・ルールなんてチャチな了見で判断を左右される人じゃないよ、醍醐さんは。出世だけが生きがいというチンケな役人とは違う。彼は考えに考えた上で決断したらテコでも動かない鉄の意志の持ち主だからな。蔵相に反対されようが長官にノーと言われようが全く動じない。与えられた役割の中で厳正に行政を行うという信念の人だ」

事実、沢登の主張を受け入れた醍醐広司は、金融監督庁長官の野坂正義と対立していた。孤立していたと言ってもよい。

東京国際銀行を債務超過と認定すべき——と主張していたからだ。

札幌高等裁判所裁判長から請われて金融監督庁長官に就任した野坂正義は、裁判に関しては裏の裏まで知悉(ちしつ)していたが、金融のプロフェッショナルというわけではなかった。押しが強い高田喜美夫の巧みな根回しに言いくるめられて、どちらかといえば大蔵省サイドの主張に乗ってしまうことも一度や二度ではなかった。野坂の気持ちの中で、「大蔵省の方が金融監督庁よりも上」という意識が働いていなかったとはいえないだろう。

そのため、これまでの大蔵省行政の経緯を引き継ぎ、野坂は結果的に護送船団行政の片棒を担ぐ局面がないではなかった。国会答弁でも従来の大蔵省行政を擁護する発言が少なからず目立った。検査部長の醍醐広司は、そういう野坂にとって、目の上のタンコブになっていたのである。

「沢登にしては珍しくベタ褒めだね。しかしそれが本当なら、醍醐さんも先がないかもしれんな。野坂長官は大蔵省サイドだ。野坂さんは、自分を指名してくれた宮内蔵相には頭があがらないからね。惜しいなあ。エリートなのに、本省の意向に逆らうなんてな」

何か反論したそうにしている沢登を制して、木田は言葉を継いだ。

「しかしな、沢登。何があっても、大蔵省はこの合併をやり遂げる」

木田の顔に意志が漲る。

「なぜなら、それが日本のためだからだ。大蔵省が日本を守ってきた。そしてこれからも日本を守っていく。金融監督庁は黙って後から付いてくればいい。道は俺たちが示す」

そこまで言うと、木田高志は勘定書をつかんで立ち上がり、レジに向かってまっすぐに歩き出した。席を一緒に立ち損ねた沢登は、遠くなる木田の背中を見つめながら、改めて座りなおした。泡立った胸中を落ち着けるのが先だ……。

窓の外では、真夏の太陽がきつい陽射しを降り注いでいる。暑い夏が来ようとしていた。沢登の胸の内は、これから起こる大蔵省との全面戦争に対する決意に溢れている。

2

木田の読みや意志とは裏腹に、東京国際銀行と五菱信託銀行の合併は遅々として進まなかった。素直に大蔵省の言うことを聞くと期待されていた五菱信託銀行であったが、そうは問屋が卸さなかった。彼らは東京国際銀行の財務内容に露骨に疑念を示した。しかも、五菱信託銀行の社長は、「金融当局の査定だけでは信用できない」として、ビッグファイブとして世界的に名前の知られた国際的な会計事務所に厳しく資産を査定させない限り、一切資産を引き取らないことを世間に明言した。金融当局に対するあからさまな反抗である。

数々の難題を解決し、大蔵省のモンスターと畏怖された高田喜美夫の豪腕をもってしても、五菱信託銀行に無条件で合併を呑ますことができない。

もたもたしているうちに、不良債権の処理に苦しむ邦銀の株は一斉に売られだした。八月二八日、日経平均株価の終値は一万三九一五円六三銭と、一二年半ぶりに一万四〇〇〇円を割った。銀行株は売り一色に染まり、株価を奈落の底へと誘っていく。一〇月五日には一二年八ヵ月ぶりに一万三〇〇〇円を割り一万二九四八円一二銭をつけた。

「やはり日本は駄目か？」

ポトマック川が眺望できる次官室の中で、仏頂面のラルフはロバーツに問いかけた。

「参議院選挙の結果が計算外でしたね」

「ああ、あそこまで民主自由党が負けるとはな」

ラルフは鹿島龍三に会ったときのことを思い出している。

「せっかく俺が指示したとおりに金融再生トータルプランが走り始めたのに、一からやり直しだ。しかも首相が小野啓三ときている。この日本最大の危機において、冷めたピザのようなどうしようもない男を登板させる日本という国は狂っているとしか言いようがないな」

最大派閥を率いて民主自由党総裁の座を射止めた小野啓三は、国内外から「冷めたピザのように生気がない」と酷評され、期待感はゼロに近い。

「あれで、実力者のミスター・カシマが幹事長から下りてしまいました。せっかくの訪日の影響が薄れてしまいましたね」

「そのとおりだ。参議院選挙までの流れはほとんど読みどおりだったのだが、その後は、アホのジャパンに逆戻りだ。それになんだ、あのデリバティブ騒動は。馬鹿丸出しとしか言いようがない」

デリバティブ騒動とは、東京国際銀行はデリバティブという新しい金融商品をたくさん扱っているから、「東京国際銀行が破綻すると、多くの邦銀が連鎖的に破綻し、世界恐慌につながる」という説が日本において大々的に唱えられたことを指している。デリバティブというのは、通常の金融取引から派生した商品のことで、スワップやオプションという種類がある。小野首相、早野日銀総裁、宮内大蔵大臣、野坂金融監督庁長官という日本の金融行政を取り仕切っている大物たちが、東京国際銀行の破綻による世界恐慌の可能性を大合唱した。

「誰が裏でシナリオを書いたかは知らないが無知にもほどがある。信用力が地に堕ちた東京国際銀行とデリバティブ取引をやっている金融機関なんて数えるほどしかない。取引しているところもたんまり現金担保をとった上でやっているから、まるまる取りはぐれる間抜け野郎は邦銀ぐらいなもんだろう。東京国際銀行の破綻が世界恐慌を起こすなんて勘違いも甚だしいが、仮に百万歩譲って正しい認識であったとしても、金融当局がやってはならないことというものがある」

　日本が話題になると、ラルフの語気は荒立った。ロバーツは顔を引き締めて答える。

「そのとおりです。金融当局の役割は人々の不安を沈静化させることにあります。日本は当局の基本すらわきまえていないということがはっきりとしました。途上国でも人々の不安を煽る金融当局にはなかなかお目にかかれない。わざわざ人心を惑わし、金融危機を煽るという愚かなキャンペーンを連日連夜繰り広げるというのは愚の骨頂ですな。マーケットにわざわざ動揺をもたらしているんですから。危機管理能力以前の問題といわざるを得ません」

「――金融危機をみずから招いているのだからな」

　キューバ産のシガーに火を点けて、ラルフは言葉をつなぐ。

「本当にデリバティブが危ないと思うなら、東京国際銀行のデリバティブ取引を即刻やめさせればいい。少なくとも新規取引ぐらいは中止させるべきだろう。それが普通の当局の理性というものだ。ところが、日本の馬鹿どもは、危ない、危ないと騒ぎ立てているだけだ。呆れ返るしかない」

「本当にそうですね。喩(たと)えてみれば、子どもが風船をパンパンに膨らませているのをみて、破裂するのではないかと心配するお母さんがヒステリックに、危ない、危ない、と金切り声を出しているようなものです。そんなに心配なら風船の空気を抜けばいい。そんな単純なことにも気づけない。デリバティブがそんなに危ないなら、東京国際銀行に行政命令を出してやめさせればいいんです」

「そんなこともわからんのだ、あいつらは。しかし、なまじ図体がでかいだけに、万が一のことがあったら、わが国も無傷というわけにはいかん。馬鹿にしているだけというわけにもいかんのだ。本当にあの馬鹿者どもが正真正銘の馬鹿だったら、世界恐慌だって起こりかねんぞ」

「そうなんです。そこが不安の種なんです。どうもみていると、日本の金融当局は、本当に世界恐慌を心配しているようなフシがある。かといって、即刻デリバティブ取引をやめさせる気配もない。危ない、危ない、と連呼しているだけ。もし本当に無能だったら、世界恐慌もあり得ない話ではありませんからね。マーケット参加者が想定していない愚かな対応を次々と実行すれば、さすがに世界的なパニックになるかもしれません。そのパニックは世界のマーケットと市場参加者に多大な影響を及ぼします。そこが本当に心配ですね」

「まったくそのとおりだ。しかしそれにしても、早野日銀総裁の発言には驚かされたな」

　ラルフの口元が苦笑で歪んだ。

　先日、早野日銀総裁が訪米したとき、「邦銀の資本は過少である」と発言して物議を醸したばかりなのである。つまり、邦銀は資本が少ないので危ない――というわけだ。あまりのストレートな表現に市場関係者がびっくりして邦銀株を売り急ぐ要因になった。

「あの過少資本発言ですか」

「ああ。大胆というか、率直というか、単なる馬鹿というべきか、日本人の評価は本当に難しい」

「ええ、あの発言が報じられてから、海外では邦銀に資金を出す銀行が目にみえて減りましたし、邦銀相手の為替スワップには大幅なプレミアムが上乗せされるようになりました。いや、プレミアムを払っても調達できるのであればいい。実際には、オファー自体が消えてますから、資金を調達できない先も少なくない。邦銀が置かれた状況はそこまでひどい。海外で資金を調達できないから、国内から調達して日本の円をドルに換えて送るしかない。そうすると、日本のマーケットから資金を引いてこなければいけない。ところが、日本のマーケット、つまり国内のインターバンク市場が機能不全だから、ますます銀行間同士で貸し渋りが起こってしまう。本当に恐ろしい状況です」

ラルフが肯いているのを確認して、ロバーツは続けた。

「――日本のインターバンク市場をみてください。銀行同士の資金取引を仲介する短資会社は、暇を持て余しています。実際、短資会社を介した取引はジリ貧です。日銀が資金介入の労を尽くしているが、破綻リスクを嫌った余剰資金が無利息のまま日銀に歩留まっている。つまり、邦銀自体が邦銀を信じていないのです」

「ふん。邦銀同士が信じていない状況で、どうやって信じろというのかね。高田の嘘つき野郎にはホトホト愛想が尽きる」

ふんぞり返った高田の顔を思い出して、ラルフの感情は昂ぶった。

「こういう状況なので、日銀は巨額の流動性を供給し支え続けています。そうでなければ金融恐慌が発生していたでしょう。しかし、注意しなければならないのは、流動性供給は問題を解決しないということです。逆に悪化させていると言っていい。邦銀は日銀に資金繰りを依存し、モラルハザードの度合いを日々強めています。この結果、日銀のバランスシートは日本の信用リスクをすべて背負わんばかりの勢いで急膨張しており、リスクがひそかに急速に高まっています。最後の貸し手たる日銀が最初の貸し手になっているのです。日本のインターバンク取引は異常事態にあります」

「異常事態か……それにしても、邦銀も本当にありがたい日銀総裁を戴いたものだ」

「ええ、ＷＴＩですからね」

ラルフは、WTIという響きに反応した。

「ああ、あのWTI野郎たちには、本当に苦労させられるぜ、まったく。独立を放棄して、わがアメリカ第五一の州にでもしてしまった方がいい。通貨も円を放棄して、わがアメリカのドルにしてしまえばいいだろう」

ロバーツは苦笑しながら、若干の異を唱えた。

「州というのもどうだか。わがアメリカで州といえば、立派な自治能力を持っていますからね。いまの大統領だってアーカンソー州の知事出身ですから。日本州の知事である小野啓三がわがアメリカの大統領になる可能性があると思いますか。ないでしょう。日本は委任統治領程度の扱いでいいんじゃないですかねえ」

「委任統治領か。それはいい」

豪快なラルフの笑い声が次官室中に鳴り響いた。つられてロバーツも破顔した。彼らの脳裏には、「オールマイティーMOF」として一目も二目も置いていた一〇年前の記憶はすでにない。

3

結局のところ大蔵省は、あれだけ強引に合併戦略を推し進めておきながら、東京国際銀行と五菱信託銀行の合併を実現できなかった。東京国際銀行を巡る小野内閣と金融当局の優柔不断と不手際は、参議院選挙で大勝した新民主党にとって、攻める格好のターゲットとなった。

失策と失態を尽くしているのだから、攻めるサイドは俄然勢いづく。攻め方も簡単である。ラルフ・フィッシャーが鹿島龍三に求めたように、「とにかくサッサと処理しろ」と主張していけばいい。新民主党の党首・菅野直介は、小野啓三首相に迅速な処理を迫った。

正義と正論は野党側にある。

流れは完全に新民主党主導になった。

新民主党は米国流のハードランディング政策——外科手術論——を推し進める。小野内閣は受け切れない。民主自由党の守旧派は抵抗しようとするが、参議院での劣勢はいかんともし難い。

石崎慶一郎をはじめとする民主自由党の政策新人類は、金融トータルプランを練り上げ、ハードランディング路線でいこうとしていながら、ソフトランディング政策——護送船団行政——を志向する小野内閣が成立したため、一旦はみずからの理想を断念していた。しかし、新民主党の攻勢に妥協点を何ら見出せずにうろたえるだけの守旧派に代わって、自然の成り行きで交渉の前面にでてくるようになる。再び政策活動を活発化させた政策新人類たちは、新民主党と意気投合し、「やはり我々の理念は正しかった。もはや米国流の外科手術しかない」という結論を共有していく。

その喧騒の中に、石崎慶一郎はいた。


「鹿島先生。丸呑みするしかありません」

一連の流れの中でいつのまにか新民主党との折衝役を担うことになった石崎は鹿島に詰め寄っていた。政策策定を担っているという自負が言葉の端々に感じられる。鹿島龍三は幹事長のポストから離れてはいたが、依然として党内で強い影響力を保持している。小野内閣が樹立されるときも、小野啓三にはたっぷりと貸しをつくった。その際、「ポスト小野は鹿島」という密約が交わされたという噂が広まるほど——表舞台にこそ出てこないが——政治の裏舞台における鹿島龍三の存在感は際立っていた。その意味で、鹿島が影響力を失ったとする、ラルフ・フィッシャーの読みは外れていた。

いつもどおり、鹿島の表情に変化はない。

「石崎くん。何も心配する必要はありません。新民主党主導で作った野党案を民主自由党が丸呑みするという流れがはっきりとしています。小野首相は真空だから何でも受け入れられます。彼は何でもありの人ですからね。そこが彼の空恐ろしいところでもあるんですが。いずれにせよ、彼は野党から何が飛んで来ようとも丸呑みしますよ」

「そこなんです。小野首相の丸呑み論で、野党側は困惑し、審議が事実上ストップしています。小野さんはプライドもへったくれもない丸呑みですから」

「そこが彼のすごいところなんですよ」

ボソッと言い放った鹿島龍三は、黒革のソファーにゆったりと座りなおし、おもむろに足を組んだ。石崎が熱弁をふるう。

「悩ましいのは、小野さんが丸呑み論を展開すればするほど、彼らが丸呑みに対する敵愾心を燃やすということなんです。みずからの政策を実現するチャンスを与えられながら、議論のテーブルにつかない。どうすればいいんでしょうか。国会は空転し、東京国際銀行の問題は先延ばしされて、解決の糸口がつかめません。八月二五日に、われわれがかつて新民主党と煮詰めた金融再生法案がようやく審議入りしたのですが、同日、新民主党は過去の合意と訣別して、改めて野党三党をまとめあげ、金融再生法案対案の共同提出に合意しました。政策の中身ではなく政局の具として政策が使われています。これでは泥仕合です。早期に収拾させないと大変なことになります」

「大変なことというと何ですか」

熱がこもる石崎とは対照的に、鹿島の表情は微動だにしない。

「マーケットをみてください。株価が二〇〇円を下回る銀行が急増し、一〇〇円を切る先もドンドンでてきています。銀行破綻の噂が飛び交っています。東北拓殖銀行が去年一一月に破綻したときの状況です。いやそれ以上かもしれない。一触即発と言ってよいと思います」

焦燥感に駆られる石崎をいなしながら、鹿島は落ち着き払っている。

「そうですか。一触即発ですか」

「そうです。もしここでどこかの銀行が破綻すればとんでもないことが起こります。オーバーだと言われるかもしれませんが、この世の終わりの入り口にたたずんでいる感じすらします」

「ほお、この世の終わりですか。そこまで国民の危機感は高まってきましたか」

腕組みをして聞き込んでいる鹿島は、自分自身に語りかけて頷いてみせた。相変わらずゆっくりとした口調は変わらない。

石崎慶一郎には心なしか鹿島の顔色が明るくなっているようにさえみえた。石崎は鹿島が何を考えているかがわからない。なぜか不安になる。

「先生は余裕がおありですね。この危機を打開する秘策をお持ちなんでしょうか」

口調が多少皮肉っぽい。

「まあまあ、石崎くん。落ち着きなさい。心配するなと言っているでしょう。あなたは直截過ぎる。もう少し政治家として幅のある見方を勉強した方がいい」

いつもの威厳のある声が返ってきた。石崎はむくれてムスッとしている。

鹿島は続けた。

「石崎くん、あなたの言うようにこの世の終わりが来ているのかもしれない。それだけの危機であることは事実でしょう。それはわたしもわかっている。しかし、その危機感は野党である新民主党も共有している。そうですね」

「ええ」

「それであれば大丈夫です。彼らは丸呑み論に引き込まれます。絶対に」

「そうでしょうか」

「そうです。彼らはあなたと同じように若い。若いから、すべてを論理で考えようとする。若いから、本当に日本にとって必要なことは何かという点から物事をみてしまう。新民主党は菅野直介の人気だけで一挙に票を獲得してのし上がった若い政党だ。まだまだ政党として大きな政局を見る目がない。だから大丈夫ですよ」

「――よくわからないのですが」

困惑している石崎の表情をみて、鹿島の大きな目が黒ぶち眼鏡の中でほころんだ。

「せっかくだから、少しだけ解説しましょうか」

鹿島は前かがみになって、石崎のほうに身を乗り出す。低い声が厚い唇からもれてきた。石崎は一言も聞きもらすまいと身構える。

「石崎くん、あなたはこの世の終わりだと言った。そして、その問題意識は新民主党も共有している。そうですね」

「はい」

「そして、この状況を打開したいと心底思っている。そうですね」

「はい」

石崎は素直に肯定した。

「そこが新民主党の若いところです。まあ、良識的で良心的であると言えるでしょうね」

鹿島が解説を加えた。

「老練の政治家であれば、未曾有のこのチャンスを、小野内閣の倒閣へと絶対につなげます。国民党の大沢一郎党首の発言を聞いていればわかるでしょう。彼にとって、この問題は政局論であって政策論ではない。彼は政治がどういうものかがよくわかっているんです。日本経済が一時的にどうなろうが、野党の立場にある以上、船長として航路を決めることはできない。まずは船長になることです。経験の長い政治家ならそのことは体でわかっている。しかし、新民主党はそうじゃない。だから、最後は必ず小野さんの丸呑み論に妥協します。彼らは政策論を展開しているのであって、倒閣にこだわっているわけではないからです。だから、金融再生法案は必ず通りますよ。心配する必要はありません」

若い政治家の一人である石崎にとって、鹿島の老練な読みは一言一言が新鮮に耳に響いた。そして、その真に意図するところを消化できないまま、反射的に、石崎は鹿島に問いかけていた。

「先生、良識的で良心的であることは、政治家としては若すぎるということを意味するんでしょうか。日本を金融危機から救うことは、政治家として重要なことではないんでしょうか」

石崎の自信に溢れた声がいつの間にか弱々しくなっている。鹿島の論理は、聞きようによっては、石崎を新民主党と同様にみていることになるからだ。

「そうは言っていません。石崎くんが大丈夫ですかと聞くので、大丈夫だと言える理由を言ったまでです。まず間違いなくわたしの読みどおりになるでしょう。多少紆余曲折はあるでしょうが、一ヵ月程度でなんとかなるでしょう。東京国際銀行はその上で公的管理されることになります」

「一ヵ月ですか。結構長いですね」

「民主主義という制度はコストがかかるんです。合意を得るまでの長い時間という馬鹿にならないコストがね」

「マーケットはもつでしょうか」

「厳しい試練になるでしょう。しかし、だからこそ、公的資金に対する理解は深まる。金融再生法の次の矢が打てることになります」

そのとき、鹿島龍三の目がするどく光ったのを、石崎は見逃さなかった。

「先生は、金融再生法の次に、さらに大量の公的資金を銀行に注入する法案を通そうというのですね」

鹿島はゆっくりと頷いた。石崎はいまさらながらに鹿島の深謀遠慮に脱帽した。

「しかし、新民主党は政治家として未熟であることのコストを払わされるかもしれませんね」

石崎は、それはどういうことでしょうか、と問いかけたかったが、言葉を呑み込んだ。みずからの未熟さを暴露するようなものだったからだ。

俺はまだまだ修行が足りん……。

民主自由党本部から歩いて一〇分の距離にある鹿島の事務所を辞去した石崎は、頭を掻き掻き、鹿島が最後に洩らした「未熟であることのコスト」という言葉の意味を一所懸命考えていた。

4

鹿島龍三の読みは確かだった。

九月二八日、新民主党は最後の最後に民主自由党の「丸呑み論」に乗ることを決意した。当初は国民党の倒閣論に傾いていたが、若き新民主党は、日本経済の行方のほうを案じたのである。

一〇月一日、与党と野党間で金融再生法の修正案を補足する覚書が合意され、翌二日、民主自由党と新民主党の政策新人類が草案を書いた金融再生法案が衆議院を通過する。同月一二日、ついに法律は成立した。

米国が長年主張してきた主な内容を盛り込んだこの法律は、その後の金融行政を決定付けるエポック・メーキングなものとなった。新しく設置される金融再生委員会は、銀行に対して強制的に公的管理を命じることができる。

器はできた。これでラルフ・フィッシャーの言う三つの条件を満たすことができる。

しかし、政策論として正しかった新民主党の決断は、政治的には完全な誤りであった。

小野内閣の打倒を断念した新民主党の決断をみて、国民党の大沢一郎党首は、新民主党との共闘に見切りをつけた。鹿島龍三が指摘していたとおり、国民党は政策論ではなく政局論を展開していたのである。

そしてこともあろうに、国民党は与党である民主自由党との連立に走ってしまう。新しい連立政権の誕生である。さらに、野党連合の一角を担っていた公正党もそれに続いた。政局のパワー・バランスは、一挙に民主自由党に有利な方向に展開する。

外科手術論で優位に立っていた野党連合の主軸・新民主党は、完全にハシゴを外され一人で立ち尽くした。国民党と公正党を自陣に引き込んだ小野内閣は、健全行への巨額の公的資金注入を柱とした早期健全化法を成立させていく。

新民主党は急速に力を失い、外科手術とは程遠い護送船団行政が復活を遂げる。

時計の針は逆に回った。

金融再生法の次に小野内閣が成立させた早期健全化法はその象徴となった。早期健全化法は、長期保有目的の上場株式については売却するまで取得原価のままでよいとしている。「株式の含み損はあるけれども知らないことにしておこう」という先送りの発想が盛り込まれたのだ。ところがその一方で、健全先八％以上、過少資本先四〜八％、著しい過少資本先二〜四％、とくに著しい過少資本先〇〜二％などと細かく規定している。法律の中で規定されている数字は％単位できわめて精緻にみせかけているにもかかわらず、その数字を算出する際に、巨額の株式含み損は計算しなくてもよいという、支離滅裂な発想である。

もっとも、公的資金の量は確保された。金融再生法に加えて、早期健全化法が成立したことで、総計六〇兆円もの公的資金が金融システムのために用意された。ほとんど反対らしい反対もなかった。世界史上最高の金額である。

マーケットには、ようやく金融危機はピークアウトしたという雰囲気が流れ始める。その意味では、早期健全化法の霊験はあらたかだった。

鹿島龍三の読みはさすが老練の政治家であった。

「参った。完敗だ」

早期健全化法の成立を知らせる日本経営新聞の記事を読み終わった石崎慶一郎は、いまさらながら鹿島の先読みに脱帽した。夜も一一時を過ぎていたので、狭い議員会館の小部屋の事務所には、もう石崎しか残っていない。来客用のソファーに寝そべって、窓からみえる月を眺めながら、「金融国会」と称されたあわただしい国会論戦を思い出す。

いくら力んでみたって、結局は鹿島先生の掌で踊っていただけなのだ。まるで、孫悟空がお釈迦さまの掌の中で飛び回っていたようなものなのだ。そして、鹿島の読みどおり、新民主党は「未熟であることのコスト」を支払わされた。

まだまだ、俺は未熟者だ。

しかし、石崎の胸中では納得できないわだかまりが膨らんでいる。小さなシミではあったが、少しずつ大きくなっている。

たしかに、資本注入の道はさらに開かれた。

しかし、その場しのぎ、問題先送りの体質は温存されてしまったではないか。

モラルハザードはどうなるのだ……。

5

「これは日本の金融史に残る事件になるだろう」

沢登は直感した。

一〇月二三日、東京国際銀行は初めての特別公的管理の対象となることが決定したのだ。債務超過という認定がなされたのである。金融再生法第三六条の「財産をもって債務を完済することができない場合」という規定に基づいて、同行に特別公的管理の適用が通告された。

「護送船団行政はこれで本当に終焉した……」

沢登は、村井と一緒に、この六月から東京国際銀行の検査に入っていた。調べれば調べるほどうさんくさい融資がでてくる。結局、多額の不良債権が新たに判明し、自主再建は困難と判断せざるを得ない惨状だった。まさにゴミ溜めという形容詞がピッタリくる内容だった。貸倒引当金が大幅に不足し、担保不動産は非常識なほど過大に評価されていた。保有有価証券の含み損を加味すると、東京国際銀行の実質債務超過はまず避けられなかった。

しかし、このニュースを聞いた金融界は騒然とする。蜂の巣を突ついたような騒ぎになった。

「行政当局からの破綻通告など聞いたことがない」

「奉加帳を回して出させた九七年四月の二九〇〇億円はどうしてくれる」

「一九九八年三月に注入した公的資金六〇〇〇億円はどうなるのか」

「行政訴訟を提訴すべきだ」

等々、官に対する批判が爆発。株価が次の公的管理となる標的を探して下落する中、不満は最高潮に高まった。

たしかにそうであろう。当時、大蔵省銀行局次長という要職にあった高田喜美夫に根回しされて東京国際銀行の株を買ったら、価値がゼロになってしまったのである。これまでの行政との連続性に鑑みれば、驚天動地の出来事が起こったと言ってよい。約束違反であり、信義則違反である。

それに、当時は大蔵大臣までが「東京国際銀行は経営改善に全力を挙げ、実効が上がっているということだから、破綻するということは全くありえない。日銀と大蔵省を信用してほしい」と明言して確約していた。大蔵大臣が個別金融機関の名前を挙げて「大丈夫だ」という太鼓判を押すのは後にも先にも例がない。それを信じるなという方がよほどつむじが曲がっている。加えて、東京国際銀行の会長は大蔵省ＯＢの久保井雄介。高田の肝入りで顧問として入行し頭取に昇格した大槻望は日本銀行出身――信用機構局長を務めたトップエリートである。

東京国際銀行は護送船団の象徴であった。政府管理銀行であったと言ってよい。金融当局が深く関与している東京国際銀行が破綻認定されるなどという異常な事態は全く想定されていなかった。

しかし、金融ムラの常識は一夜のうちに覆る。

東京国際銀行を救済するために、奉加帳を回して増資を成功させた高田は、その後戦犯扱いされるようになった。また、当分の間、金融の企画・立案機能は大蔵省に残される予定だったのだが、東京国際銀行の破綻を機に、再び大蔵省批判が高まり、見直さざるを得なくなる。そして、二〇〇〇年七月に、大蔵省金融企画局を金融監督庁に吸収する形で金融庁を発足させることが決まった。金融監督庁を大蔵省の植民地に取り込む――というモンスター高田の策謀は、不発に終わったのである。

金融監督庁検査部長を務める醍醐広司は、金融専門紙のインタビューに、当時こう答えている。「たしかに、東京国際銀行の件については、大変申し訳ない面があるとは思います。しかし、銀行検査は銀行法に基づいて行われているんです。したがって役人としては、銀行法の論理で厳粛に実行しなければなりません。そして、銀行法の目的は信用秩序の維持と預金者の保護であって、投資家の保護ではないのです。証券投資をして損した投資家をどう保護するかは証券取引法の問題であって、銀行検査の問題ではないわけです。われわれ金融当局が守るのは、あくまでも金融秩序であり預金者です。そして、東京国際銀行に関していえば、預金者は守られ金融秩序も守られる。全く問題はありません。投資家がいくら損しようが、それは証券取引法の話であって、われわれ検査官が守るべき対象ではないことは、ぜひともご理解いただきたい」

これまでの不文律であった「一行たりともつぶさない」という約束は消えうせ、かつての優しい面影は微塵もみられなくなった。金融監督庁は、醍醐広司の指揮の下、問題銀行は徹底的に検査したうえで処理するという、厳しいスタンスを前面に押し出したのである。

「日本の金融当局もついに変わったな」

日本のことになると必ず機嫌が悪くなるラルフの声が、珍しくイラついていない。ロバーツは安心して相槌を打った。

「ええ。東京国際銀行の処置に関しては、わたしもびっくりしました。まさか本当にやるとは。東京国際銀行はこれまでの大蔵省行政の象徴ですからね。しかも、あの高田喜美夫氏がみずから根回しをして、奉加帳方式で出資まで募ったのですから。官僚としての高田氏を葬ったといってもよい決断です。これで高田氏も大蔵次官の道は険しくなりましたね。見直しましたよ」

高田喜美夫の失脚が決まって、ラルフは満足げだ。

「ふむ。ようやく高田の野郎のやり方が間違っていたと認めたわけだ。時間はかかったが、どうやら今度は本気と考えていいんだろうな」

「そうですね。金融監督庁ができてからは、事前調整型行政を放棄し、事後チェックの行政をやると標榜していましたが、本気かどうか怪しいもんでした。しかし、東京国際銀行に対して、ここまでのことができるのなら、本気だと認めてやっていいでしょう。金融破綻が現実のものとなる前に、先手を打つことをようやく行動で示したわけですから」

「ようやく、このまま大蔵行政の延長線上でやっていると、自殺行為になるということを理解したというわけか」

「まあ、このまま先送り行政を続けていれば、いずれその責任は金融監督庁に跳ね返ってきますからね。このままだったら、間違いなく検査部の責任が追及されるでしょう。彼らの立場に立てば、過去の大蔵省行政から決別し、強く正しい金融監督庁であることを主張してこざるを得ないわけです。ここで信用を勝ち取るか否かは彼らにとってレゾンデートルになりますから」

「しかし、それにしても長い歳月をむだにしたもんだな」

「これまでの大蔵省行政があまりにも間違っていましたからね。方向修正にはそれなりの時間がかかるのはある程度致し方ないでしょう」

「しばらくは様子見でよいかな」

「それでよいのではないでしょうか。あの日本という国は、古今東西例をみない六〇兆円という公的資金を用意したのですから、万が一の場合でもわがアメリカに被害が及ぶことはありますまい。わが方に迷惑がかからないのであれば、しばらくは好きにさせておいてよいのではないでしょうか。六〇兆円の公的資金で苦しむのは日本国民であって、アメリカ国民ではないのですから。公的資金を銀行に注入することは、日本国民にとっては許し難い搾取のはずなんですが、反対の声も上がってませんしね」

「そうだな、どうせ六〇兆円を負担するのは俺たちじゃない。馬鹿なやつらは搾取されても仕方ないのさ。俺たちは高みの見物と洒落込むか」

上機嫌のラルフは、上司のウィリアム・ルースに日本の近況を報告するために、書類を持って立ちあがった。

6

「しかし、本当に重要なのは、資本じゃなくて信用なんだということに、本省の連中はまだ気が付かねえんだよなあ」

「ああ、見せかけの資本をいくら加えたところで、不良債権問題は片づかない。それがわかってない。東京国際銀行と五菱信託銀行を合併させてもむだだということに最後の最後まで気が付かないんだからね」

ラルフとロバーツが議論を戦わせていた頃、沢登隆一と村井浩三は深夜の会議室で東京国際銀行のドタバタ劇を振り返っていた。

狭い室内の空気は紫煙で視界がくすんでいる。村井は自他ともに認めるヘビースモーカーだ。アルミの灰皿にマイルドセブンの吸殻が山のように積み上がっている。

「邦銀は信じられないくらいの長期間、不良債権の処理を先送りしてきた。その結果として、実質的に資本が毀損する。実質的な資本が減れば信用は落ちる。その事実を隠しているから、なおさら信用はガタ落ちになる。それが結局、財務諸表の不信につながり、邦銀の自己資本比率も信じてもらえなくなった」

沢登は一息入れた。

「――その歪みは公的資金の注入では改善できない。破綻した東京国際銀行の自己資本比率は一〇・三二％だったんだからね。九八年三月末の数字でだよ。自己資本比率一〇・三二％という健全な銀行がそれから三ヵ月もたたないうちに経営危機に陥り、半年後には債務超過として公的管理下に置かれたってわけだ。そんな邦銀の財務諸表が信じられるわけがない。財務諸表が信じられないということの根源的な問題は邦銀の肩に重くのしかかっているんだ」

「沢ちゃんの言うとおり。だから、いくら公的資金を注入したところで、問題の根本のところは解決しねえ。そこをお偉方はわかっちゃいねえんだな」

「そう。たしかに、公的資金が入れば、表面的には形式的な資本金額は増える。しかし、形式的に資本が増えても、邦銀に対する信用は回復しない。不良債権の処理が終わっているかどうかわからないし、実質的な資本増なのかどうかもわからない。財務諸表に対する不信感は変わらないし、自己資本比率が信じられないという状況も変わらない。『財務諸表が信じられない』という危機的な状況が変わらない以上、いくらおカネを大量に注ぎ込んだところで何も解決しない。砂漠に水をまくようなものだ……」

気持ちよく紫煙を吐き出した村井が口を開く。

「まあ、知り合ったばかりのダチが博打に狂って元手を失ってスッカラカンになったとするわな。要するに、そのダチにカネを貸すかどうかが問われているわけさ。カネを貸すことがダチの更生につながるかっていうと、そうじゃねえ。そのダチに足りないものは、元手でもカネでもねえからだ。そのダチに足りないものは、博打に溺れないという厳しい自己規律なんだ。その自己規律が足りねえんだから、カネを貸したところで、また博打でスッカラカンになってしまうだけさ。おれらの祖国日本は愚かにも、博打狂のダチに無制限にカネを貸しているようなことを繰り返しているわけだ。邦銀に足りねえのは資本じゃねえ。邦銀に足りねえのは信用なんだ」

「そう、重要なのは信用なんだ。それが本省のやつらは全然わかってない」

「沢ちゃん、憤るな。まあ、護送船団行政の続行は本省のお偉方に任せておきゃいい。おれらはおれらの役目を果たすだけだ」

「金融監督庁は護送船団行政を墨守する銀行業界の護衛艦じゃない。糺すべきところを厳正に糺す金融秩序の守護神なんだ」

力説する沢登の声に張りがある。連日連夜のハードワークにもかかわらず、気力がみなぎっている。不思議なことに疲れを感じないのだ。いや、日々気力が充実していく感じすらしていた。

「しかし、結構しんどかったぜ。金融監督庁がスタートしたときゃ、野坂長官が大蔵省の一派にいいように言いくるめられて、本省の出先になりかかった時期もあったもんな。マスコミの野郎たちも、『大蔵省からの横滑り人事で誕生した金融監督庁に厳格な検査や監督ができるわけがない』とほざきやがった。沢ちゃんが例の『沢登ファイル』を使って、醍醐部長に厳正な検査の重要性を示してなかったら、どうなってたことか。本省のお偉いさん方はどうだか知らねえが、おれは高く評価してるよ」

「いやいや、村さんの完全なバックアップがなかったら、あの資料はできなかった。現場の貴重な証言や証拠に裏打ちされた完璧な資料ができあがったのは村さんのおかげだよ。あそこまで詳細に詰めておいたから、先送り一派はグウの音もでなかった。それにしても、醍醐部長はさすがだね」

「ああ、おれも二〇年以上、検査官をやってるが、あんなに堂々とした検査部長はみたことがねえ。正直言って、いまだに信じられねえよ」

期せずして沢登と村井の脳裡に醍醐広司の四角い顔が浮かび上がった。

柔和だが引き締まった顔立ちからは、一度言い出したら聞かない頑固者の強い意志が伝わってくる。ずんぐりとした体型には質量感があり、動かざること山の如しの観を呈していた。動かないといっても事なかれ主義ではない。こうと決めたら、どのような圧力がかかろうとも、その方針と異なる方向にはテコでも動かないのだ。

「本省を完全に敵に回して、しかも直属の上司である野坂長官をガンガン突き上げるんだから、ほかの人じゃ真似ができないよ」

「これまでの護送船団行政に引きずられて、問題を先送りしようというムードが濃厚だったところを引っくり返したんだからな。すげえ人だ」

滅多に人を誉めない村井も醍醐だけはベタ誉めである。

「これまでのようにいい加減に妥協してたら、後でもっと大変なことになるということが部長にはよくわかっていたんだろう。それにしてもすごい人だ」

「ああ。それにしても、あの八月末の部長の演説は衝撃的だったぜ」

煙草をくゆらせながら、村井浩三は窓の外に目をやる。晩秋の夜空にくっきり満月が浮かんでいる。醍醐広司が八月末に新しい検査方針を決定してから三ヵ月足らずしか経っていない。たった三ヵ月だ。しかし、金融監督庁に劇的な変化がもたらされたことを沢登と村井は体感していた。


東京国際銀行の合併問題が国会で議論されていた真っ最中、醍醐広司は国会待機ということで遅くまで残っていた金融監督庁検査部の主要メンバーを集めた。

午後九時であったが、レンマチでほとんどのメンバーは残っていた。レンマチとは、連絡待ちの略で、翌日国会質問に立つ議員が関連のある省庁にその旨を通告した後、質問取りを行う面会時間及び場所を連絡してくるのを待っている状況のことをいう。国会は東京国際銀行の問題で連日紛糾しており、金融監督庁に対しても毎日のように質問が寄せられていた。

ほどなく、課長、課長補佐、統括検査官など主だったメンバーが検査部長室に勢揃いする。これまで醍醐は自分の発議で会議を招集したことがなかったので、集められたメンバーは何ごとかと訝っていた。

醍醐はいつものように重量感のある低い声で口火を切った。

「皆さん、大変お忙しいところを恐縮だが、検査部長に就任して二ヵ月間、考え抜いた上で決意したことがあるので、聞いていただきたい」

室内がしんと静まり返った。腕を組んで一旦目を閉じた醍醐の顔に皆の視線が釘付けになる。

「これまで検査部は、大蔵省時代より行政課と調整することを前提に検査を実施してきた。行政処分との関連で意思疎通が不可欠だったからだ」

行政課というのは、大蔵省時代からの検査部の隠語で、都銀、長信銀、信託、地銀などを担当する銀行課や、第二地銀、信金、信組などを担当する中小金融課を指す。金融監督庁になってからは、監督部が行政課にあたる。行政課という言葉には、「俺たちの味方ではない」という検査部独特のニュアンスが込められていた。

「しかしその結果として、現時点においては行政処分が下せないという判断から、検査結果が歪められたケースがなかったとは言いきれない。検査結果の示達書を作成する前に行政課に報告していたので、行政課から注文がついて不良債権の分類が緩めに変更されるようなこともあった。これは、検査部として大いに反省すべき点であろうと思う」

醍醐のぎょろりとした目が、集まった検査部幹部をなめまわした。

一言一句も聞きもらすまいと皆が神経を集中させている。

「そして残念ながら、いまだにマスコミでは、『古巣である大蔵省への配慮が働いて過去の行政の失敗を明らかにするだけの透明性のある検査はできないのではないか』として、われわれは批判されている。検査部にとって、これはひじょうに遺憾であり無念なことである。そこで……」

醍醐の声が高ぶる。

「わたしは、検査結果と行政処分の関係をあえて断ち切ろうと思う――」

座がざわめいた。沢登と村井は思わず顔を見合わせた。

「厳正な検査結果に基づいて行政処分が行われるべきであるのは当然だ。財務内容の悪い銀行は早期是正措置にしたがって退場してもらわなければならない。しかし、検査部が行政処分に関わろうとすればするほど、行政処分の結果に検査結果が引きずられてしまう危険性が増す。監督部との不毛な権限争いにも発展しかねない。その意味で、われわれ検査部は原点に戻るべきだと思う」

ここで醍醐は深呼吸をした。場の誰もが居ずまいを正した。醍醐の言葉が静かに響いた。

「腐っている銀行は『腐っている』と認めるしかない。それが検査部に与えられた仕事である。行政処分がどうなろうと、それはわれわれの管轄ではない。したがって行政処分を予想して検査することは今後一切やめる。われわれは淡々と銀行のレントゲン写真を撮っていくことに徹する。癌を発見すれば行政課に通告するだけだ。行政課と行政処分に関して調整することはしない。われわれは腕の良いレントゲン技師でなければならない。各人、肝に銘じていただきたい」

検査部は、レントゲン写真を撮るだけである。

検査部は、金融機関の現状を淡々と精査していくだけだ。

醍醐のこの方針は、「レントゲン主義」として金融監督庁内部で知られるようになる。これは、当時焦点となっていた東京国際銀行に関しても、「癌であれば癌であると通告する」と醍醐広司が固く決意したことを意味した。

そしてそれは、債務超過であることを知っていたにもかかわらず資産超過と判定させられた屈辱の検査——山三證券の検査——から完全に訣別することでもあった。

あのときのことは、沢登の脳裏にも鮮やかに焼き付けられている。

大蔵省に入省して以来、心から感動したのはそのときだけといっていい。

「東京国際銀行と五菱信託銀行との合併に関する矛盾だらけの政策パッケージに対しても、醍醐部長は当初から反対だったしね」

「よくひっくり返したと思うぜ。時代の流れが醍醐のおっさんに味方したということだろうな」

事実、大蔵省からは露骨に圧力がかかっていた。高田喜美夫などは、「東京国際銀行を破綻させるなんて何を馬鹿なことを考えているんだ。リハビリ中の人間を殺すようなものだぞ」と金融監督庁に怒鳴り込んできた。しかし、醍醐広司は「債務超過という事実は動かせない」として一歩も引かなかったのである。

「検査部の正義と使命を時代が後押ししたとしか思えないよ。大蔵省が主導した東京国際銀行救済のための合併パッケージが破綻すると、当初から反対してきた金融監督庁検査部の主張の正しさが証明される格好になった。醍醐部長は余勢を駆って、大蔵省、日本銀行、そして政治家の反対まで押しきって、東京国際銀行に対する債務超過認定を断行してしまったんだからね」

特別公的管理に入る東京国際銀行を、債務超過である金融再生法第三六条の破綻銀行として扱うか、残余財産のある第三七条の破綻前処理として扱うかで最後の最後まで紛糾した。最終的に第三六条——債務超過——でいくことが決定するまでにどれだけの労力と時間が費やされたことか。

「ああ、本当に震えが来たぜ、あの日は……」

村井が言うあの日とは、東京国際銀行の債務超過を認定した一九九八年一〇月二三日のことである。金融監督庁が発足してからも、マスコミ各紙からは、「頭脳は大蔵省に残り、手足が金融監督庁に移る」と揶揄され続けてきた。しかし、検査部がレントゲン技師に徹したとき、検査部が出した結果を覆せる者は誰もいなかった。

「あの日は、検査官が誇りを回復した日として長く記憶にとどめておくべきじゃねえかな。大蔵省の盲腸として冷遇されてきた俺たちが正義を認めさせた記念すべき日だ。検査独立記念日として毎年祝うことにすっかな」

「村さん、記念日もいいが本番はこれからだ。大捕り物はこれからだからね」

「ああ、そのとおりだ」

村井はうまそうにマイルドセブンをふかした。紫煙が心地よく舞い上がっていく。

新たな決意が沢登と村井の胸中に湧き起こってくる。これまで何度、検査結果をひっくり返されてきただろう。行政課の連中から「金融不安は起こせない」などと名目をつけられ、不良債権問題を先送りし続けた結果、銀行破綻が起きた挙げ句、「検査が甘かった」「検査官が手心を加えていた」と叩かれて、言いようのない屈辱感にさいなまれていた。

これからは、その屈辱を味わわなくてよくなるのだ。

この検査独立記念日から、金融監督庁は「金融検察庁」と畏怖を込めて語られるほどの活動を始めていく。

7

「おめでとう、沢登。お前の言うとおりになって本望だろう」

呑んだくれてできあがってきた木田の言い方には刺がある。

お前の言うとおり——というのは、東京国際銀行が債務超過という認定がなされ、特別公的管理に入ったことを意味している。それは、木田が最も望んでいなかったシナリオの実現であり、木田の上司である高田喜美夫の敗北であり、沢登の上司である醍醐広司の勝利であった。

二人は、赤坂の小料理屋「亜留豪」のカウンターで、杯を傾けあっている。亜留豪は木田の行きつけの店だ。女将が今日築地で仕入れたアンコウを捌いている。他にはカウンターの端で常連客が静かに呑んでいるだけだ。

「おかげでこっちは散々だよ。これまでの大蔵省の監督責任はどうなるんだとか、嘘をついてたことをどう説明するんだとか、毎日くだらない記者たちとの格闘だ。これはお前の責任だぞ」

「自業自得だろう。大蔵省は護送船団行政を行ってきた。そしてそれは失敗した。それが公に露見した。それだけのことさ」

沢登は淡々と返した。東京国際銀行は公的管理に入って一ヵ月になるが、デリバティブ騒動のときに散々指摘された金融恐慌は発生していなかった。金融再生法と金融健全化法の成立によって公的資金六〇兆円投入が決定されたこととあわせ、マーケットに安心感が醸成されつつある。

「しかしなあ、今回の国会には参ったよ。政策新人類の馬鹿どもが金融行政をぐちゃぐちゃにしやがって、何様だと思ってやがんだ。素人が手を出すなってんだよ。政治家は政治家らしく、役人の言うことを聞いてればいいんだ。それがわかってない」

わかってないのは、木田、お前だよ——と言いたいのを堪えて、沢登は聞き役に徹することにした。今日の飲み会は珍しく木田から声をかけてきたのだ。よほど腹に据えかねていたんだろう。

「選挙民向けに媚びを売りやがって、善意で健全な債務者を保護するって、一体全体何のこと言ってんのかわかってんのかね。どうやって善意で健全な債務者を見分けるというんだ。東京国際銀行がメインの大企業は、みんな善意で健全な債務者だとでも思っているのかね。ゼネコンにしても、リテールにしても……どうするんだよ」

ぐっとよく冷えたビールを呷り、箸でアンコウ鍋をまさぐる。金融再生法は善意で健全な債務者を保護することを謳っている。

「新民主党の素人どもが作った金融再生法は欠陥法だね。早くなくしちまった方がいい」

赤ら顔で木田が断定すると、黙っていた沢登がぼそっと口を出した。

「……お前はそう言うが、俺は結構、金融再生法が気に入っている」

「ほおーっ、ぜひともその理由を聞かせていただきたいね」

声が多少絡んでいる。

「日本における金融危機に対する対処の仕方はこれまでずっと常識に反してきた。金融行政の常道を逸脱してきた——と俺は思う。前にも言ったと思うが、普通の金融当局であれば、問題銀行を認定し、経営権を掌握して、経営責任を徹底的に追及しつつ、リストラを断行する。それでも足りなければ、最後の手段として公的資金の投入という順序になる。それが世界でただ一国、日本ではそうなっていない。ここが重要な問題なんだ」

がっしりとした体格から発せられる太い声には重みがある。

「おれたちは、ある銀行が厳密な意味で債務超過か否かはともかくとして、どの銀行の経営問題が大きいかくらいは熟知している。実地検査で銀行の財務内容はだいたい掌握しているからな。だから、本来ならさっさと問題銀行を認定して、もっと早期に金融当局が経営権を掌握すべきだったんだ。他の国のように、経営陣を放逐して、金融当局が経営陣として乗り込んでしまえばいい。それが駄目なら、第三者に経営を任せることでもいい。昭和金融恐慌のときには芙蓉財閥の創始者である安田善次郎に経営不振銀行の経営を委ねたことだってあったじゃないか。現経営陣に経営をやらせるが、取締役会に検査官を常駐させて厳しい監視下に置くというやり方もある」

アンコウ鍋をすすりながら、木田は黙って聞いている。

「とにかく、経営権を掌握したら、旧経営者の経営責任を徹底的に追及する。法令違反が明らかになれば、司法当局へも告発することになるだろう。それと同時に、リストラを徹底的に実施する。

破綻費用を最小限にするために、できる限りのあらゆる手段を総動員すべきだ。国民の納得が得られるように、激しく厳しくリストラしなければならない。やるだけやった上でそれでも足りなければ、そこでようやく公的資金の導入になる」

沢登はビールをぐっと呷った。

「これはグローバルスタンダードでも何でもない。コモンセンス——常識——の話だよ。ところが、その常識が通じない国が世界に一つだけある。それが、われらが祖国、日本なんだ。おれはニューヨークから帰ってきて改めて大蔵省行政の実態を知ったとき、愕然として言葉を失った」

「少しきれいごと過ぎないか。接待スキャンダルを思い出せよ」

黙って聞いていた木田が口を開いた。

「お前の愛する検査部が巻き込まれた事件だ。あれだけの大蔵省バッシングがあったんだぜ。思い出せよ。マスコミは馬鹿の一つ覚えみたいに、何がなんでも裁量行政はいけないという大合唱だ。大蔵省が決めることはすべて裁量だというムードなんだ。裁量はいけない、という風潮が支配的になってしまった。お前も覚えてるように、裁量なき金融行政というスローガンは天下御免の正義の御旗になったんだ。そういう状況で、問題銀行なんて認定してみろ。何を言われるかわかったもんじゃない。問題銀行なんて認定した日には裁量行政の復活として激しい批判を浴びていただろう」

「そういう理屈が逃げなんだよ。問題銀行の認定は、ルールの下での判定であって、ルールなき裁量行政じゃない」

「お前がいくらそう言い張ったところで、マスコミはそう思ってはくれないよ。あいつらがどれだけ俺たちの銀行行政を邪魔してきたか。ろくろく金融も勉強しないくせに、ネタだけ欲しがりやがる。公開資料だってちょっとでも分厚くなると自分ではまず読まない。そのくせ大衆迎合で何かあったら役人叩きだ。あいつらがそんな意見をまともに聞いてくれるわけがない」

沢登は一瞬言葉に詰まった。木田がじろっと目をくれる。

「お前の主張は正論かもしれないが、現実を知らないきれいごとだよ」

「……そうかもしれん。しかし、本省にとっては、そういうマスコミの存在がじつはありがたかったんだろう。問題先を認定するという死刑宣告など、本音では誰もやりたくない。問題銀行は最後まで抵抗するだろう。政治家を使って圧力をかけてくるだろうし、暴力団にわたりをつけるかもしれない。自分の手で大量の失業者を出すことになる。心も痛む。責任も負わなければならない。できれば、やりたくない。そこに、裁量はいけないというマスコミの声が聞こえる。いわば干天の慈雨というやつだな。これで正々堂々と問題を先送りできる。問題先の認定は裁量行政の復活になるからやらなくていい——」

アンコウ鍋と格闘する木田をみやりながら、ストレートパンチを放った。

「——どうだ、図星だろう」

「……当たらずといえども遠からずってところかねえ」

木田は悪戯っぽく返した。

「裁量なき金融行政の大合唱は、意図的な先送り行政をサポートし、金融当局による不作為の罪を拡大したってわけだ」

「その不作為っていう台詞は聞き逃せないな。おれたちは、金融システムがいかに危ないかはわかっていたし、公的資金が絶対に必要だということを理解していた。そこで、スキームを作って、財務内容の悪い先に申請させようと努力してきた。その努力自体は評価されるべきだろう」

「そうさな、みずから問題先を認定して、公的資金を突っ込むことはしたくないと考えた本省のお偉いさん方は、銀行にみずから申請させればいいと考えたわけだ。そうすれば裁量行政という批判にはさらされないし、責任もとらなくて済む。結果的に公的資金は導入されて、金融システムは維持される。一石三鳥のアイデアだ。しかし、これが安直だったんだ。この一見もっともらしいグッドアイデアが、金融危機の処理を遅らせ、しかも中途半端なものに終わらせてきたと俺は確信している」

「そうかねえ」

木田は首をひねっている。

「ああ、そうさ。今年三月の公的資金投入をみてみろ。たしかに公的資金は必要だ。しかし、タダで銀行にくれてやるというわけにいかない。世論が許さないからな。だから、リストラは申請の大前提になる。しかし、世論が納得するような厳しいリストラを求めると銀行は申請してこなくなる。それで、邦銀に対するリストラの要求はどこかで手を抜けるような仕組みになっている。だから、必ず中途半端で終わる。ほかの国なら、問題銀行を認定し、経営権を掌握して、経営責任を追及して、リストラを実施し、それでも駄目なら公的資金が入るというパターンを辿るんだが、日本は逆からスタートしている。まず公的資金の導入を決定しながら、その導入を銀行からの申請に委ねてしまうという、何とも複雑極まりない政策を行うようになってしまった。言ってみれば、激流を川下から遡るがごとき政策をやっているわけで、いかに優れた金融当局がやろうとうまくいくわけがない。要するに、政策が矛盾しているんだ」

「何が矛盾なんだ」

「金融当局であれば、本来は経営責任を追及し、抜本的なリストラを求め、公的資金に対する支払金利をペナルティー金利にする立場にある。これは当たり前のことで、ほかの国ではそうなっている。ところが、日本では申請主義をとっているから、経営責任は追及できないし、抜本的なリストラも求められないし、支払金利は特別優遇金利にせざるを得ない。しかし、こんなことをしていると、世論から厳しい批判を受ける。こんなに鮮明な矛盾を抱えていれば、何をやっても中途半端にならざるを得ない。申請主義は日本の金融危機脱却を妨げる異教だ。諸悪の根源は、この申請主義にあると言っていい」

沢登の舌が滑らかに回る。ふとロバーツの顔が浮かんだ。

「要するに、金融当局の腰が引けているんだ。だが、腰が引けていると、破綻処理の費用は天文学的に激増していく。金融当局がみずから進んで責任をもって処理しようとしないから、破綻処理を元の経営陣に任せてしまったりする。そうなると、居残った経営陣はやりたい放題になる。『破綻処理が終わったらあなたは用済みです。退職金もやらないよ』と言われている人が、費用を最小限にするインセンティブを持っているわけがない」

「何が問題だというんだ」

アン肝を平らげた木田が、苛ついて口をはさんだ。

「例えば、こういうことが起こる。ロンドンなどの現地法人で働いている社員は、転職先を一斉に探し始める。中には、一〇億円の資産を五億円で売る代償として、三〇〇〇万円で三年間雇用してくれないかと話を持ちかける輩もでてくるだろう。自分の雇用のために、会社の財産を最大限有効に処理することを考えるようになる。資産を処分した瞬間に、自分の仕事がなくなるのだから必死だよ。東京からの指示をハイハイと聞いて、日本国民のためになるべく高い値段で誠心誠意売却していこうなんて思う従業員は一人もいない。しかし、こうした行為に及ぶ従業員を責めることはできないだろう。個人としては、しごく合理的な行動だからな。こんな状況下だから、順調に売却事務が進むわけがない。時間はかかるし、売却のプライスはどうしても甘くなる。そういうことをやっているから、どうしても破綻処理の金額は膨れていくんだ」

「………」

「思い出してみろ。東北拓殖銀行が破綻した当時、あの銀行は数千億円の資産超過と言われていた。それが、処理が終わって帳簿を閉じてみたら一兆七〇〇〇億円の債務超過だった。結局、二兆円も計算が違ってしまった」

「あれは、お前ら検査部の査定が甘かったんだろう」

「違うな。この差額の少なからぬ部分は、ゴーイング・コンサーンの価格と清算価値の違いで説明できなくもないが、それだけでは到底説明がつかない。現経営陣を更迭せず、そのままにしておくなら、これからも同じような費用の垂れ流しが行われるだろう。破綻処理費用を最小限に抑えるためには、現経営陣を更迭して新しい経営陣の下で厳格な経営が行われなければならないんだ。ほかの国では当たり前のことだよ。経営を誤って銀行の状況を危うくした現経営陣をそのままにしておくなんて、普通考えられない。経営を誤った以上、責任をとらされるのは当然だからだ」

「要するに、経営者のクビをすげ替えろというわけか」

「それもそうだが、重要なポイントは、申請主義をやめるということだ。申請してくるまで待つなんて政策をとっている以上、ペナルティーなどとても与えられないし、経営陣も辞めさせられない。申請主義をとっている限り、費用は最小限にできないんだ。日本の金融は絶対に変わらない」

「ふーん、そんなものかね」

「だから、金融再生法によって、俺は公的管理に移行することを高く評価しているんだ。経営陣がかわるという意味で、公的管理に移行するというのは、ひじょうに重要なワンステップになる。これまでの破綻処理の中ではあり得なかった第三者による経営権の掌握がなされる。だから、金融再生法を俺は支持する」

　たしかに沢登の言うとおり、金融再生法に基づいて特別公的管理下に入った東京国際銀行の旧経営陣は放逐された。その後釜には、大蔵ＯＢの東野弘が頭取として送り込まれている。

「なるほど、沢登先生の言わんとするところはわかったよ。しかし、お前のいう第三者による経営権の掌握という意義は全く理解されていないんじゃないか」

　守勢一方だった木田の表情に余裕が浮かんだ。細長い目が悪戯っぽく笑っている。

「なぜだ」

「もし本当に理解しているとすれば、東京国際銀行のトップとして送り込まれた東野頭取は、心を鬼にして国民のために費用を最小限に止めるべく、日々従業員と戦わなければならないわけだ。東京国際銀行は何と言っても破綻銀行なんだからな。ところがどうだ。東野頭取は、現従業員の雇用と給料を守るのが自分の役目だなんて言っている。公的管理銀行のトップは、国民の負担を最小限に止めるために、独立した第三者として厳しく監視しなければならない――という、お前の理想論なんて誰も聞いちゃいないのさ」

　押し黙るのは、今度は沢登の方であった。

第六章　苦　悶

1

一九九九年四月は、日本銀行にとって記念すべき春となった。新しい日本銀行法が施行されたからである。

先進国には珍しく、わが国では大蔵大臣による中央銀行に対する業務命令権が長らく認められてきた。例えば、国債の金利負担を軽減するために、大蔵大臣が金利を引き下げたければ、法律上は日銀総裁に命令することも可能だった。

この業務命令権がついに廃止されたのである。

日本銀行の独立性は格段に高められた。金利政策を決定する政策委員会に大幅に権限が委譲されるなど、大規模な組織変更も行われた。半世紀ぶりの抜本的な変更だ。

一連の金融機関の破綻に振り回された福川峻も辞令を受け、六年間在籍した信用機構局から調査統計局へと移った。景気分析に責任を持つ経済調査課長を拝命したのである。同期で課長になったのは、彼を含めて四人。もちろん第一選抜だ。

ほっとした――これが彼の正直な感想である。

福川は、もともと調査畑が長かったので、ようやく古巣に戻ってきたという感慨が強い。切った張っただの、うまく根回しするなどということは、そもそも苦手だった。密室で行われる相対型の金融行政は肌に合っていなかった。自分は腕力勝負には向いていない。信用機構局の六年間でそれは痛いほど思い知らされた。金融行政の土俵で、強大な権限を持つ大蔵省に勝てるはずがない。日本銀行は金融行政上の権限を何も持っていないのだ。

福川峻の得意分野は経済学であった。

東京大学の経済学部では計量経済学のゼミで猛勉強した。ノーベル経済学賞を受賞したクライン教授を信奉し、各種の方程式によって経済のメカニズムを説明することに魅了された。合理的期待形成学派の論理的美しさにも感化された。卒業論文の執筆においては、消費者行動に関するモデルをみずから構築し、それをミクロ経済学に応用した。心理学のエッセンスを組み入れた動学的な消費者行動モデルを、従来の経済理論にあてはめた斬新なもので、権威ある大内兵衛賞を受賞している。大学院に残って学問の道を究めないかと担当教授にも勧められた。

福川にはアカデミズムが似合っている。ドロドロした貸し借りの世界ではなく、経済学のルールが支配するエコノミーの世界が合っている。

ようやく自分の肌に合う世界に戻ってきた。

異動当初、福川は単純にその人事を喜んだ。金融行政ではなく、経済分析の世界は、自分にピッタリだと思われたからだ。水を得た魚のように、福川は縦横無尽に活躍し始める。行く手には青空が開けている——はずであった。

しかし、いつの間にか、彼の青空には暗雲が立ち込めるようになっていた。

その暗雲はバランスシート問題であった。

日本銀行のバランスシートが膨張して、その質が低下しているのではないか、と少なからぬ識者たちが指摘するようになっている。

中でも経済学界の大御所たちが、日本銀行のバランスシート問題を批判し始めた。通貨価値を担保している日本銀行の保有資産の内容が劣化することは絶対に許されるべきではないのに、ここ数年の誤った金融危機の対処の結果、日本銀行が抱えているリスクが高まったというのである。

例えば、山三證券に対する特別融資や東京国際銀行に対する出資金がそれに当たる。日本銀行はデフォルトするかもしれない金融機関に対して貸し込んでいた。たしかにそれは、福川が信用機構局に在籍していた頃から抱き続けていた懸念である。福川も立場が逆であれば、厳しく日銀を批判していたであろう。

あまり認識されていないが、一万円札とか千円札というお札は、日本銀行の借用証書にすぎない。日本銀行が金利ゼロで一万円や千円の価値がある財貨を手に入れるための借金をしたという証書にすぎないのだ。

よくよくお札を観察してみると、それがよくわかる。お札の表面には「総裁之印」というハンコが押してあり、日本銀行総裁の借用書であることが示されている。裏側には、その借用証書を発行した発券局長の印影がある。つまり、日本銀行が借金をしたという証拠にすぎないわけだ。それを、ありがたいことに皆が価値のあるものとみなして日々の取引に利用してくれるから、お札の価値があるわけだ。

「皆が価値がある」と思っているから価値がある。それが重要なのだ。

おカネが持つ本質的なパラドックスは、その価値の源泉が「皆の思い込み」にすぎないという点にある。その思い込みが崩れた時点で、おカネはその価値を一挙に失い、誰も見向きもしない対象に堕してしまうのである。

その意味で、おカネに「価値がある」と思い込ませ続けることは、どこの国の中央銀行にとっても重要な責務になっている。当然、日本銀行にとっても、ひじょうに重要な責務であるに決まっている。日本銀行は健全だから、借用証書であるお札は大丈夫なんだ、と思わせ続けなければならない。日本銀行はあらゆる国民から巨額の借金をしている多重債務者なのだ。お札とは日本銀行の債務証書であるから、日本銀行の資産は、おカネとして流通している一万円札や千円札という日本銀行券の価値を担保していることになる。その資産が万が一にも劣化すると、お札の価値に大きな疑念がもたれかねない。

お札の価値が疑われるなどという最悪の事態は、お札の発行元である日本銀行にとって屈辱以外の何物でもない。プライドを泥靴で踏みにじられる行為である。

ところが、一九九七年九月末時点で六〇兆円にすぎなかった日本銀行のバランスシートは、いまや九〇兆円を超える高水準になっている。金融問題に関して攻め手を失っていた野党の政治家たちは、日本銀行のバランスシート問題に焦点を当てようと画策し始めた。

若き経済調査課長、福川峻の立場は辛い。

日本銀行のバランスシートの中身とその膨張振りには明らかに問題がある。個人的にはそう思いながらも、対外的には「何ら問題はない」と言い張らなければならない立場にある。中央銀行員としての良心と組織人としての忠誠心。その間で福川の悩みは募った。

独立性を高めた新しい日本銀行は、そのスタート時点から難題を背負っていたのである。

しかし、本当の悩ましさは、その悪しき状況を簡単には改善できないことにあった。

日本銀行の課題がバランスシート問題だけなのであれば、バランスシートをきれいにすれば足りる。そんなに難しいことではない。危ない金融機関に対する融資などをストップするとともに、金融を引き締めてバランスシートを縮小させればよい。

ところが、それができない。できないからこそ、そこまでバランスシートが悪化してしまった。

その現実をはなから無視することはできない。

バブルが崩壊してからというもの、景気はなかなか回復しない。したがって、金融の引き締めなど、想像することもできない。しかも、日本銀行は金融システムの崩壊を防ぐために、危ない金融機関に対しても相当のリスクを負いながら貸し出しをしなければならない立場に追い込まれてもいた。きれいごとを言うだけでは済まない現実の重たさがそこにある。

それにしても、景気回復の足取りが重い。

いや、回復しない、という程度の状況であるならば、まだ救われる。巷では、不況が不況を加速する——デフレ・スパイラルが発生する——という主張で満ち溢れている。実際、完全失業率は、四・八%と史上最高水準を記録した。大学卒業予定の三割にあたる若者たちが職場を見つけられない。ゼロ金利という法外な低金利を続けながらも、景気回復の兆しはなんら見られなかった。

こんな状況でバランスシートを縮小させる——金融引き締めを行う——などとんでもないことであった。政治家やエコノミストは、景気をテコ入れするためにさらなる金融緩和を求めている。

とはいえ、一九九五年九月以降、公定歩合は史上最低の〇・五％のまま据え置かれており、すでに金利はゼロ水準である。ゼロ以下に金利を引き下げるわけにもいかない。日銀は手詰まり状態にあった。

そこで出てきたのが、量的緩和論だ。おカネの値段である金利をこれ以上下げられないのなら、おカネの量を増やせばいいという考え方である。日本銀行が一兆円余計におカネを供給する。それでも景気が上向かないのなら、二兆円供給する。それでも駄目なら、五兆円供給すればいい。要するに、景気が上向くまで、日本銀行はおカネの量を増やすべきだという考え方である。

量的緩和論はわかりやすい。わかりやすい主張は力を持ち、世論を形成する。

燎原に火が放たれたように、量的緩和論は普及した。景気回復を優先するエコノミストや与党政治家は、量的緩和を迫るようになった。すでにゼロ金利という異常異例の金融政策を採っている日本銀行に対して、一段の金融緩和が求められる。加えてタイミングよく、ＭＩＴのポール・クレージュ教授が、「日本銀行がヘリコプターでおカネをばら撒けば、日本経済は立ち直る」と断言したことが、量的緩和論にお墨付きを与えた。

ポール・クレージュ教授は、さらに進めて、「日本経済がこの危機を脱出するためには、調整インフレを起こすべきだ」という調整インフレ論まで唱えるようになる。日本中がポール・クレージュ信者で溢れかえった。これまで全く知られていなかった一学者が予言者のように扱われるようになってしまった。そして、人気エコノミストである北嶋総研のジェイソン・ダニエルがポール・クレージュを全面的にサポートするに至って、調整インフレ論はあたかも正論であるかのごとき地位を確立した。

福川は部下によくこぼした。

「日本のマスコミは何を考えているんだ。なぜポール・クレージュなんかをちやほやするんだ。CEA（大統領経済諮問委員会）の委員長になりそこねたので、急遽マスコミ向けに転向した二流の経済学者じゃないか。米国じゃ識者としても認められていない。そんな学者の御託宣をありがたがって神様のように崇め奉っているのは日本ぐらいなものだ。一九九〇年前後に米国が全く同様の状況に陥ったときに、彼はそんなこと一言も言わなかった。言えるわけがない。言えば、経済学界から村八分にされていただろう。日本なんて、東洋の発展途上国とでも思っているから、そんな無責任なことが言えるんだ」

ポール・クレージュが量的緩和論や調整インフレ論を主張する記事を書くたびに、福川峻は胸くそが悪くなった。日本のマスコミは単純だから、「ポール・クレージュ＝米国政府」という図柄を描いて、アメリカが日本に量的緩和を要求しているという報道に傾きがちだ。それに対して、日本銀行が頑なに抵抗しているという記事を彼らは書きたがった。ポール・クレージュの論文が出るたびに、福川は調査統計局長の城井明彦のために、マスコミ対策用の想定問答を書く羽目になった。

それにしても、旗色が悪い。

小野内閣は必死だ。衆議院選挙が目前に迫っている。選挙に勝つためには何でもありだ。相次ぐ財政出動の結果、財政赤字は信じられないスピードで累積した。財政の劣等生として蔑まれてきたイタリアよりひどい財政状況になっていながら、予算の大盤振る舞いがなされていた。財政赤字の対GDP比率は、米国が五七・一％、英国が五一・二％で、落第生イタリアは一一五・二％となっていたが、日本は一三二・九％と群を抜いて不良な財務内容になっている。しかし、そんなことにはお構いなしである。個人消費や企業の設備投資の低迷を踏まえて、一九九九年度には第二次補正予算まで組まれた。小野首相は景気回復に万全を期す方針である。一八兆円の規模で補正予算が無理矢理組まれた。

その結果、どうなったか。

国債が大量発行されて、国債マーケットの需給が悪化する。需給悪化の懸念がマーケットで増幅されたため、国債価格は一時暴落に近い急落商状を示した。

国債価格の下落は、金利の上昇と同義語である。一％前後だった長期金利の水準は今にも二％を超えそうになった。景気回復が盤石でない段階で金利が急上昇すれば、日本経済は再び奈落の底に落ちかねない。政府・与党は、断固として金利上昇を阻止することで一枚岩となった。金利上昇を防止するためには、「日本銀行に国債を直接引き受けさせよう」「日銀に引き受けさせるしかない」という話が盛り上がっていく。

日本銀行による国債引き受けは徐々に話題の焦点となっていった。

しかし、万が一にも国債を直接引き受けることになれば、日本銀行のバランスシート膨張はとどまるところを知らなくなる。そうなれば、通貨の価値は堕ちるしかなくなる。

健全でなければならない中央銀行のバランスシートは、危うい銀行に対する貸し出しで溢れている。出資に伴って取得した東京国際銀行の株は、特別公的管理になって価値ゼロになった。破綻した山三證券への特融もまだ処理が完了していない。融通手形としか思われない劣悪ＣＰも、銀行の裏書があるというだけの軽率な理由で大量に引き受けさせられていた。会計検査院がまともに検査し、普通の会計基準を適用すれば、債務超過になってもおかしくないほどの財務内容である。

さらに言えば、不良債権になる危険性が高い金融機関に対する貸し出しの引当率が一五から二五％の間に抑えられていた。これは、金融当局が各銀行に対して七〇％の引当金を求めていることと明らかに矛盾している。中央銀行が債務超過に陥るという荒唐無稽の悪夢が今そこにあった。

　それを反映するかのように、一九六〇年五月から店頭登録されている日本銀行株は、一九八八年一二月の七五万五〇〇〇円をピークに、現在は一〇万円前後にまで落ちている。ちなみにランディーズ・インベスターズ・サービス社は世界三九ヵ国の中央銀行を格付しているが、日本銀行は二〇位。先進七ヵ国中では最下位であった。

「国力は通貨の信用力で決まる」

　これはすべての国の中央銀行総裁の信念である。強いおカネの国は強く、弱いおカネの国は弱体化する。その意味では、日本銀行券――おカネ――の価値を守ることが日銀の使命である。この使命を全うできないのであれば、日本銀行は中央銀行と呼ぶに値しない。

　しかし、日本銀行の財務内容は悪化する一方だ。明らかな不況であるにもかかわらず、日本銀行券は七～一〇％の伸びを続けていた。日本銀行券が増刷されれば、いずれおカネの価値は下がっていく。この先、国債の直接引き受けを押し付けられでもしたら、ただでさえ緩んでいる金融のタガが外れて、完全に歯止めがなくなる。究極のモラルハザードだ。日本銀行のバランスシートは際限なく膨張するに違いない。

　危険な状況に日本銀行は追い込まれつつあった。

2

福川峻は経済調査課長に就任して以来、ずっと悩み続けている。

直感としては、デフレ・スパイラルの恐れを喧伝する民間エコノミストに賛同したいという誘惑にかられつつも、経済学を修得した者としての理性が異なるメッセージを発していたからだ。メッセージとは、経済学の教科書に必ず出てくるこの恒等式のことである。

PT＝MV

Pは物価（Price）をあらわす。Tは取引量（Transaction）、要するにGDPだ。そしてMは通貨量（Money）で、Vは通貨の流通速度（Velocity）のことを指す。

内容は単純明快。すべての取引では、モノとおカネの交換が成立する。したがって、モノの値段と取引量をかけた数字は、おカネの量とその回転速度を掛けた数字に一致するはずである。当たり前のことだ。ところが、この単純な恒等式が、福川峻に重大なメッセージをささやき続けていた。

一九世紀まで、世界各地において観測されたデフレ・スパイラルは、物価（P）が下落する中、通貨量（M）が反応して量が減り、その通貨量の低下が、取引（T）を不活発にし、物価（P）をさらに押し下げて、通貨量を減少させるというプロセスをたどった。ここまではほぼ定説である。

しかし今日、日本を襲っているデフレはそれとは違うプロセスなのだ。

たしかに、物価は下がっている。商業取引もさえない。しかし、通貨量は増え続けている。とくに信用創造の核となる現金は、高水準で伸び続けている。それは、日本銀行が資金を供給し続けているからだ。事実、二〇世紀になり、世界各国においてデフレ・スパイラルが姿を消したのは、中央銀行が設立されたからであった。デフレになりそうな局面で、各国の中央銀行は通貨量を増加させてきたのだ。だからこそ、スパイラル的なデフレの悪化を防ぐことができたのである。

その意味で日本銀行は、人類の知恵の結晶である中央銀行の機能を最大限に用いて、日本におけるデフレ・スパイラルを必死に防いでいるといえた。ここまでじゃぶじゃぶに大量におカネ（M）を供給していれば、普通は物価（P）が持ち直し、期を同じくして取引（T）が回復してくるはずだ。ところが、そうならない。そこが悩みであり、問題であった。

理由は単純明快である。先の恒等式を見ればいい。

通貨の流通速度（V）が足を引っ張っているのだ。

要するに、資金が流通していないことが問題なのである。

そして、その理由も明らかであった。不良債権問題である。

銀行システムの足腰がしっかりしていないために、日本銀行が供給しているおカネが、タンス預金という形で社会全体の資金循環の輪から洩れてしまっている。しかも、物価（P）が下落しているから、現金のまま持っていても損をしない。銀行に預けたところで、〇・一％を切る金利水準だ。雀の涙にも満たない。銀行に預ければ、つぶれるリスクもある。そう考えれば、現金で持っていたほうが賢いに決まっている。日銀がいくらおカネを世の中に供給しても、銀行券はタンス預金として各家庭に沈殿してしまう。これでは、景気が上向くはずがない。

とすれば、解決策は簡単だ。通貨の流通速度（V）を回復させればよい。

そして、その処方箋も明らかである。

不良債権問題を早急に解決し、銀行システムに対する信頼を取り戻せばよいだけだ。その意味では、一九九八年六月に設立された金融監督庁が過去の護送船団行政と完全に手を切り、断固たる決意で不良債権問題の最終的な解決に向かっていることは好材料であった。金融監督庁の意志さえ揺るがなければ、多少のタイムラグがあろうが、銀行システムは健全性を取り戻し、通貨の流通速度

（V）を回復させていくだろう。いずれ日本経済は回復する。

「そこまではいいのだ、そこまでは。しかし……」

福川の頭脳は、その先を心配していた。

通貨の流通速度（V）は、いつか戻ってくる。引力の法則と同じで、高く打ち上げたボールは、いつかは地表に戻ってくる。これは間違いない。問題はその後なのである。

デフレ・スパイラルを恐れるあまりに、日銀は真っ正直に通貨量（M）を増やしすぎた。経済実態に比べれば、とてつもない過剰流動性が発生している。ものすごい流動性だ。見方によれば、バブル発生の基盤を作った八〇年代前半よりも危険な状況にあるともいえる。当時の三橋日銀総裁は、「乾いた薪の上に座っている」と過剰流動性の存在を警告したが、福川峻には現在の状況が「乾いた薪にガソリンがかけられている」ように思えてしかたなかった。

足元の深刻なデフレを見ていると荒唐無稽な笑い話のようだが、おカネが普通に回り出し、ガソリンがかけられた乾いた薪に火がつけば、ハイパー・インフレーションだって発生しかねない。福川の理性は、福川にそう語りかけている。モノの量が一定なのに、おカネの量が倍になったとき、デフレは継続するだろうか。おカネの量が三倍になっても、デフレ・スパイラルは発生するだろうか。恐らくそうではあるまい。いかにデフレ傾向が強いとしても、将来経済が本格回復となったら、物価はそれこそ思いきり跳ね上がるだろう。インフレーションはつねに、どこにおいても貨幣的な現象なのだ。

「本当にそうなったら、ボルカー・ショックしかあるまい」

ボルカー・ショックというのは、八〇年代前半、米国連邦準備制度理事会の議長を務めたポール・ボルカーが行った金融引き締めのことである。ボルカーは五％だった米国の短期金利をあっという間に二〇％に引き上げ、過剰流動性を一挙に吸収し、その後訪れる長期的な米国景気拡大の基盤を整えた。その結果、連邦準備制度理事会に対する信用は一気に高まり、米国はハイパー・インフレの根を絶つことに成功した。

「だが、日本でボルカー・ショックをやれば、ようやくかすかに回復の芽が出てきた日本経済に頭から冷や水をかけることになる。倒産する企業が激増するだろう。強烈な批判にさらされることだけは、今から覚悟しておかなければ……」

福川の本当の苦悩は、じつはここにあった。日常業務に追われている間は、エコノミストとしての勘がデフレを警告する。しかし、一歩下がって現状を見ると、経済学の良識がインフレを警告するのだ。感情がデフレ傾向で、理性がインフレ傾向にある。

だからこそ、将来に禍根を残す恐れが高い、日銀の国債の直接引き受けだけは拒否しなければならなかった。

「日銀による国債の直接引き受けだけは断固反対するにしても、目先はおカネを出し続けるしかあるまい」

結論はいつもこうであった。これしかないのだ、と自分に言い聞かせながらも、完全な答えを出し切れない苛立ちを感じてもいた。代替案を示せないもどかしさに日々身を焦がす思いであった。

3

日比谷公園を一望できる近代的かつ瀟洒な建物は、このところ夜半に明かりが点っている窓がめっきりと少なくなった。全面ガラス張りとなっている二二階建てのビルの入り口はやや奥まったところにあり、地表に近い階層がきゅっと締まった構造になっている。寸胴体からはほど遠いその建物は美しく煌いているが、倒れそうなくらい不安定だ。一九九四年に建築されたこのビルの正面を入ると、ガラスで囲われた吹き抜けの空間が出迎えてくれる。八階までの巨大なアトリウムは、一流ホテルと見まがう豪華さだ。

この建物の所有者である東京国際銀行は、一九九八年一〇月に金融監督庁から債務超過の認定を受けて、特別公的管理の扱いになった。

それから、すでに半年が経とうとしている。

「――特別公的管理も悪くはないな」

人気がめっきり少なくなった総合企画室の部屋の中で、仲田均はひとり呟いていた。今日は頭取の東野弘からたまたま発注があったので残業を余儀なくされたが、それでも夜九時には帰路につける。そんな余裕のある生活は、特別公的管理になるまであり得ないことであった。中でも、総合企画室長は毎日午前様が当たり前の、土日もない激務ポストとして有名で、仲田の前任などは不良債権問題の対処のため過労で体を壊して、長期入院を余儀なくされたほどである。

ところが、特別公的管理になった途端に景色が変わった。

大蔵省で国際局長まで務めた大物官僚の東野弘が新頭取として就任した。

切れ者で知られた東野は、早慶大学で国際金融の講座の教鞭をとるとともに、北嶋證券の顧問を務めていたが、急遽お国の一大事ということでご指名がかかった。多くの候補者が尻込みする中で、半ば東野弘しかいないという形で、東京国際銀行の新頭取は決定されたと仲田は聞いている。

経営陣は若干名を除いて総退陣。仲田均のみならず、多くの職員が「次は我が身か」と身構えていた。

それはそうである。東京国際銀行は破綻したのだ。

すべて打ち壊されて、瓦礫の山にされても致し方のない立場にある。

――が、鼈甲ぶちの四角い眼鏡をかけた東野弘は、できる限り外部から来た支配者というイメージを消そうと努力した。柔和に温かく行員に接することをポリシーとした。

そして、労使友好路線を打ち出したのである。

東野の言葉は、訛りが抜けきれない上に時折かすれたりするので、なかなか聞き取りにくい。しかし、頭取就任のとき、本店ビルの二二階にある大講堂において、彼がごつごつした片手でしっかりとマイクを握り締めて、こう言いきったことは、行内放送を通じて、三〇〇〇人の行員すべてがしっかりと聞き取っていた。

「行員のみなさん、わたくしが新しい頭取を拝命しました東野です。なあんも心配せんでええですよ。みなさんの雇用と、みなさんの給料は、わたしが必ず守りますから。みなさんはね、犠牲になったんやね。わたしはようわかってます。みなさんに非はないんや。バブルが崩壊したのがあかん。マスコミの雑音は気にせんでええ。雇用条件も一切変えん。わたしは、みなさんの味方です。わたしにできることがあったら、何でも言いなさい。まもったげます」

今でも仲田均は、そのときに感じた妙な脱力感と不思議なうれしさを覚えている。

銀行が破綻し、政府に選任された新しい経営陣がやってくる。第二次世界大戦に敗れ、荒廃しきった日本に、新たな支配者となるマッカーサー元帥が凱旋してくるのを待っている気分だった。クビ切りか、それとも給料の大幅カットか。運が良くて、割増金付きの依願退職だろうか。

何と言っても、東京国際銀行は給料が高いことで知られている。三〇代後半になれば、誰でも年収一五〇〇万円にはなっているし、部長クラスとなれば、二五〇〇万円は下らない。この恵まれた給与水準だけは守りたい。しかし、守る術がない……。

誰もが戦々恐々として身構えて恐縮して待っていると、新しい頭取は「きみたちに罪はない」とおっしゃる。何ともありがたい話で、にわかには信じがたい。敗戦を告げる玉音放送だと思って神妙に聞いていたら、シンガポールを陥落させた戦勝報告だったというほどのうれしい大誤算だ。

「国民の税金投入を最小限にするために、厳しくリストラするからそのつもりで」と宣言されるのを半ば覚悟していただけに、気抜けした後、すっかり安堵した。

命が助かったのは確からしい。じわじわと、うれしさが心の奥底からこみ上げてくる。

東野弘の就任講演は本当に効き目があった。東京国際銀行の職員は全員安堵感に浸った。

救われた——少なからぬ職員が神の存在を信じた。

その日は、仲田均も気のおけない同期三人と銀座の街に祝杯をあげにいく。しこたま飲んで騒いでハシゴ酒して、気が付けば時計の針は午前二時を回っている。不況とはいえ、さすがに銀座にはまだ人通りがある。四人は肩を組みながら、みゆき通りを闊歩していく。

「万歳、ばんざーい。東野新頭取、ばんざーい」

誰とも知れず、ソニービルの前で夜空に向かって万歳三唱が起こった。普段はそういう行為を冷ややかな目でみつめる仲田も思わず合唱していた。東野は一日にして人心を掌握した。その日すでに東野弘は東京国際銀行のヒーローになっていた。

ヒーロー東野弘の評判は、東京国際銀行の中で、日に日に高まっていく。

雇用と給料を守る——という言葉に嘘がないことが、東野自身の行動で示されていったからだ。

給料削減や人員削減の話は決して東野頭取の口から出てこなかったし、何よりも誰よりも東野は人材の流出を懸念していた。このため、人事を統括する人事部に対して東野が厳しいことを言うことはなかった。このことは、何よりも東京国際銀行における旧来のエリート層を安心させた。通常、経営権を剝奪してやってくる外部の経営陣は、何はさておき、人事と経理を完全に掌握する手を打つのだが、東野にはその気配が全くないのだ。旧来のエリート層は、東野に心から感謝し、東野を非難する者は東京国際銀行の中で誰一人としていなくなった。

実際、東京国際銀行の人事は従来通り大幅な変更なく行われた。

毎年四月の定期昇給も滞りなく行われたし、昇進に至っては、上層部の役員が一斉に放逐されたので、その穴を埋めるためかえって促進された。給料も昇進・昇格に応じて他の銀行並みに上乗せされた。人事体系や給与体系に何もメスが入らないのだから、当然と言えば当然である。

破綻した企業とは思えない破綻銀行の不思議な姿がそこにあった。

どんな企業でも破綻すれば、給料の遅配、減額、退職金の未払いは当たり前であったが、東京国際銀行においては、そういう事態が生じることはなかった。ボーナスも前年並みに支払われた。さすがに世間体が悪いということで、「ボーナス」という呼び方を「職能給」という名称には変えていたが……。

こうした東野の配慮を東京国際銀行の行員が喜ばないはずがない。

当初はやや戸惑っていた仲田均も、自然にこう考えられるようになった。

「そう、われわれは悪しき経営者の犠牲者なんだ。何も批判されるいわれはない。東京国際銀行を破綻させたのは旧経営陣であり、その旧経営陣はすでに放逐された。特別公的管理というのは、その悪しき経営陣の代わりに、東野新頭取が入るということなのだ。経営陣の交替に過ぎないのだから、雇用も給料も変える必要はないのだ」

そう考えられるようになると、あらゆる心配やストレスが雲散霧消した。

実際、東野頭取の方が数段楽だ。

実務や内部管理に対して何も口出ししない。細かい指示もない。こんなことは、銀行員生活二〇年近い仲田にとっても初めての経験だ。こんなに自由で気ままな銀行員ライフがあるとは――。厳しいノルマもなくなったから、支店の現場では、九時に来て五時に帰るという定時の出退社が当たり前になる。給料が変わらない上に、仕事が楽になる。こんなにありがたい話はない。

経費のチェックもこれまで以上にルーズになっていた。

東野新頭取は経理の詳細に関しても全く詮索しなかったので、予算の制限はあってないようなものであった。そもそも銀行の予算制度は複雑怪奇だ。しかも銀行ごとに大幅に異なる。新参者がやってきて、すぐにわかるような簡単な代物ではない。

予算を確保していた各部署は、チェックが緩んだのをいいことに、毎晩宴会をやったり、銀座の寿司屋に出前を頼んだりした。窓口の女子行員が辞められたら困るという名目で、お台場にあるフランス料理レストランで彼女たちを行内接待することが人事上必要な事務として半ば認定された。会議費や接待費と称して、その手の行内接待は急速に蔓延した。

そこだけみれば、東京国際銀行は不況の金融界に花咲いたパラダイスと化していた。

緊張感もノルマもなく、ビジョンもなく、経費の切り詰めもなく、東京国際銀行は、新しい買い手が出てくるまで漂流し続ける豪華船のようだ。

「しばらくは、この船旅を楽しむのも悪くない」

慣れてくると、仲田均は、この特別公的管理という本来であれば異常な環境を余裕を持って楽しめるようになってきていた。長い銀行員生活の中で、こんなに伸び伸びと仕事をさせてもらったのは初めてである。家庭サービスの頻度も増えたし、土日は自分の趣味に時間も割ける。有給休暇も完全に消化できる。

仲田は、人としての幸せというのはこういうものだったのか、とつくづく考えさせられていた。これまでの銀行員生活が異常だったのだ——。

毎日深夜一二時を超える残業、まずもって届かないノルマ、硬直的で融通の利かない本部、それに対するむなしい説得工作——これらはすべて過去のものとなった。

しかし、この豪華船が旅を続ける間、国民の税金が垂れ流され続ける構図になる。年間で営業経費が九五〇億円だから、単純計算すると毎日四億円弱が垂れ流されている計算だ。真剣に営業努力もしていないから収入も落ち込んでいる。きっと半期で五〇〇〇億円を超える赤字になるだろう。

もっとも、それは仲田均にとってどうでもよいことであった。

4

石崎慶一郎の心は行き場を失っている。

政治家として若い、ということを、鹿島龍三に幾度も思い知らされてはいたが、本当にそれでいいのか、という思いが吹っ切れない。

先送り、先延ばし、先送り、先延ばし——。

日本は何も学んでいない——。

いつものように、夜には四件の宴会が入っていた。それらをハシゴしてこなし、品川区の自宅に戻る。地元の大邸宅と比べるとずいぶん小ぶりだが、サウナだけは立派なものが備え付けてある。

石崎のサウナ好きは並大抵ではない。毎晩必ずと言っていいほど、サウナで汗を流すのが彼の習慣になっている。それが唯一の健康法でありストレス発散法でもあった。サウナ室にスペースを取られた結果、居間は六帖と手狭になったが、サウナの爽快感には代えられない。サウナ上がりで気持ちよく暖まった体をベージュのバスローブにさらりと包んで、缶ビールをゴクゴクと喉に流し込む。この瞬間が堪らない。この瞬間だけは、世事の辛さを忘れられる。

ほろ酔い気分が心身ともに心地よい。

残念なのは、その一瞬の後には、さまざまな悩み事が一挙に襲いかかってくることである。

この日もそうだった。深緑のソファーに横たわって、溜まりに溜まった最近の新聞記事をまとめ読みしようとするのだが、なぜか活字が頭に入ってこない。新聞記事の活字の代わりに頭の中に浮かんでくるのは、小野内閣になってからの一連の経済政策だ。

金融危機に対しては、すでに六〇兆円の公的資金を導入することが決まっている。ただ問題は、六〇兆円の公的資金だけではないことにある。小野首相は、次から次へと景気対策となり得るようなものにはすべて手を着けてきた。所得税と法人税を減税したうえ、住宅減税も実行した。七〇〇〇億円の地域振興券を配り、二千円札の発行も決めた。一九九九年度の第二次補正予算は一八兆円に拡大した。実行が決まっていた介護保険についても、保険料の徴収については先送りすることも強引に決めてしまった。

まさに「何でもあり」と言ってよい状況だ。

財政赤字なんて誰も気にしなくなっている。

そもそも、国と地方をあわせて六〇〇兆円を超えた財政債務なんて返せるわけがない——という諦めに似た感じが支配する中で、目先の景気回復を勝ち取るためには何をしても許されるという雰囲気になっている。いや、「景気を回復させるためには、何でもしなければならない」というムード一色になりつつあった。翌二〇〇〇年の衆議院選挙が近づいている。それまでに景気を回復させなければ——という焦りに似た気分が全民主自由党議員を支配していた。

石崎慶一郎とて、立場は同じである。

ほとんど毎週のように、木曜日には地元に帰り、火曜日に東京に戻るという生活を繰り返している。今日の四件の宴会も地元後援会関連の集まりだ。永田町はすでに選挙準備に入っている。選挙の熱気に煽られて、政策の正しさなど議論もなされなくなった。

「しかし、本当にこのままでよいのだろうか」

財政はバラマキ、金融はゼロ金利。

財政は垂れ流し、金融はユルユル。

財政赤字は累積の一途。先進国では最悪のレベルになった。一九九〇年前後、まだ景気が回復しきっていなかった米国が、それでも積極的に財政赤字の削減に取り組んでいた姿とは相当異なる。

一九九〇年代の景気対策は合計九回、規模にしてじつに一二五兆円に達している。この間、歳出は六九兆円から八二兆円へと一九%増加した。このうち、国債費と地方交付税を除いた一般歳出は三八兆円から四七兆円へと二四%も膨張。その一方、税収は、GDPが一三%増加しているにもかかわらず、相次ぐ減税で六〇兆円から四七兆円へと二二%も減少した。その結果、国債残高は一六六兆円から三二七兆円へと倍増している。このままでいけば、国家財政が破綻することは誰の目にも明らかであった。

とはいえ、石崎慶一郎の地元である富山県はまだ不況の真っ最中だ。小野内閣が推進する一八兆円の第二次補正を心待ちにしている。従来通りどころか従来以上の公共工事が追加されなければ、雇用を支えている建設業界が押しつぶされかねない。すでに彼らは悲鳴をあげており、その声は地元に帰るたびに、石崎の耳にまとわりついていた。

東京では、やれ構造改革だ、やれ財政改革だなどと、きれいごとを並べたてることはできても、危機に瀕している地元企業を前にすれば、公共工事の上積みを主張しないわけにはいかない。毎日のように建設業界から陳情が入ってくる。石崎慶一郎には、父から引き継いだ強固な地盤があるのだが、その強固な地盤は建設業界のような旧態然とした業界で支えられている。

いくら立派な哲学や高邁な理論を振りかざしたところで、選挙に負ければ政治家は終わりだ。誰も相手にしてくれない。サルは木から落ちてもサルだが、政治家は落ちればただの人。その落差たるやただ事ではない。建設業界のことを無視した政治活動ができるわけがなかった。

「――それはそうなのだが」

それでも、石崎の胸中はさまよっている。

「小野内閣は完全にモラルを失っている」

直近で言えば、日銀による国債の直接引き受けを巡る議論である。これなどはモラルハザードの典型例だと言えるだろう。

国債の直接引き受けを認めている中央銀行は先進国では皆無だ。そんなことを主張しているエコノミストもいない。それは経済学の基本中の基本であった。軍事政権下の発展途上国なのであればともかくとして、先進国においてそんな中央銀行が存在することは考えられない。時の政権におもねて、国の借金である国債を中央銀行に際限なく引き受けさせれば、必ずその後でインフレーションという厄災が襲いかかってくる。そのたびに通貨の価値が暴落し、人々の生活は崩壊させられてきた。中央銀行による国債の直接引き受けを認めるべきではないというのは、これまでの長く悲しい歴史の惨事に学んだ人類の叡智のようなものである。

しかし、この「何でもあり」の状況では、そんな理屈は通りそうにない。

すでに長期国債のマーケットは、一八兆円を超える補正予算分の新規国債が発行されることを織り込んで、売り込まれがちとなっている。長期金利は上昇気味だ。こんな脆弱な景気の状況で長期金利が上昇したら、銀行も、ゼネコンも、中小企業も、全部やられる。

「こうなったら、日銀による国債の直接引き受けも致し方ないのではないか」

民主自由党の大半はこう思っている。石崎も地元企業の窮状を熟知しているだけに、そう思わないわけではない。

しかし……。それで本当によいのだろうか。

日本は方向を誤ってはいないのだろうか。

プルルルル……。突然、電話が鳴り出した。石崎慶一郎の行き場のない思索は中断された。

5

時刻は、すでに夜の一二時を過ぎている。

こんな夜中に自宅にかけてくるのは、数人しか思い浮かばない。

「もしもし、石崎でございますが」

「――起きていたようですね」

やはり聞き慣れた野太い声、鹿島龍三だ。

「鹿島先生。どうされたんですか。こんな夜半に」

「石崎くん、じつは例の国債問題なんですがね」

例の国債問題と言えば、日銀による直接引き受けのことでしかあり得ない。鹿島龍三とは、最近何度かその問題に関して議論をした覚えがある。

「今度、その件について、党で小委員会を設立することになりましてね。あなたにぜひ座長を務めてほしいんですよ」

全身の神経が一挙にピンと張り詰める。眠気とほろ酔い気分は一気に消え失せた。

民主自由党としては、日本銀行に国債を直接引き受けさせることを決定した。このために、プレッシャーをかけることを目的に、まずは小委員会を設置するので、その切り込み隊長を務めよという命令である。

「……わたしで本当によろしいんでしょうか。わたしはまだまだ若輩ですし、先の金融国会での動きについてわたしを好ましく思わない先輩も多いようですが」

とりあえず返答を留保する。

実際、前年の金融国会では、政策新人類として石崎慶一郎の活動が何度もマスコミに取り上げられた。その活動を快く思わなかった民主自由党の議員は少なくない。政治は嫉妬の海だ。しかも野党と共闘した動きをしていたのだ。とくに大蔵省寄りとされたベテラン議員たちは石崎を毛嫌いしていたし、石崎自身、しばらく党の中で干された時期もあった。

「それは放っておきなさい。党の根回しはわたしがします。この件に関しては、日銀も必死になって防衛してくるでしょうし、経済学者も結構うるさいでしょうから、経済理論と金融制度に詳しいあなたしか対応できないんですよ。お願いします」

鹿島は丁寧に頼み込む。

「――そうでしょうか」

石崎は即答を避けた。党内事情というよりも、自分の中にこだわりがあった。みずからの手で経済学のタブーを推進することに対するためらいが、石崎にそうさせていた。中央銀行に国債を直接引き受けさせるなんて……。

その件について自分が反対の意見を持っていることを、鹿島龍三は知っているはずだ。実際に何度も議論している。派閥のボスである鹿島がわざわざ自分を指名してくれているのはこの上ない光栄なのだが、今一つ乗り気になれない。

気の重い沈黙がしばし流れた。

が、鹿島龍三にはすべてお見通しだった。

「石崎くん。きみの迷いはわからなくはありません。しかし――」

一呼吸おいて、鹿島は一喝した。

「甘ったれるんじゃない！」

その声は脳天から響いた。

「政治家であれば、理論を超えた判断を迫られることがあります。日銀が直接国債を引き受けるべきか否かという単純な話であれば、ことは簡単です。しかし政治家は、選挙に勝って、船長であり続けてこそ理念を語れるのです。船長でない者がいかに理念を語ろうが、誰も耳を傾けてはくれません。船の方向は船長しか決められないのですからね」

たしなめるように、鹿島は息を継ぐ。

「そんなことがわからないきみではないでしょう。ここで長期金利を上げることは絶対に阻止しなければなりません。きみもこの難局を自力で乗り切って、政治家として一皮むけるべきなんです」

この局面で長期金利を上げるべきでないことは石崎も同意できる。何よりも、ここまで派閥の長に言い切られたら、返答は決まっている。

石崎慶一郎は腹をくくった。

「――わかりました。謹んでお受けします」

「ふむ、よろしい。それでは、さっそく明日から――いや、正しくは今日ですね、スタートしてもらいましょう。昼一二時に小野首相の所で小委員会の発起人会があるので、スケジュールを調整しておいてください。進め方は考えておいてくださいね。できれば、政治家がゴリ押ししたというイメージを与えたくないですから……。理論的にもうまく脇を固めておかなければいけません」

「なかなか難しそうな役回りですね」

話の成り行きで引き受けたのはいいが急に気が重くなる。

「だからこそ、石崎くんを指名したんです。あなた以外に日銀や経済学者との理論闘争に勝てそうな政治家はなかなかいませんからね」

「鹿島先生。理論的には難しいですよ」

一瞬、恨めしそうな声になる。

「経済理論としては難しいということは、この前も申し上げましたが」

「なに弱気なことを言っているんですか。一皮むけるいいチャンスじゃないですか。きみ以外の政治家だと、景気回復のためには何が何でも必要なんだ――くらいのことしか言えないでしょう。それで押し切ってしまうという作戦しか思いつかない。しかし、それではあまりにゴリ押しになってしまう。それでは困るんです。政治家が勝手に押し付けたという話になると、来年の選挙に悪影響が出るかもしれませんからね。だからこそ、うまくやる必要があるんです。経済理論と金融制度に詳しいきみなら、そこに何らかのうまい解決策を見つけられるんじゃないかと、わたしは期待しているんですがね」

「——うまい解決策ですか」

「そう、そう、うまい解決策ですよ」

ふと石崎は、すでに鹿島はそのうまい解決策を探し当てていて、そう言っているのではないかという思いに襲われた。

だが、それを聞くのは止めにしよう。また「政治家としては若い」と言われかねない……。

「鹿島先生。不肖、石崎慶一郎、微力ながら全力を尽くさせていただきますので、ご指導のほどよろしくお願い申し上げます」

電話に向かって深く一礼した。芝居がかっていたが、政治家はそれぐらいでちょうどいい。

「こちらこそ、よろしくお願いしますよ。うまい解決策を早く作ってください。それでは、おやすみなさい」

静かに受話器をおろす音が耳の中でチンと鳴った。

電話の主の声は、相変わらず、最初から最後まで落ち着き払っている。

石崎は、寝床に入ってうまい解決策を思い描くことにしたが、睡魔にはかなわず、いつのまにか熟睡していた。

6

「ふ、福川くん」

後ろから呼びかけられて振り向くと、調査統計局長の城井明彦の白い顔があった。急いできたためか、肩で荒く息をしている。

「は、早野総裁に急遽呼ばれたので、一緒に来てくれ」

呟き込んでいる細い顔は、見るからに神経質な様相を示している。

城井明彦は典型的な日銀マン。これといった専門分野はもたないが、事なかれ主義を貫徹しつつ、上司大事のイエスマンに徹することで、同期トップで局長職にまで上り詰めてきた。そつのない能吏タイプである。その城井が焦って課長の席までやってくるというのは、何か上の方から難題を吹っかけられたということだろうか。普段は、局長室から一歩も外に出ない主義なのに……。

福川はいぶかった。

「どうしたんですか、局長」

「先ほど、早野総裁から電話があったんだが、民主自由党が国債問題小委員会を設立して、日銀による国債の直接引き受けについて本格的な検討を開始するらしいんだ。その善後策について、調査統計局としての考え方を聞きたいとおっしゃるんだよ」

早野独特のしわがれ声が聞こえてくるようだ。

「そうですか。それは一大事ですね。わたしが陪席した方がよろしければ同行いたしますが、いつお伺いすればよろしいのですか」

それなら自分一人で行ってくればいいじゃないか——。

そう吐き捨てたかったが、喉まで出かかった言葉を無理矢理飲みこんだ。

政治家がらみの話になるのなら自分一人では抱えたくないという城井明彦なりの計算があるのだろう。そのことについては、福川も重々承知している。無論、福川だって火中の栗は拾いたくない。とはいえ、直属の上司である。面と向かってノーとは言えない。ここでノーと言ってしまうような、福川も同期トップで課長に選抜などされなかった。良くも悪くも徹底したイエスマンであることは、日銀エリートであるための必要不可欠な条件なのだ。

「それが今すぐだと言うんだよ」

「えっ、今すぐですか」

「そうなんだ」

早野雄三は敬虔なクリスチャンで知られている。しかし、慈悲深いクリスチャンである割には、人並みはずれて気が短い。怒鳴る、怒るは日常茶飯事。少し抗っただけで地方に飛ばされた幹部は片手では足りなかった。内線電話ではなく、城井が咳き込みながらも走って福川の席まで来たのもむべなるかなである。

しかし、福川峻のスケジュール帳は、日本経営新聞編集委員のインタビューが一〇分後に迫っていることを示している。藤島信二、ヒゲのニックネームで知られる大物記者だ。とはいえ、早野が急いでいるのであれば致し方ない。

福川は深く考えることなく答えていた。

「それであれば、致し方ありませんね。ご一緒しましょう」

二人でエレベーターに乗り込むと、九階のボタンを押す。

城井局長は緊張しているのか、エレベーターの中でハンカチを取り出して何度も額の汗をぬぐっている。エレベーターを降りると、そこは赤絨毯が敷き詰められた別世界だ。

エレベーターホールからは、総裁秘書が総裁室まで案内をする。城井明彦は、深呼吸をし、息を静かに整えた後、厚くがっしりとした欅のドアノブに手を伸ばした。

ドアは静かに音もなく開いた。

「失礼いたします……」

城井の声がやや上ずっている。相当緊張しているらしい。

「おお、城井くんか。待っていたよ」

「お呼びいただき光栄に存じます。福川課長とこの件で調整しておりまして少々遅れました。大変申し訳ございません」

とりあえず一言詫びを入れておかないと、早野はたちまち機嫌が悪くなる。城井はそのあたりの機微に長けていた。だからこそ同期トップで局長職まで辿り着けたともいえる。

しかし、何も俺のせいにしなくたって……福川は心の中で舌打ちしていた。

「いやいや、忙しいところを急に呼び出したのはわたしの方だ。気にしなくていい」

本日のご機嫌はそれほど悪くないらしい。

「ところで、きみたちを呼び出したのは他でもない。このところ周りがうるさくなっているが、例の国債直接引き受けの件なんだ。あれに関する調査統計局の見解を教えてほしいんだがね」

城井明彦は自分では答えず、いきなり隣の福川をみた。ほとんど条件反射のような反応である。

城井の瞳は福川に答えるようにうながしている。いつの間にか、福川峻の口元を早野と城井の四つの瞳がみつめ始めた。

おいおい、俺に全部やらせるつもりかね……。

相変わらずの城井のやり方にはウンザリしたが、そういう気配を顔に出すわけにもいかない。癪持ちの早野総裁の前で意思疎通ができていない素振りもできない。それに、その件であれば、答えははっきりしている。

声に自信が漲るように、福川は凛として答えた。

「国債の直接引き受けについては、断固反対すべきです。他に選択肢はありません」

福川の透き通った声は、三〇畳以上はある総裁室によく響いた。

はっきりと言いすぎたか――と多少不安になり、ワンテンポおいて気難しい早野の顔色を慎重に窺ってみたが、その心配は無用だった。

「そうだろうな。わたしもそう思う」

天からしわがれ声が響いた。早野雄三は、福川の主張に全面的に同意した。満足そうな笑みがこぼれている。

わが意を得たり――福川は語気を強めた。

「国債の直接引き受けなどという愚策を認めた先進国の中央銀行は皆無です。そんなことを主張しているエコノミストは一から経済学を学び直すべきでしょう。軍事政権下の発展途上国であればともかく、そんなエセ中央銀行はありえません。中央銀行による国債の直接引き受けを認めないというのは、これまでの悲しい歴史に学んだ人類の叡智のようなものです。そもそも……」

「それ以上言わなくてもわかっているよ。わたしもきみと同じ考えだ」

「恐れ入ります」

説明の途中で早野が割って入ったため、言いたいことを完全に言い尽くすことはできなかったが、総裁が同じ考えを持っていることさえ確認できればいい。福川は一人納得して悦に入った。

ところが、予想外のボールが飛んできた。

「そこでどうするのか、とわたしはきみたちに聞きたい――そこでどうするんだ、とね」

「――と言いますと」

思わず身を乗り出して、城井が尋ねた。

「だって、そうだろう。日銀は反対です、と叫んだところで、バカなマスコミが本気で煽り始めるかもしれん。きみらも読日新聞の社説は読んでいるだろう。あれは危険だね。どうでもいいから、危機脱出のためには国債の直接引き受けも排除すべきではない、などと主張しておる。あんなのを放置しておいたら、政治家だって本気で動き始めるだろう。大蔵省だって黙って機をうかがっている。彼らだって、増発される国債をどう捌くべきか困っておるのだ」

日本で最大発行部数を誇る読日新聞は、「日銀は国債を直接引き受けるべきだ」というキャンペーンを張っていた。北嶋総研のジェイソン・ダニエルを紙面に頻繁に登場させて世論を喚起している。小野首相のブレインである読日新聞の社主が裏で糸を引っ張っていることはまず間違いない。

「たしかにそうですが……」

「そこでどうするのか、どうすれば国債を直接引き受けろという世論を封じ込められるのか、とわたしは聞いているんだよ」

早野の短気が声の調子に反映され始める。

途端に、城井の対応は落ち着きをなくしてしまった。

「総裁のお考えは理解できます。ただ、マスコミ対策は政策広報課の仕事でありまして……。政治家対策も政策委員会室が取り仕切ってやっているはずで……。やはり、担当のところが……あの……まあ……やるべきではないかと……」

城井の完全にうろたえている姿が、福川には、滑稽であり、悲しくもあった。

一応は調査統計局の最高指揮官ではないか。自分で何とかしようとは思わないのか。逃げ回っているだけなのか。ただ、それは城井に限らず、日銀幹部の特性であったから、城井だけを責めるわけにもいかないな——などと自分勝手に思考を巡らしているうちに、早野が厳しく叱責した。

「城井くん。その広報とか政策委員会室が全然当てにならんから、調査統計局に白羽の矢を立てているんだよ。そんなこともわからんのかね」

「………」

「経済理論に長けたきみなら間違いなくやれる。きみだけだ、日本銀行の危機を救えるのは。わたしは調査統計局に期待しているんだ。わかるだろう」

「はあ……」

城井は先を読むのは得意だが、実際に行動に移すのは苦手なタイプだ。頭は切れるが行動が伴わない。行動すれば失敗のリスクが伴う。失敗すれば人事考課にも響いてくる。頭の中で考えて、アクションは他人に任せる。これが日銀における長年の経験で身につけた城井の処世術であった。

「具体的にはどのように……」

つねに上の意向をうかがう。必ず上司の指示を待つ。これも城井の保身術であった。

しかし、城井の逡巡を見透かしたように、早野は突き放した。

「それを考えるのがきみの仕事なんだよ、城井くん。とにかく今日から動き始めるように。マスコミ対策も頼むよ」

有無を言わさんという響きが伝わってくる。

「いいかね、城井くん。万が一、国債の直接引き受けなんてことになったら、日本銀行は世界のさらしものだ。恥さらしだよ。最低だ。その場合には、きみには責任をとってもらうから、そのつもりで頑張ってくれたまえ」

責任をとってもらう――という言葉が発せられた途端に、城井の顔から血の気が引くのがみえた。しわがれた早野の言葉を頭の中で反芻しながら、態勢を立て直そうとしているのか、額から脂汗が出ている。ここでこのまま引いてしまったら、自分の責任になってしまう。そういう計算には長けた男だ。このまま引き下がるわけではあるまい。瞬時にして、責任逃れのためのあらゆるシミュレーションを行っているはずだ。福川は息を呑んで場の成り行きを見守った。

計算が終わったのか、城井が意を決して口を開いた。

「……総裁、かしこまりました。総裁の固い決意のほどをお聞きし、さすがセントラルバンカーと、わたしもいま肝に銘じたところです」

居住まいを正した城井の目は最大限の誠意をもって早野を直視する。

「じつは、そういうことになるのではないかとかねてより思っておりましたので、ここにいる福川課長を中心に、昨日早急にプロジェクトチームを立ち上げたばかりなんです。すでに詳細な検討に入りました。先ほどもお聞きのとおり、彼は経済理論に滅法強いのですが、政治方面にも精通しており、本件には最適の人物です。彼ならば安心して任せられます」

隣で黙って聞いている福川はわが耳を疑い、次に目の前が真っ暗になった。

プロジェクトチームを昨日立ち上げたというのは嘘である。

しかし、その嘘で、形勢は一挙に転回した。

「ほお、そうかね。もうプロジェクトチームが立ち上がっているのかね。さすがに城井局長だ。打つ手が早い」

経済理論はともかく、政治方面は全くの門外漢だ。総裁の前で、ここまで露骨に責任逃れをするとは……。福川峻は陪席した自分の読みの甘さを悔やんだ。この城井というおっさんが卑怯な輩だってことは、はじめからわかっていたじゃないか。

しかし、早野総裁は城井の嘘八百を真に受けたらしい。

「福川くんは、政治にも強いのかね。さすがに第一選抜のエリート中のエリートだ。みあげたものだ。ぜひよろしくお願いしますよ」

「はあ……」

上司の嘘をここで否定はできない。曖昧に答えざるを得ない自分に頭が真っ白になった。

城井のおっさんにはめられた……。

これで、城井と福川は一蓮托生。いや、責任逃れのうまい城井のことだから、最後の最後には福川だけにうまく責任をなすりつけてくるだろう。急に喉の渇きを覚えた。

「本件については全面的にきみたちにゆだねるから、何か動きがあったら、すぐに知らせるように」

しわがれた早野の声が鼓膜の奥でこだました。

早朝から降り出した雨は、激しさを増して総裁室の窓を叩いている。

福川峻の肩はガックリと落ちた。

茫然自失、という言葉はこういうときのためにあるのか。受けたダメージは深い。

城井のおっさんは、帰りのエレベーターでも知らんぷりだ。目を合わせようともしない。福川の口から自然と愚痴が出た。

「局長、政治方面に強い、というのはひどいんじゃないですか」

「そう謙遜しなくてもいいよ、福川くん。そう言いながら、きみには政治家の知り合いが多いという噂を聞いてるよ」

完全にしらばっくれている。

「わたしは政治家の知り合いなんて一人もいないですよ。どうしろって言うんですか」

「そうかね。わたしの情報網が間違っていたのかなあ」

城井は非を認めない。

「しかし、決まってしまったことは仕方がないだろう。まあ、頼むよ。日本銀行最大の危機なんだ。それを防ぐのはきみしかできないんだよ。きみしか……。総裁直々にお願いされるなんて、男冥利に尽きるじゃないか」

口調が完全に福川を突き放している。

お願いされたのはお前だろう……。

福川は胸くそ悪くなったが、これ以上、城井と議論するのはむだだった。

そんなことは、長年の日銀における経験で嫌というほどわかっている。責任はなるべく下へ。手柄はほとんど上へ。失敗すれば部下のせい。うまくいった場合は上司がその果実を取り上げる。そういう企業風土なのだ。とくに城井明彦は、にっこり笑って人を斬るタイプとして知られていた。

それは福川もわかっている。いちいち非難するほど青くもない。

しかし、今回のプロジェクトはきつい。しかも早野総裁直々の発注だ。

失敗すれば、誰かが何らかの形で責任をとらなければならない。それは自分かもしれないのだ。城井はもはや味方ではない。これから彼は「いかに福川がこのプロジェクトの中心として努力しているか」と皆に吹聴し始めるだろう。万が一にも失敗すれば、間違いなく福川を責める側に回る。うまくいったときだけ、自分の指導力を誇示する。そうやって、城井は出世競争を勝ち上がってきたのだし、だからこそ、失敗の責任を背負ったこともなかった。

ああいう輩とは、思っていたが……。

7

憔悴しきった福川峻を、課長席の側のテーブルで一人の中年の男が待ち構えている。天使でも味方でもなさそうだ。

伸び放題のヒゲを右手でさすりながら待っている。おまけに、明らかにいらついていた。テーブルの上の灰皿の中には、吸い殻が積み上げられている。気のせいか煙草の煙で、その場の空気がくすんでみえた。

「遅いじゃないですか。疲れたなあ。三〇分も待ちましたよ」

総裁会見でたまに聞くガラガラ声だ。そういえば、山三證券の記者会見でも質問していた……。

「福川さんは、なかなかアポもとらせてくれないし、とったらとったで遅れるし、経済調査課長っていうのは本当に偉いんですなあ」

皮肉をかまして、目の前のヒゲが怒っている。顔は笑っているが、その笑みがこわばっているのをみると、結構本気で怒っているらしい。

福川はようやく我に返った。

「ああ、日本経営新聞の藤島編集委員ですね。大変申し訳ない。じつは、早野総裁から急に呼び出しを受けたものですから」

とにもかくにも宥めるのが先だ。編集委員は社説にも絡んでいるし、敵に回すと何かとうるさい。しかも、ついさっき早野総裁から密命をもらったばかりだ。

「へえ、早野さんにねえ。用件はなんだったんですか」

表情から多少こわばりが消え、ヒゲの目が特ダネを狙う新聞記者特有の光を放った。

「それは言えません」

「ケチケチしないで言いなさいよ」

「ノーコメント」

「ちょっとお堅すぎるんじゃないの」

「まあ、そんなに苛めないでくださいよ」

ヒゲはなかなか引き下がらない。押し問答は永遠に続くように思えた。

「だからさあ、ちょっとだけ」

初対面なのに馴れ馴れしく言い募るヒゲに、思わず福川は切れそうになった。しかし、早野総裁から下された密命を果たすためには、マスコミをうまく味方につけなければならない。泡立った感情を持ち前の理性で抑えつけようとするが、なかなかうまくいかない。

あまり世間ずれしていないのが福川のよさでもあったが、その反面、適当に流すというのができなかった。だから、マスコミともあまり付き合わないできたのだ。

いきおい応答はぎこちなくなる。

福川は突き放すように言い放った。

「――金融政策の話ですよ」

「量的緩和ですか」

ヒゲが身を乗り出してきた。目の輝きが違う。

しまった――何事も投げやりになるのはいけない。ここは取り繕わなければならない。

「いえいえ、定例の報告ですよ。総裁には、景気の現状をご説明してきました」

「そうですか」

ヒゲの瞳の光が鈍った。明らかに落胆を示している。

これでいい……。落ち着きを取り戻した福川は、逆に偵察する気になった。

「量的緩和論というのは、そんなに話題になっているんですか」

「何を言っているんですか、福川さん。マーケットは、その話題一色ですよ」

「へえ、そんなもんですかね。量さえ増やせば、なんとかなるんですか」

「だって、ポール・クレージュっていう有名な教授が言っているんだから、間違いないでしょう。他に手はないんだし」

「ちょっと待ってください、藤島さん。ポール・クレージュなんて大した学者じゃありませんよ。業績だって別にあるわけじゃない。ちょっと舶来主義が過ぎるんじゃないですかねえ。アメリカで彼の言うことをまともに取り上げるクオリティ・ペーパーはないですよ。日本じゃ持てはやされているけど、アメリカじゃ有名でも何でもない。日本のマスコミはちょっと異常ですなあ。藤島さんのところは、記事の品質を重んじるクオリティ・ペーパーなんじゃないんですか」

藤島はグレーのヒゲに隠された口をへの字に曲げてぼそぼそとつぶやく。

「そんなこと言ったって、ポール・クレージュは福川さんよりは有名だからね。それに北嶋総研のジェイソン・ダニエルだって、ポール・クレージュのことを高く評価しているし」

「わたしみたいなペイペイと彼らを比較してもしょうがないでしょう。それにしても、もうちょっと経済学に基づいた議論をしてもらえないもんですかねえ。そもそも量的緩和の定義自体がはっきりしてないじゃないですか。量的緩和って一体何なんでしょうかね」

「そりゃあ、簡単ですよ。日銀がおカネを出す量を増やすのが量的緩和でしょ」

「量を増やすって言ったって、インターバンク市場でもおカネが余ってしまって、媒介業者の短資会社が一兆円も無駄な資金を抱えてしまっているんですよ。これ以上、おカネの供給量を増やしたところで、短資会社がどこにも行きようのない資金をさらに抱えるだけでしょう。短資会社が今抱えている一兆円の余資が二兆円になったところで、何かいいことでもあるんですかね」

「心理的には違うでしょ。アナウンスメント効果っていうか」

　総裁室でのショックからようやく立ち直り、福川に余裕が戻った。

「普通の人は、短資の余資が一兆円だろうが二兆円だろうが、関係ないですよ」

「日銀がさらに一段の金融緩和に踏み込んだということが重要なんです。それが人々の行動に影響を与えるんです」

「藤島さんは金融政策を過大評価してますよ。そういうアナウンスメント効果だけで景気が上向くなら、とっくの昔に景気なんて回復してるんじゃないでしょうか」

　たしかにそうであった。量的緩和論者が唱えるように、「日銀がさらに金融を緩和した」というアナウンスメント効果だけで景気が回復するのだったら、こんなに誰も悩む必要はない。アナウンスメント効果どころか、実質的に効果がある金利の引き下げを行っても効かないのだ。

8

日本経済は、流動性の罠に陥っていた。

流動性の罠というのは、これ以上金利を下げても設備投資が盛り上がらない状況を指す。経済学の泰斗であるケインズが唱えたものだ。日本はゼロ金利なのだから、それ以上下がらない水準にまで金利が落ちている。これ以上、金融政策に期待することはできない。もし有効需要を刺激するなら、財政政策を出動させるしかない。

しかし、ヒゲは引き下がらなかった。

「そんなこと言ったって、他に手はないでしょう。やってもマイナスがなければいいんじゃないですか」

「その考え方はどんなものでしょう。過剰流動性はすでに発生しています。おカネはもうじゃぶじゃぶなんです。将来に禍根を残しますよ」

「将来に禍根を残すというのはなんですか。インフレですか」

「そうです」

福川はきっぱりと言いきった。エコノミストとしての良心が福川を突き動かす。

ところがヒゲは反撃に転じた。

「それこそ過去のインフレの亡霊に怯え過ぎですよ。このデフレの時代にインフレだなんて。そんな議論をするのは、このデフレを乗り切ってからでしょう。日本経済が生きるか死ぬかという話をしているのに、薬を投与した場合の副作用ばかり心配している。そんな状況じゃないでしょう」

ヒゲの意見は、マーケットと多くの政治家の意見を代弁している。

この緊急時にインフレなどという戯言を弄してどうするんだ。そんな石頭だから、日本はこんなに不景気になったんじゃないか。だから日銀はだめなんだ――という主張である。北嶋総研のジェイソン・ダニエルはあらゆるメディアを使ってそう喧伝している。

それは福川も痛いほどわかっていた。

「その薬の効果が問題なんです。本当に日本経済の回復に有効だったらいいですよ。しかし、全く効かないのに副作用の心配ばかりを増大させるのであれば、やはりやるべきじゃないでしょう」

「だから、そんなことはやらなければわからないじゃないですか」

「すでに金利は実質上ゼロ%です。借入金利も一・六%の半ばまで来ています。この金利水準で投資を行おうという気配がでてこないのに、これ以上下げたところで、何か効果はあるでしょうか。仮に借入金利が一・五%まで下がったとして、それが有効な設備投資につながるでしょうか。この金利水準でもまかなえない設備投資や新規事業は、逆に問題が大きいと思われませんか」

議論のすれ違いが続いていることに、ヒゲは多少むっとしてきた。

「それなら、どうやって日本経済を回復させるのか、代替案を出してくださいよ」

「――それは、民間企業の起業家精神に期待するしかないでしょう」

「なんですか、その起業家精神というのは」

「新しい事業を興そうとする意欲のことです。有名な経済学者のシュンペーターが言っていることなんですけれども、資本主義経済で最も重要なのは、起業家精神なんです。いつの時代も起業家精神が経済発展の原動力なのですから。それが出てこないのが問題の根源にあります」

この手の経済理論の話は、福川の得意とするところだ。

「それを刺激するために、金融緩和が求められているんでしょ」

懲りずにヒゲは突っかかる。

「それが間違っているんです。新しい事業を興す場合のリスクは、金利の一～二%なんかは意味がないくらいに大きい。その事業リスクと比較すれば、現在の水準の金利コストなんて微々たるもんです。無視できるコストですよ。ここまで金利を下げたのに新しい事業意欲が出てこないとすれば、経営者として失格と言えるのではないでしょうか。そもそも事業意欲がないとしか思えない。そんな人たちがいつまでも経営者をやっていることに問題がある。責任とリスクを負わずに、前例踏襲で事なかれ主義でしか物事を考えられないから、日本経済はこんなありさまになるんです」

福川の脳裏では、この異常な低金利下でも新しい事業意欲が湧かないだらしない経営者と、城井明彦の姿がダブっていた。

目前のリスクから逃げ回って、義務と責任を下になすりつける。

城井の姿は、経営失敗の原因をサラリーマンになすりつけ、下にリストラを押し付けながら、自分はいつまでも現在の地位にしがみつく日本企業の経営者と同じであった。そんな経営者がはびこっているから、日本経済は回復しないのだ。本当は、終戦直後に財閥が解体され、経営陣が一斉にパージされたように、そういう経営者たちを一掃してしまうのが一番の景気回復策なのだ。これは福川の心の底の本音であったが、さすがにそうは言えなかった。

しかし、ヒゲは同意しなかった。

「へえーっ。偉いんだね、福川さんは」

しゃべるテンポを緩めて、ヒゲの視線が福川の顔を嘗め回した。

「それじゃあ、あなたがベンチャーやってみなさいよ」

「はあっ？」

「あなたが範を垂れてベンチャーを興してみればいい。あなたが言うように、こんなに低金利なんだ。あなたほど優秀だったら、新しい事業意欲を現実化できるでしょう。何でやらないんですか」

「わたしではとてもとても……」

「ちょっと待ってくださいよ。あなたは今、日本企業の経営者に事業意欲がないことを手厳しく批判したじゃないですか。そのくせ自分ではできないと言うんですか」

「それとこれとは話が……」

「すぐそれだ。あんたらは、いつでも安全地域にいて高みの見物なんだよ。経営者を責めるんだったら、やってみせなよ。そんなに簡単だったら、誰だってやってるよ。それができないから、苦しんでるんだろう。要するに、庶民の気持ちがわからないんだよな、日銀マンは。だから、そんなこと言えるんだよ」

「――いえ、そうじゃないんです」

　弁解しようとした福川を手で制して、ヒゲは続ける。

「さっきから聞いてりゃ、いつまでたっても学者みたいなご託宣だ。量的緩和には意味がないだの、副作用があるだの、訳がわかったようなわかんないような理屈ばっかりこねてる。あんたが民間にいて不況に苦しんでたら、そんな悠長なこと口が裂けたって言えないよ。効果があるかもしれないなら、やってみるしかないでしょう。いま日本経済は、生き死にの断崖絶壁のところにあるんだ。みんな必死なんだよ。おまじないでも、まやかしの薬でも、何でもいいんだ。そういう状況だってこと、全然わかってないでしょう」

「いや、景気の状況が厳しいことは認識しています」

「心がこもってないんだな。心が」

「いえ、十分認識してますよ。先月の完全失業率も四・七%で、史上最高値と比較すると下落していますが、ひじょうに高い水準ですから」

急な展開に福川は焦った。ここで藤島の機嫌を損ねるのはまずい。日本経営新聞を敵に回すわけにはいかない。

「それがわかってないんだよ。皮膚感覚って言うのかなあ。あんたは、しょせん統計の数字しかみてない。景気の実態を直視してないんだよ。民間にいてご覧よ。リストラの嵐だ。みんな解雇に怯えてる。余裕があるのは、あんたのところだけなんだよ。そりゃあ、日銀さまはいいでしょうよ。潰れることはないし、給料も高いし、解雇の心配なんてしたことないでしょう。支店長宅とか社宅だって立派だしね。ゴルフ会員権も山ほど持ってる。再就職も天下りで面倒見てもらえる。そんな至れり尽くせりの立場の人が、いまの平成恐慌の実態をわかるわけがない」

「いいえ、わたしはそんなことは……」

福川は防戦に必死だが、ヒゲの耳はふさがってしまっている。

「わからないから、量的緩和は絶対だめなんてことを言ってしまうんだよ。庶民の気持ちがわかってない。みんな何かにすがりたい気持ちなんだ。それがわかってないんだ、あんたは。量的緩和が駄目なら、何かほかの案出しなさいよ。福川大先生——」

それを言われるとつらい。背中に脂汗を感じながら、福川は押し黙るしかなかった。

下手に反論すれば、火に油を注ぐだけだ。

「ね、ないでしょう。だから、やるしかないんだ。景気を回復させる義務は当局にあるんだ。それを経営者の責任に転嫁するのは、いただけないね」

「たしかに、景気を回復させるのは当局の役目かもしれません。しかし、個々の企業業績を回復させるのは経営者の役割です。業績が悪くなるたびに当局の責任ばかり追及する民間の側にも、多少の問題はないんでしょうか……」

福川はおそるおそる言ったつもりだったが、ヒゲの逆鱗に触れてしまった。

「だから――。あんたにそれをいう資格はないって言ってるんだよ」

ヒゲの顔は真っ赤に染まっている。

「何を偉そうに。あんた、事業を興したことないだろう。経営したことないだろう。何でそんなこと言えんのよ。だったら、あんたが日銀やめて、一〇人でも二〇人でも雇ってみなさいよ。できないくせに、批判するんじゃないって言ってるんだよ。自分は安全地帯にいて、好き勝手な机上の空論ばかりこね回して。あんたはいいよ。だけどね。普通の庶民はね。日々苦しんでるのよ。世の中の常識がないのはあんたたちだけなのよ。今日だって、身内の会議でしょう。三〇分も待たされたんだよ、こっちは。待たすだけ待たしておいて、くだらない小役人の理屈ばかり聞かされて。あんたは常識が欠けてんだよ。常識がね」

ヒゲの言葉には有無を言わさぬ迫力に満ちているが、福川は最後の抵抗を試みた。

「常識がないっていうのは、ちょっと、それは言い過ぎではないでしょうか」

「いや、言い過ぎちゃいない。俺は決めたぞ。量的緩和だけじゃやっぱり駄目だ。あんたらは訳のわからない言葉を弄して、時間を無駄遣いさせるだけだからな。やっぱり国債の直接引き受けしかないね。この問題に関しては、俺は日銀の応援をしてやろうと思ってたんだけどヤーメタ。やっぱりあんたらはわかってないよ。庶民のために中央銀行があるってことがわかってない。あんたらにとって中央銀行というのは、高い給料と自分の雇用を護ってくれるありがたい器にすぎないんだ」

ヒゲは自分でしゃべりながら、自分で納得している。

「ウチは調整インフレ論を唱える読日新聞の向こうを張って、日銀サイドに立とうかって話をしていたんだけど、撤回、撤回。あんたらを応援する気は失せたね。福川さん、覚悟決めといてよ！」

日本経営新聞において、日銀の国債直接引き受けに関する論調を決める役割を担っているのがヒゲこと、藤島信二なのだ。日本経営新聞が日銀の国債直接引き受けの賛成サイドに回る。これは致命的だ。読日新聞の主張につられて、他紙が量的緩和賛成のキャンペーンを張っているだけに、唯一の頼みの綱は、経済紙としては格上の日本経営新聞だけであった。

福川は窮地に陥った。早野の怒った顔が脳裏に浮かぶ。

「藤島さん。言い方が悪かったかもしれないが、そういうつもりじゃなかったんだ。謝るから、機嫌直してくださいよ。お願いしますよ」

ここは平謝りに謝るしかない。早野総裁に何と言い訳すればいいんだ――頭が真っ白になる。

しかし、ヒゲは受け付けなかった。

「もういいですよ、福川さん。わたしだって暇じゃないんだ。この件については、政治家だって動いているし、大蔵省だって根回しを始めている。実現するのは時間の問題じゃないですか。緊急事態なんだから、長期金利の上昇を食い止めるためにはあんたのところでバンバン国債を直接引き受けりゃいいんだよ。景気も悪いし、デフレ・スパイラルだって恐い。四面楚歌だとは思うけど、せいぜい頑張ってくださいね」

ヒゲはそう言い捨てると、よれよれのかばんを手に持ってスタスタと出口へ去っていく。福川は呆然と立ち尽くした。

第七章　策　略

1

鹿島龍三の意向を受けて、石崎慶一郎は精力的に動き始めた。

石崎を委員長とする国債問題小委員会は、週に一度、多いときには二度の会合をこなし、日銀による直接引き受けが必要だというムードを作りつつある。マスコミも、読日新聞を中心として、大々的に調整インフレ論を展開し、日銀は国債を直接引き受けるべし——という論調で足並みが揃ってきた。鹿島龍三は、読日新聞の社主とも旧知の仲だ。根回しは十分に行ってある。意外にも、どちらかと言えば慎重だった日本経営新聞すら、未曾有の不況下においては直接引き受けもやむなしというトーンを打ち出し始めた。

「マスコミは、ほぼこちらサイドになった」

みずからの信念とは違う方向に向かわねばならない辛さを時折感じてはいたが、石崎は自分が操作する方向に世の中が動き始めていることについては満足していた。後は、一部のうるさい経済学者の連中を黙らせつつ、日本銀行に国債の引き受けを呑ませるだけだ。

経済学者たちは、予想通り、日銀による国債の直接引き受けに大反対している。

「過去の経験に何も学ばない愚かな選択だ」

「日本は先進国ではなく、発展途上国であることを露呈した」

などという厳しい批判が巻き起こっていた。ただ、学者は学者にすぎない。世論を巻き起こすという術を持っていないから、それほど恐い存在ではなかった。気をつけねばならないのは、経済学者の支持を受けていることをもって、世論のバックアップがあるかのように、日銀が勘違いしてしまうことであった。

日銀は世論に疎い。しかし、その世論に対する疎さが強みに転じることもある。

改正された日本銀行法によってその独立性を保証されているため、時の最高権力者をもってしても、自由に言うことを聞かせることはできない仕組みになっている。日本銀行に設置された政策委員会において決議されない限り、国債の直接引き受けを呑ませることはできないのだ。

石崎は、今回の委員長を引き受けるに当たって、改正された日本銀行法をつぶさに読んでみた。そして、与えられた課題が相当難しいことに改めて気づかされるのであった。

例えば、改正された日本銀行法第三四条は、日本銀行の業務を定義しているが、日銀による国債の直接引き受けに関しては、「財政法第五条但し書きの規定による国会の議決を経た金額の範囲内において行う国債の応募又は引き受け」のみに限定されている。財政法第五条は、

「すべて、公債の発行については、日本銀行にこれを引き受けさせ、又、借入金の借入については、日本銀行からこれを借り入れてはならない」

と定めており、基本的に日銀による国債の直接引き受けを厳正に禁じている。その上で、

「但し、特別の事由がある場合において、国会の議決を経た金額の範囲内では、この限りではない」

として、例外的に認めているわけである。その際にも、特別の事由をもって国会の議決を経ることが必要であり、野党の新民主党が日銀の直接引き受けを猛烈に反対しているだけに、そうそう簡単にできる話ではなかった。しかも、議決を経たところで、無理矢理日銀に引き受けさせる権限が内閣にあるわけではない。あくまでも、日本銀行の政策委員会が決定しなければならないのだ。

このため、日本銀行に国債の直接引き受けを呑ませるのは、口で言うほど簡単ではなかった。日本銀行が腹をくくって「孤立しても断固拒否する」と言ったら、手の打ちようがない。与党としてできることは、政策委員会の審議委員が任期を終えて交替するたびに、自分の意向を唯々諾々として聞くような人物をはめ込むしかない。しかし、それでは間に合わないのだ。

マスコミが簡単に口にするほど、容易なものではなかったのである。

逆にマスコミや政治家が煽れば煽るほど、日銀は頑なになるかもしれない。その結果、世間が何を言おうと知るかという雰囲気になってしまうと、打てる手はあまりないのであった。

本当は、日本銀行法と財政法を改正した方がよい。しかし、改正したばかりの日本銀行法を国債の直接引き受けを実現させるためだけに改正するというのは、さすがに通りそうになかった。

「なかなかの難問だな」

さすがに鹿島さんだ——。

改めて石崎慶一郎は鹿島龍三の読みに感服していた。

新しい日本銀行法で、日本銀行の独立性は幾重にも護られている。追い込みさえすれば呑ませられるという単純な構造にはなっていない。猪突猛進型の単純な政治家では駄目なのだ。鹿島は、それがわかっていたからこそ、石崎に白羽の矢を立てたのだろう。

「経済理論と金融制度に詳しいきみなら、そこにうまい解決策をみつけられるんじゃないかと、わたしは期待しているんだがね」

鹿島が言った言葉が気にかかる。

うまい解決策――それがキーポイントだ。

実質的には国債の直接引き受けと同じなのだが、日銀が呑めそうな解決策。

そこに落とし所を作っておいて、世論を誘導しつつ、日銀を追い込んでいかなければならない。日銀の顔を立て、彼らのプライドを傷つけずに自然に呑めるような形を作らねばならない。

そのためには、大義名分がいる。景気回復以外の大義名分が。

その大義名分をみつけて、この問題に絡ませつつ、素人がちょっと見ではわからないような金融取引のデコレーションを装わせて、日銀による国債の直接引き受けを実質的に達成する。そうできれば、長期金利が大幅に跳ねることは防ぎ得る。少なくとも、衆議院選挙までは……。

ふと、今日の日本経営新聞第五面の記事が目に止まった。

郵便貯金の大量流出に関する囲み記事である。

一九九〇年頃に大量に流入した定額貯金が二〇〇〇年から大量に流出しそうだ。当時、六%の高金利で預け入れられ、複利で八%にもなった人気商品だけに、その帰趨が注目されている。郵政省の試算によると、二〇〇〇年四月からの二年間で満期を迎える郵便貯金は一〇六兆円で、このうち流出額は二〇〇〇年度が二七兆円、二〇〇一年度には二二兆円に上るとみられている。二年間で四九兆円が流出するわけだ。金融ビッグバンで、投資信託や外貨預金など利回りのよい商品が民間に出回っているだけに、郵便貯金に滞留する資金は少なくなるとみられている。この結果、郵便貯金から資金運用部に預け入れられていた資金が大量に引き上げられるため、資金運用部は払い戻し資金の調達に頭を悩ませることになろう。財政投融資のあり方も問われるようになるのではないか。

何かが閃いた。

郵貯流出、資金運用部、資金繰り……。

これだ！　これなら大義名分は立つ。

石崎慶一郎の頭は高速で回転し始めた。

2

日比谷公園を睥睨する部屋で、仲田均は電話対応に追われていた。電話がなかなか鳴り止まない。一つ終わればまた一つ。電話対応だけで毎日が終わるようだ。

「どこが買い先になるんですか」

「それは、まだお答えできません」

「何先くらいに絞られたんですか」

「数先とだけお答えしておきましょう」

「それは外資ですか」

「外資もありますし、国内の方もいらっしゃいます」

特別公的管理となった東京国際銀行の買い手探しが本格化してから、ほとんど毎日、毎時間のようにマスコミから電話がかかってくる。あまりつっけんどんな対応もできない。悪く書かれれば売却交渉に支障を生じる。かといって、交渉の経緯をあからさまにするのも、賢い選択とは言えなかった。途中でどういう横槍が入るかわからない。

売却のアドバイザーとして、モールスサットン証券会社が積極的な売り込みに来ており、秘密裏に売却の事前交渉は進められていた。

本命は、ウィンドフォールという名の投資組合だ。ドン・コックスという青年実業家が社長をしている。モールスサットン証券会社で銀行のM&Aで荒稼ぎをして、最年少でパートナーになったのだが、数年前にモールスサットン証券会社を辞めて、この投資組合を興したつわものだ。得意なのは、問題企業を安値で買い入れ、これを再建させて巨利を得るという投資手法。これまでの利回りは二〇%を優に超えており、この分野では、それなりの評価を確立しつつあった。

モールスサットン証券としてみれば、このウィンドフォールに買わせればそれでいいというディールなのだから、簡単至極な金儲けだ。これでディールができあがったときには、一〇〇億円を遥かに超えるアドバイザー・フィーが入ってくるのだから、笑いが止まらない。

ディールが成功するポイントは、ただひとつ。

いくら、日本政府からカネを引き出すか。この一点にかかっている。

ウィンドフォールにとって東京国際銀行の買収は投資にすぎない。投資だから、ハイリスクに見合ったハイリターンをめざしてくる。少なくとも、利回り三〇〜四〇%を見込んでいるはずだ。だから、それに応えられるだけの公的資金を引き出せるか否かが腕のみせどころになる。まかり間違っても、東京国際銀行の救済などではありえない。そんな日本的な情緒に引きずられていたら、あっという間に叩き潰される。

投資というビジネスは、華やかな反面、過酷なビジネスであった。

勝者は甘美なひとときに浸れるが、敗者は身ぐるみはがされて叩きのめされる。

そういう世界に身を投じて成功を収めてきたドン・コックスは、一筋縄でいく男ではない。綿密に計画を練り、考えられ得る最悪のシナリオを考え抜いた上で、買収競争に参入してきたのである。

顔は笑っていながらも、決して目は笑うことがない。冷たく光る瞳はつねに冷酷なまでの計算をしていた。オールバックの髪形に端正な顔立ちがひときわ際立つ。紳士の身なりをした獣、それがドン・コックスであった。

「恐い男だ――」

すでに何度か東野頭取の付き添いでミーティングに陪席し、コックスとは面識があったが、そのたびに仲田は戦慄を覚えた。穏やかな話しぶりの中にも、資本の論理の刃が研ぎ澄まされ、所々に妖しい光を放っている。その無機質な冷たさを感じないわけにいかなかった。それは、東野弘のもつ日本的経営の温かさとは全く別質のものである。共同体的な価値を前面に出し、雇用の確保を確約してくれた東野とは違い、アメリカ流の情け容赦のない人切りを実行してくるかもしれない。

しかし、それを会議の場で仲田が主張するわけにはいかなかった。

ドン・コックスが東京国際銀行を買った場合には、東野の代わりに彼がボスになるのだ。そのボスの覚えがめでたくなければ、すぐに解雇の憂き目に遭うかもしれない。そんなリスクはとれない。

転職マーケットの厳しさと転職した後の激務は、仲田の想像を超えて余りあった。すでに東京国際銀行に見切りをつけて転職していったかつての同僚とは、たまに食事をしながら情報交換をするのだが、年収一〇〇〇万円を超えるポジションはほとんどなかった。仲田の今の給料が年間一八〇〇万円だから、福利厚生などを勘案すれば半額程度になってしまう。それに、仲田はまだ社宅に住んでいる。時価で借りれば三五万円くらいのところを八万円しか払っていない。そういうありがたい環境は、転職後に望むべくもなかった。

解雇の対象にはなりたくない。それだけが仲田の頭を支配している。

結婚して子供は三人もいる。しかも来年からいちばん下の子が小学校に入る。有名私学なので月間八万円もかかる。今の環境ならば、それもなんとかマネージしていけるが、転職した後の環境でそれが許されるかといえば、なかなか難しいだろう。

それよりも、慣れ親しんだこの銀行の中枢部に居残って、甘い汁を吸い続ける方が利口だ。ドン・コックスだって、東京国際銀行の細部にわたって知っているわけではない。うまく経営していくには、彼に忠誠を誓うプロパーが絶対に必要であるに違いない。

俺は、その居残り組に残るんだ。そのためには、手段を選ばない……。

邦銀に買収してもらう方がいい——と思った時期もあったが、所詮、最後は吸収された側の弱みで、買収側の経営陣によってほとんどの管理職は整理されてしまう。それが、これまでの邦銀における合併の実態であった。数年でどちらかのマネジメントは一掃されてしまう。逆にそうしないと、いつまで経っても内部で権力争いが行われ、せっかくの合併効果が発揮できないのだ。中期的にみれば、買収される側である東京国際銀行の管理職が生き残れる可能性は限りなくゼロに近い。

そういう意味では、外資の方が生き残る可能性は高い。

トップの経営陣こそ天下ってくるだろうが、実務に近い枢要なポジションは、彼らに忠誠を誓う有能なミドルに任せてくれるだろう。そうであれば、そのポジションを狙った方が賢い。

そう読んだ仲田は、外資系による買収を密かに選択した。日系ではなく外資のモールスサットン証券とのアドバイザリー契約締結を進めているのもそのためである。

モールスサットン証券東京支店でマネージングディレクターを務めるグレッグ・ニューマンとは、仲田が東京国際銀行のニューヨーク支店でM&Aをしていたときに知り合ってから旧知の仲だ。ハーバードでMBAを取得したニューマンは、卒業後モールスサットン証券に入社。その後、大学で知り合った日本人女性と結婚し、今では日本語を自由に操ることができる。ハーバードの前に東京大学で短期間留学した時期を含めると、トータルで一〇年以上日本で暮らしている計算になる。

密会の場所として、グレッグ・ニューマンは帝国ホテルのスイートを一年間予約した。約束の時間に仲田が出向いて、ルームサービスで最高級の食事を楽しみながら、今後の戦略を二人で練る。グレッグは、このスイートルームを仲田個人が自由に使ってくれていいという。帝国ホテルは東京国際銀行から歩いて三分。これなら誰にも気づかれずに話を進められる。

数度、密会した後、仲田は切り出した。もう半年も前のことだ。

「グレッグ。わたしは買収先は外資に限ると思っています。できれば、金融機関じゃなく、人を送り込むだけの余裕がない純粋な投資会社が望ましい」

「ノー・プロブレム」

「重要なことはもう一つある」

仲田の両眼はなにやら意味ありげな上目遣いでグレッグを捉えている。

「――プリーズ・ゴー・アヘッド」

「買収した後には、わたしを新しい銀行の枢要ポストに就けること。それが条件だ。それさえ確約されるのであれば、東京国際銀行はモールスサットン証券と正式かつ排他的なアドバイザリー契約を結ぶ」

沈黙の間は一瞬もなかった。グレッグ・ニューマンは満面の笑みをたたえて、仲田に握手を求めてきた。仲田はその手を強く握り返した。

一〇〇億円をはるかに超える成功報酬をモールスサットン証券に約束するディールは、この場で成立した。

形式を整えるため、仲田は他の証券会社やM&A専門業者に声をかけ、競争入札を偽装する。通常であれば必要となる説明会も開かず、ファックスでたった三枚の概要を送り付けただけである。しかも、提案書の締め切りは五営業日後だ。

多くの業者が提出を見合わせるか、体裁を取り繕ったにすぎない提案書を送ってくるかしかできない中で、モールスサットン証券の提案書は群を抜いて優れていた。中身の質もさることながら、表紙や資料類も丁寧な体裁できれいに整えられている。

一社だけ入札の時期とその内容を知っていたのだから当然と言えば当然であるが、それを知らない人間にしてみれば、差は歴然としていた。

東野弘が実務に疎いことをいいことに、仲田は自由に入札を取り仕切る。

その結果は言うまでもない。モールスサットン証券は、アドバイザーの座を見事射止めた。

その翌週、仲田均はグレッグ・ニューマンから夕食に招かれた。場所は御成門の近くにある高級フレンチ・レストランの「クレッセント」。伝統ある格式高いレストランの個室で二人は、これまでの苦労をねぎらいあった。

「ミスター・ナカダ。どうもありがとうございました」

「いえいえ、モールスサットンの提案書の出来栄えが並外れて良かっただけですから」

仲田はいたずらっぽくウインクをしてみせた。

「そうですね。わたしどもは正式な競争入札で公正に選ばれたのですからね」

「そうです。公正な競争入札の結果なのです、これは」

公正な、という音節にわざわざアクセントを入れて仲田は笑顔を返した。

「ミスター・ナカダ、でも、われわれはこの感謝を忘れることはありません」

シャトー・マルゴーが注がれたワイングラスを鳴らして、二人は改めて乾杯した。すでに何度乾杯しただろうか。まあよい。ディールは成立したのだ。

周りに人はいなかったが、仲田は声を潜めた。

「ところで、例の約束は大丈夫ですね」

「オフコース。わたしどもは約束はきちんと守ります。その証拠に、今日はささやかなプレゼントをもってまいりました」

思わぬ申し出に仲田の興味はそそられた。知らないうちに身を乗り出している。

「ささやかなプレゼントって何ですか」

微笑むニューマンはその問いには答えず、胸ポケットから手帳を取り出して一ページ破ると、一〇桁の数字をスラスラと殴り書きして仲田に手渡した。

「８３５１６８５２４５。何ですか。これは」

「スイスのジュネーブに、ルイ・ゴーシュ銀行というプライベート・バンクがあります。その数字は、あなたの銀行口座の番号です」

「銀行口座？」

「ええ、あなたの担当は、ミシェル・コートールド。ああ、そうだ。彼の名刺を渡しておきましょう。彼に電話をして、あなたの生年月日とあなたのお母さんの結婚前の名前を言ってください。それで話が通じるようになっています」

　思わぬ展開に仲田は思わず尋ねた。

「どうしてわたしの母の結婚前の名前まで知っているんですか？」

「われわれは、われわれの友人のことはすべて知っていますよ、ミスター・ナカダ。あなたは、われわれの仲間入りをしたんです」

　仲田はきつねに化かされているような錯覚に陥った。しかし、これは現実なのだ。

「その口座には、これだけ振り込まれていますから、確かめておいてください」

グレッグ・ニューマンはウインクして、指を一本立ててみせた。

一〇〇〇万円か……。仲田の喉が鳴った。

そういうことがあると噂には聞いていたが、本当にあるとは。

一〇〇億円以上儲ける彼らにとって、一〇〇〇万円などハシタ金には違いない。しかし、失業のリスクすら抱えていた仲田にとってはありがたいボーナスだ。

「――グレッグ」

「何も言わないで、ナカダさん。これはわたしとあなただけの秘密です。誰も知りません。あなたは約束を守った。だから、わたしたちも約束を守ります。これはその誠意を示すための印なのです。ルイ・ゴーシュ銀行は数年前に買収しまして、いまはわたしどもの子会社になっています。そのかわり、ナカダさんも、買収先はウィンドフォール社ということで行内が落ち着くように協力してくださいね」

仲田は深く肯いた。肯くしかなかった。

翌日、仲田均は名刺に書いてあるミシェル・コートールドに国際電話をかける。

何もかもグレッグ・ニューマンの言うとおりだった。

ただ、銀行口座に振り込まれていた金額は、一〇〇〇万円ではなく、一億円であった。

3

「国債、日銀へ一時売却」

一一月六日、日本経営新聞の朝刊第一面に、さりげなくこんな見出しが躍った。

記事を読む石崎慶一郎の顔が思わずほころぶ。

大蔵省と日本銀行は、二〇〇〇年度から集中的に満期を迎える郵便貯金の払い戻し資金を調達するため、国債の市中消化ができない場合には、資金運用部が保有する国債を三ヵ月以内に買い戻すことを条件に、日本銀行に売却することで合意した。日本銀行が資金運用部から国債を購入するのは、初めてのことである。一九九九年九月末現在、資金運用部が預託を受けている資金の五七%が郵貯資金であるが、その一方、資金運用部は長期国債を中心に約八九兆円の国債を保有している。このため、資金を調達する場合には、保有している国債を市中に売却し、現金化することが想定される。しかし、この場合、債券市場が下落し、景気回復の足を引っ張りかねない。今回の措置は、そうした長期金利の上昇などマーケットの混乱を事前に避ける狙いがある。

主要各紙のインタビューに答えた日本銀行調査統計局長の城井明彦は、「あくまでも今回の合意は、郵貯の集中満期に対応するための例外的な措置で、形を変えた国債の直接引き受けではないし、長期国債の買い切りにつながるものでもない」と強調している。

これでいい。石崎の策は成就した。彼の手元には、大蔵省幹部から今しがたファックスされた日銀との合意文書がある。

①資金運用部は、保有する国債を活用し、対市中で売り現先を実施する。
②対市中の入札に未達が生じたり、資金運用部の要調達額がその時点の平準的な一回あたりの入札額を上回る場合は、日本銀行は一時的に売り現先（期間三ヵ月以内）の相手方となり、所要の資金を供給する。
③資金運用部は、対市中の売り現先残高を漸次増やす。日本銀行は、必要と認める場合には、一定金額の範囲内で、三ヵ月を超えて売り現先の継続に応じる。
④日本銀行との売り現先の期間利回りは市場実勢を勘案して決定する。
⑤金融市場情勢の急変など必要な場合には、さらなる協議を行い、適切に対応する。

売り現先というのは、債券を買い戻す条件付きで売却する金融取引のこと。債券の売り手は、それで資金を調達することができる。この場合、資金運用部が売り手となって、日本銀行に対して国債を売りつけるわけである。短期間のうちに買い戻すことにはなっているが、再度売り現先をすることが認められているから、いったん売りつければ、実際に売却したのと同じ効果が得られる。買い戻しの期限が来ても、もう一度、売り現先を行えばいいのだ。それに、「金融市場情勢の急変など必要な場合には、さらなる協議を行い、適切に対応する」という条件も入れさせた。市中に国債を発行することが長期金利の上昇を招くようであれば、金融市場情勢の急変として、実質的に引き受けさせればいいのだ。

これで、器は整った。

大量発行される国債は、とりあえず資金運用部で全部引き受ければいい。

一九九九年度の第二次補正予算だけでも七兆五〇〇〇億円の国債が増発されるのだ。九九年度の国債発行額は合計で三八兆五〇〇〇億円に上り、一般会計歳入に占める国債の割合を示す国債依存度は四三％と、戦後最高の水準に達している。これをそのまま市場に売却すれば、意図せぬ金利上昇を招く危険性があった。

これでいいのだ。これで……。

とにかく、今後の国債発行は資金運用部に引き受けさせて、資金繰りが回らなくなったら、日銀に売りつければいいのだ。郵貯資金の流出などは口実にすぎなかった。売り現先をするときに、いちいちその理由が郵貯資金の払い戻しであることを証明する必要などないし、実務的にそんな時間的余裕もない。日本銀行は、言われるまま、売り現先を引き受けなければならない。

万が一、拒否しようものなら、「これで長期金利が上昇したらお前の責任だぞ」と言って脅しつければいい。最初こそ市中での売り現先という話にこだわるだろうが、売り現先の金額が巨額になって金利が跳ね出せば、直接取引の相手方になるに決まっている。その意味で、「資金運用部の要調達額がその時点の平準的な一回あたりの入札額を上回る場合は、日本銀行は一時的に売り現先の相手方となり、所要の資金を供給する」という条件は重要である。要調達額が多ければいいのだから、調達額を大きくすればいい。そのときに日本銀行が断る理屈はもはやない。

表面的には国債の直接引き受けを求め続け、日本銀行は「断固反対する」という茶番劇を続けておけばいい。要するに、このスキームが実質的な国債の直接引き受けであるということが表立ってバレなければいいのだ。幸いなことに、多くの新聞記者は、売り現先などという金融用語が出てきた瞬間に理解ができなくなる。本当は実質的な国債の直接引き受けが始まっているのだが、あたかも始まっていないかのようにみせかけておけばいいのである。

大蔵省には、しばらく資金運用部で新規国債を買い付けるように言ってある。いずれにせよ、二〇〇〇年四月からは、日本銀行に国債を売りつけることができるのだから、資金運用部も安心して国債を引き受けることができるだろう。このため、石崎が鹿島龍三から厳命されていた衆議院選挙までの長期金利の急騰は何とかしのげる計算が立つ。

じつは昨日、万事作戦が整ったので、鹿島龍三に報告に行ったところだった。じっくりと石崎の説明に耳を傾けた鹿島は、聞き終わるとすぐに満面に笑みを浮かべた。

「さすが石崎くんだ。よく気づきましたね」

褒められて悪い気はしない。照れながら、石崎は前から思っていた疑問をぶつけることにした。

「——でも鹿島さんは、すでにご存じだったんでしょう」

「いえいえ、そんなことはないですよ」

黒ぶち眼鏡の中の瞳は、言葉とは裏腹に、「ええ、知っていましたよ」と語っているが、わざわざここで言い争う必要もない。

鹿島は言葉を継いだ。

「とにかく、こういうものは念には念を入れておいた方がいいですからね」

鹿島は、勝って兜の緒を締めよという格言が好きだ。

「石崎くんも、まだしばらくは、日銀は国債を直接引き受けるべきだと、ことあるごとにマスコミに書かせるようにしてください。そうすれば、追いつめられた日銀は、売り現先に協力しているんだから直接引き受けだけは許してくれということになるでしょうから」

鹿島は微笑んでいるが、目は笑っていない。

「あなたが日銀を攻める。わたしは日銀の味方になる。こう役割を分けておきましょう。わたしの方からは、売り現先に柔軟に対応してくれれば、あの跳ねっ返りの石崎はわたしが抑えると言っておきますよ。さっそく早野総裁に電話しておきましょう」

世の中は鹿島龍三の掌の中で回っているようだった。

石崎もまた、鹿島の手中にある有能な駒の一つに過ぎなかった。

4

もっとも、この茶番劇は実務家には通じなかった。

大成銀行の近藤巧にしてみれば、見え透いた田舎芝居にすぎない。

例の記事のヘッドライン――「国債、日銀へ一時売却」――を、彼は駅のキオスクでみかけた。駅売り一部一四〇円の日本経営新聞を買って東横線に乗り込むと、ヘッドラインをしげしげと眺めた後、ゆっくりと一字一字を精査し始める。

「結局、日銀は寄り切られたか」

無論、近藤は日銀に同情的なわけではない。近藤の関心は、国債の直接引き受けではないからだ。日銀がどうなろうが、知ったことではない。

ただ、これだけ金融機関のポートフォリオに国債が余っている状態で、次から次へと国債が発行され続けるとどうなるか。それだけは明らかであった。長期金利の地合いはいつ上がってもおかしくない状況にある。

国債市場が好転してほしい……。

これが近藤巧の偽らざる気持ちである。

近年、銀行の業務純益を支えてきたのは、保有国債の益出しだった。

一〇年前に仕入れた六％水準の国債は、相当の含み益をもたらしてきた。この含み益が不良債権の処理に苦しむ大成銀行の収益を何とか支えていたのだといってもよい。ところが、大盤振る舞いの財政政策は必然的に国債の発行を激増させ、その結果、国債の価格を下落させつつある。第二次補正予算による七兆五〇〇〇億円の国債発行は、マーケットの地合いをさらに悪化させ、二・〇％を超える金利水準にさせている。そして、長期金利の上昇は、債券のポートフォリオの価値を急速に減価させ、大成銀行の収益を痛めつけていた。不良債権もこわいが、ポートフォリオが抱えている金利リスクもおそろしい。

じつは単に痛んだだけではない。

単価調整といって、法律ギリギリのところで収益操作をしていたツケが一挙に表面化してきたのである。収益が苦しい大成銀行は、保有債券を高値で売却した瞬間、さらに高値で買い戻すという一連の操作によって、何とかこのところの収益を捻出してきた。無理に無理を重ねてきたため、債券によっては、市場の実勢と比べて、一〇円以上の価格差を抱えている。

大成銀行の実態は、五〇〇円を何とか保っている株価とは裏腹に相当弱っていた。

近藤は毎日長期金利の低下を祈るばかりである。どんな方法でもいい。長期金利がこれ以上上昇するのは困る。そのためには、日銀への売り現先でも、なんでもいい。当座をしのぐ政策が出てくることが重要であった。

近藤にとって、資金運用部の日銀への売り現先を実現した鹿島と石崎の仕掛けはこれ以上ない朗報だったのである。


しかし悩ましいことに、金利が低いままというのも近藤の頭痛の種になっていた。

金利が上がるのは評価損が出るから困る。ところが、金利が低いままでは、運用収益が出ない。これも大問題なのだ。

一時期危ないと囃された大成銀行にも、預金はそこそこ集まってくる。だが、それに見合う投資案件がない。貸し出しが伸びないから、預金で集めた分はインターバンク市場で運用するしかないのだが、インターバンク市場での運用金利は〇・〇三％にもならない。定期預金なら最低でも〇・〇七％の金利を付けているので、〇・〇三％よりも高い。逆鞘なのだ。預金が集まれば集まるほど収益性が悪くなってしまう。

こうなると背に腹は代えられない。

集まってくるカネを有効に運用するしかない。預金のうち何％を貸し出しているのか示す計数を預貸率と呼ぶが、大成銀行では、その預貸率が七〇％を切ろうとしている。これは通常貸し出し過多の状況にある都銀としては、異常な低さと言えた。貸し出しが伸びないので資金が捌けない。これまでは余った資金で国債を買っていたのだが、金利リスクが恐くて、もう買えない。そこで近藤は、多少リスクはあろうとも、余資を有効に運用するため利回りが高いものを追求するようになっていた。

例えば、他の会社の信用リスクを組み込んだデリバティブを付けたリンク債。あるいは外資系証券会社が勧めてきた私募投信。目先の利回りが五〜六％ある。その上、国債と違って、マーケットに流動性がないから、時価会計になっても時価で評価しなくていいと強弁することができる。だから、万が一、金利が上昇したときにも、損失を認識しなくてもいい。

実際、マーケットでは、表面クーポンが五〜六％ある債券はいかにいかがわしいものであろうと、瞬間蒸発するようになっていた。皆、目先の利回りに飛びつくようになっていたのである。ゼロ金利という異常な金融環境はそういうところにまで資金運用者を追い込んでいた。その結果、バブルの徒花のような変な金融商品がやたら売れるようになっていた。

「他行だってこの金融商品で運用しているんだ」

他行との横並び感覚がリスク意識をどんどん麻痺させていく。近藤も他の銀行と同様、償却原資を稼ごうとして怪しげな金融商品に手を出した。そして失敗して巨額の含み損を抱えてしまう。ただでさえ不良債権処理の先送りで頭を悩ましているところに、運用資産の含み損が加わったのだ。

そんなとき、モールスサットン証券のセールスマンが耳元でささやく。

「お客さん、いい商品がありますよ」

この期末だけ何とか乗り切れれば……というちょっとした出来心が、なかなか抜けられない金融地獄へと近藤を誘っていく。含み損を飛ばして、飛ばされて、いつの間にか、抜き差しならない状況にまで追い詰められていく。

飛ばし。この言葉は、日本の金融を象徴するものとして、"Tobashi"という英語にまでなった。四大証券の雄であった山三證券が潰れたのも、この飛ばしがあまりに大きくなったからである。

飛ばしとは、債券や株式などが買値より下がったとき、あるいは大量の不良債権を抱えたとき、決算で損失を明るみに出さないため、違う企業に時価を上回る価格で転売する取引のことである。飛ばしが物語る日本の病巣は深い。多くの日本企業は粉飾決算の誘惑に勝てない。ゼネコンでは、不良債権を孫会社に飛ばした後で、他のゼネコンの不良債権と交換することにより隠蔽を図っているし、一部の大銀行は大手商社の孫会社に不良債権を飛ばして連結対象から外している。

粉飾が蔓延し、粉飾が当然視される。

この粉飾決算シンドロームを断たねば、日本企業の財務諸表など信用できるわけがない。近藤もまた、損失を隠すために常時飛ばしを行うようになった。罪悪感はない。もともと大成銀行は、不良債権を隠すために巨額の飛ばしを行っていたからだ。それと比べれば、近藤の飛ばしなど子供のお遊びにすぎない。

地表下に隠れている不良債権の塊は、想像以上の規模に膨張している。

5

「福川くん、うまく仕上げたな」

城井の顔がほころんでいる。資金運用部との売り現先を呑むかわりに、国債の直接引き受けは断固拒否するという作戦が実を結び、民主自由党からのプレッシャーが一応収まったため、早野総裁からお褒めの言葉をいただいたのだ。

「さすがに福川くんだ。きみの作戦で、跳ねっ返りの石崎慶一郎を押え込んだわけだからね。わたしも鼻が高い。総裁は、民主自由党の鹿島先生と話をつけたそうだ」

城井の見え透いたお世辞に福川は内心辟易している。

早野総裁に今日お褒めの言葉をもらうまで、城井は福川と距離を置き、万が一失敗したときに福川の全責任にするべく内部工作を進めていた。ところが、早野が福川の首尾を評価するとわかった瞬間、「福川の成果は自分の的確な指示の賜物だ」として、聞こえよがしに吹聴し始めたのだ。いつの間にか「城井局長は日銀の危機を救った救世主」という世論が形成されようとしている。いつものこととはいえ、城井の変わり身の速さには驚かされる。これはもう芸術の域に達していると言っていい。

保身しか考えない風見鶏め——福川は内心で毒づいた。

しかし福川にとって、城井の処世術などもはやどうでもよいことであった。

彼は自己嫌悪に苛まれていたのである。

金融制度と経済学の素養のある者にとって、資金運用部との売り現先が国債の直接引き受けと同じ効果を持つことは明らかであった。資金運用部との売り現先はセントラルバンカーとしての魂を売り渡す行為にほかならないのである。

福川は、その魂を売り渡す行為を保身のために選んでしまった自分に嫌悪していた。正論を貫き通すことができず、ポリシーを曲げてしまった自分に嫌悪していた。

胸がムカムカする。こんな状況で城井の浮ついたお世辞を聞けば、気持ちよくなるどころか嫌悪感を増すだけである。

「城井にこの嫌悪感は絶対にわかるまい——」

福川は心の中で城井に唾を吐きかけた。胸のむかつきは倍増している。

城井にとって、資金運用部との売り現先などどうでもよいことであった。売り現先が国債引き受けと実質的に同じという事実も彼には関心がなかった。いや、日銀による国債の直接引き受けすら、彼の関心事ではない。

城井明彦はセントラルバンカーではなくサラリーマンである。

彼の関心は自己の出世しかない。その目的さえ達せられるのであれば、日銀が資金運用部と現先取引しようが、国債を直接引き受けようが、悪性インフレになろうが、どうでもよいことなのである。

無論、福川にも城井を責める資格はない。

資金運用部との売り現先を勧めた当事者として、魂を売り渡した者として、城井と同類、いやもっと非難される対象なのかもしれない。

ただ、彼はセントラルバンカーとしての良心をまだ保ち続けていた。その良心が己の行為を責め続けていた。嫌悪感で本当に気持ちが悪くなるほど人知れず思い悩んでいたのである。

「このままで日本はどうなる。財政の歯止めがなくなった経済政策の行き先にあるものは破局でしかありえない」

賢明でない政府によるケインズ主義的財政政策は、必ずや財政規模の拡大を招き、いたずらに政府を大きくする。そして、これまでの歴史の教えるところによれば、その政府は必ずインフレの中でその命を終えるのである。そして、福川のみるところ、小野内閣は決して賢明な政府とは言えなかった。地域振興券や介護保険の支払凍結の一件をみれば、それは明らかであった。

通常、政府が財政規模を拡大しようと思えば、国債発行の増大を招き、その結果としてマーケットで国債の値段が下がる。要するに国債金利が上昇する。それで財政の拡大に自動チェックが働く。野放図な財政拡大はできない仕組みになっていた。

ところが、これは財政拡大を目論む為政者にとって好ましい現象ではない。そこで、必ずおカネを無尽蔵に発行することができる中央銀行に国債を買わせればいいという話になる。そうなれば、国債金利の上昇をみることはないし、いくらでも国債を発行できる。財政拡大に際限はなくなる。

そのような自堕落な状況に陥ることを阻止するために、各国とも中央銀行による国債の直接引き受けを禁止している。そして原則としては、どのような形態であろうとも、同様の効果をもたらすような行為を中央銀行はしてはならなかった。

中央銀行による国債の実質的な引き受けは通貨の発行量を増大させ、通貨の価値を堕落させる。理論的に考えれば、堕落した通貨はいつか必ずインフレを巻き起こすはずであった。中央銀行が国債を引き受けるという状態は、政府が一方では借用証文を印刷し、他方では銀行券という中央銀行の借用証書を印刷して、思いのままに打ち出の小槌を使うことを意味する。何のことはない。民間企業間における融通手形の発行を国家レベルでやるということにすぎないのである。こんな不埒な取引がいつまでも続けられるはずがない。

兆候は国債の価格をみていれば必ず表れてくる。いくら国債を日銀で実質的に引き受けさせても、財政事情の悪化とその結果としてのインフレの可能性を読んだ市場参加者は、国債の値段に織り込んでくる。その兆しがみえたとき、国の経済と財政は危機に瀕しているのである。

懸念はすでに存在していた。

政府保証債の金利にプレミアムが要求されるようになっていたからだ。二年前、米国債とドル建て日本政府保証債とのスプレッドは〇・三二％しかなかった。しかし今では〇・九〇％も開いている。〇・六％近くも格差が拡大しているのだ。

ソブリンリスク――日本国のリスク――は明らかに高まっている。国債の暴落もしくは通貨の堕落はすぐそこにまできているように福川は感じている。しかし、通貨の堕落を断固として阻止できない自分に、言いようのない嫌悪感を彼は感じていたのである。

6

「日本は恐慌前夜のごとき状況であるにもかかわらず、日本政府の対応は全くもって生温い。量的緩和を実現するためには、日銀に直接国債を引き受けさせてでも、市中にマネーを大量供給させなければならないことがわかっていない。ゼロ金利政策の効果を増し、日本経済を本格的に浮上させるためには、量的緩和を断固として推進し、日本銀行による国債の直接引き受けを実現させなければならない」

八〇人ほどの観衆が鮨詰めになったスタジオでは、来日中のポール・クレージュ教授が自説を熱弁している。定員が四〇人のところを無理に詰め込んでいるので、室内は吐息でむせかえるようだ。そのうえ、テレビ中継のために眩しいスポットライトが浴びせられているので、真夏のように暑苦しい。厳冬の到来で厚着をしてきた観客は例外なく上着を脱いでいる。

熱弁しているクレージュの隣では、北嶋総研のジェイソン・ダニエルが「そのとおり」とばかり一言一言に大きく肯く。読日テレビがポール・クレージュを日本に招いて、ジェイソン・ダニエルと早慶大学の津野忠正教授をパネラーとして呼んだのである。全国中継の特別番組だ。津野教授は財政規律を重んじることで知られている財政学の泰斗である。

「そのとおりです。日本は未曾有の危機にある。クレージュ教授のおっしゃるとおり、できることはすべて実行する必要があります。財政もももっと出動すべきだ。財政赤字など気にする場面ではないんです」

ダニエルはクレージュにおもねた。

「財政も金融もフルに活用すべきだ。なんだったら、ヘリコプターで日本銀行券をばら撒いてもいい。そこまでしないと、有効需要は盛り返さず、消費は冷え込んだまま回復しない。その点で、小野内閣が行った地域振興券は正しい政策だった。あれがなければ、日本経済はもっとひどいことになっていたに違いない」

クレージュのテンションが一段と強まろうとしたとき、それまで沈黙を続けていた津野忠正が割って入った。

「あの地域振興券をクレージュ教授は評価されるのですかな」

丁寧だが挑戦的な物言いだ。

「そう、あの政策は画期的だ。地域振興券は直接最終需要を刺激します。その結果として、日本経済はなんとか最悪期を脱した」

「地域振興券と言えば聞こえはいいが、要はばら撒きでしょう。おカネをばら撒きさえすればいいというのはやや乱暴な議論ではないですかな」

「そうは言っても、それがなければ大変なことになっていたはずだ」

「その経済効果の方も統計的には何ら検証されていません。経済学者であれば、もう少し詰めた議論をすべきなのではないでしょうか。思い込みだけで他国の実情を無視した理論に固執するのはミスリーディングな場合もあると思いますが」

「………」

日本の事情に必ずしも精通していないクレージュはひとまず沈黙した。津野は時機到来とみて持論を展開する。

「地域振興券は、結果的に財政赤字を膨らませただけに終わりました。その結果として消費が回復し、設備投資につながったという事例はみあたりませんし、統計的にも地域振興券が有効だったことを示す証拠はありません。地域振興券は、努力しなくても国がなんとかしてくれるというモラルハザードを助長し、将来の世代に負荷を増しただけです。きわめて問題の多い経済政策だったと言えるでしょう。後世の経済学者は類まれなる愚策として記録するのではないでしょうか。日本の財政赤字は異常なレベルに達しており、なんらかの手を打たなければ大変なことになります」

クレージュにかわって日本の実情に詳しいダニエルが相手になる。

「津野教授は財政赤字の膨張を気にしていらっしゃるようですが、将来世代は現在の財政支出の恩恵を受けるわけですから、財政赤字の便益を享受する立場でもあるわけです。財政赤字が将来世代の負担になるという片面だけみた議論というのもバイアスがかかっているのではないですか」

「そう、ケインズ学派の碩学で著名なラーナー教授も国債発行は実質的な負担を将来世代に転嫁しないと断言している。国債と民間企業の借金を同一視するのは誤っていると言わざるを得ない」

ポール・クレージュはダニエルの援軍を得て反撃に転じた。

「果たしてそうでしょうか。地域振興券などは単なる所得移転であり、将来世代に対して何ら便益をもたらすとは思われない。クレージュ教授は、地域振興券のような単純なバラマキ政策の場合であっても、実質的な負担を将来世代に転嫁しない――とラーナー教授が主張すると思われますか」

津野はひるまない。クレージュは返した。

「ミクロの問題とマクロの問題を混同してはならない。国債発行がいくら増えようが、それは夫が妻から借金をするようなもので、一家計としてみれば何ら問題はないはずだ」

「そういう考えこそが誤っているのではないでしょうか。負担の担い手はあくまでも個人です。ある納税者と他の国債保有者の所得が相殺されるから、一国全体で何ら負担が生じないというのはいわば会計上の集計にすぎないのです。将来世代の納税者は、国債発行なかりせば生じなかった新しい税負担を課せられるのですから、個人的には明らかに負担を負っています。その事実を無視してはなりません。国債負担は必ず将来世代に転嫁されるのです」

津野教授の淡々とした語り口が続く。

「先ほど、クレージュ教授から夫と妻という比喩が紹介されましたが、その論でいきますと、妻から借金して夫が浪費していなかったならば一家としての将来の所得はもっと増えていたはずなのです。夫婦間の借金により、将来の所得機会を失っていると言ってもよいのです。クレージュ教授もノーベル賞を受賞したブキャナン教授の公共選択論はご存じのはずですが」

ブキャナン教授は、民主主義は増税なき財政拡大を生むとして、財政均衡を主張している。その立場からみると、地域振興券などは愚策としか言えない代物である。ダニエルが防戦一方になりそうなクレージュに助け船を出した。

「津野教授の主張は、国債の保有者が外国人である場合には納得できます。利子所得が海外に移転し、一国全体としてみても負担が残るからです。しかし、日本は米国と違って貯蓄過剰の国です。すなわち、財政赤字の結果としての国の借金は日本国民の債権になります。それほど神経質になる必要はないはずです」

しかし、津野教授の手厳しさは変わらない。

「先ほどの議論をしっかりとお聞きいただきたい。外国債であろうが内国債であろうが財政赤字は問題なのです。外国債の方がその弊害が如実に表れるだけと考えた方がいい」

「しかし、利子所得を受け取るのが日本国民であれば、多少の所得移転はあってもそんなに問題にはなり得ないのではないですか」

「その考え方が誤っているのです。いずれ将来、国債の償還のために増税が必要になる。消費税率のアップは必至です。一〇％どころか、二〇％は覚悟しなければならないでしょう。そうなるとどうなるでしょうか。日々の生活の中で消費税を支払い、税負担が重くなる低所得者から、資産残高が多く国債を保有する高額所得者へと、所得が格差を広げる形で再配分されるのです。これが社会の平等から許されると思われますか。この逆所得配分こそ国債発行による将来世代の負担と考えるべきなのです。近代経済学の父であるアダム・スミスは、『国債は税金を担保とする借金で非生産的であり国家をほろぼす』とまで言っています」

「たしかに増税すれば逆の所得配分が発生するかもしれません。しかし、実際は増税する必要などないのではないでしょうか。財政政策により、景気が回復すれば税収は急回復します。それで十分賄えるので心配はないのです」

ダニエルのサポートに力づけられたポール・クレージュも再び参戦する。

「そのとおり、名目成長率が国債の利子を上回る限り、国債残高の名目ＧＤＰに対する割合は一定水準に収まる。著名なドーマー教授が展開したドーマー・モデルでそれは立証されている。国債発行に対する過度かつ無用な恐怖心は要らないのだ」

ドーマー教授は、国債を発行し続けてもその国債残高が一定割合に収まるので問題ないことを証明している。それがドーマー・モデルである。もっとも、その命題が成立するためには、経済の名目成長率が国債金利を上回る必要がある。

「しかし、名目成長率が国債利子を下回れば、ドーマー・モデルの前提は成り立たなくなり、国債残高は限界なく膨らみ続けることになるでしょう」

津野教授もドーマー・モデルについては知悉している。現在の日本のように、名目成長率が国債金利を下回るような状況では、ドーマー・モデルは成り立たない。ところが、津野教授の指摘に、クレージュは我が意を得たりという表情をした。

「津野教授。だからこそ、わたしは日本銀行のゼロ金利政策を重視している。国債利子が十分に低く維持され続けるならば、名目成長率がつねに国債利子を上回る環境をキープすることができる。そのためにはなりふり構ってはならない。国債金利を低く抑えるためにも日銀による直接の国債引き受けは重要な政策になる。国債金利を低水準に維持するためには手段を選んではならないのだ」

スタジオ内にクレージュの声が響く。津野教授が凛とした視線を投げつけた。

「そんなことをすれば、インフレになる」

津野教授が真顔でそう言った瞬間、ポール・クレージュとジェイソン・ダニエルは顔を見合わせて大声で笑い出した。スタジオに豪快な笑い声がこだまする。

「教授、いまはデフレの真っ只中です。インフレーションが起こるわけはありません。賃金の上昇も、利潤の拡大も、輸入物価の高騰もない中でインフレーションが起こるはずはない。インフレの亡霊にとりつかれているのではないですか」

とダニエルが言えば、ポール・クレージュも、

「グローバル化した世界経済においては、ある一国でインフレの予兆が出ると、海外の至る所から

安価な労働力を背景とした格安の輸入品がなだれ込んでくる。だから結果的にインフレにはならない。世界を駆け巡る資本がエマージング諸国に投入され、世界的に生産能力が急速に拡大しているという状況を忘れてはならない。しかも、情報通信技術の革命が生産性を増大させている。津野教授が描く世界はグローバル化していない一世紀以上前の鎖国時代の話なのではないか」

と茶化した。丁寧だが小馬鹿にしたようなダニエルの声が再び響く。

「冒頭にクレージュ教授が指摘されたように、いま日本は恐慌前夜と言ってもよいくらい未曾有の危機にあります。デフレがスパイラルな景気悪化をもたらしかねない状況にあるのです。デフレが終焉し、景気が回復したら、ひょっとするとインフレになるかもしれませんが、そういうインフレだったら喜んで受け入れるべきなのではないでしょうか。問題は足下の景気をいかによくするかなのです。いかに職を確保するかなんです。大学教授のように定年まで職が保証されている方は少数派なんですよ――」

ダニエルの細い目が緩んだ。

「――ねえ皆さん」

八〇名の観衆に同意を求め、ジェイソン・ダニエルが津野教授の一連の発言にとどめを刺したところで、一時間のテレビ特番は終わった。

7

一九九九年一二月、ウィンドフォール・ホールディングス社は、東京国際銀行の買収に成功した。日本政府から承諾を得たのである。

ウィンドフォール社は、その凄腕を世の中に明らかにした。東京国際銀行を買い取る値段は、たったの一〇億円。破綻してなお二〇兆円を超える資産をもつ東京国際銀行の規模からすれば、スズメの涙にも満たない金額だ。そして日本政府から巨額の公的資金を引っ張り出すことに成功した。

東京国際銀行が一九九八年一〇月に破綻したときの債務超過二兆七〇〇〇億円を穴埋めし、九九年八月までに増加した損失八〇〇〇億円も日本政府に負担させる。その上、譲渡までの損失拡大と引当金の積み増しに三〇〇〇億円を見込み、さらに、譲渡後の資本増強のために二四〇〇億円を奪取した。すでに東京国際銀行には、九八年三月時点で一三〇〇億円の優先株と五〇〇億円の劣後ローンが公的資金として与えられていたから、合計四兆二二〇〇億円もの税金がウィンドフォール社のために注ぎ込まれたわけだ。

「結局、外資か——」

寝ぼけ眼の沢登隆一は、NHKの朝のニュースでその事実を知った。このところ、実地検査の指導に目が回るくらいに忙しい。平均睡眠時間は四時間程度。よく体がもっていると自分でも思う。東京国際銀行を厳しく検査して公的管理に追い込んだ張本人の一人であるだけに、関心は人一倍あったのだが、新聞記事で事の次第を追うだけだった。公的管理になった後の経営問題は日本政府の仕事であり、法律違反でもしない限り、金融監督庁には基本的にお呼びがかからない。

「恵子、新聞は——」

「テーブルの上に置いてあるわよ。誠也、光司、早くしなさい、電車に乗り遅れるでしょう」

つっけんどんな答えがすぐに返ってきた。恵子は、小学校に通う二人の子供の世話にかかりっきりである。二人とも東京郊外の国立市にある私立の小学校に中央線で通わせているので、通学には片道で一時間近くかかる。その関係で、沢登家の朝は毎日慌ただしい。

一〇分前に焼き上がったトーストが無造作に白い丸皿の上に投げ置かれている。好物のピーナッツバターをトーストに塗りたくりながら、沢登は記事を読み始めたが、記事の内容を追っていた目はすぐに止まった。

瑕疵(かし)担保理論――という言葉が飛び込んできたからだ。

東京国際銀行の売却交渉において最大の争点だった二次損失の負担問題は、譲渡物に隠れた欠陥があった場合、譲渡主が有償で保証する民法上の瑕疵担保理論で解決することになったというのである。これで、ウィンドフォール社が受ける恩典は、四兆二二〇〇億円にとどまらなくなった。

譲渡後三年以内に二割以上価値が目減りした債権は、預金保険機構が簿価で買い戻し、ウィンドフォール社に損失を負担させない約束が取り交わされたのだという。具体的には、「東京国際銀行買収から三年以内に譲渡資産に瑕疵があり、二割以上の減価が認められた時、ウィンドフォール社は当該資産の譲渡を解除する事ができる」ことになっている。解除が認められた場合、預金保険機構が引当金控除後の譲渡時の簿価で買い取ることになる。これならウィンドフォール社に負けはない。不良債権にまみれた東京国際銀行は、おいしいおいしい買い物になる。実際、ウィンドフォール社は、悪くとも三三％の投資利回りは確保できるし、五年後に再上場できた場合には年率六〇％の利回りになると試算している。そのかわり、東京国際銀行の大口融資先については、貸出債権を保有し続けることが決まった。

ウィンドフォール社は、買収に備えて綺羅星のごとくに経営陣を揃え始める。アメリカの財務省長官を辞めたばかりのウィリアム・ルースが社外取締役として名を連ねた。役員リストの中には専務候補として仲田均の名前も記されている。マスコミは総じて好意的に報じた。

しかし、沢登隆一は全く解せなかった。

8

霞が関ビルの地下一階に「雲壌」という広島料理の店がある。牡蠣の季節になると、うまい牡蠣フライを食わせることで有名な店だ。沢登隆一と木田高志は遅い昼食をとっている。今日誘ったのは、ウィンドフォール社の記事を読んだ沢登の方である。

「――それにしても、瑕疵担保理論はないだろう」

朝刊を読んでからもやもやしている沢登が切り出した。

「それがウィンドフォール社が東京国際銀行を引き受ける条件だったんだ。もっとも、インベストメント・バンクのモールスサットン証券が知恵をつけたんだがな。まあ仕方ないだろう」

「しかし、ロスシェアリングをするならするで、他に方法がありそうなもんだが」

ロスシェアリングとは、譲渡後に発生した二次損失を官民で負担する制度のことである。例えば、一〇〇〇億円の元本を持つ不良債権を三〇〇億円を買った後で、さらに一〇〇億円の二次損失が出た場合、その損失の八割を国が持つという制度のことだ。米国では広く制度化されている。買い手の負担を減らしつつも、なるべく損失を減らしたいというインセンティブを失わせないことから、優れた制度として、日本でも導入すべきだという声が強い。

「そうは言っても、融資慣行が日米では違う。それに、日本の予算は単年度会計だ。国有化終了後も公的負担が長く続く制度は馴染まないんだ」

「それはおかしい。瑕疵担保理論だって、負担は後に長く続くじゃないか」

「そういう面があることは否定しないがな。いずれにしても、金融再生法にロスシェアリングに関する規定がない以上、俺たちにはどうすることもできん。法律をろくに知らん野党が立法するところのざまだ。尻を拭く俺たちの身にもなってほしいぜ」

　木田は、東京国際銀行を公的管理に追い込んだ金融再生法を忌み嫌っている。何かあると再生法の欠陥をあげつらうのが癖になっていた。

「頭取はオールマイティーなんだから、そういう契約を結べばいいさ。それに、金融再生法が欠陥法だと言うのなら改正すればいいだろう」

「それは政治家の仕事さ。俺たちの仕事じゃない」

「それはズルいんじゃないか。何でもかんでも金融再生法と新民主党のせいにすればいいというもんじゃないだろう」

　沢登は反論した。

「だから、民法の瑕疵担保理論を援用することを捻り出したんじゃないか。完全ではないが、擬似的な損失分担ルールを作り出したんだ。文句はあるまい」

「しかし、そこまで民法を拡大解釈していいのか。仮にもウィンドフォールは、投資のプロだぞ。プロに瑕疵担保理論を認めるのか」

「資産判定には潜在的に瑕疵があると言えるんじゃないかなあ」

「それは瑕疵ではなくてリスクだろう」

「それは当事者の定義の問題だよ」

　木田は熱いお茶を飲み干しながら他人事のように呟いた。瑕疵担保理論の話は、長い時間にわたって議論を尽くすだけ尽くして決定したことだ。今更変えようもないし、変えるつもりもない。沢登と議論したところで時間の無駄遣いになるのがみえていた。

「木田、百歩譲って、法律論としてはお前の言う通りだとしよう。しかしな、この瑕疵担保理論には致命的な欠陥がある。お前はそれがわかっているのか」

湯飲みを持つ右手が止まった。

ゆっくりとテーブルに戻しながら、木田は沢登に尋ねた。

「ほおーっ、その致命的な欠陥というのは何だ」

メタルフレームの中の挑戦的な目が沢登の目を射抜こうとしている。いい加減なことを言ったら承知しないと瞳に書いてある。百万言の反論が用意されている面構えだ。

しかし、沢登は自信たっぷりにストレートパンチを見舞った。

「ああ、この瑕疵担保理論のスキームには致命的な欠陥がある。致命的な、だ。それは、買い手に資産価値を下げるインセンティブを与えるということさ」

「どういう意味だ」

法律論でくると思っていた木田は、はぐらかされた感じがした。法律論なら絶対に負けない。詰めに詰めていただけに木田は自信を持っていたが、経済理論になると話が違う。沢登に木田の思考の死角を衝かれた。

「木田、お前はわかっちゃいない。いざとなったら、ウィンドフォールは自分の持っている貸出債権の価値を下げるために何でもやるってことさ。いいか、三年間に二割以上値段が下がれば、その分はありがたいことに日本政府が面倒をみてくれるんだ。値段を叩き落としてしまえば、その分儲かるってわけさ。こんな馬鹿な契約はない。普通、買い手は値段が下がるのは困るんだ。しかし、この場合、買い手は値段が下がれば儲かる。だから下げればいいということになる」

木田も反論の態勢を整えた。

「お前は考え過ぎだよ。金融を熟知しているはずの沢登までが、外資は何をするかわからないという馬鹿なマスコミと同じようなことを言うとはな。こりゃ驚いた。たまげたね、こりゃ」

「茶化すなよ。俺はニューヨークにいるとき外資がどんなものか思い知らされてきた。外資は何をするかわからないなんてことは言わないさ。俺には彼らが何をするかがよくわかっている。彼らはこの取引で金儲けというゲームをする。それだけの話だ。そして、彼らは金儲けをするためには、何でもするということさ」

「じゃあ何か、せっかく東京国際銀行を買ってくれるというウィンドフォール社にノーと言えというのか。他に誰が買ってくれるというんだ。現実的な話をしろよ」

急に木田の口調が刺々しくなる。

「俺は十分現実的な話をしているつもりだがな、木田。東京国際銀行が破綻したきっかけを思い出せよ。株価の暴落だよ、暴落。六〇〇円あった株価があっという間に額面の五〇円を下回っちまった。そのこと自体はまあいい。問題は東京国際銀行の株価下落を誰が演出したかってことさ」

「そんなことなら俺も知ってるさ。スイス・フィナンシャル・コーポレーションだろう。そこの系列証券がしこたま東京国際銀行株を売りやがった。俺は苦々しく時事クイックが映し出す株価の画面を眺めていたよ」

「そう、スイス・フィナンシャル・コーポレーションだ。あいつらは東京国際銀行の提携先であったにもかかわらず、株を売り浴びせやがった」

「それはそうだが、客が売り注文を出したのをつないだだけだと言われちまうとなあ」

沢登に指摘されて、木田も記憶を呼び覚ました。

「そんなのは嘘っぱちさ。スイス・フィナンシャル・コーポレーションと東京国際銀行の提携契約の中身を知っているか。そこにはディストレス・ワラント条項というやつが仕掛けてある」

「なんだ、そのディストレス・ワラント条項ってのは」

「東京国際銀行が経営困難に陥った場合には、ジョイント・ベンチャーとして設立された金融子会社の経営権がスイス・フィナンシャル・コーポレーションに移るという約束事だよ。株価の終値が連続する五営業日中三日以上五〇円を割った場合は、絶対多数の経営権を取得するということになっていたし、株価の終値が連続する二五営業日中二〇日間以上一〇〇円を下回ってから、三ヵ月以内に公的救済や合併が行われた場合には、過半数の経営権を取得することになっていた。こんなもの、不平等条約そのものだ。噴飯ものだね」

冷めたほうじ茶をぐっと飲み干し、喉を潤してから、沢登は続けた。

「提携合意が報じられた当初は、そんな条項など入っちゃいなかった。東京国際銀行の足許をみて、スイス・フィナンシャル・コーポレーションは、ディストレス・ワラント条項の挿入を呑ましてからたった二ヵ月後、満を持して東京国際銀行株を売り浴びせたんだ。東京国際銀行は、一〇〇円をあっという間に割り込んで、その一ヵ月後には二〇日間以上という条件を満たしてしまった。さらに二週間後には額面の五〇円を割り込んで、スイス・フィナンシャル・コーポレーションは絶対多数の経営権を取得した。これが外資の手口だよ。彼らは悪くない。ものすごく賢くて金儲けにソツがないだけさ」

沢登の声は確信に満ちている。

「お前の言い分はわかったが、それと瑕疵担保理論とがどうつながるんだ」

「要するにだ。提携するとか、救済するとか、甘言を用いて外資は擦り寄ってくるが、その懐には一突きであの世行きになってしまうような毒針が仕込まれているから、よくよく注意しないと殺られちまうということさ。彼らは天使じゃないし、ボランティアでもない。ドライに金儲けのゲームをやっているプロフェッショナルなんだ。ディストレス・ワラント条項を呑ませてしまえば、後は友達のふりをしながら売りに回るタイミングを慎重に計ることになる。売られてしまってから気づいても後の祭りだ。ゲームオーバーなんだよ」

沢登の話しぶりに熱気がこもってきた。木田はすっかり聞き役に回っている。

「ウィンドフォールだってそうさ。瑕疵担保理論なんて認めた日にゃ、親友のふりをしながら売りに回る日を指折り数えて待つことになる。本当の親友ならディストレス・ワラントや瑕疵担保理論なんて求めないもんだ。日本のためだ――なんてきれいごとを言ったところで、お里は知れてるんだよ」

沢登の演説を黙って聞いていた木田は、ゆっくりと口を開いた。

「しかし、法律を改正することなくロスシェアリングを現行法制上導入するには、この方法しかないんじゃないか」

「それは違う。瑕疵担保理論はロスシェアリングじゃない。ロスシェアリングは、値段が下がれば、一定割合とはいえ、買い手はけがを負う。だから売り浴びせるというインセンティブはない。しかし、瑕疵担保理論は別だ。値段が下がれば買い手はロスを抱えなくてよくなる。だから、売り浴びせるインセンティブがある。ロスシェアリングと瑕疵担保理論は似て非なるものなんだ。モールスサットン証券のインベストメント・バンカーに騙されちゃいけないんだ」

沢登は断言した。窓の外では、曇天の下で細やかな雪がちらついている。

9

話題の主である東京国際銀行は想像以上に腐りきっている。

「よくもここまで……」

ドン・コックスに後始末を命じられた仲田均ですら呆れ返るほどの腐り方である。その意味で、公的資金の四兆円は当然であったし、瑕疵担保責任でも付随してこなければ買えない代物だった。

もともと東京国際銀行にとって、大蔵省検査や日銀考査で資料隠匿や改竄(かいざん)を行うことは日常茶飯事であった。資料の一部を意図的に削除したり、資料の原本を地下倉庫に隠匿し、取引先の経営状況に関する重要情報を提供しなかった。その結果、系列ノンバンクなど関連会社九社の不良債権の合計を二〇〇〇億円と報告してきたが、じつは一兆一六〇〇億円になっていたなど、その実態は凄惨な状況にある。

それに加えて、いわゆる飛ばしがすさまじい。ありとあらゆる手段を使って不良債権を飛ばしていた。デリバティブを使って四〇〇〇億円の不良債権を移し替えたり、活性化事業と称して不良債権をあたかも正常先のようにみせかけてもいた。平河企画、桜田企画、和田倉企画などという名前が冠せられたダミー会社が次々と設立されている。

例えば、ある不動産会社が延滞になっているとする。そうすると、その社長と東京国際銀行のダミー会社の社長を連れてきて小切手を用意するのだ。まずダミー会社の社長に「融資しましたよ」と言って、その小切手をみせる。次に不動産会社の社長の目の前に小切手を持っていき、「そちらにこの小切手は渡りましたね」と念を押した上で、「それでは回収いたします」と言って小切手を手元に戻す。つまりダミー会社に融資をして、その会社は不動産会社に又貸しをする。そしてそのおカネで東京国際銀行の融資は返済されるという訳だ。これで、東京国際銀行からの不動産会社向け融資は返済されて、息のかかった会社への貸し出しに振り替わる。この間、わずか一〇分。小切手がテーブルを一周しただけで、不良債権が飛ばされていく。

こうしたダミー会社は、東京国際銀行の中では事業化会社と呼ばれ、じつに一〇一社も設立されていた。不良債権の担保不動産に商業ビルを建て、ビルの稼働率を上げるという事業化で、不良債権を健全債権に回復させるというわけである。もっとも、そういう我田引水的な理屈を信じる者は行内でも少なかった。例えば、賃貸マンションだったら、「すべて入居者がいて、家賃が毎年一％ずつ上がっていけば、一〇〇年で融資全額が回収できるはずだ」などというデタラメな計画なのである。これがまともだと主張する方がまともではあるまい。

「トリプル・バタフライ」

前任者から、事業化会社の管理を含めて不良債権問題の処理を引き継いだ仲田均は、自行の不良債権のことを隠語でこう呼んでいた。前任者も不良債権の総額についてははっきりとした数字を持っていなかった。もっとも、一〇一社も事業化会社を抱えている銀行の不良債権が一兆円や二兆円で済むはずがない。仲田はチョウチョウ（兆兆）がトリプルで六兆円はあると算盤を弾いていた。

「とはいえ、俺たちだけじゃないからな。粉飾決算や違法配当なんてどこでもやっていることだ」

罪悪感は全くなかった。仲田に言わせれば、東京国際銀行は犠牲者である。高速道路で一〇〇キロ出している程度のスピード違反のようなものだ。

周りを見渡せば、皆同じようなことをやっている。別に東京国際銀行だけが悪事に手を染めている訳じゃない。たまたま破綻してしまったばっかりに、ちょっとしたルール違反がみつかっただけなのだ……。

事実、金融監督庁による資産査定の一斉検査が始まると、同じようなことをしていた問題銀行が続々と炙り出されてきた。一九九九年四月には関東国民銀行が潰え、五月には大阪しあわせ銀行が、六月には東京総合銀行が、八月にはなみかぜ銀行が処理されていく。一〇月には新潟第一銀行が公的管理下に入った。次々と破綻管財人の管理下に入る問題銀行の実態をみれば、東京国際銀行だけを責めるわけにはいかない。飛ばしや粉飾のオンパレードなのだ。

そして、金融に疎い破綻管財人は現場を統括できなかった。破綻銀行はリストラもしない。なかなか買い手が見つからない中で諸費用が垂れ流された。公的資金は人々に知られないうちに日々費消されていく。

それでも最もひどかったのは、やはり東京国際銀行だった。

ウィンドフォール社を率いるドン・コックスは買収に先立ち、一九九九年の夏、東京国際銀行に仲間のアラン・グリーンを入行させている。

アランは、モールスサットン証券で長年コックスの下で働いてきたエキゾチック・デリバティブのプロフェッショナル。エキゾチック・デリバティブとは、通常取引されている簡単で単純なデリバティブと異なり、ひじょうに込み入った仕掛けの多いデリバティブのことである。

アラン・グリーンは、東京国際銀行に入行するといきなりチーフトレーダーに抜擢された。誰も文句が言えるわけがない。有力オーナー候補の息がかかっているトレーダーに対して、モノ申せる上司など誰一人としていない。トレーダーを監視する立場にあったミドルオフィスは組織変更されて実質的に監視機能を失っていた。

こうなると、アラン・グリーンの独り舞台である。

他の人間には理解できないようなデリバティブ取引やストラクチャード・ファイナンスを組成して、次々とディールをこなしていく。あっという間に取引金額が五〇〇〇億円を超えるようになった。帳簿上は勝ったり負けたりしているようだが、その真実を知る者はいない。誰もアランの取引を理解できないし、モニタリングもしていない。

その上、リベートをつかまされた仲田均は、アランの面倒をみて仕事しやすくすることをドン・コックスから直々に依頼されている。仲田はウィンドフォール社による東京国際銀行の買収が決まれば専務に昇格する約束を取り付けた。その後の出世も約束されている。実際、ミドルオフィスを解体し、アランがどんなディールでも自由にできるように根回ししたのは仲田だった。

「それにしてもエゲツナイ……」

今となっては、アランが取引しているディールの中身を密かに知っているのは、仲田ただ一人であったが、初めてみたときには目を剝いた。わけのわからないペーパーカンパニーと、複雑怪奇な金融取引を大量にしかも頻繁に行っているのだ。そのペーパーカンパニーは、ケイマン諸島で登記されていたが、内容も不明であり、いかにもいかがわしい会社である。

そのペーパーカンパニーを裏で支配しているのもまたドン・コックスであり、そのペーパーカンパニーは東京国際銀行とのデリバティブ取引において連戦連勝を記録していた。ペーパーカンパニーはデリバティブを使った博打に勝ち、東京国際銀行はその博打に負ける。その結果、東京国際銀行はペーパーカンパニーに負け金を支払う羽目になる。数ヵ月で一〇〇〇億円以上のカネが、アランの取引を通じてそのペーパーカンパニーに移転した。なんのことはない。ウィンドフォール社が後日拠出した増資資金は、東京国際銀行がタダでくれてやったカネだったのだ。

その後、アラン・グリーンは複雑な金融取引をさらに複雑に仕立てた上で、他の普通の金融機関との取引にスイッチし、後日、その取引を手仕舞いするときに損失が露見するように仕組んでいた。これで、ウィンドフォール社が東京国際銀行を買収した後に、隠れた損失が明らかになる。ウィンドフォール社は、日本政府とデリバティブ取引において五〇億円を超える損失が出た場合に、超過部分の面倒をみてもらう契約を別途締結していたから、損失を作れば作るほどカネがもらえる仕組みになっている。

アランは、仕掛けが終わるとさっさと退職し、日本から出国してしまった。

これで完璧だ。

アランはウィンドフォール社の人間ではないし、アランの採用をドン・コックスが強要したという証拠も残っていない。たまたまドン・コックスが紹介した人物を東京国際銀行がみずからの判断で雇い、その人物がディールで失敗しただけである。しかも、万が一のことが起こっても対応できるように、仲田均が監視役として東京国際銀行に居残っている。何かあれば、即座に連絡がドン・コックスに届く手筈になっていた。

東京国際銀行と日本政府は、ドン・コックスにとって絶好のカモとなり、東京国際銀行の債務超過額は膨らみ続けた。一九九八年一〇月二八日時点で二兆六五〇〇億円と算定されていた債務超過額は、一九九九年八月には三兆五〇〇〇億円にまで膨らんでいたが、最終的にウィンドフォール社に買収された二〇〇〇年六月には、六兆円の債務超過と計算されるまでに悪化していくことになる。

世界最大規模の破綻処理である。日本政府は当初予定の四兆円ではなく、ウィンドフォール社に総計六兆円の公的資金を注ぎ込むハメになるのである。

第八章　迷　走

1

「二〇〇一年四月になると、預金が戻ってこない可能性があるんですって」

沢登隆一が久方振りに早く家に帰ると、恵子が心配そうに尋ねた。

「誰がそんなこと言ってるんだ。二〇〇一年四月は、ペイオフをしちゃいけないっていう約束が解除されるだけで、ペイオフが実行されるわけじゃないんだよ」

片手でネクタイを緩めながら、面倒くさそうに沢登が応える。

「でも、預金が戻ってこない場合だってあるんでしょ」

たしかに、銀行が破綻した場合には、預金が全額戻ってこない可能性がある。例えば、昭和金融恐慌時においては、破綻した銀行の大口預金の一部は切り捨てられた。近江銀行、八十四銀行、中井銀行などでは破綻した結果、預金の三割、四割がカットされている。また戦後では、終戦直後に少額預金保護の見地から預金を二種類に分けて「第二封鎖預金」に関して切り捨てが行われたり、一九六三年に旧東京昼夜信用組合の経営が悪化し、預金の一五%が切り捨てられた例がある。

しかし、一九七一年四月、銀行が破綻した場合に備えて、預金者を保護するために、一〇〇〇万円までを守る仕組みが作られた。それが預金保険制度だ。これにより、一〇〇〇万円までの預金は、銀行が破綻した場合にも守られることとなった。したがって、昭和金融恐慌時や終戦直後とは事情が異なる。

「全然心配する必要はないよ。そのために預金保険制度があるんだ。うちみたいに、預金が八〇〇万円しかない貧乏家庭には関係ない話さ」

「それじゃ、二〇〇一年四月って一体何なの。何か制度が大きく変わるんでしょ。だからみんな大騒ぎしているんじゃないの」

「そうじゃないんだ。二〇〇一年三月末までは、緊急措置として無制限に預金が保護されてきたんだが、二〇〇一年四月からは元通り一〇〇〇万円までしか保護しませんよ、というだけ。うちみたいな一〇〇〇万円に満たない少額の預金しかない家庭にはほとんど関係のない話なんだ」

日本では、金融危機に対処するためという大義名分の下、一九九六年より五年間の期限付き――二〇〇一年三月末まで――で、「上限なく預金を守る」という緊急避難策が講じられている。通常の預金保険制度の下では、一〇〇〇万円までしか保護されないため、一〇〇〇万円を超える預金や利息分については、破綻銀行の債務超過の割合に応じて一部をカットするペイオフが実施される場合がある。それを臨時異例の措置として五年間のみ凍結したのだ。その期間中は預金全額が守られることになる。

「ふーん、そうなんだ」

「それに、万が一銀行が破綻した場合でも、ペイオフが機械的に実施されるわけじゃない。ペイオフが最も効率的な場合にペイオフを実行する余地を確保しようということにすぎないんだ。現実問題とすれば、ペイオフが実行されるケースはひじょうに限られるだろうね」

「そうなの。でも近所で話をしてると、ペイオフって何か怖いイメージがあるわ。昨日もみんなで、どうしようって話をしてたのよ……」

事実、一〇〇〇万円を超える部分をカットするペイオフは一度も発動されたことがない。大蔵省は長い間、護送船団行政を堅持することによって、銀行破綻を避け続けてきた。経営不振銀行が出てきた場合、体力のある銀行に引き受けさせることでなんとかペイオフの発動を回避してきた。

したがって、一般の人々がペイオフに慣れ親しんでいるはずもなく、多くの人は沢登恵子のようにあやふやな知識しかない。そのため、もっともらしい噂話に一喜一憂していた。ところが、「平均して預金元本の三分の一は返ってこなくなる可能性がある」などというショッキングな話がその前提を無視して流れていく。人々の不安心理が醸成されるのは致し方ないと言えた。

人々の不安心理が高まり、その心理が世論を形成するようになれば、ペイオフは自然と政治問題と化す。一九九九年の秋頃から、五年間の凍結が終了した後の二〇〇一年四月からのペイオフ実施——正確にはペイオフ凍結の解禁——をどうするかはひじょうに大きな政治問題となっていた。

小野啓三首相率いる民主自由党では、金融政策を検討する役目を担っている金融問題調査会で、ペイオフ延期の大合唱が湧き起こっていく。

「自己責任という建て前論だけで、金融知識が乏しい個人や中小企業に多大な責任を押し付けていいのか」

「地域金融機関がペイオフになったら、中小企業の決済や資金繰りはどうなる」

「何の根拠もない風説の流布によって地元金融機関の預金が引き出され、郵便局にカネが殺到したら、誰がどう責任をとるのだ」

「三分の二の国民がペイオフが二〇〇一年四月から実施されることを知らないのが実情だ。国民に対する周知徹底が完全にされていない以上、ペイオフはすべきでない」

「金融システムの大手術をしているときに止血をやめるようなことはできない」

地元の中小企業や金融機関からの嘆願を受けた議員たちががなり散らす。ペイオフ凍結の解禁に悩む地方銀行や信用金庫、そして信用組合は、議員たちの重要な貯金箱であり、選挙でも熱心に応援してくれる頼もしい味方だ。彼らの願いをむげには断ることはできない。沢登隆一も上司のお供で朝八時に開かれる金融問題調査会に陪席する機会に何度か恵まれたが、金融問題調査会の論調はペイオフ延期一色であった。金融当局が「ペイオフの実施は国際公約でございまして」などと弁明しようものなら、その瞬間怒号が飛び交った。

「誰がいつどこで、誰の許しを得て公約したんだ」

「そんな大事なことを官僚だけで決めていいと思っているのか」

選挙が近いこともあって各議員の目が血走っている。このところ小野内閣下の民主自由党の人気が落ちてきているだけに必死だ。地元票の獲得に血眼になっている国会議員にとっては、ペイオフを延期できるか否かはサバイバル・イシューだった。一部の良心的な経済学者や若手議員から、「預金保険は、零細預金者を保護するために構築された制度である。中小企業の決済など、他の目的で預金を保護するのであれば、他の制度で賄うべきなのではないか」

「ペイオフ凍結を延ばすということになると、そのために懸命に努力した銀行と努力を怠った銀行とが不公平になる。政府の方針に対する国民の信頼が揺らぎかねない」

「ペイオフ解禁は構造改革の象徴であり、延期すれば、金融だけでなく実体経済の構造改革も遅れ、国際的な失望感を生む」

などという真っ当な意見も発言されていたが、民主自由党の金融問題調査会では、ほとんど顧みられることなく無視された。

マスコミの論調は、全面賛成論と条件付き賛成論と全面反対論とにわかれて混迷し、大勢を決することができない。

そんな中、大蔵大臣の諮問機関で識者の集まりであるはずの金融審議会は、政治からの強いプレッシャーに腰がくだけてしまい、ペイオフの全面解禁を打ち出せなかった。大蔵大臣への答申では「恒久的には市場規律と自己責任に立った小さな預金保険制度がふさわしい」としつつも、結局、普通預金・当座預金などの決済性預金について、「経済全般に大きな影響を与えないよう特別な措置を時限的に講じるのはやむを得ない」というところまで譲歩してしまった。ペイオフの凍結解除を断言できずに、腰砕けになってしまったのである。この答申を受けて大蔵省は、「決済性預金の全額保護のみを二年間延長する」という中途半端な妥協案の成立をめざした。

しかし、この妥協策は、ペイオフ延期を目論む民主自由党の議員たちに正当な理屈を与える。当座預金などの一部預金保護など例外を認めるというのは、金融審議会が金融システムの現状を心配しているという証拠だからだ。

「決済性預金だけを保護するという中途半端で特殊な取り扱いを認めるくらいであれば、全面的に延期した方がよい」

　ペイオフ延期を求める議員たちの圧力はこれまでにも増して強力になった。

2

「沢登、お前の理屈は相変わらず単純一辺倒だな。とにかく厳しく締め上げればいいって論法だ。しかしなあ。そんなに経済政策は簡単なもんじゃない。お前は日本経済がどうなってもいいと思っているのか。お前のいる金融監督庁だけ生き残って、日本経済が駄目になったらどうするんだ」

「その考え方は間違っている。日本経済を本当の意味で立ち直らせるためにも、ペイオフの凍結をやめることが必要なんだ。それがわからないのか。大蔵省のお偉方は、都合が悪くなったら何でもかんでも先送りだ。いつまでたっても、考えていることと言えば先送りだけだ。いつまで先送りするつもりなんだ。二〇一〇年か、二〇二〇年か。それとも二〇三〇年か。そんなことでいいわけがないだろう」

　大蔵省三階にある喫茶店「サボテン」で、二人は声を低めて長い間言い争っていた。午後二時を過ぎて店内はまばらになってきていたが、一つおいた窓側のテーブルには人気料理のナポリタン・スパゲッティーをかきこんでいる客がいる。一呼吸置いた後、噛んで含めるように木田が返した。

「お前はそう言うけどどな。両目を見開いて現実を直視しろよ。中小企業の倒産は増え続けている。凄惨な状況だ。今年の年間倒産件数は昨年の一万九一七一件をきっと超えるだろう。負債総額も過去最高だった昨年の一四兆三八一二億円に近い水準になる。ＧＤＰだって年初こそ良かったが、その後は完全に伸び悩みだ。世の中を見渡せばリストラばかり。完全失業率は上がり続けて四・八％

を超えた。自殺者だって急増中だ。俺が通勤で使ってる中央線なんて、人身事故で止まってばっかりなんだぞ。これでペイオフなんて実施してみろ。日本は大恐慌に突入してしまう」

木田の舌の根が乾かぬうちに、沢登は強引に割って入った。

「おいおい木田。お前まで、あの北嶋総研のジェイソン・ダニエルっていうインチキ野郎に感化されたのか。あんな低俗なアジテーターに騙されるようじゃ、知性派で知られた木田もついにヤキが回ったかねえ」

人気ナンバー1のエコノミスト、ジェイソン・ダニエルは、何を思ったか、このところペイオフの延期を精力的に唱えている。

「感化されたかどうかはこの際関係ない。お前も知っているように、あのアメリカだって、ペイオフ実施はごく小さい規模の銀行が多いんだ。これまでに実行されたペイオフは、最大でも預金規模は五億ドル程度。日本で言えば小さな信用組合並みだ。この六〇年間でアメリカにおけるペイオフの払い戻し実績は三兆円程度。六〇年間でたったの三兆円なんだぞ。二年前に破綻した東北拓殖銀行の預金総額にも満たないんだ。もっと現実的になれ」

「そんなことは俺でも知ってるよ。たしかにアメリカだって、単純なペイオフは五％程度にすぎない。しかしじつは、ペイオフでなくとも、何らかの形で預金の払戻額がカットされた事例は三分の二にのぼっている。預金者であっても然るべき負担は被っているんだ」

「アメリカはそうかもしれないが、日本でそんなことをやったら一大事になる。金融システム不安が解消しないままペイオフを実施すれば、企業の大口預金が安全な運用先を求めて動き回って、金融機関の破綻を新たに誘発しかねない」

頭髪をきちんと七三で分けた木田が真顔で主張する。

「その理屈が短絡的なんだよなあ。ペイオフは危ない、危ないって、煽ってるんだよ。あのジェイソンって野郎と同じで、ペイオフが解禁されるとすぐにも預金の切り捨てが実施されるかのごとき誤解を一生懸命振りまいている。わざわざ国民を不安に陥れようとしているのさ。『二〇〇一年四月からペイオフが実施される』なんて言うから国民は誤解するんだ。二〇〇一年四月にまるで預金の切り捨てが行われるようなイメージを植え付けている。正確には、『二〇〇一年四月にようやくペイオフ凍結という非常事態が解除される』というべきだろう。そもそも、『ペイオフ実施か否か』なんていう短絡的な議論に持ちこんでいること自体がナンセンスなんだよ。ペイオフ凍結の解除を主張している俺だって、『必ずペイオフしろ』なんてことは一言も言ってない。正確には『正常化するのか否か』と問いかけるべきなんだ」

木田は前後左右を慎重に見渡した上で小声で答えた。

「そんなことは俺だってわかっているさ。しかし、まだ危ない銀行はマーケットをうろうろしているんだ。格付だって全然回復しないじゃないか。投資適格のトリプルB近辺で大量にふらふらしてるんだぞ。金融システム危機は過ぎ去っていない。それは銀行検査の結果を隅から隅まで熟知しているお前の方がよくわかっているはずだ。こんな状況でペイオフ解禁なんてことが決まったら、取り付け騒ぎだって起きかねん。一九九五年の八月三一日を覚えているか。大阪の木津第一信組が倒れたとき、三〇〇〇人を超える預金者が暴徒化した。午後三時に閉店できなかっただけでなく、午後六時には解約を求める預金者が一〇〇〇人を超えた。整理券を配って預金者が本店を離れたのは午前二時だったんだぞ。預金者による職員に対する暴力事件だって起きた。そういう事態が再び起こることだって否定できない」

すでにぬるくなってしまったコーヒーを一口すすってから木田は続けた。ほろ苦い液体が口の中で拡散する。

「もし大口預金者が逃げ出し始めたら、手がつけられん状況になる。日本では一〇〇〇万円以上の預金が全預金の約半分を占めているんだ。三〇兆円の預金を持つ大銀行であれば、一五兆円が逃げ出してしまうかもしれない。一億円以上の預金だけでも全国で一五〇兆円近くある。そもそも何千万人もの国民が『自分の銀行が潰れるかもしれない』と動揺して仕事に手がつかないなんていう状況になるのは本末転倒だろう。ペイオフ解禁はやはり時機尚早なんだ。客観的に考えれば誰でもわかることだ」

熱くなる一方の沢登の口調とは対照的に、木田の口調は冷静だ。数字を披露しながら理詰めで議論する。しかし、相手方の沢登には説得されている気配がない。

「やっぱり相当感化されているな。お前の言う金融システム危機の話は、発想が完全にあべこべだよ。二〇〇一年四月のペイオフ解禁までに問題銀行はマーケットから退場してもらう。それが重要なんだ。それがすべてなんだ。そのために俺たち金融監督庁は日々格闘してるんだからな。問題銀行さえいなくなれば信用秩序は問題なくなる。ペイオフだって問題銀行がいなくなれば実行されようがない。何も恐れることはないんだ。なにかと金融システム危機を持ち出す奴は、為にする議論を吹っかけているだけさ。淡々と問題銀行を処理していけば、二〇〇一年の四月に入る頃には、金融システム危機の可能性はなくなっているはずだ」

「お前はそう言うけどな、本当にできるのか。金融監督庁の検査部が最近やたらに気張って頑張っていることは、俺も認めるが、今の検査と処理のスピードで本当に間に合うかねえ。お前がたったいま指摘した問題銀行だって一つや二つじゃないんだぜ。世間さまがアッと驚く大銀行だって例外じゃない。本当に二〇〇一年三月末までにやれるのか。あと一年ちょっとしかないんだぞ」

細い銀色のフレームの中で、木田の目がいたずらっぽく光っている。

金融監督庁は一九九九年度中に検査官を八七人増員していたが、それでも四〇二人から五三五人に拡大しただけである。二〇〇〇年度には、金融監督庁と地方財務局の金融検査官が三〇〇人増員されて、総数としては財務局を含めて約一〇〇〇人になる予定ではあったが、それはまだ実現していなかったし、新人検査官の教育や訓練をどうするかという悩ましい問題が横たわっている。ちなみにアメリカでは、複数の金融当局に配属されている検査官数を合計すると八〇〇〇人を超すから、現在の金融監督庁の状態が十分であるとはお世辞にも言えなかった。

検査部のキャパシティからすれば、二〇〇一年四月までにすべての問題銀行を処理することなど物理的に不可能と木田は読んでいた。実際、全国で五〇〇近い信用組合については、二〇〇一年三月まで都道府県が所轄しているため、検査が十分行われていない状況にある。いくら金融監督庁の検査部が気張ってみても、物理的に不可能なことはできるわけがない。

木田の読みは大蔵省の読みでもあった。だからこそ、大蔵大臣の諮問機関である金融審議会でも「ペイオフ全面解禁」という優等生的な答申を書けなかったのである。

こうした背景については、沢登も熟知している。

しかし、その不安を吹き飛ばすように断言した。

「絶対に間に合わせるさ。やるしかないんだ」

検査官数が絶対的に不足している理由は、元を辿れば、検査部が大蔵省に属していたことに突き当たる。大蔵省は予算を統括する官庁として、長年歳出削減を至上命題としてきた。そんな立場にある大蔵省がみずからの組織の増員を言い出せるわけがない。検査官の絶対的な不足は昔から明白だったが、大蔵省はその問題を見て見ぬふりをしてきた。護送船団行政では、検査官が厳しく検査することなど予定していなかったし、その必要もないと考えられていたのだ。沢登にしてみれば、検査官の不足は、木田高志のような主計局暮らしの長いエリートによる失政の結果であった。

お前に言われる筋合いはない……。

沢登は心奥で煮えつつある苛立ちを感じながら言いきった。

「……俺は絶対にやり遂げてみせる」

「まあ、その点については、お前の顔を立てて信じることにしよう」

木田も心得ていて深追いしようとはしない。貴公子然とした容姿を崩すことなく続けた。

「しかし、ペイオフの話は、そういう次元を超えてしまっている。すでに世論は、『ペイオフを解禁すること』を『ペイオフを例外なく実施すること』と勘違いしてしまっているんだ。現に二〇〇一年四月以降に満期になる預金は軒並み残高が減少している。大衆が『ペイオフとはそういうもんだ』と理解している以上、その不安を取り除いてやるというのが、われわれ官僚の役割なんだよ。現に、国会議員の先生たちだって、地元の中小企業団体からのプレッシャーを受けて、ほとんどが『ペイオフ反対』じゃないか。選挙も近いしな」

「だからこそ、俺たちは正しい世論を喚起していかなければならないんだ。今のマスコミに流れるペイオフ論は完全にミスリーディングだ。国民を誤らせている。ペイオフ反対論者が自分に都合のいいところだけをピックアップして、国民を不安がらせているだけだ。俺に言わせりゃ、ジェイソン・ダニエルを始めとしたペイオフ延期論者は、日本の行き先を誤らせる国賊だよ」

「国賊とは相変わらず激しいな。彼らは彼らなりに、日本経済と金融システムを憂えているんじゃないかな」

「そんなわけないさ。ジェイソンの野郎は、問題銀行からカネでももらっているんじゃないか」

木田がジェイソン・ダニエルをかばうたびに沢登の気持ちが泡立つ。

「荒唐無稽な憶測だけで他人を批判するのはよくないな、沢登。いずれにしろ、民主主義は国民の知的レベルを超えることはできないんだ。世論は決した。もう俺たちがどうのこうのできる段階じゃないんだよ。流れはすでに決したんだ」

顔をしかめている沢登を横目に、木田は手に持っていた読日新聞を広げ、第三面の囲み記事を指で差し示した。

見出しには太字で、「ペイオフを断固阻止せよ」と書いてある。目に飛び込んでくる活字は、その一字一字が沢登の主張を否定していた。


日本にペイオフという名の人災が迫っている。

予定通りペイオフを強行することになると、一人一人の名寄せが完全に済むまでは一口座あたり二〇万円の仮払金しか支払われなくなる。そうなると、小切手や手形で日々決済している企業はもちろん、公共料金の支払やクレジットカード利用額の引き落としを行う個人も決済ができなくなり、日本経済は大混乱する。このところ、ペイオフに関して、金融システムや実体経済への影響を不安視する声が高まってきているのは当然のことだと言えよう。

ペイオフが実施される二〇〇一年四月は、小野内閣が英断を持って矢継ぎ早に講じた景気対策のすべてが予想通りの効果を発揮したと仮定して、それでもようやく日本経済が回復軌道に乗るか否かという微妙な時期である。大がかりな外科手術で生死の境をさまよった後、長い間点滴を受け続けた重病人が、なんとかベッドから起き出してようやく自宅療養を始めたような段階だ。よりにもよって、そんな時期に、預金全額保護という防御策を放棄してしまうというのは、全くもって暴挙と言う以外ない。

今回の長引く不況は、バブル崩壊の中、巨額の不良債権を抱えた銀行が相次いで破綻し、金融不安が広がり、国民や企業の心理が冷え込んでしまったことを背景にしている。金融機関の破綻が静まりきっていない中で、ペイオフという荒療治の実施を宣言すれば、金融不安が再燃し、景気回復の足を確実に引っ張るだろう。

ペイオフに怯えた預金者の預け替えは日々深刻さを増している。郵便貯金と対抗している信用金庫や信用組合の経営者がペイオフ凍結解除に異議を唱えるのは当たり前なのだ。ペイオフは二〇〇一年の問題ではない。切羽詰まった現時点での問題なのである。金融審議会は「原則としてペイオフ凍結は解除するが決済性預金をペイオフの対象外とする」という答申を出したが、そういう特別扱いする必要があることを認めていること自体、ペイオフの凍結を解除することが時機尚早であることを証明している。

もはや、官僚にペイオフ問題を任せておくわけにはいかない。ペイオフは金融専門家が扱えばそれで済むような小さな問題ではないのである。マクロ経済の推移や、銀行経営の健全化の進み具合を総合判断して、政策の舵を切るのは、政治家の仕事だ。本紙は、小野内閣が大局的な判断に基づき、ただちにペイオフの延期を決断することを強く要望する。

木田高志の現状分析はたしかに正しかった。

西暦二〇〇〇年に向けてミレニアム・カウントダウンが始まっていた一九九九年一二月二九日、小野内閣は二〇〇二年三月までペイオフの凍結を延期することを決定する。沢登の行き場のない怒りは所詮負け犬の遠吠えにすぎなかった。

3

「それにしても、日本はどうしようもないな」

いつものように、ラルフは吐き捨てるように言い放った。

ラルフの日本嫌いはもう骨の髄まで染み付いていた。性格の一部を形成していると言っていい。

口を開けば日本の悪口である。窓の外のポトマック川は凍ってこそいなかったが、一月のワシントンは凍えるほど寒い。

「ペイオフを延期するなんて狂気の沙汰だな」

「ええ、一九九八年一一月に金融監督庁が東京国際銀行の処分に踏み切ったので、日本も変わったのかと一時は期待したのですが」

ロバーツも相槌を打つしかない。まさか、本当にペイオフ解禁を延期するとは……。国際公約を平気で破り捨てて、恬として恥じない日本政府に、ほとほと愛想が尽きたというところだ。

「いずれにしても度し難い。ペイオフはまだ国民に周知徹底されていないだの、米国でもペイオフはあまり行われていないだの、色々と屁理屈はつけるが、要するに深刻な問題とは直面したくないってわけだ。たしかに、米国におけるペイオフの対象は、日本にあっては信用組合程度の規模の金融機関にすぎないが、ペイオフをしない場合も、処理する過程で元本カットは実施するんだからな。言ってることがアホ丸出しだ。ロバーツ、日本には識者って奴らはいないのか」

「まあ、反論はできませんな。識者を集めたはずの金融審議会が決済性預金に限定したペイオフ延長を言い出す国なんですから。問題銀行を延命させたいとしか思われませんな。そんな審議会は日本以外にありませんよ」

ロバーツは続けた。

「払い戻しの手間が甚大だからペイオフは難しいとかいう理屈が通ってしまうんですからね。名寄せにも時間がかかるから駄目だとか何だとか、これはもう愚かとしか表現のしようがないですな。暫定払いというのが制度として認められているんだから、実務上は、暫定払いの運用で対応すればいいだけ。ところが、金月処理はできないとか言い出すんですから……。いかに日本の官僚に実務能力がないかがこれではっきりしましたね」

金月処理というのは、金曜日に破綻認定をして、週末中に必要な処理手続きを終わり、月曜日からは滞りなく業務が遂行できるようにするという処理のことだ。アメリカでは金月処理が行えるような体制になっている。それが日本ではできないというのである。

「しかし、それにしても茶番だったな。金融の本質を全く理解していない馬鹿どもが権力を握るとこういうことになるという典型例だろう。暫定的に一部を支払う制度が認められているのだから、対応は十分可能だ。そもそも、問題銀行が債務超過になる前に金融当局が業務を停止させてしまえば、預金の切り捨てなどという議論はする必要がなくなる。銀行が破綻しないような状況になってしまえば、ペイオフなど実行したくてもできないということすらわかっちゃいない」

「全くもっておっしゃるとおりです。誰が何と言おうと、政府と金融当局の役割は、国民を不安に陥れることではなく、国民の安全と安心を守ることにあります。政府と金融当局が果たすべき本来の使命は、ペイオフが発生しないような健全な銀行システムを作り上げ、それを維持し、万が一にもその状態が崩れそうな場合には速やかに改善策を講じることに尽きるんですがね」

「そうだ。そこを原点にしなければならない。だが、あの馬鹿どもは全くわかっちゃいない。日本政府と金融当局の役割は、銀行システムが不健全であることを放置しながらペイオフを実施しないで預金者を保護し続けることでもなければ、預金者や中小企業がどうなろうがペイオフを断行することでもない。二〇〇一年三月末までに銀行システムを健全化する、その結果としてペイオフが発生しないようにすることが役目なんだ。そんなことすらわかっちゃいない」

ロバーツは両手を広げ首をすくめて、どうしようもないという素振りで応じた。

「そうですね。今度の今度は、さすがのわたしも呆れてモノが言えません」

「日本のように、政府高官みずからがペイオフ凍結解除の是非を議論の対象にする国など皆無だよ。そのことを話題にすること自体、二〇〇一年三月末までに銀行システムを健全化しようと思っていないことを示してしまうじゃないか。ペイオフ延期というキーワードで、国民の多くが、二〇〇一年四月以降も銀行破綻の可能性があるんだと直感する。自分の預金が減額されるペイオフなんか嫌だ。自然の対応として、ペイオフの延期を選択するだろう。本当に馬鹿なやつらだ」

「ええ、結果的に国民負担を全体として累増させるとしても、それは将来の話ですからね。目先のペイオフ延期は、とりあえず蜜の味ですから」

「ふん」

ラルフは不愉快そうに鼻を鳴らした。

「ペイオフ凍結解除の是非などという軟弱な議論が出てきている時点で、日本政府はこの勝負に負けているのだよ。『二〇〇一年三月までに銀行システムの再生なんてできっこない』と腹の中では思っていることが透けてみえてしまったんだ。だから、他の国ではまず議論に乗ることのないペイオフ延期論などが大手を振って闊歩するようになってしまったんだろう」

「しかし、事態はもっと深刻なのかもしれませんね。他の国であれば、政府が、二〇〇一年三月末までに銀行システムを完全に健全化させるので何も心配することはない――と断言すれば終わる話ですが、ひょっとすると、日本は政府や当局がそう宣言したところで日本国民に信じてもらえないという悲惨な状況にまで陥っているのかもしれません」

「たしかにそう言えば、一九九七年一一月に銀行危機がクライマックスに至ったとき、大蔵大臣と日銀総裁が預金は大丈夫だと声を嗄らして訴えたが、悪い噂が絶えない問題銀行からの預金流出は止まらなかったな。大蔵大臣がどう言おうが、日銀総裁が何を保証しようが、もはや信じてもらえないのかもしれないな」

「もしもそこまで事態が悪化しているのであれば、政府が『ペイオフなど実施することはない』と言い張ったところで屁の突っ張りにもなりませんからね。庶民の立場に立てば、『そんなに自信があるんなら預金の全額保護を延期したっていいじゃないか』という話になる。逆に、『銀行破綻があると思っているから、ペイオフなんてことを言っているんじゃないか』と勘繰りたくなります」

「日本政府の高官など誰が何を言おうが信用できないさ。だから、日本政府が大丈夫だと太鼓判を押しても誰も信用しないんだ」

ラルフは、日本人など誰も信用していない。

「これは、末期的症状ですね」

「ああ、ペイオフ延期論というものの本当の根源を突き詰めると、政府不信論に突き当たる。こいつは本当に深刻な問題だ。いくら政府が大丈夫だと連呼しても信用できないと国民は心の奥で考えてしまっているのかもしれない。そういう意味で、このペイオフ問題は、日本政府自体が問われているのさ。日本政府の信用が問われているんだ。政府が信用できないというところに、日本の金融きていない。危機の震源がある」

「金融問題は信用の問題ですからね」

「ところが、あの馬鹿どもは、いまだに金融問題が信用問題であるということに気づいていないときている……」

ラルフは手元のシガーに火を点けた。芳醇な香りが部屋に充満する。

「まあ、いいか。公的資金は六〇兆円もあるんだ。わがアメリカに迷惑をかけることはないだろう。ウィンドフォール社に何兆円もタダでくれた、ありがたいお客さんでもある。損するのは日本国民なのだから、こちらがグタグタ言う話でもないかな。勝手にやらせておくさ」

紫煙がたなびく中で、ロバーツはゆっくりと首を縦に振った。

ペイオフ解禁を延期するということは、日本の金融システムがいまだに脆弱であるということをみずから告白することに他ならない。邦銀に対する不信の炎は消えずにくすぶり続けていたが、ペイオフ延期をきっかけに再びその勢いを増し始めた。公的資金があるため、その影響は最小限にとどめられてはいたが、海外の金融当局者は、相変わらず日本の不良債権問題は片づいておらず、財務諸表の不良債権額はやはり嘘だろう、という見方を強めた。

銀行株は静かに、しかし大量に売られ始めた。

4

日本銀行によるゼロ金利政策は、一九九九年二月から継続されているが、二〇〇〇年になっても解除される気配がない。異常な低金利の長期化は、じつは思わぬ副作用を生んでいた。詐欺の跋扈である。

二〇〇〇年秋、クリンストン債を巡る国際詐欺事件が発覚した。同債券に投資していた日本企業は合計で一二〇〇億円もの損害を被った。「過去八年の運用利回りは平均で年二五％。最高で年五一％」というキャッチフレーズで多くの客を集め、「高い格付の債券で運用しているから安全性も高い」と言って納得させたクリンストン債が、一瞬にして紙屑と化したのだ。

クリンストン・グループのマイク・ストロング会長は、個人取引の損失穴埋めのために、集めたカネ三八五億円の一部を流用し、二〇億円相当の金の延べ棒や金貨を生家に隠していた。金融の容姿を装った純粋な詐欺だったのである。

損害を被った日本企業は七〇社にのぼった。

「それにしても、日本企業も日本企業だ」

クリンストン債を販売していた証券会社を検査した沢登は呆れ返っていた。

ある飲料メーカーの財務担当副社長は「財テクの神様」と呼ばれていたが、クリンストン社に債券購入の一・〇％に相当するリベートを要求し、五億三〇〇〇万円もの現金を懐に入れていた。彼の豪邸と豪遊はそうした黒い資金で賄われていた。また、ある会社では、財務部長が運用額の手数料五％のうち二％程度をキックバックしてもらっていた。

「米国の証券会社ではリベートは当たり前なんです。ノー・プロブレム」

じつは、外資系金融機関の甘言に乗って、少なからぬ日本企業の財務担当が怪しげな取引に手を染めていた。沢登は、外資系証券会社の検査を指揮しながら、日本企業のドロドロとした裏側を嫌になるほどみせつけられていた。

「事業法人の財務部長なんて、女を抱かせ、車のキーを受け取らせて、カネを握らせれば、ディールはダン（取引成立）さ」

多くの外資系証券マンはそう言って憚らない。決算対策に困った多くの企業が「有価証券の損を表に出したくない」と言ってクリンストン債を使った含み損飛ばしを利用した。顧客企業が含み損を抱えた有価証券をクリンストン債と簿価で交換する。企業はクリンストン債が運用されている間は含み損を決算に反映させなくて済む。時価会計を導入していない日本の会計制度を悪用した典型的な損失先送り商品だった。

簿価は一〇〇億円なのだが、バブルの崩壊で四〇億円になった株式を抱える企業は、一〇〇億円のクリンストン債と簿価一〇〇億円の株式とを等価交換する。何と言っても年率二五％で運用されるのだから、三年経てば七五億円以上の運用益が得られるはずだ。含み損はきれいに消えて、しかも差し引き一五億円の利益まで上げられるかもしれない。

不良債権の処理に四苦八苦していた日本企業の財務マンには、マイク・ストロングは奇跡を起こす神にみえたであろう。「マイク・ストロングは米国を代表するエコノミスト」という嘘八百を信じて信じて信じぬくしかない。

金融詐欺師にとって、日本という国は、よだれが出るほどおいしい国である。あまりの低金利に痺れを切らした資金が行き先を求めて蠢（うごめ）いていることを見越して、一攫千金を狙った詐欺師が日本に殺到し、あの手この手で日本企業の財務担当者をたらしこもうとしていた。そして多くの日本企業は彼らの罠にはまった。

「腐っていたのは銀行だけじゃなかった。日本企業も骨の髄まで腐りきっていたんだ」

沢登の心奥は、見たくないものを見せつけられて、嘔吐感でいっぱいになっている。公の場ではきれいごとを言ってはいるが、一皮めくれば、財務内容は粉飾と横領の渦であった。財務マンの良心は麻痺しきっていた。粉飾と横領が習い性になってしまうと、常識も変わってくる。実際、彼らにとって、財務諸表を作る上での会計基準とは、粉飾のための便利な基準でしかなかった。

こうした事実が明らかになっても、クリンストン債を購入した日本企業の広報担当は、テレビのニュースに出てくるたびに、

「含み損の回復をめざしたもので、損失の先送りではない」

「飛ばしではない。純然たる投資である」

「損失を回復するための運用の一環であり、公認会計士も認めている」

などと、白々しい嘘をつき続けている。

「村さん、日本企業は最低だよ。飛ばしだらけだ」

「企業だけじゃないさ。今おれが検査に入っている生保なんて、汚いものだらけで目が潰れそうだぜ。逆鞘が厳しいのはわかっちゃいたが、あそこまでゲテモノを食らっていたとはな」

長期的に続いたゼロ金利の下で、最大の被害を被ったのは生保業界かもしれない。

異常な低金利の長期化の中で、生保の運用利回りは予定利率という名の保証利回りを下回っている。この逆鞘の状態が超低金利政策の下で慢性化した。他の国でも逆鞘はあったが、ここまで異常な低金利が常態化した例はない。実際、逆鞘というのも、米国が一九四〇年代の低金利時代に、最大で一部の会社の一％強を記録したという程度である。日本のように業界全体が二％前後の逆鞘に苦しむというのは空前絶後のことといっても過言ではなかった。二％という異常な幅の逆鞘が、確実に生保の体力を奪っていった。

これは明らかなゼロ金利政策の副作用であった。

「クリンストン債なんて氷山の一角にすぎんのさ」

煙草に火を点けて、村井浩三はボソッと語り出す。

「破綻しかかった生保なんて何でもありだ。クリンストン債なんてかわいく思えるようなディールが山盛りだぜ。破綻寸前に陥っている生保がすることといえば粉飾しかねえ。運用担当は、外資系証券会社に特別の仕組みを作ってもらって、期末の数字を作り上げることだけが仕事になってやがる。奴ら、自分の会社に先がないのはわかるから、自分の懐にもカネを入れたくなる。期末一時点だけの取引で手数料を数億円落としてやるかわりに、一〇〇〇万円をキックバックしてもらうなんてことも珍しくねえ。そうやって、破綻寸前の生保はさらに財務内容を悪化させていくのさ」

村井の口調は汚いものを吐き捨てるようだった。

実際、そのような劣悪生保の一つの帰結が、一九九七年に破綻した産日生命の破綻であったと言っていいだろう。決算数字を作るために、外資系証券会社の言うがままに取引を拡大させ、含み損を膨張させていった。その結果が破綻である。粉飾決算は、産日生命を再生させることなく、財務内容をさらに一層痛ませるだけに終わった。たった一つの中小生保を処理するために、生保業界は二〇〇〇億円を拠出した。

しかし、それだけでは終わらない。一九九九年六月には東国生命が破綻。その債務超過額は六〇〇〇億円になり、世界最大の生保破綻となった。

「銀行もひでえが、生保もひでえ。これじゃ、公的資金なんぞ、いくらあっても足りねえぜ」

「どんな生保の商品でも九〇％までは保護しようって言うんだからね。めちゃくちゃだよ。決済システムに係わっている銀行であればともかく、生保に公的資金を突っ込んで幅広く保護するというのは日本だけだよ」

小野内閣はペイオフの延期を決めるとともに、保険契約者の保護にもこだわった。ペイオフ延期を決めた一九九九年一二月、小野内閣は同時に保険商品の九〇％まではいくらであろうと保護することを決めている。これは、預金保険の一〇〇〇万円どころの話ではない。米国や英国では、破綻処理への業界拠出は、破綻が起こってから出す事後拠出の仕組みをとっている。米国では一九七〇年代から九〇年代初めにかけて約三〇〇社の破綻があった。しかし、その多くは新設の小規模な会社で、業界負担は約七〇〇億円で済んでいる。英国も同様の状況で三社に対して合計三億円で終わっている。日本とは比較にならない。

一九九九年六月に東国生命が破綻した時点で、生保のセーフティーネットが破綻したことははっきりしていた。破綻生保の契約者を保護する生命保険契約者保護機構の財源は四六〇〇億円。これに対して、東国生命一社の処理で三〇〇〇億円以上が必要になることが明らかであったからだ。こうした事態に対し、民主自由党は、業界の追加負担一〇〇〇億円を条件に、生命保険の破綻処理の財源に最大四〇〇〇億円の公的資金を投入することを了承した。この春には、四〇〇〇億円の財政負担枠と業界の追加負担で、財源は九六〇〇億円に拡大していた。

「銀行のような決済機能を持たない生保に公的資金を投入すべきではない」という正論は少なくなかったが、「生命保険は社会保障的な要素も多く、公的資金で穴埋めしても問題ない」という、人々の耳に優しく響く甘い意見の前にかき消された。

「それにしても、九六〇〇億円がなくなるのはあっという間だったな。この夏に万代生命と陵陣生命が破綻したら、モノの見事になくなっちまった」

「こうなると、後は公的資金を垂れ流すしかないだろう。例の保証協会融資も焦げつき始めたしね」

例の保証協会融資というのは、金融機関による中小企業への貸し渋り対策として開始された特別保証制度のことである。当初二〇〇〇年三月までの期限付きで二〇兆円の保証枠が与えられたこの特別保証制度は、その後ズルズルと延長されていつまで経っても打ち切れずにいた。その間、一〇兆円上積みされて、総枠が三〇兆円になった後、二〇〇〇年秋にさらに一〇兆円の新規枠が設けられて総額四〇兆円の保証枠となる。

ところが、この焦げつきが表面化してきたのだ。

「審査なしにボンボン貸してりゃ焦げつくに決まってらあ。焦げつかねえほうが不思議だよ。関西の保証協会は保証金の支払いを止めるかもしれねえな」

会計検査院が調べたところ、保証協会融資のうち三分の一を超える貸出金が不良債権の疑念があることが明らかになったのである。約一五兆円の焦げつきだ。これに驚いた一部の保証協会は、「審査の申請を代行してきた銀行に騙された」として保証金の支払いストップを本気で検討し始めた。

「保証協会が破綻企業の尻拭いをすれば、財政赤字がさらに拡大する。かといって、保証協会が支払いを止めれば、銀行に不良債権が戻ってきて償却負担が増えるから、それで破綻するところも出てくるだろう。結局、こっちも公的資金だ。本当にいくらあっても、カネは足りなくなる……」

沢登隆一は、止めどなく注ぎ込まれる金融機関の処理資金に心を痛めていた。

もっと早く処理していれば、ここまで公的資金を垂れ流す必要はなかったのだ。

銀行、生保、保証協会――公的資金は止めどもなく流れ出ていく。その結果、財政赤字は拡大するばかりで縮小する兆しをみせない。

そういう事態を重く見たランディーズ・インベスターズ・サービス社は、日本国債の格付をシングルAまで格下げすることを検討し始めた。先進国ではまず考えられない屈辱である。日本国債の国際的な評価は低下し、債券利回りは上昇を模索し始める。円ドル相場も円安へと振れ易い地合いが形成されてきた。

「ひでえ国だぜ。こんなになってんのに、政治家は現実をみようとしたがらねえ。公的資金を垂れ流して先送りを続けるだけだ。だが、腐った金融機関は腐ったままだ。資本を突っ込むと、しばらくは息をつけるが、再生なんてした例がねえ。結局、持ちこたえられないで債務超過の金額を増やし、注ぎ込むカネを膨張させるだけだ。いつまでこんなことを続けるつもりなのかねえ。これじゃ、俺たちがいくら掃除しても、金融システムは直らねえよ」

公的資金を用いて資本注入を繰り返しているために、本来であれば破綻しておかしくない金融機関がなかなか債務超過に陥らない。債務超過に陥りそうになると、また公的資金が注入される。それでもどうしようもないところまで悪化してから、ようやく破綻処理に入るのだ。ペイオフを実施しないためには仕方がない――という理屈で、問題銀行に対する資本注入が続いている。

そしてその一方では、ゼネコンを救うため、銀行による債権放棄が相変わらず年間二兆円を超える単位で行われていた。ゼネコンは民主自由党の大票田である。有権者も多い。債権放棄を進めるためにも、銀行に対して断続的に公的資金が注入される。これでは、いくら沢登と村井が気張ってみても金融システムの立て直しは不可能である。

金融機関に公的資金が垂れ流され続ける。大銀行のみならず、信用金庫や信用組合にまで公的資金導入の範囲が広がったため、際限がなくなった。申請に基づき、公的資金は毎月湯水のように出ていく。それもあって、ただでさえ巨額の財政赤字は、その悪化のスピードを増すばかりだ。それが国債の大量増発を呼び起こす中で、日本国の格付が堕ちていく。

目にみえないマグマが、日本経済の地下深くでグツグツと煮え立っていた。

5

「あっという間になくなってしまった……」

大成銀行の資金為替部長を務める近藤巧はひとりつぶやいた。

そのつぶやきは公的資金のことを指している。

東京国際銀行の場合、資金調達手段である金融債は預金保険の対象ではないため、破綻したことによる金融債保有者への返金は公的資金によって穴埋めされている。この公的資金のことを「特例業務勘定」と呼ぶが、この勘定は七兆円の交付国債と一〇兆円の政府保証付き借入で賄われることになっていた。債務超過の補塡はこのうちの七兆円枠を活用するのだが、ウィンドフォール社に東京国際銀行を売却するとき大部分が吹き飛んでしまったのである。

「それにしても、あっさりと一〇兆円も増額するとは……」

日本政府は、一九九九年一二月にペイオフ延期を決めると同時に、この「七兆円」の出資証券の枠を増額し一三兆円にした。さらに、預金保険機構の一般勘定の借り入れに対する政府保証枠を四兆円新設している。七兆円から一三兆円への六兆円増額。それに新設の四兆円。公的資金枠が一挙に一〇兆円も増やされたわけだ。しかも、ほとんど議論らしい議論もないままなし崩し的に決まってしまった。金融安定化のため預金保険機構に用意された公的資金枠は、これまでに設けられた分も含めて七〇兆円となる。

「あんなにもあっさり増額が決まったということは、金融当局の方も問題銀行の処理を考えているということなのだろう」

　近藤の表情にかすかに影がさす。

「当局は、結局のところ、大成銀行をどうみているのか」

　近藤巧にとっての問題は、今後処理のターゲットにする銀行リストの中に、「大成銀行」の名前が入っているか否かである。大成銀行の飛ばしは膨張を続け、財務内容は悪化の一途だ。

「五分五分か、それとも七三で危ないか……」

　大成銀行以上に傷んでいる銀行は、近藤が知っているだけでも三行ある。その銀行が処理されるまではまだ多少の余裕があるはずだ。破綻するにも破綻の序列がある。処理はもっと傷んだ銀行から行われるに違いない。それにしても、公的資金枠増枠の背後にある銀行の真実が表に出てくれば、再び日本は金融危機にさらされるかもしれない。一〇兆円増枠の裏側にある現実を思うと、近藤は恐ろしかった。


　二〇〇〇年になっても財政のバラマキと日銀のユルユル金融政策は続いている。余りに余ったカネは累増していた。店頭市場や東証のマザーズなどで新規公開株にすさまじいバブル現象が巻き起こる。インターネット・ブームに乗って、年間売上高が一億円に満たない赤字会社の時価総額が五〇〇〇億円を超えたりするようになった。

　多くのエコノミストによれば、これで景気は完全な回復軌道に向かうはずだった。

　が、そうは問屋が卸さない。

「インターネット・バブルを景気回復の兆候とみるなんて、日本政府もどうかしたんじゃないか。新規に上場したネット企業の中身を一目みれば、あまりの薄っぺらさにぞっとするだろうに。景気の回復を確認するためには、インターネットじゃなくてインターバンクをみなくては駄目なんだ」

　金融界から景気をみている近藤の見方は冷めている。インターネット企業を標榜する少なからぬ企業が、内容の伴わないビジネスモデルしか持ち合わせていなかったり、儲かると聞いてとりあえず不動産屋の看板を書き換えただけだったりすることを知っているからだ。中には、暴力団が絡んでいる企業舎弟の会社もある。その現実を金融マンとして直視しているだけに、株価や統計数字だけをみて景気が回復していると言い募るエコノミストの主張はピンとこなかった。事実、近藤が毎日向き合っているインターバンク市場では、おカネがあり余っているのにどうもうまく機能していないという摩訶不思議な状況が常態化していたのである。これで景気が回復しているといわれても実感が湧かない。

　日銀によるジャブジャブの資金供給のおかげで表面化してこなかったが、インターバンク市場はいまだに規律を失い、機能を喪失したに近い状態にあった。ゼロ金利を長期間続けた副作用はすさまじい。インターバンクの資金を媒介する短資会社は、使いようのないカネを抱え、いたずらに日銀の当座預金勘定に三兆円以上の残高を積み上げている。カネはジャブジャブなのだが、円滑に流通している気配がない。インターバンク市場のかわりに普通預金市場が資金を流すパイプの役割を果たしていたが、資金需給を調整することはできず、結局はインターバンク市場のオーバーナイト取引が急膨張し、その最終調整を一手に引き受けている。

「邦銀の資金繰りは正常に復帰したとはいえない。おカネが円滑に流通しているという雰囲気がまったくないからな。好況であれば、取引は活発化し、設備投資が起こって、貸し出しが増え、大量のおカネが銀行間を行き来しているはずなのに、インターバンクにはそういう気配がない。銀行が前向きに貸し出しているとか、資金需要が出ているというムードもない。これで、景気が本格的に上向くことなどありえないじゃないか」

近藤は日本経営新聞から目を離し、時事クイックのモニター画面を眺める。手慣れた手つきでキーを操作すると、円金利の時系列グラフが表示された。

「そもそもゼロ金利なんだ。借入金利だって短期なら一・五%程度じゃないか。この金利水準で設備投資がでてこないんじゃ、いくら金利を引き下げたって、貸し出しが伸びるわけがない。日銀がカネを出し続けたところで、実体経済に効果があるわけないだろう」

至極、単純な事実だ。ところが、日本政府や多くのエコノミストたちは、この単純な事実を見逃していた。

「金融機関が傷んでいる間は……、マーケットにおける資金の流れが滞っている限りは……、景気の本格的な回復なんてやってこない。資本さえ注入すれば何とかなると思い込んだのは甘い。金融システムは脆弱なままだ。日銀によるジャブジャブのミルク補給がなければ、いつ何時崩壊してもおかしくはない。俺のいる大成銀行だって……」

正常なようにみえて、その実態は正常ではなかった。平穏無事にみえるインターバンク市場は、日本銀行が力ずくで資金繰りをつけさせているようなものだったのである。

そして、危機は再びやってくる。

当初、「ペイオフの再延期は絶対にない」と断言していた小野内閣であったが、二〇〇〇年冬、信用金庫や信用組合からペイオフ延期の要請が相次ぐと、さらに延期することをあっさりと決めた。ペイオフの凍結解除は二〇〇四年四月まで延ばされ、結局三年間も先送りされることになる。

このペイオフ再延期をきっかけに、長い間落ち着いていたようにみえたジャパン・プレミアムは静かに再燃していく。マーケットはゆっくりと反応し始めた。「日本の金融機関は、七〇兆円ものおカネを注ぎ込んで、五年以上の歳月をかけても、ペイオフ実施を解禁できないほどの不良債権問題を抱えたままだ」という認識を固めた市場関係者たちが多くなり、日本売りのタイミングを今か今かと待ち望むようになった。そして、格付機関のランディーズ・インベスターズ・サービス社は、邦銀を再びターゲットにして、格下げの準備に入る。

そこで、この機会を絶好のチャンスと狙う勢力が蠢き始めた。

ヘッジファンドである。

二〇〇一年一月、大成銀行がメインバンクを務める関東百貨店の経営危機が露見。その上、クリンストン債を購入して大損していたことが発覚した。関東百貨店向け貸し出しの引当が必要になるという理由で、ランディーズ・インベスターズ・サービス社は、大成銀行の格付をトリプルBから投機的な格付であるダブルBに切り下げた。

それをネタに、ヘッジファンドたちは、大成銀行株を大量に売り浴びせる。

五〇〇円を何とか維持していた株価は、あれよあれよという間に四〇〇円を割り込み、三〇〇円の水準を切ろうとしている。大成銀行が五月末に発表した二〇〇一年三月期の財務内容についてもさまざまなうわさが飛び交った。

曰く「公表不良債権が少なすぎる」、曰く「償却が足りない」、曰く「不良債権を飛ばしている」、曰く「連結会計をごまかしている」。

「事実無根、風説の流布である」

大成銀行の広報部は繰り返し主張したが、何らかの反証を提示することはできなかった。これではマーケットに聞きいれてもらえるはずがない。追いつめられた大成銀行は、急遽、石井匠頭取の記者会見を開いたが、まったく効果はなかった。

「当たり前だ」

近藤の胸の内で苦い思いが広がった。

一九九九年三月に申請した六〇〇〇億円の公的資金では全然足りなかったのだ。近藤の計算によると、もろもろの飛ばしを含めて、大成銀行が抱えている不良債権を完全に償却するためには少なくとも一兆五〇〇〇億円は必要であった。

しかも、公的資金の投入以来、倒産は増え続けている。不良債権は増え、償却不足額は膨らんだ。それにしても、ここまできても表面的な財務諸表の取り繕いに終始している経営陣には、心底失望感を覚えた。決算操作でしのげる時期はもうとっくにすぎているのに、それを理解しようともしない。あまりに長い間、巨額の飛ばしを継続してきたために、感覚が麻痺してしまっているのだ。近藤の小さな飛ばしの件にしても、「うまくやっておけ」と言うだけで全く関心を示さない。

「彼らは商法を読んだことがないのだろうか」

といぶかった。

商法第二八五条ノ四第二項には、「金銭債権ニ付取立不能ノ虞アルトキハ取立ツルコト能ハザル見込額ヲ控除スルコトヲ要ス」と明記されており、不良債権の償却が義務づけられている。これに違反して配当しようものなら違法配当となり、立派な犯罪なのである。しかし、銀行経営の中で、経済の基本法である商法は無視されていた。取締役会も監査役も機能していなかった。事実上、銀行経営は放任されていたのである。

そんな折も折、二〇〇一年二月、東京国際銀行前頭取の大槻望に、違法配当の容疑について最終判決が下った。大槻望は、一〇〇〇億円以上の不良債権を飛ばし、九二年以降、系列ノンバンクなどが抱える多額の不良債権を隠すため、受け皿として設立した関連会社七六社に資金を融資して担保不動産を買い取らせるなどしたとして、一九九九年六月、東京地検に告訴されている。一九九八年三月期の決算が粉飾と断定されたのだ。もっとも、大槻望は金融当局の指示通りに経営を仕切ってきただけだった。金融関係者は、違法配当という明らかな商法違反があったところで「関係ない」とタカをくっていた。

「しかし、法は法なのだ……」

第三者の弁護士を委員長とした内部調査委員会は厳しくこの事実を追及し、東京地検特捜部は容赦なかった。東京地検は、「不良債権の償却をせず違法に配当したことは、会社財産の社外流失を加速し、債権者の利益を害するきわめて不法な行為である」と認定。「粉飾決算で違法配当する行為は、それをみて株を買う投資家や預金者を騙す重大な犯罪であり、詐欺にあたる」と判断した。

大槻望は、「一〇対〇で負けている試合の九回にリリーフ登板した投手が、敗戦投手にされていいのか」と必死で訴えたが、裁判官は聞く耳を持たなかった。いかにお家の事情があろうが、法律上、粉飾は粉飾、詐欺は詐欺なのだ。

断は下った。

財務諸表をごまかし続ける悪しき慣行を、マーケットは再び厳しく追及し始める。マーケットで償却不足が最も懸念されていた銀行の一つが、近藤巧の大成銀行だったのである。

6

マーケットの売り圧力が消えない。

大成銀行株は売りに売られ、六月末にはついに一〇〇円を切った。

「部長、緊急事態です！　ワン・ウイークものにどこも応じてくれません！」

七月七日の七夕の日、安岡部長代理からの報告は悲鳴に近かった。

一ヵ月どころか一週間の資金が手に入らない。誰も大成銀行におカネを貸そうとしなくなった。このピンチをしのいだところで、騙し騙しせいぜいもつのは一ヵ月程度、そこまで追いつめられた。もはや日銀に頼るしかなかった。

万事休すである。

「安岡くん、日銀に行こう。特融を出してもらおう。もうそれしかない」

近藤は椅子の背にかけていたアルマーニの背広をつかんで歩き出した。安岡は資金繰り関係の大量の資料を小脇にかかえて、近藤の背中を追う。

日本銀行までは、タクシーで一〇分程度の距離にすぎない。

これがマーケットの怖さだ。

エコノミストの中には、「マーケットに任せれば何でもうまくいく」というお気楽な主張もあるが、現実問題としてみればそんなことは決してない。すべてをマーケットに委ねたら何が起こるか。整然とした秩序は消えてなくなる。混乱と混沌が待っている。金融当局は万能ではないが、彼らに任せれば、少なくとも財務内容が悪いところから整然と処理していくということになる。しかし、マーケットでは脇の甘いところから急に売りに出される。

それがマーケットなのだ。

信用力が多少良くても、脇が甘かったらターゲットになる。大成銀行よりも財務内容の悪い銀行は少なからずあったが、ヘッジファンドは大成銀行の脇の甘さを突いてきた。

「いきなりやってきて、貸してくれって言われましてもねえ。わたしどもではなく、金融庁に行かれてはいかがですか」

二〇〇一年四月に調査統計局長から市場金融局長に転じた城井明彦は、じっくりと近藤の説明を聞いた後、丁寧な言葉づかいで突き放した。アゴに手を当てながら懸命に思案しているようだが、近藤の目にはとてもそうはみえなかった。

「そんな！　日銀は大成銀行をつぶそうというのですか！」

「いえいえ。御行をつぶすかどうか決めるのは、わたしどもではなくて、金融庁さんでしょう。わたしどもはわたしどもの厳格な貸し出し基準に従って、淡々と日々のオペレーションをしているだけでしてね」

「今更そんなこと言わないでください。殺生じゃないですか。おたくのOBを二人も顧問で雇っているんですよ。これまでも他の銀行の資金繰りで協力してきたじゃないですか。東北拓殖銀行のときだって、日本銀行に言われたから、リスクを承知で資金を融通しました。これじゃ約束が違う。このままだと、一万三〇〇〇人の行員が路頭に迷ってしまうんです」

近藤は懸命に訴えた。目には涙らしきものさえ光ったが、城井の表情は硬いままだ。感情の揺らぎすらうかがえなかった。

すでに、早野総裁の意向で、今後の破綻銀行に対するスタンスが固まっていたのだ。資金運用部からの売り現先がスタートして以来、日本銀行のバランスシートの膨張は歯止めがきかなくなっていた。一九九八年末に九〇兆円を超えて問題視された貸借対照表だったが、いったん縮小した後、二〇〇一年六月末には一挙に一〇〇兆円の大台を突破し、なお膨張しようとしていた。それに加えて、山三證券への特融三三〇〇億円のうち二〇〇〇億円が焦げついたことが最終的に確定し、これが改めて国会で蒸し返されていた。早野総裁は毎日のように政治家に吊るし上げられている。

「辞めろ」

「恥知らず」

国会議員からこんな罵声が飛び交い、無能力者呼ばわりされる屈辱に、早野は日々耐えていた。

「もはやバランスシートの悪化は絶対にまかりならん。ましてや問題先への特別融資など問題外以前の話だ！」

吠える早野の声が城井の鼓膜にまだ残っている。

バランスシートを悪化させるものに関しては、すべて反対するというスタンスを早野は打ち出した。こうなると、イエスマン城井の方針は決まったも同然である。近藤の話を詳しく聞く前に、城井の心は定まっていたのだ。

「そもそも、銀行の一大事に頭取がじきじきに出向いてこようともしないというのは、ちょっとおかしいんじゃないですか。石井頭取はどうされたんですか。それとも、もう地検に逮捕されちゃったのかな」

「石井の件については、申し訳ございません。近日中に必ず伺わせます。しかし、それにしても、そのおっしゃられ方はないんじゃないでしょうか」

「近藤さん、話はもう決まっているんです。石井頭取がきたって、一銭たりとも特融は出ませんよ。時間のムダでしょうから、ウチじゃなくて、金融庁にでも行ってください」

城井は近藤に全くとりつく島を与えなかった。

「大成銀行　特別公的管理決定」

二〇〇一年七月三〇日、日本経営新聞の朝刊は淡々と報じた。近藤や安岡たちは資金を求めて必死にはいずり回ったが、大成銀行への資金の融通に応じるところはなかったのだ。大成銀行に対する日銀特融が発動されることもなかった。

7

「それにしても、不気味な平穏だな……」

大成銀行の特別公的管理に係わっている沢登は怪訝顔であった。大成銀行が破綻したのに、それほどの動揺がないのである。七〇兆円の公的資金枠の霊験はたしかにあらたかであった。大成銀行の公的管理入りが決定しても、大規模な取り付け騒ぎは起きなかった。

もっとも、公的管理を支えるための資金繰り支援は、止めどもないほど膨張している。二〇〇〇年度に法律が改正されて、優先出資証券の発行が認められ、信用金庫や信用組合にも公的資金を注入することが可能になったこともあり、カネはどんどん出ていくばかりだ。資金は預金保険機構が出すのだが、バックファイナンスの少なからぬ部分は日本銀行が行っている。預金保険機構の日銀借入は三〇兆円を超えようとしていた。

そして日銀はといえば、運用部からの国債引き受けもあって、バランスシートは一二〇兆円になろうとしていた。膨張につぐ膨張であり、それは止まることがなかった。公的管理下にある銀行のリストラがなかなか進まないために、各種の費用が垂れ流されるからだ。

「ジャブジャブにカネがあるのはいいが、大成銀行マンのたるみきった、あの状況はなんだ。あいつらは自分たちの置かれている状況をまったく理解していない！」

実際、大成銀行の実情は沢登の常識を逸脱していた。

大成銀行では何の変更もなく、給料もボーナスも退職金も従来通り支払われるという。大成銀行に頭取として送り込まれた金融当局ＯＢは、東野弘と同じように、行内融和を優先して財務と人事の実権を握らなかったため、単なるお飾りにすぎなかった。結局、経営を悪化させた前頭取石井匠の一派が生き残り、経営の中枢を牛耳り続けた。それどころか、預金が集まらないので景品をつけようとか、収益源がないのでトレーディングをやろうとか、国民のカネを使ってやりたい放題やってしまおうというモラルハザードが大成銀行中に蔓延した。もっとも、こうした状態は、公的管理下の時代の東京国際銀行と同じではあったが……。

さらに沢登の怒りを誘ったのは、外資系の関わりである。大成銀行のような破綻直前銀行を狙って、骨までしゃぶる取引を持ちかける外資系金融機関が、その状況をさらに悪化させていた。大成銀行もその例にもれない。

「たるんだ大成銀行マンもひどいが、それを悪にいざなう外資系はハイエナ以下だ」

沢登は吐き捨てるように言った。

担当者にカネをつかませてアドバイザリー契約を結ぶ。その契約には、理由は何であれ、営業譲渡や合併が実現した際には巨額の成功報酬を支払う義務がある旨を書き込んでおく。しかも、この契約内容に納得できずにキャンセルしようとすると、巨額の解約フィーが課せられる内容になっている。したがって、公的管理になった後で、その法外な契約を解約しようとすると、最低五億～一〇億円の解約手数料を払わなければならないという仕組みになっていた。

公的管理になるまではしきりに責任を追及していたマスコミも、公的管理になってしまった瞬間に、それまでターゲットだった銀行に対する興味を失う。金融当局も多忙ゆえ、管理下に置いた銀行を厳しく監視できない。ほとんど無監視状態のまま、日々国民の血税がムダ遣いされていった。

「思えば、関西相和銀行がこのモラルハザードの始まりだったのだ……」

当局主導で一九九六年一一月にその命を終えたはずの関西相和銀行は、その後一五ヵ月も生存し続けた。一九九八年一月二六日まで清算業務が終わらなかったのだ。その間、四〇〇人以上の従業員に給料とボーナスを払い続けた。大いなる無駄である。

しかも、従業員の退職金の上乗せ額が八六億円に上った。そのうち八五億円は預金保険機構が負担するというのだから大盤振る舞いだ。ストライキの脅しに屈した大蔵省は、解雇の条件として、規定の退職金の一・五倍から四・五倍を支払った上で、離職手当として基本給の一倍から二〇倍を支給する協約を結んでいた。勤続一五年の行員で計算すると、従来の規定では一〇五万円だった退職金が、上乗せ分三六七万五〇〇〇円と離職手当六四四万六〇〇〇円余りが加えられ、計一一一七万円が支給される。金融機関でなかったら、こんな手厚い解雇条件は到底引き出せなかったに違いない。製造業やサービス業には業界の保険など存在しないからだ。会社が潰れたら、債権者に借金を支払って、残った資産を株主と従業員とで分けて、それでお終い(しま)である。

公的管理下の他の銀行でも、関西相和銀行と同じようなことが水面下で起こっていたのである。

「失業保険の延長前払いですよ」

大成銀行の若い行員はこうウソぶいてみせる。仕事はそこそこにして、転職先を探す。相当いい条件のところがみつかるまでゆっくり探す。職場の雰囲気をみるかぎり、これが破綻した企業とは思えないほど和んでいる。

ノルマもないし、事業計画もない。

厳しさのないぬるま湯の雰囲気の中で、大成銀行は、新たな国有林野特別会計――財政資金を垂れ流す仕組みになっていった。破綻銀行のうち公的管理とならなかった銀行も大同小異である。金融当局が破綻認定を行ったほとんどの金融機関は、経営権を管財人に移し、日銀特融によるつなぎ融資で業務を継続しながら受け皿探しを進めているが、なかなか買い手がみつからない。オーバー・バンキングの状況下で地方銀行や信用金庫などとの競争が激しいということはあるが、放漫経営で駄目になった銀行を高い値段のまま引き取る奇特な投資家は、どこにもいなかったのである。

「破綻銀行のために費やされた公的資金は七〇兆円を超えるだろう。これはほぼ確定した。さらに三〇兆円は必要になるのではないか。結局、一〇〇兆円はかかる――」

東南アジアの国々も一九九〇年代後半に金融危機を経験したが、費消した公的資金は、韓国が五兆七六〇〇億円、タイが八一〇〇億円、マレーシアが六七〇〇億円、インドネシアが四兆五〇〇〇億円にすぎず、総額で一二兆円を超えなかった。日本はその八倍以上のカネをかけて、しかも三倍以上の歳月をかけて、なお不良債権問題に関する終結宣言が出せない。

最終的にどれだけ公的資金が必要になるのか誰にも想像がつかない。日本銀行では、預金保険機構に対する貸し出しと資金運用部を通じた国債引き受けが止まらなくなった。二〇〇二年三月末、日本銀行のバランスシートはついに一五〇兆円の大台を突破した。

第九章　破　局

1

仲田均は、経営に苦慮していた。

ウィンドフォール社に買収されて、順調な再建コースを歩んでいたはずの東京国際銀行であったが内実は大きく違った。

はじめからわかっていたことではあったが、新しく株主となったドン・コックスの目的は、東京国際銀行の救済ではない。ドン・コックスにとって、東京国際銀行の取得は有利な投資の一つでしかないからだ。

瑕疵担保理論の適用を勝ち取ったドン・コックスは、周到に準備した上で仕掛けに入っていた。

デパートや建設会社など日本政府が瑕疵担保責任を負った企業を選んで、クレジット・デリバティブを組成した。クレジット・デリバティブは、ある企業が潰れるかどうかを賭の対象とする新金融商品だ。ドン・コックスは、これらの企業が倒産した際にあらかじめ決めた金額を支払う契約を結ぶかわりに、プレミアムを受け取る仕組みを組成した。経済行為としては保証に近い。保証料をもらうかわりに、万が一企業が倒産した場合には元本を支払うという契約になる。もっとも、クレジット・デリバティブの場合、保証行為とは異なり、本当の貸出債権がなくても契約することができるので、いくらでも組成できるのがミソだ。

このやり方でいけば、とりあえず保証料だけで相当の稼ぎになる。

もちろん、この取引のリスクは、それらの企業が本当に潰れてしまうことである。そうなると、想像もつかない支払いが襲いかかってくる。しかし、ドン・コックスは涼しい顔だ。その危機が表面化すると、すぐに日本政府に揺さぶりをかけた。慌てふためく日本政府は、あらゆる手段を使ってメインバンクにプレッシャーをかけ、その企業を延命させる方向に動いた。それこそがドン・コックスの狙い目だったのだ。懸念がピークに達する直前に、さらにクレジット・デリバティブを売りさばく。焦る投資家たちは競って東京国際銀行の保証――クレジット・デリバティブ――を買い求めた。ドン・コックスはクレジット・デリバティブを思いきり高い値段で売りまくる。ところが、しばらくすると、日本政府による説得工作が表面化し、安心感が出てくる。そこで、売ったクレジット・デリバティブを低い値段で買い戻すのだ。完全なインサイダー取引であったが、株式売買でないため法律違反ではない。

さらにドン・コックスが巧みだったのは、それらの取引をそのまま自分が所有しているペーパーカンパニーとミラー取引させていたことだ。ミラー取引とは、AとBがある取引を実施していた場合、BとCが同じ取引をすることにより、あたかもAとCが直接取引するのと同じ状況にする取引のことをいう。この場合、クレジット・デリバティブを買った客がAであり、Bが東京国際銀行、そしてドン・コックスのペーパーカンパニーがCにあたる。したがって、クレジット・デリバティブ取引で東京国際銀行が儲けた利益は、そのままドン・コックスの懐に入っていた。たった二年間のうちに三八〇〇億円以上のキャッシュが合法的にドン・コックスのモノになった。

無論、それにもかかわらずデフォルトしてしまう場合もないではない。ところが、その場合のみ、東京国際銀行とドン・コックスの会社間の取引は消失しているのだ。したがって、すべての損失は東京国際銀行が被ることになる。通常であれば、ミラー取引の相手方であるドン・コックスの会社が支払うべきなのだが、そのミラー取引の契約書類が消えてなくなっている。ドン・コックスが損する場合の契約書は消えてなくなるように仕組まれていたのだ。

そのマジックの重要な役割を担っているのが、仲田均であった。

仲田はドン・コックスの命を受け、利益の出た取引についてはミラー取引を通じてドン・コックスの会社に利益を移し、損失が出てしまった取引については東京国際銀行の取引として取り扱う切り替えスイッチの役割を果たしていた。

そして、ドン・コックスの利益の一部はキックバックされて、例のスイスの口座に振り込まれた。もう仲田均の預金残高は二〇億円以上になろうとしている。

もはや仲田はドン・コックスの意のままであった。リベートを受け取っている身で抗うことができるはずもなく、いざコトが露見した場合に最も危ないのは仲田自身であった。ドン・コックス自身は直接法律を犯しているわけではない。たまたま数多くのディールの一部を自分の関係会社が東京国際銀行と行っているだけである。

また、この仕組みに不都合が出るのは、東京国際銀行が貸している相手がデフォルトしたときだけだったから、「東京国際銀行は日本政府を信用して失敗した」と開き直ることもできる。デフォルトを仕掛ける悪いヘッジファンドに対抗するために、結果的にポジションを膨らませてしまった善意の銀行という体裁を整えることもできる。

ドン・コックスは、さらに最悪の事態に備えて、仲田均に指示を出していた。海外のペーパーカンパニーに対して、東京国際銀行に巨額の融資をさせていたのである。それらのペーパーカンパニーは、本当の所有者が特定できないように、幾重にも株主名簿に細工が施されていたが、すべてドン・コックスの支配下にあった。万が一の場合に、ドン・コックスは悲運の投資家を演じて、東京国際銀行を破綻させるシナリオを描いていたが、その際にはこれらの融資を焦げつかせる予定である。そうすれば、東京国際銀行に投資して戻ってこない資本金分以上のキャッシュを、融資の貸し倒れという形でわがものにすることができる。

どう転んでもボロ儲けできるようになっていたのだ。

生き馬の眼を抜くウォールストリートで生き残ってきたドン・コックスのしたたかさは、尋常ではなかった。

仲田均は真下に広がる日比谷公園を見下ろしながら、M&A担当としてニューヨーク支店に勤務していた一九八〇年代のことをときどき思い出す。脳裏に浮かぶのは、あの頃、大量に破綻したS&Lのことだ。S&Lというのは、アメリカの貯蓄貸付組合のことで、日本でいうと信用金庫や信用組合にあたる。

仲田は、この日も夕刻からグラスを片手に、外を眺めながら独り物思いにふけっている。専務とはいえ、ドン・コックスの寵愛を一身に受けている実質上のトップであり、よほどのことがない限り仲田の思考を遮る電話が入ることもない。

「S&Lは、一九八〇年代初め、短期金利の高騰の煽りを受けて、その多くが実質的な債務超過に陥った。それを救うために、アメリカの金融当局は、S&Lは大丈夫であるという政府保証を発行することにした」

現在の日本政府と同じことをアメリカ政府も一九八〇年代に行っていた。

「そこに悪い奴が目を付けたわけだ」

サイドボードの扉を開けて、常備してあるウィスキー・グラスとグレンフェディックのボトルを取り出す。仲田はスコッチ・ウィスキーの中でもグレンフェディックの芳醇さを好んでいた。ほとんど毎日のように夕刻にはスコッチをあおる。そうすれば、罪の意識も多少は鈍った。

「債務超過に陥っているということは、自己資本が枯渇しているわけだから、乗っ取ろうと思えば、きわめて少額の自己資金で乗っ取ることができたわけだ。そこで、わずかな資金でS&Lを乗っ取ってから、政府保証を盾に預金を集め、その預金を基に、ハイリスク・ハイリターンの投機に走った奴らが出てきた。投機に成功すれば大金持ちになれるし、失敗したところでツケは政府に回ることになる。奴らは最初から金融当局の信用を計画的に悪用するつもりだったのだ。だから、S&L問題の処理にはあれだけ巨額の公的資金を必要とした」

アメリカ政府が一九八九年にS&Lの整理統合に公的資金を導入したとき、一〇〇〇人近いS&L経営者が法的責任を追及されて投獄されている。犯罪的行為により私腹を肥やした罪によるものだ。放漫経営に関与した経営者の退陣は大前提である。アメリカであれば、株価が大幅に下落、低迷すれば、経営責任をとって経営者は辞任するのが常識だ。しかし日本では、多大の不良債権を発生させ、株価が大幅に下落しても、経営責任をとって辞任する経営者はほとんどいない。

日比谷公園を囲んだビル街の向こうに太陽が沈んでいく。グラスをかざすとオレンジ色の反射光がまぶしく煌いた。

「ドン・コックスは、一九八〇年代のS&Lで起こったのと同じことをやっているだけだ。何のペナルティーもないのだから仕方あるまい。タダ同然の破綻した日本の金融機関を買い占めて、政府の保証を取り付けて預金を集めた上で博打をすればいいだけだ」

東京国際銀行は、ドン・コックスの博打の煽りを受けて、財務内容を再び悪化させていた。儲かればドン・コックスに吸い上げられ、損すればその損失を丸抱えさせられるのだから、中期的にみれば東京国際銀行が再生するはずがなかった。

「俺はドン・コックスに言われたことをやっているだけにすぎない。悪いのは俺じゃないんだ」

仲田均は、グラスに残った琥珀色の液体をぐっとあおった。

「ただ、日本政府がドン・コックスよりも愚かだというだけさ……」

心地よい酔いが仲田の心を癒していく。

2

それは、ようやく暖かくなり始めた二〇〇二年の春の日、朝七時頃のことであった。

乾いた銃声が三発。世田谷区の閑静な住宅街の一角に低くこだました。

サイレンサーが付いているため音量はきわめて小さい。音に驚いて外を覗く人影もない。世田谷区特有の入り組んだ道路網の中でちょうど死角に入る地点にあたる。このこと一つをとってみても、プロフェッショナルによる犯行であることが推察された。

黒い革ジャンに濃いグレーのヘルメットをまとった男は、すばやく左右に首を振って周りを見渡した後、何事もなかったかのように近くに停めておいたスクーターに飛び乗り、鈍い赤色に染められていく路上を後にした。タタタタッという軽快な音とともに、男は環八通りへ姿を消していく。甲州街道と交わる上高井戸の交差点にたどり着く数分後には、朝の混雑の中に紛れて、男の姿は特定できなくなるに違いない。

街が異変に気づいたのは、その五分後である。

子供を学校に送り出すために玄関を開けた主婦が目にしたものは、大量に流れ出ている血潮と体をうつ伏せにした一人の男の姿であった。男の横顔はカッと目を見開き、どこか遠くを見ている。強い意志が感じられる精悍な顔立ちに陰りは微塵もなかったが、背中に空いた赤黒い三つの弾痕から鮮血が流れ落ちており、その血液の量はもはや手の施しようのないことを物語っていた。男はピクリとも動こうとしない。濃いグレーの背広は黒ずんで鈍い輝きを放っている。

男の名は、醍醐広司。

金融システムの再生に命を張った男の凄絶な最期だった。

高田喜美夫の画策で、金融の企画・立案機能はいったん大蔵省に残されたが、奉加帳増資をした東京国際銀行が公的管理になるなど、一連の大蔵省の金融行政に非難が集中したため、見直しが必至になった。その結果、大蔵省金融企画局を金融監督庁に吸収する形で、金融庁が発足している。

二〇〇〇年七月、大蔵省金融企画局の大蔵官僚は大量に金融庁へ移籍した。この組織改編の際、醍醐は検査部長から総務企画局長へと昇格し、実務を取り仕切るナンバー2として、金融当局の機能を実質的にすべて取り仕切るようになっていた。

金融庁は、醍醐広司の指揮の下、厳格な検査を淡々と遂行していった。大成銀行も淡々と処理された。醍醐は誰に媚びることもなく、いかなる圧力にも屈しない。いつの間にか醍醐は「金融界の特捜部長」と陰口を叩かれるようになっていたのである。

厳しい検査による資産査定は、情け容赦なく日本の金融機関の闇を暴いていく。企業舎弟に貸し込んで不良化した債権は、例外なく実質破綻先と分類されて、完全な償却処理を言い渡された。そうなると、金融機関の方も融資をストップせざるを得ない。長年にわたって続いてきた金融機関と暴力団との腐れ縁は、当局検査の厳しい圧力を受けて一つ一つ切られ始めた。

苦境に陥ったのは、暴力団の方である。

せっかくインターネット・バブルに乗じて、息のかかったベンチャー企業を上場させたり、有力な新規公開企業の株を暴力的に入手してあぶく銭を稼ぐという現代の錬金術を身につけたのに、そのための資金源が断たれては儲けそこなってしまう。傾きかけた中小企業を買収した上で保証協会から融資を引きだすという従来の手法を使うにもとりあえずの元手がいる。当局検査のせいで銀行からの融資が断たれると、活動に支障が生じるのだ。

初めは銀行にねじ込んだが、上から下まで、異口同音に「金融庁が融資を切れと命令したから仕方がない」と言うばかりで埒があかない。懇意にしている都銀の役員から、「醍醐っていう役人がいなくならない限りは、おたくたちにカネを貸すことは難しい」とこっそり打ち明けられたある暴力団幹部は、醍醐に警告を発することにした。カミソリを送り付け、無言電話も数十回に上った。

しかし、醍醐広司には何の変化も現れない。検査はますます厳しさを増すばかりだ。

妻や子供を脅しのネタにするという常套手段も、醍醐は妻と死別し、一人息子は海外に留学しているので使えなかった。

そこで、ついに実力行使に出たのである。

3

石崎慶一郎は、大蔵省副大臣の要職にある。

二〇〇〇年夏に実施された衆議院選挙で再選を果たし、鹿島派の中堅として確固たる地位を築きつつあった。何と言っても、鹿島龍三の信任が厚いことは傍からみても明らかである。民主自由党は、ペイオフ延期に代表される何でもありのバラマキ政策でなんとか衆議院選挙を乗り切り、第二次小野内閣を発足させていた。鹿島龍三は外務大臣に就任し、次の総理として内外に認知されるポジションを占めた。その鹿島の懐刀として石崎の将来も明るい光が射している——ようにみえた。

しかし、何かが違っているように思われて仕方がない。

石崎の心の底に澱のように溜まっている何かが、消化されないまま、大きくなっているような気がしてならない。

先送り、先延ばし、先送り、先延ばし——。

日本は何も学んでいない——。

石崎の脳裏では、いつもと同じ苦悩が堂々巡りしている。日本の不良債権問題は解決に向かっているようで、じつは全然そうなってはいない。小野内閣の方針は、まずは問題金融機関に公的資金を注入して資本を増強し、無理矢理生き延びさせた上でどうしても無理なもののみを処理するというものであったから、いきおい手後れになり、一件ごとの債務超過が大きくなっていく。マーケットで売り浴びせられた大成銀行の扱いは、じつは例外的な処理だった。その大成銀行にしても、維持費用をたれ流している。

「これでは、いくら公的資金があっても足りないではないか」

二〇〇二年に入ると、七〇兆円という公的資金枠が払底することが発覚し、公的資金の不足がクローズアップされてきた。ところが、まだまだ処理すべき金融機関は残っている。生保や保証協会のキズも深かった。

「鹿島さんはどういうつもりなのだろうか」

小野首相のバラマキ政策に、鹿島は何ら異論を差し挟もうとしない。巷では「小野啓三から鹿島龍三への禅譲が決まったのだろう」という見方が強まっている。それにしても政策通で知られる鹿島が沈黙を守っているのは不気味でもあった。

「真空首相」というあだ名で知られる小野啓三は、「国民に優しい政策・景気回復の最優先」を標榜し続け、財政のバラマキ度合いは年々ますます拡大するばかりであった。累積した財政赤字は、いつの間にか八〇〇兆円を超えている。誰がどう考えても返済できない規模になっている。

それに加えて納得できないのが、金融庁の人事である。

醍醐広司が死去したことにより、総務企画局長のポストが突然空席になった。野坂長官は金融のプロではない。一〇〇〇人体制にまで膨らんだ金融当局の中枢をコントロールすることのできる醍醐のようなエキスパートが必要だ。

その後釜として、高田喜美夫を充てるというのである。

高田喜美夫は、金融庁が発足する二〇〇〇年七月に、大蔵省金融企画局長から官房長へと順当に昇格する予定だったが、東京国際銀行の奉加帳出資を根回しした張本人であったことが災いし、マスコミから痛烈な批判が相次いだ。その結果、不本意ながら財政研究所所長へと横滑りする。その後は関税局長に転じているが、それまでの華麗な経歴と比べれば見劣りするポジションであり、不遇をかこっている。大蔵省では「高田の時代は終わった」との見方が支配的だ。

「石崎くん、大蔵省副大臣としての見解を聞きたいんですがね。金融庁の人事なんですが、醍醐総務企画局長が抜けた穴に、大蔵省関税局長の高田喜美夫くんを充てたいんだがどうでしょうか」

この話を鹿島から聞いたとき石崎は仰天した。

「それは駄目でしょう。高田氏は護送船団行政の象徴ですよ。醍醐氏がこれまで推し進めてきた路線とは全く異なります。一つ間違えると、金融庁は先祖返りしたのかと思われてしまいます」

「たしかにそのリスクはありますが、他に金融行政に精通しているエキスパートがいないのです。仕方ないのではないんでしょうか」

「そうでしょうか。金融庁でも人は育っているんじゃないですかね。しかし、それにしても高田氏はないでしょう。彼は戦犯に近い」

事実、野党の新民主党に所属している国会議員一六人は、東京国際銀行の奉加帳増資を巡って、高田喜美夫を詐欺罪と偽計利用の禁止などを定める証券取引法違反の容疑で刑事告発していた。債務超過であったにもかかわらず、絶対に立ち直ると偽って増資を主導したとして告発したのだ。結局、東京地検は、「増資の協力要請は金融政策の一環として行われており、出資した金融機関側にも被害意識がない」として刑事責任を問うだけの違法性はなかったと認定。不起訴処分の扱いとなったが、一般的に言って、高田が戦犯であることは疑いなかった。

「そうは言いますがね、石崎くん。アメリカの証券取引監視委員会における初代委員長が誰か知っていますか。ジョセフ・P・ケネディ——一九六一年にアメリカ大統領になったジョン・F・ケネディの父親です。彼は監督当局がいない何でもありの金融マーケットで、それこそ何でもありであくどいカネ儲けをしていたそうですよ。しかし、悪事の裏の裏まで知っていたからこそ、その後の発展の基礎となるルールを厳格に作れたのだといいます。何にせよ、素人では駄目です。高田くんにもう一度チャンスを与えてもいいでしょう」

「……そういうものでしょうか」

石崎は納得したわけではなかったが、そこまで鹿島龍三が言い切るということはすでに決定事項ということだ。決まっていることに議論を吹っかけるほど石崎も若くない。

政界入りしてからの一〇年近い歳月は、血気にはやる石崎慶一郎を、そこそこ落ち着いた中堅政治家に変えていた。正論を振りかざして争うことは、必ずしも有利ではない——その程度のことは自然とわきまえられるようになっている。一九九八年の金融国会で政策新人類として若さに任せて突進した若手政治家とは違う「石崎慶一郎」がそこにいる。

そこはかとない不安と痛みが、石崎の胸の奥底にまた一つ蓄積されていった。

4

二〇〇二年四月、高田喜美夫が金融庁総務企画局長に任命されたニュースは、一時期マスコミの紙面をにぎわせたが、それほど盛り上がらずに終わった。官僚の人事など長官人事でない限り、紙面の扱いはどうしても小さくなってしまう。

それに、小野内閣を支える民主自由党は、個々の銀行に対する金融検査に関してこそあからさまな横槍を入れなかったが、ペイオフ延期や生保に対する公的資金導入など、明らかに護送船団行政への復帰を志向していたから、高田喜美夫の復活は半ば自然の動きとも受け止められた。

実際、二〇〇〇年七月、大蔵省金融企画局の大蔵官僚が大量に金融庁になだれ込んできたことを背景に、金融庁内でも、検査部局を神聖化し検査結果を絶対視する風潮に反発心が生まれていた。大蔵省金融企画局から金融庁監督局に移った木田高志もその一人である。過去の大蔵行政を知る者であれば、検査のパワーが監督のパワーを凌駕している状況など耐えられるものではない。

「金融行政の中核は監督行政であって、検査執行ではない」

「検査部局ふぜいに、監督部局が従えるか」

「法学部を出ていない検査官に法律がわかるのか」

「規制の詳細を熟知していないくせに何が検査だ」

「やりたい放題やった検査の後始末をやらされる俺たちの身にもなってみろ」

木田に限らず、心の中でそう思っている官僚は少なからずいた。

もともとは、監督を担当する銀行局のキャリアが検査を執行するノンキャリアを完全に取り仕切ってきたのである。検査官が金融行政に口を出す権限もチャンスもなかった。多くのキャリア官僚は木田と同じで昔のノスタルジーを忘れきれない。ただ、レントゲン主義——検査至上主義を掲げた醍醐広司の方針に、面と向かって逆らうだけの気骨がなかっただけなのである。

その中で、高田喜美夫が醍醐の後任として降臨する。

醍醐のプレッシャーの下で、検査局の強硬姿勢に遠慮しがちだった監督局は、一挙に巻き返しに転じた。木田高志の気勢が最高潮に上がったことは言うまでもない。検査局に対する監督局の優位性を俄然主張し始める。

突然巻き起こった逆風の中、沢登隆一は監督局に対抗する検査局の最右翼として体を張っていた。醍醐の死をむだにしてはならないという、その一心が沢登を駆り立てている。いつも思い出すのは醍醐広司の告別式の日のことだ……。


「醍醐さん……」

告別式に参列した沢登は嗚咽がとまらなかった。情けないほどに涙があふれてくる。その涙をぬぐうこともできずに、ただ醍醐の生前を想った。生前を想えば、また涙がこぼれ落ちてくる。灰色の雨雲が空を覆っている。

初めて心の底から尊敬できる上司に巡り合い、日本の金融システムを再生させるために、ここまでやってきたのに……。

醍醐広司は国を思う本物の国士であった。体を張り、すべてを賭けた。官僚の中の官僚だった。そして、ついに逝ってしまった。

「沢ちゃん……」

振り向くと、そこには、同じようにびしょぬれになった村井の顔がある。滅多に弱気なところをみせない村井も今日だけは違った。

「村さん、どうしてこんなことに」

つねに人生の先輩として沢登を諭す立場にあった村井浩三も、この日ばかりは適当な言葉が出てこない。嗚咽をこらえるのが精一杯だ。

いや、沢登以上に村井は醍醐の死に途方もないショックを受けていた。

村井も醍醐に心服していた。ノンキャリアである村井がキャリアのお偉いさんに心を開いたのは、後にも先にも醍醐だけだ。

「……俺は何度も醍醐のおっさんにボディガードをつけるように進言したんだが、あのおっさんは笑って受けつけなかった。首相でもあるまいし、そんな仰々しいことは必要ないってな。俺が無理矢理にでもそうしておけば、こんなことには……」

「畜生、こんなことが許されていいのか」

互いに肩に手を当てて、体を震わせている。悲しみが、怒りが、無念さが互いの体を駆け巡った。

許せん。絶対に許せん……。

日本の銀行システムを、日本の金融を、日本の経済を、一人で背負って一人で立て直そうとしていた国士を……。

目を閉じれば、醍醐のあのいかつい四角い顔が浮かんでくる。短く刈り上げたヘアスタイルに精悍な顔立ち。怒るとギョロリとした目が釣り上がる。大概のことには寛容だが、筋を通さないことは多少のズレも許してはくれなかった。

「こんな検査のやり方で、お前らは後の世代に対して申し訳が立つのか。可能な限りの努力をしているとと本当に言いきれるのか。天に誓って公明正大だと言えるのか。いつまで不良債権問題と仲良く付き合っているつもりなんだ。このままで、日本が良くなると思っているのか」

独特の調子で優しく叱り飛ばす醍醐の声が耳に懐かしい。

醍醐のモットーは、「意志あるところに道あり」。ベストを尽くさないスタッフには情け容赦のない怒号が飛んだ。

醍醐は部下に対して、よくこうも言っていた。

「成功の秘訣はな、成功するまでやり続けるってことだ」

しかし、神は非情だった。

醍醐に、成功するまでやり続けることを認めなかった。その強固な意志を成就させなかった。日本の金融システムを再生させる目的を達成させなかった。

「村さん、俺たちは負けないよな。絶対に負けないよな」

なぜか「負ける」という言葉が口から出てきた。涙でぐしゃぐしゃになりながら、沢登は村井の体を強くゆすり続ける。村井は何も言えずにゆすられるままになっている。

「畜生……俺たちは負けちゃいけないんだ」

何に負けてはならないのか――沢登自身も明確にわかっているわけではない。

負けてはいけない対象は、暴力団のようでもあり、問題の先送りを続ける政治家のようでもあった。ひょっとすると、それらすべてを包含する日本の体制そのものなのかもしれなかった。

しかし、負けてはいけない、と心が叫んでいる。

醍醐がしきりに「負けるな」と囁き続けているように感じる。

「そうだよな、村さん。村さん……」

沢登に揉みくしゃにされながら、村井は濡れた顔のままで深く肯いていた。


あの日のこと、あの決意のことは、沢登の心に、はっきりと刻み込まれている。監督局などに負けるわけにはいかない。金融庁は、醍醐が拓いてくれた道を真っ直ぐに進まなければならない。

そんな中、二〇〇二年八月、ウィンドフォール・ホールディングス社の手によって再建されているはずの東京国際銀行に関する経営問題が発覚した。

「また、一兆円も資本を注入するというのか」

会議中にもかかわらず、沢登は木田に食ってかかった。

経営が悪化した東京国際銀行に対して資本を注入する計画を、木田が説明し始めた直後だった。木田は監督局を代表して、高田総務企画局長の前で再建計画の詳細を説明する役回りにあった。

「ああそうだ。東京国際銀行をここで潰すわけにはいかない。今回は、クレジット・デリバティブという特殊なディールを大量に行ったためにたまたま巨額の損失を出しただけだ。前回のように不良債権でやられているわけではない。前回はストックの問題だったが、今回はフローの問題だ。適切に資本を注入して、経営を立て直せば、東京国際銀行は再生する」

「そんなことを誰が保証できるんだ」

沢登は検査局を代表してこの会議に臨んでいる。

三ヵ月前の検査で東京国際銀行の査定をした沢登は、怪しげな取引が増えていることを危惧していた。もっとも、幾重にも偽装されたミラー取引のことに気づくまでには至っていない。

「この資料をみろ。東京国際銀行の本業は好調そのものだ。貸し出しは堅調に伸びているし、不良債権比率はゼロに近い水準だ。一部、デフォルトした債権もあるが、それは例の瑕疵担保理論によって国がカバーしている。預金も自然に流入するようになっている。単なるディールの失敗だけで、国を挙げて救済した東京国際銀行を潰すわけにはいかない」

「そんな甘い読みだから外資に舐められるんだ。あいつらは、その弱腰を読み切った上で追加資本を求めてきてるんだぞ。前回の検査では、その損失で債務超過スレスレだ。業務停止を言い渡すのが筋だ」

「そうは言っても、もうすでに六兆円も突っ込んでいるんだ。いまさら引き返すわけにはいかないだろう」

「それは間違っている。駄目な金融機関は例外なく破綻処理すべきだ。中途半端に資本注入を続けているから、本来であれば退場すべき金融機関がいまだにマーケットにとどまっている。そんなことだから、二〇〇二年になっても片づかないんだ。債務超過スレスレなんだから、業務停止を決断すべきだ」

「そういう短絡的な発想じゃ駄目なんだよ、金融行政は。検査局はこれだから困る」

二人とも会議中ということを忘れて熱くなる。

「そういう考え方こそが間違っている。そもそも一九九二年に『金融行政の当面の運営方針』で、『不良債権について、計画的段階的な処理を図る』という方針を示したのは、金融当局みずからが損失処理の先送りを指示したに等しかった。もしあの時、必要な損失処理を進めていたら、不良債権問題など一九九五年には終わっていたはずだ。問題を先送りすることがいかに状況を悪化させるか。そんなことさえわからないのか」

「まあまあ、二人とも熱くなりすぎているようだ。もう少し議論を整理しよう」

痺れを切らして高田喜美夫が割って入った。

「いずれにしても、東京国際銀行が窮地にあることは間違いない。そうだね、木田くん」

「はい」

「そして、このまま東京国際銀行が破綻すれば、多くの預金者や債権者に被害が及ぶことになる。そうだね」

「はい」

「監督局の判断としては、資本を注入して存続させた方が全体としてのコストは安くなる。そういうことだね」

「おっしゃるとおりです。局長」

木田高志はこの会議の前に高田と十分に打ち合わせてきている。すでに結果は決まっているのだ。二人にとってこの会議はセレモニーにすぎなかった。ただ、高田としてもまだ金融庁を掌握しきっているわけではない。合意は得た、というプロセスを経ておきたかったのである。

そこに沢登が反旗を翻した。

「なぜコストが安くなるのか、はっきりと説明してもらいたいな、木田」

「存続させた方が安くつくのは常識だろう。破綻させると保有資産を投げ売らなければならないから予想以上の損失が出る。その事実はこれまでのさまざまな事例ではっきりしている」

「それは事実と異なる。なまじ延命させてしまったが故に、コストが倍以上かかったケースがほとんどだ。再建させると言って合併を繰り返させ、その結果、破綻して巨額の公的資金を無駄遣いしてきた。その愚を繰り返すべきではない」

強気で押す沢登に対して、今度は高田喜美夫が相手方になる。

「その合併とか延命とかいう政策は、わたし自身が行ったものだが、沢登くんはあれが誤りだったというのかな」

一見、穏やかな言い方ではあるが、人事権を掌握する者としての威厳をその口調に込めている。黙れ——というプレッシャーが言外に感じられる。

しかし、それにひるむような沢登ではなかった。

「誤りであったことは明白です」

「それは聞き逃すわけにはいかない発言だね」

ドスを利かせて高田の声が室内に響く。

瞬間、静寂が全員を包む。沢登に視線が集まる。

その中で沢登の唇が動いた。

「事実は事実です」

沢登の剝き出しになった険しい目線が高田に向けられている。簡単に屈することはあるまいと読んだ高田は、とりあえず会議を終了させる方針に転換した。

「なるほど、それはきみの貴重な意見として承っておくことにしよう。ただ、今回の東京国際銀行については、木田くんの方向でいくことにしたい。皆さん、ご苦労さん」

高田は会議を無理矢理打ち切ろうとした——。

5

ところが、沢登は食い下がった。

「高田局長」

腹の底から絞り出した声が響く。腹をくくった表情がそこにあった。

「局長は時計の針を逆に回そうというのですか。また護送船団行政を繰り返そうというのですか。一九九七年春の失敗をまた繰り返すのですか」

一九九七年春の失敗とは、高田が主導した東京国際銀行に対する奉加帳出資のことである。

「沢登、何を言い出すんだ」

木田が割って入った。

「俺は失敗したことを失敗したと言っているだけだ」

動じない沢登をみて、仕方なく高田は応じた。

「沢登くん。あれは失敗ではなかった。何も問題はなかったのだよ」

「しかし、その後、東京国際銀行は破綻したではないですか。局長自身、国会で糾弾され、東京地検に告発されたことを忘れられたのですか」

執拗な沢登の追及に対し、高田はひとつ深呼吸して返した。

「あれはきみたち検査部局の失敗だ。東京国際銀行は潰す必要はなかったし、潰すべきでもなかった。きみたちには知恵がなかった。大蔵省が一度決めたことを覆すということが何を意味するかがわかっていなかった。そして、きみたちは暴走した。きみたちが暴走さえしなければ、東京国際銀行は潰れることはなかったし、金融界に対するわたしの約束が破られることもなかった。あれは、きみたち検査官の失敗なのだ」

高田はひとつひとつ諭すように、沢登に言葉を投げつけた。

「この期に及んで何を言うんですか。まだごまかそうというんですか」

腹に響く太い声が弾けた。

「失敗したのは、高田局長、あなたの方だ。旧態依然とした護送船団行政を続けて、被害を膨らませ続けた。そして今また、同じ過ちを繰り返そうとしている。局長、あなたは、自分の責任にさえならなければ、どんなに大きな問題でも先送りすればいいと思っているんですか。公僕としての魂はないのですか。国民に対して、胸を張って、あなたの政策を公表していけるのですか」

沢登は不覚にも涙していた。

このまま金融庁の政策が高田の思い通りになってしまったら、醍醐広司の死は無駄になってしまう。日本の金融界から完全に消え失せようとしていた規律を復活させるために、醍醐はみずからの命まで犠牲にしたのだ。

こんなことでいいのか……。

こんないいかげんな再建計画を成立させることのために、醍醐は命を捨て、俺は厳しい仕事を長年こなしてきたのか……。

しかし、これで動揺の兆しをみせるような高田ではない。感傷に突き動かされる沢登を冷静に見下している。

「沢登くん。わたしはわたしのやり方に誇りを持っている。これまで、わたしのしたことに誤りはなかったし、これからもないだろう。政策に好き嫌いはあるかもしれないが、私情をはさむのはプロフェッショナルとは言えないね」

「局長は、本当に誤りがなかったと思われるのですか」

「ああ、そう信じている」

高田の応答を直接耳にして、意を決した沢登は次の矢を放った。

「なみかぜ銀行の特定合併についても誤りはなかったとおっしゃるのですか」

なみかぜ銀行は、一九九八年一〇月に第二地方銀行の波徳銀行と潮風銀行の両行が特定合併してできた銀行だ。関西圏を中心に一一〇の店舗をもち、預金量は一兆六八五〇億円。大蔵省主導――当時銀行局長だった高田喜美夫の主導――で誕生した合併行である。もっと正確に言えば、公的資金を注入して、その合併を可能にさせる改正預金保険法を通したのも高田だったから、なみかぜ銀行は高田が自作自演した自慢の作品と言ってよかった。その法律で、行政が斡旋することを条件に、破綻しかけた銀行同士の合併に対して預金保険機構が不良資産を買い取ることができるようになったのである。

一九九七年一〇月、両行に合併を発表させて、一二月一二日に預金保険法を改正し、九八年五月二一日に大蔵大臣が合併を斡旋した。そうした努力の結晶であるなみかぜ銀行が、一九九九年八月、将来、預金の払い戻しを停止する恐れが生じるという理由で破綻処理の対象になった。一一〇〇億円の債務超過になってしまったのだ。合併してからたった一〇ヵ月で破綻してしまったのである。マスコミからも「特定合併は悪い銀行の延命策にすぎない」として厳しく糾弾された案件だ。

「行政としては、法に従い、善意を持ってやった。したがって、誤りではない。結果としては、破綻してしまったので行政責任については残るかもしれないが、もし、わたしが金融庁にいたら、破綻はさせなかった」

高田はまるで意に介していない。

「いまでも本気でそう思っているんですか」

「沢登、いいかげんにしろ。もう十分言っただろう。もう止めておけ」

木田は気が気ではなかった。しかし高田は木田の仲介を無視して答えた。

「本気も何も、それが事実だ」

「局長が作った特定合併をさせるための法律は、結局一九九九年三月に廃止されました。それでも誤りではなかったと言い張るんですか」

「沢登くん、世の中というのは変化が激しいものだ。今日正しいことが明日には正しくなくなるかもしれない。当時はあれで正しかった。あれ以上の案はなかったのだ。よりよい案がなかったという意味で、当時の金融行政は正しかったのだよ」

沢登はなおも噛み付いた。

「それで、世の中が通ると思われるのですか」

「沢登、止めろ。局長に対して言葉が過ぎるぞ」

木田は必死で沢登を制したが、沢登は聞く耳を持たない。

「高田局長は――」

怒る右手で会議室の机を叩きつけた。

「――不良債権問題を先送りし、場当たり的な救済でお茶を濁してきた過去の行政のツケが回ってきているということをまだ理解されないのですか。銀行は潰れないと言い続けて本当の解決を先延ばししてきたツケが、こんなにもわれわれを苦しめているのではありませんか。それがまだわからないのですか」

しばしの間、静寂が会議室を支配する。

何を言えばいいのかわからず誰もが口をつぐんだ。

凍り付いた空気の中で、最後に高田が重い口を開いた。

「わたしには、きみが何を言いたいのかよくわからんな――」

そして不機嫌そうな声が響く。

「――会議は終わりだ」

東京国際銀行への再度の資本注入が決定した一週間後、人事異動が発令された。

人事異動を示す一枚の紙には、沢登隆一の名がある。九州財務局への出向が記されていた。

きわめて異例の人事であった。

6

「また円が売られたか。これで一ドル一六〇円も時間の問題だな」

点滅するボードを眺めながら、近藤巧は一人つぶやいていた。近藤は公的管理後も大成銀行で資金為替部長を務めている。

大成銀行は、二〇〇一年七月に公的管理に入ったが、その後なかなか買い手がつかず、再生するでもなし、破綻するでもなしという曖昧な状況の中で、ズルズルと縮小している。若手は新しい職場を求めて転職していったが、五〇代後半の近藤には良いポストがない。公的管理下の銀行には給与アップこそないものの、民間のような厳しい給与カットはない。とりあえず、若手が辞めた穴埋めをしながら実務が滞らないようにするだけでも結構な仕事量があった。部下だった安岡康はすでにモールスサットン証券に転職している。

「それにしても、海外の円売りと顧客のドル買いが強すぎる。ロットも半端じゃない。日銀の金融緩和でカネが余っているからある程度は仕方がないんだろうが。このままだとものすごい円安になるんじゃないのか」

大成銀行が破綻したのを最後にして、危ないと噂のあった問題銀行には、とにかく早めに公的資金を突っ込んで明らかな債務超過に陥ることを回避するという政策を取ったため、銀行システムの動揺は表面上収まっていた。海外展開する邦銀は合併でメガバンクとなった四行だけになった。

公的資金に支えられた形ではあったが、大成銀行の破綻以降、大規模な銀行破綻は起きなくなっていた。二〇〇二年夏に起こった東京国際銀行の再破綻という危機も、高田局長の決断で資本注入されたことにより、ひとまず回避された。

「銀行は潰されない」という神話が復活したため、カネはこれまでのように回るようになる。モンスター高田の神通力も回復してきた。インターバンク市場もゼロ金利の呪縛から解き放たれて徐々に正常な姿に戻っていく。資金が円滑に還流するようになり、企業活動も急速に活発化した。

銀行システムの機能がとりあえず正常化して、タンス預金が銀行に戻ってくると、よりよい投資機会を求めて、カネは本格的に動き始める。金利差に目をつけた資金は、ドルへ、ユーロへと、海外をめざした。円金利はゼロ水準から浮上を始めたとはいえ、世界的にみればまだまだ低水準だ。景気回復を確実なものにするため、日本銀行は低金利政策を持続した。米国景気は明らかなダウントレンドに転じていたが、ドル金利の魅力は消え失せなかった。国内資金の海外流失は止まらなかったのである。


大幅な円安になれば、輸出企業が息を吹き返す。

日本は輸出主導の景気回復にわき、V字型の回復がやってくるという論調も目立ち始めた。生産活動が活発化し、久方ぶりに明るいムードが日本を包み込もうとしている。

ガソリンがかけられている乾いた薪――過剰流動性の存在――を問題視する良心的な経済学者も一部にはいたが、久方ぶりの景気回復を喜ぶ声にかき消された。日本銀行の福川峻が思い悩んでいた予防的かつ強力な金融引き締め――ボルカー・ショック――など話題にものぼらなかった。

日本経営新聞のヒゲこと藤島信二は、二〇〇三年一月一日付けの社説にこう書いている。

「長い長いトンネルを抜けて、今ようやく日本経済は本格的な回復軌道に乗った。バラマキと言われ続けた財政政策とゼロ金利に量的緩和を加えた金融政策が、その基盤を支えたことは言うまでもあるまい。小野内閣の経済政策は一部から厳しく批判されてきたが、結局は正しかったことが証明された。後はこの流れを定着させるだけである……」

この時期の雰囲気をよく表している文章だ。

もっとも、全員が全員、その雰囲気に酔っていたわけではない。少なくとも、福川峻は酔いきれないひとりであった。

「物価は本当に大丈夫なのか?」

円安を示して点滅するボードをみながら、福川はその悪影響を憂慮している。円安が止まらない。輸入物価は円安を反映し始めた。一六〇円を軽々と突破した為替相場は、一七〇円をめざす動きに入っている。円金利があまりに低いために、ヘッジファンドたちが、巨額の円資金を調達してドル資産として運用するキャリートレードが花盛りとなり、急速な円安を演出し始めたのだ。振返ってみれば、大量の円資金が余っている。円安が円安を呼び、ドル運用が高いパフォーマンスを示し始めると、国内でうごめいていたマネーは、一挙に海外へと向かった。

円安に伴い、じりじりと輸入物価が上がっていく。景気が上向き、多少でも需給がタイトになると、すかさず価格の上方修正が行われた。知らぬ間にデフレを囃す声はやんでいる。「グローバリゼーションの結果、インフレは死滅した」という評論もいつのまにか姿を消した。

そんなとき、中東地域で大規模戦争が起こった。

二〇〇三年一月一七日、イラクのマケイン大統領は、一か八かの大バクチに打って出ることを決断した。イスラエルに向かってスカッド・ミサイルを発射したのである。米国を中心とした多国籍軍が「砂漠の嵐作戦」を展開して湾岸戦争が勃発してからちょうど一二年目のことだ。イラクは、原油輸出の禁止などこれまでの米国の締め上げに激しく反発し、積年の恨みを晴らすため、反撃の機会を狙っていた。隣国のヨルダンもパレスチナの解放を叫んで、イラクと手を結んだ。世界各地でイスラム原理主義者たちが反米活動を開始、テロが横行した。世界はおののき、マーケットには緊張が走った。

福川が憂慮していた悪影響は現実のものとなる。

円は二〇〇円を超えて暴落。一九九〇年代後半、一バーレル一〇ドル程度で低迷を続けていた原油価格は、一挙に五〇ドルを超える急騰を示した。原油や非鉄を中心に国際商品市況は一九九九年の秋を境にすでに底ばなれしている。発展途上国における人口爆発は潜在的な過剰需要としてマーケットを支えた。長年かけて育てた自主開発油田をサウジアラビアとクウェートに接収された後だっただけに、安定供給に不安を残す日本の経済界はパニックに陥った。産油国に足許をみられて、価格はさらに吊り上げられていく。

円の値段が半減し、原油の価格が上がり、カネはだぶついている。ガソリンがかけられている乾いた薪は、長い長い眠りから目覚めてついにめらめらと発火し、恐るべき猛威をふるった。

「やはり経済学が教えるとおり、インフレーションはつねにかつどこにおいても、貨幣的な現象だった。貨幣量の変化は短期的にはともかく長期的には専ら物価のみに影響をおよぼす。日本銀行券は所詮、紙っきれにすぎなかった」

福川は経済理論の正しさを思い知らされた。そして、その事実が改めて認識されたとき、日本の通貨は一挙に堕落した。高速輪転機でいくらでもカネを印刷すれば何とかなるという考えは甘かった。いや、甘すぎた。その裏付けとなる経済実態がなければ、膨張した通貨はいつか堕落し、インフレーションという形で天罰を下すであろう――これは経済学の基本中の基本であった。

消費者物価は年率一〇%を超えて、ピークには前年比一八%まで上昇する。

みるみるうちにあらゆるモノの値段が上がっていく。上がるから買う、買うから上がるという、モノの値段のバブル現象が亡霊のように復活した。上がらないモノはない。永久に回復するはずはないと思われていた地価すら底をうち反騰を始めた。ついその前まではデフレ・スパイラルを心配していたのが信じられないようなインフレーションがやってきた。

供給過剰の中で供給不足は起こり得ないと思われていたが、実際、物価が上がり始めてみると、供給サイドの調整は大幅に遅れた。しかも、世界経済が緩やかに拡大し、マネーがだぶつく中で一次産品の価格が一挙に水準を引き上げたために、安い輸入品による価格引き下げ効果も限定された。発展途上国側も原油代金を賄うために、輸出品価格を引き上げざるを得なくなったのである。ポール・クレージュは「グローバル化した世界経済においてはインフレは死滅する」と主張していたが、それはウソであった。マネーは世界的に過剰になっており、それが点火したとき、インフレを妨げるものは何もなかったのである。


「まるで第一次石油ショックの再来をみるようだ……」

福川の脳裏で、近代経済史の一幕が映画のように再現されていく。

一九七三年一〇月六日、第四次中東戦争が勃発したとき、ペルシャ湾岸六ヵ国は原油価格を二一%引き上げ、アラブ石油輸出国機構は原油の供給削減を決定実施した。アラブ石油輸出国機構は先の六月に一一・九%の原油値上げを決定していたのだが、一二月にはこれらに加えて原油公示価格を二倍に引き上げると通告した。その結果、原油価格は一年ちょっとの間に四倍になったのである。

「あのときも、インフレ期待が過剰流動性に着火した瞬間に、経済が瓦解した」

石油ショックがインフレにつながったのは、原油価格の急騰自体よりも、「原油の価格が引き上げられる」というニュースがインフレ期待を醸成したことによる。商品が上がりそうだという投機心理が「原油価格の急騰」というニュースとともに企業から一般消費者に広がり、モノ不足の恐れとインフレ予想の心理が日本を席巻した。

そしてその背景には、過剰流動性の存在があった。マネーが物価の高騰を構造的に支えたのだ。一九七二年に成立した田中内閣は円の切り上げを防ぐために、国内需要を刺激する「調整インフレ政策」をとると宣言。物価が多少上がっても、製造業の需給ギャップが一三％もあるから大丈夫という説が広まった。一九七三年の当初予算は一般会計で二四・六％、財政投融資で二八・三％増という超大型財政支出を行った。このため国債発行は当時としては破格の二兆三四〇〇億円を記録する。

福川峻の目の前でいま展開されている物価上昇は、三〇年前をそのままなぞるような経済現象だったのである。

「なぜ一刻も早く金利を引き上げて、金融を引き締めないんだ。インフレ期待を放置すれば、取り返しのつかないことになってしまう」

福川の焦りは最高潮に達している。金利引き上げを示唆するペーパーも何度か早野総裁に提出している。早野雄三も金融引き締めの必要性は認識しているはずだ。

ところが、ボルカー・ショックを断行しようとしない。

赤字の累積により完全に手詰まりになった財政政策になりかわって、金融政策で景気を支えるしかないという論調が支配的になっていた中で、日銀総裁の早野雄三は迅速に金融を引き締めることを躊躇した。回復してきたとはいえ、それは大きな輸出企業を中心とした話であり、中小企業はようやく底を脱しきれるかどうかという状況にあったからだ。逆に円安や物価高が経営を圧迫している企業も増え、これに加えて金利負担が増えれば、少なからぬ中小企業が破綻する状況になってきた。早野は、景気への悪影響を理由に、事実上、インフレ進行を放任したのである。

「――これは大変なことになる。大半の国民が不幸になってしまう」

福川の直感は正しかった。

年金生活者の生活は完全に崩壊した。生活苦を理由に高齢者の自殺が急増する。二〇%近い物価上昇に耐えられるはずがない。高齢者の五人に一人が自殺を企てた。

普通のサラリーマンも大打撃を受けた。定期昇給などという慣行はすでになくなってしまっている。多くの企業は完全な年俸制を導入済だ。管理職になる前の月給は一律三〇万円に統一する会社も出てくるなど、年功序列型賃金は遠い昔の物語と化していた。労働組合は形骸化し、春闘という毎年恒例のお祭り騒ぎはすでにない。給料が自然に上がるメカニズムがなくなっていた。物価が上がっても給料は上がらないから、生活は一挙に苦しくなる。

しかも、インフレになってもリストラは続けられた。失業率は八%を超え、二〇〇万人とも三〇〇万人とも言われる企業内失業が一挙に表面化した。個人貯蓄一二〇〇兆円の六割を占めていた預金保有者は、その資産価値の多くを失って茫然自失となった。一九九〇年には一万件にすぎなかった自己破産は九〇年代を通じて増え続け、九九年には一二万件、二〇〇三年には二五万件を突破した。

そして金利も跳ね上がった。

「――最悪の対応だ」

インフレがスタートした当初、早野はそれまでの低金利政策を維持しようと試みる。しかし、焼け石に水だ。低金利を維持するために、マネーを供給すればするほど、インフレ期待が煽られた。こうなると、インフレ期待はウィルスのように自己増殖していく。インフレ期待が度過ぎてしまったため、金利コントロールが不能になってしまったのだ。

短期金利は、最終的に三二％まで跳ね上がった。国債が市場に溢れかえっており、債券価格が下落し易くなっていたため、長期金利への影響も避けられなかった。生保最大手の新日本生命が「信頼できる財政再建計画ができるまで国債購入を停止する」と表明したこともあって、国債の金利は一一％を超え、貸出金利はさらに高騰した。大量の国債の存在は金融政策の自由度をいつの間にか奪っていた。国債残高が膨大な金額に膨らんでいる中、高金利の下で国債が売られ、短期金融資産へのシフトが大規模に起こったりする。そういう状況下で、マネーの量をコントロールすることはますます困難になってしまったのである。

なかなか発生しなかったインフレではあったが、いったん発生すると制御が難しく、手に負えない状況になっていく。

「ボルカー・ショックを早期に決断しなかったからだ――」

福川峻は早野総裁に絶望的な幻滅を感じていた。

「あの人はメンツさえ立てばいいのか。当座の世論さえしのげればいいのか。本当にインフレを起こしたくないのであれば、マーケットがインフレを読み込む前に先手を打つべきだった。ボルカー・ショックが実施できないのであれば、中央銀行総裁の価値はない」

無論、福川が行内の会議でそう主張することはない。そんなことをすれば、日本銀行では出世の道が閉ざされる。そうではなく、上の意向に忠実に従っていれば自動的に昇格できた。それはかつての上司、城井明彦をみていればわかる。城井は国債の直接引き受けを跳ね返したということで評価がさらに上がり、市場金融局長を経て、早々と政策担当理事に抜擢されている。

「資金運用部の売り現先は、実質的に国債の直接引き受けと同じではないか。それを詭弁で取り繕っているだけだ。それを評価するのか」

福川自身、城井と一蓮托生で左遷の憂き目にあっていたかもしれなかったから、資金運用部の売り現先という奇策でしのげたこと自体はありがたかったが、国債の直接引き受けと同等のことを認めてしまったことに強い罪の意識を感じてもいた。

バブル時代、日本銀行は「乾いた薪の上に座っている」ことを認識していた。一九八八年にはバブルを未然に防止する――バブルの弊害を最小限度にとどめる――ために予防的な金利の引き上げを画策してもいた。他の諸外国は前年に早々と金融引き締めに転じている。アメリカもドイツも金利を引き上げた。日本ひとりが遅れていた。

しかし、結局できなかった。

翌年四月の消費税導入を前に、当時大蔵省はひじょうに神経質になっていた。中でも、消費税反対の論拠であるインフレ惹起論を万が一にも刺激しないように必死であった。消費税を導入すると便乗値上げが相次ぐという根強い批判があったからである。そんな時期にインフレ防止を掲げて、日本銀行が金利を引き上げることを許せるはずがない。大蔵省は一枚岩となって金利引き上げに反対する。

当時、現日本銀行総裁の早野雄三は政策担当理事の職にあった。早野は利上げを主張する最右翼だったが、ついに徹底抗戦できなかった。その理由は人事にある。日本銀行の役員人事は大蔵大臣の認可事項であった。次の副総裁、そして次の次の総裁として期待されていた早野は、最後の最後に、みずからの出世の見返りとして、バブルの膨張を黙認したのである。イージーマネー――金融緩和――は、中央銀行にとっても、早野雄三にとっても、イージーポリシー――楽な政策――だったのだ。

命を張って通貨の価値を守るセントラルバンカーは存在しなかった。

その結果、一五年後、総裁の職にある早野雄三の指揮の下で、歴史はまた繰り返された。

「――考えられうる限りの最悪のシナリオじゃないか。中央銀行が金利のコントロール機能を失うほどにまでインフレ期待を放置するなんて。日本経済のファンダメンタルズはガタガタになるぞ」

評論家としての福川の目は冴えている。

金利が急速に上昇したので、変動金利で借り入れていた住宅ローンを払えなくなる人々が続出する。一部の資産家を除いてサラリーマンの生活は困窮化した。少なからぬ労働者は貧困化する。インフレーションは、債権者から債務者へ、倹約家から浪費家へ、所得を勝手気ままに再配分していく。所得格差は急速に拡大し、特定の一部の者に富が集中する。

円が信じられなくなった人々は、ドル紙幣を手元におき、ドルの現金で決済するようになった。その結果、ますますドルは強くなり、日本はドルの属国と化した。ブラジルやパナマの話だと思われていたダラライゼーション（Dollarization）――ドルの自国通貨化――が日本各地で起こった。

大成銀行の近藤巧は、安くなるばかりの円相場を眺めながら、世の中の変化の激しさを思う。点減するボードが日本国が売られていることをまた告げている。

「これだけ日銀がジャブジャブの過剰流動性を放置しておけば、いつか円安になるとは思っていたが、それにしても一ドル二四〇円まで戻るとはな……。ひょっとして政府は、固定相場時代の一ドル三六〇円まで戻すつもりなのではないか……」

7

　鹿島龍三は、赤坂の料亭でほろ酔い気分を楽しんでいた。ほどよく冷やされた吟醸酒が喉に心地よい。向かい側には高田喜美夫があぐらをかいて座っている。二人は祝杯を酌み交わしていた。

「いやあ、鹿島先生。本当に助かりました。先生のおかげで、国家財政は立ち直ります。国の借金は棒引き同然、税収は過去最高を記録するでしょう。このインフレで、年金の赤字問題も解決できるでしょう。本当にありがとうございました」

「いえいえ、高田さんの深慮遠謀には参りました。財政再建のためには放漫財政が必要だという逆説的な戦略が当たりましたね。大型財政出動と金融危機対策で財政資金を出し続け、日本銀行には資金運用部を通じて間接的に国債を引き受けさせて、市中に大量にカネをばらまく。銀行は生かさず殺さず公的資金を注入し続ける。これでインフレの種がドンドンまかれた」

　高田の細い目が黒いフレームの奥でニヤリと光る。

「資金をたんまり注入してインフレにしてしまえば、国家財政は好転し、ゼネコンも助かるわけですからなあ。結果的に公的管理銀行もインフレに乗じて財務内容を好転させることができる。一石三鳥とはまさにこのことですな。アホなマスコミは気づきもしない」

鹿島から酌を受けた杯を飲み干した後、返杯しながら、高田は続ける。

「この戦略を練り上げるためにわたしは、戦時中の財政赤字問題を徹底的に調べ上げました。当時は、一般会計と特別会計のほかに、戦費用の臨時軍事費特別会計があったのですが、これらの合計ベースでみた国債依存度は、第二次世界大戦中三五〜五五％で推移していました。多年度に亘って、高い国債依存度が続いたので、国債発行残高はＧＤＰの二・七倍にまで達してしまった。しかし、戦時中に発行された大量の国債は、戦争末期から戦後にかけての激しいインフレにより、額面価値が極端に下がったので完全に償還できたのです。状況は今回も同じ。インフレなしには、現下の財政破綻は回避できなかったのです」

高田の力説は続く。

「そのためには常軌を逸した過剰流動性が必要でした。戦後のハイパー・インフレも過剰流動性に支えられたという面が大きいのです。一九四四年末に一七七億円に過ぎなかった日本銀行券発行高は、終戦当日の一九四五年八月一五日には三〇三億円を記録し、半年後の一九四六年二月には六〇五億円と倍増しました。この通貨大増発に煽られて食料品などのヤミ価格が暴騰し、物価は二倍に跳ね上がっています。平成の財政再建にもこのプロセスが必要だったのです」

「そうでしょうな。あなたの戦略は正しかった」

「しかし、東京国際銀行には参りました。あれで、官房長、主計局長を経て事務次官になる道が閉ざされたのですから……」

大物官僚である高田にしては言い方が多少愚痴っぽい。

「まあ、そう言いなさんな。総務企画局長を無事務めきれば、一段上の金融庁長官を狙うという道もある。公正取引委員会の委員長になるという手だってあるでしょう。人生は意外に長い。多少の回り道はあるもんです」

鹿島に次のポストを示唆されて高田は機嫌を直した。次期首相と目される大物政治家鹿島龍三は、実質上、高級官僚ポストを一手に握っている。昔話をほじくり返すマスコミの批判さえ鎮静化すれば、もう一段ステップアップすることは十分に可能だ。高田はそう計算して相好をくずした。

「それにしても、鹿島先生はすごい。あなたは日本国の恩人だ。国家百年の計のために体を張られた。これで、あの巨額の財政赤字もあっという間になくなるでしょう。さすがというしかありません」

「それもこれも稀代の策士、高田喜美夫の戦略あればこそでしょう。東北拓殖銀行と山三證券を破綻させたときから、あなたとわたしは一心同体だった」

「そうですね。公的資金の導入を成功させ、どんどん金融機関に資金を注ぎ込む。そのために発行する国債は、資金運用部経由で日銀に引き受けさせる。打ち出の小槌のようにお札を刷り続ければ、おカネは過剰になる。過剰流動性が常態化して、おカネが余りまくればいずれインフレになる。インフレになれば、財政赤字は雲散霧消し、初めて財政再建が果たされる……」

「そして、その目的が達成される環境がようやく整ったわけですな」

「ええ。ようやく日本は再びアメリカを追撃するスタートラインに着きました。これからが本番です」

高田の目が輝く。

一九八〇年代を通じて世界中から批判されてきた米国の財政赤字は、日本と比べるべくもないほど改善していた。グラム・ラドマン法による対応では何度か失敗もあったが、一九九三年に就任したクリントン大統領は、選挙キャンペーンを通じて財政の立て直しを謳い、当選後は「OBRA93」

と呼ばれる財政包括調整法を成功させ、景気の回復と相まって財政を健全化させてきた。累積財政赤字を解消する見通しも立っている。

また、ＥＵ各国も財政再建を確実なものにしていた。一九九三年のマーストリヒト条約の発効により、通貨統合の条件として、毎年の赤字をＧＤＰの三％以下に抑えることが義務付けられている。フランスでは、公務員給与の凍結や年金の削減で財政赤字を減らそうとして大規模なゼネストが発生していたし、財政の落第生と呼ばれていたイタリアなどでも財政赤字削減に向けて必死の努力が続けられている。

こうした世界各国の動きに、日本もやっと追いついてきたのだ——。そうした苦難を乗り越えて諸外国は財政の健全性を取り戻していた。

「いずれにしても、このインフレの責任は現首相の小野啓三がとらざるを得ますまい。次の首相は鹿島先生以外にない。頼みますよ、鹿島先生。日本を再生させるのは先生しかいません。ぜひ、わたしのことも忘れないでいただきたいもんですな」

「もちろんですとも、ここまできたのはあなたの知謀のおかげです。高田さん、最後の仕上げとしてあなたにはまだやってもらいたいことがありますからね」

鹿島龍三はニヤリと笑って杯をあおった。

そう、最後の仕上げが必要だ。鹿島は内心でつぶやいた。

この会合のちょうど一ヵ月後、小野啓三は鹿島龍三に民主自由党総裁の座を禅譲する。インフレーションのために、世論がこれまでの小野内閣の政策を罵倒する中では、当然の降板と思われた。

鹿島はついに総理大臣に上り詰めた。

そして、四〇歳代と若いながら、石崎慶一郎は大蔵大臣に大抜擢された。

インタビュー　二〇〇三年秋

石崎慶一郎（大蔵大臣　四九歳）　二〇〇三年九月一日　大蔵省大臣室

——大蔵大臣ご就任おめでとうございます。

「ありがとう。しかし、この状況で大蔵大臣になるのがハッピーかどうかは考えものだな」

——と言いますと。

「考えてもみてくれよ。この借金。八〇〇兆円なんだよ。前の小野総理は『わたしは世界一の借金王になった』とジョークを飛ばしていたけど、笑い飛ばせるような金額じゃないんだ。金利だけで最低二〇兆〜三〇兆円の支払が必要になる。金利が一％上がれば一〇兆円近い追加負担が発生する。財政赤字はGDPをはるかに超えてしまっている。一昔前、財政政策の落第生という烙印を押されたイタリアなんて比較にならないひどさだ。ブラジルみたいな財政破綻国と比較するしかないありさま。これから俺がしなければならないことは、国民に耐乏を強いることばかり。気が重いよ」

――耐乏を強いるというのは、増税っていうことですか。

「そうねえ。増税というのは難しいだろうね。辛抱強く歳出を抑えていくしかないだろうね」

――でも、景気が回復すれば、税収が増えて財政再建もできるんじゃないんですか。

「景気回復が財政再建につながるという期待は間違っている。景気回復による税収増では増えるばかりの金利負担はまかなえない。名目値で日本経済が三・五％成長し、国債費と地方交付税を除いた一般歳出を横ばいに据え置いたとしても、毎年の国債新規発行は三〇兆円以上必要になるんだよ。そして、国債残高は増え続ける。多少の歳出カットをしたところで財政の均衡点に戻ることは不可能なんだ。景気が回復すれば財政再建できるというのは、真っ赤なウソなんだよ」

――たしかに国債は増発し続けていますよね。

「仕方ないさ。一般会計にしわ寄せされた財源不足は国債の発行で賄うしかない。とにかく国債を増発してしのぐしかないんだ。市場で捌ききれない分はとりあえず資金運用部に購入させて、日本銀行に売り現先を実行すればいいというんで、小野内閣は財政赤字を膨張させ続けてきた」

――やっぱり、あの二〇〇〇年度の予算が致命的だったんじゃないでしょうか。

「二〇〇〇年度予算は、査定後の金額が各省の申請額の合計よりも多いという不思議な予算だったからね。そんなこと予算制度ができて以来初めてのことだった。一般歳出と国債費はいずれも過去最高。歳出面の国債費比率なんて二五・八％で、予算の四分の一が借金返済という体たらく。歳入をみても火の車だ。税収が低迷しているんで、国債発行は三二兆六一〇〇億円と一九九九年度に続き三〇兆円を超えた。あの予算がその後の自堕落な方向を決定付けたことは否定できない」

——財政資金をバラまいておいて、なんでもかんでも国債を発行して賄おうとするんですからね。

「二〇〇〇年度予算で、歳入が国債発行に依存する比率は三八・四％。これは戦後二番目の悪さで、戦時中のレベルに匹敵するひどさだ。借り換えのための国債発行を加えると、国債発行総額は八五兆円を超えて、国の一般会計総額を上回っている。その後はもう垂れ流し。二〇〇一年度の国債発行は一〇〇兆円を超え、二〇〇二年度はさらにその金額を超えた。これが国ではなく個人だったら、借金漬けのサラ金地獄で自己破産するしかなかっただろうね」

——それにしても国債残高が膨張するスピードは速すぎます。財政のモラルはあるんでしょうか。

「小野首相は蛇口の水のように財政資金を垂れ流し、日本の財政規律を根本から破壊しちゃったからね。モラルハザードという言葉が生ぬるく聞こえるほどのモラル喪失が起こっている。だから、いま立て直すしかないんだ。なんでもかんでも国にカネを出させればいいという安易な風潮が蔓延しているからね。頭が痛いよ」

——でも、こう言ってはなんですが、財政を再建するという意味では、インフレになってラッキーだったんじゃないですか。物価高の部分をスライドさせなければ実質的な支出削減になるし、名目所得が増えるので税収が増大しますしね。

「……正直言って心が痛むよ。すべての国民をインフレで搾取しながら、財政赤字を削減しているという話なのだからね。政府の立場からみると、インフレのおかげでこれまでの負債の負担が軽減される一方で、累進所得課税と消費税制の下で税収が増えていく。これまでの放漫財政の咎が、インフレという名の目にみえない税金により、人々の生活に大打撃を与えているわけだ」

——ひどいじゃないですか。

「ご指摘のとおりだ。しかし、金利が高騰しているから国債費が財政を急激に圧迫している。これを回避するためには、国債残高を是が非でも削減しなければならない。長期金利が一〇％前後の水準にあるから、単純に考えると、八〇〇兆円の債務残高は八〇兆円の潜在的な金利負担を意味している。放置すれば、国家予算のほとんどを国債費に費やさなければならないという異常な状況になってしまうんだ。金利水準が名目成長率を大幅に凌駕しているので、このままだと国債残高は際限なく拡大してしまう」

——有名なドーマー・モデルの議論ですね。

「よく勉強しているね。そして国債残高を減少させていくには、とにかく着実に償還させていくしかない。インフレで価格水準が上方改定されていく中で所得税と消費税は大幅に伸びているから、歳出をとにかく抑えていく。こうしない限り、財政赤字は他の先進国並みの水準に戻ってこない。それに財政再建はインフレ抑制の効果がある」

——人々の生活は痛んだが、政府の懐は潤ったってことですか。

「仕方ない。小野内閣が行ってきた自堕落な財政政策の立て直しはここでやるしかない。このインフレーション下でさらに財政支出を垂れ流せば、それこそ円は堕落し、誰も使わない通貨に成り果ててしまうだろう。現にランディーズ・インベスターズ・サービス社は、このまま財政赤字が縮小しなければ、日本国債の格付をシングルAに下げることを通告している。そうなれば、さらに金利が上昇して負担が増える。他の道を選ぶ余地はない」

——小野内閣の垂れ流し財政は多大な痛みをもたらしたのですね。

「小野内閣は、モラルハザードのオンパレードをやり続け、結局のところ国民のコストを高くつけてしまった。わたしは、当時からこうなることを危惧していた。そして、予想通りに、いや、予想以上にひどい形で日本経済は苦境に陥っている。この苦境を乗り越えて、新しい発展の基礎を築くためにも、財政再建は不可欠なんだ。わたしはこの財政再建に政治生命を賭けるつもりだよ」

――それにしても、金融機関への公的資金垂れ流しはひどすぎませんか。いくら他で財政支出を切りつめても、あの蛇口が開いたままだと、財政再建は達成できないと思いますけれども……。

「おっしゃるとおり。あの蛇口――金融機関への公的資金投入――はまだ開きっぱなしだ。今になっても不良債権問題は片づいていない。問題銀行はまだマーケットでうようよしている。逆に金利の乱高下に巻き込まれ、新たな損失を抱えて、破綻しかかっている金融機関も少なくない。銀行や生保そして保証協会に注ぎ込まれた公的資金は、累積で一〇〇兆円を超えようとしている。いずれにしても、不良債権問題に対しては何らかの外科手術が必要だ」

――破綻した金融機関に一〇〇兆円も公的資金をくれてやるくらいなら、老人医療費や厚生年金にカネを出した方がいいという話になりますよね。その方が国民の福利厚生に役立つでしょうから。

「その批判については承知しています。わたしが大蔵大臣になったからには、これまでのように散財はさせません……」


福川峻（日本銀行調査統計局経済調査課長　四五歳）　二〇〇三年九月一日　本社応接室

――結局、日本銀行は過剰流動性を長年放置して、インフレーションを招いてしまいましたね。

「……返す言葉がありません。日本銀行は、みずからのすべてを賭けて、通貨の堕落――インフレーション――を止めなければならなかった。その気概を持っていなかったと批判されても仕方ないと思います」

――しかも、その失敗に対する厳しい反省がみられないような気がします。

「インフレーションは天災ではありません。統治機構にからむ人間たちの決定によって引き起こされる人災です。税金で選挙の票を買うような財政支出が行われ、不合理な税制の下で人気取りの減税が行われるなら、財政赤字は増大し、国債が増発され、そしてそれが結局、インフレ的な通貨増発をもたらします。そして、物価騰貴が後で必ずやってくる。まさに経済学の教科書通りのことが起こりました。個人的には、日本銀行は、中央銀行として体を張って抵抗すべきだったと深く反省しています」

——しかし、本当にインフレになるとは……。

「インフレ政策という毒薬はそれを多用するとかならず中毒症状を起こします。インフレ政策を望む患者は例外なくその用量を増やしたがるようになりますから……。そして、最後には狂乱インフレまで突き進んでしまうんです。歴史に学ぶことなく、日本はまたしてもその愚をおかしてしまったわけです」

——民間エコノミストの無責任ぶりにも呆れました。「マネーをいくら増発したところで、このデフレ環境の下でインフレになるわけがない」なんて豪語していましたからね。

「インフレは通貨がある限り死滅しません。彼らは経済学を学んでいなかったのです。もっとも、彼らは変わり身が早いですから、インフレになるや否や、もともとインフレを懸念していたかのような発言をするようになりましたけれどね。いまではいっぱしのインフレ・ファイターに変身していますよ」

——でも、専門家として冷静に振り返ってみれば、インフレになることは十分予想できたわけですよね。

「おっしゃるとおりです。じつは、昨日ある史書を読みかえしましてね。まるで二〇〇年前と同じなんです。一八一八年、徳川家斉将軍の時代に、水野忠成が老中になりました。放漫財政で破綻の危機に直面した忠成は、タブーとされていた貨幣増発策を断行し、たった一四年の間に八回も貨幣を改鋳して、改鋳益金で幕府の懐を潤しました。改鋳して通貨の質を劣化させていくのだから、詐欺みたいなものですけれど……。結果的には、直後に猛インフレが庶民を襲いました。要するに、日本は二〇〇年前から全然進歩していないわけです」

——進歩していないと開き直られても……。

「ご批判は甘んじて受けざるを得ません。近代以前において、為政者たちは通貨の価値を堕落させる誘惑に抵抗できず、鋳造する硬貨の重量と純度を密かに変更したものでした。一通貨における金や銀の含有量を減らせば、通貨を余分に供給し、その対価として財やサービスを好きなように手に入れることができますからね。まさに、通貨発行権は打ち出の小槌なんです。もちろん、その快楽は一時的なものであり、遅かれ早かれ、財貨の値段が上昇して国民の犠牲の下に調整されることになるんですけれども……。しかし、国民が通貨の受け取りを拒否するまで、その安易な快楽は為政者のものになります。だから、どんな為政者であってもその誘惑を断ち切れません。その結果、通貨を堕落させる為政者の誘惑はしばしば人々の暮らしを困窮化させてきました。その歴史的な反省に立ち、為政者の誘惑を完全に断ち切るために設立されたのが中央銀行という存在なんです——中央銀行の存在こそが近代と現代を分ける人類の進歩の証だったのですから」

——なるほど、そういう歴史的な経緯があるのですか。それで、中央銀行の独立性が重視されるのですね。

「そうなのです。中央銀行には、通貨を堕落させる為政者の魔の手から人々の生活を守るという重要な義務が課せられているのです。中央銀行の設立を人類の叡智と呼ぶのはこうした背景があるからなんです」

——しかしわが国では、肝心かなめのそのときに、人類の叡智が機能してくれなかったわけですね。

「……残念ながら、ご指摘どおりです」

——しかも、インフレに加えて、不況も深刻化しました。

「不況（スタグネーション）なのに、インフレーションという、スタグフレーションが発生しました。国民の打撃はひじょうに大きいと言わざるを得ません」

——インフレの状況下で不況に陥ったのは、貸し出しが伸びなかったことが大きく影響したのではありませんか。

「そうです。一九九九年、一部の業者が悪質な貸付をしていたことをきっかけに、商工ローンに対する批判が強まったことがありましたね。それに対応するため、小野内閣は、出資法が定める上限金利を四〇・〇〇四％から二九・二％に引き下げました。その結果、二〇〇〇年六月から二九・二％を超える金利は違法になりました。ところが、インフレで高金利になると、変動金利のローンを扱っているところは、素直に計算すると二九・二％を超えてしまいます。そこで銀行では、借入金利を払わせるべきか否か、貸金を引き上げるべきか否かという議論が沸騰しました。いずれにしても、三〇％以上の金利では誰もカネを貸さなくなる。貸せば違法なのですから」

——誰も貸さなくなったら、倒産しちゃうじゃないですか。

「残念ながら仕方がありません。そもそも、業界の九割を占める中小の商工ローン業者は、上限金利が二九・二％に引き下げられた瞬間に経営が一挙に悪化して、次々と店を畳んでしまっていましたから。リスクマネーを貸し出す業者が激減する中で、この高金利でさらに貸す金融機関が急減しました。さらに、金利が上昇すると、国債の値段が下がります。国債を大量に抱えている銀行のポートフォリオで巨額の損失が出ました。その損失が銀行の資本勘定を痛めつけたので、自己資本規制を通じて、資本不足が貸し渋りに拍車をかけたのです」

——インフレで必要資金が膨張する局面において、金融機関からの融資がストップするというのは、死ねということじゃないですか。

「残念ながらそのとおりです。いきなり資金の循環がとまって、少なからぬ企業が窒息死しました。その窒息死をみて、さらに金融機関は貸し出しを慎重化させます。貸し出しの慎重化が倒産を増やし、倒産の増加がさらに貸し出しを慎重化させました。恐ろしい悪循環が常態化してしまったんです」

——どうすればいいんでしょう。

「とにかく、インフレを沈静化させることが先です。インフレさえ沈静化すれば、金利を引き下げることが可能になります。そうなれば、日本経済は健全に回転し始めるでしょう。残念ながら、しばらくは耐えるしかありません……耐えるしかないのです」

エピローグ

1

高田喜美夫は金融庁を完全に掌握した。

高田に抗った沢登隆一がいきなり九州財務局に左遷させられたのをみて、ほとんどの金融庁職員は、高田の方針に対して全く異を唱えなくなった。

監督局が力を増し、検査局に対する優位性を誇示し始めた。知らぬ間にＭＯＦ担も復活している。金融庁の官僚たちは再びＭＯＦ担に何かと相談するようになった。ＭＯＦ担は、ご指名がかかるたびに分厚い資料を持参する。度重なる資本注入を背景に、馴れ合いの関係が戻ってきた。過去の蜜月が再来したようにもみえる。

そんな中、二〇〇三年八月、東京国際銀行がまたもや経営危機を迎えた。

この金利高を読み切れずに、固定の長期貸しを大量に実施していたことが裏目に出て、調達金利との関係で逆鞘になった上に、例のクレジット・デリバティブの取引が巨額の損失をもたらしたのだ。その事実が明らかとなり、債務超過スレスレの状態になると、ドン・コックスは何食わぬ顔をして公的資金を無心にきた。側には副頭取に昇格した仲田均を従えている。

「このままでは、東京国際銀行は破綻してしまいます。五〇〇〇億円あれば、今度こそ再生させてみせます。高田さん、お願いします。日本国民のために、東京国際銀行を助けてください」

ドン・コックスは片言の日本語まで覚えて迫真の演技である。

しかし、さすがに今度という今度は木田高志が反対に回った。

「局長、彼らの事業計画はあまりにもズサンです。これまでの計画がなぜ頓挫したのかという理由に関する十分な分析もありません。公的資金を再投入するには問題が多いのではないでしょうか」

「木田くん。東京国際銀行には、これまでの資本注入ですでに七兆円もの公的資金を注ぎ込んでいるんだぞ。ここで降りたら全部パーだ。健全化して上場すれば得られるキャピタルゲインを捨てろというのかね」

「……はい」

木田高志は慎重に言葉を選んだ結果、いちばん簡潔な表現で高田の方針を否定した。木田が高田の方針に表立って逆らったのは初めてである。

「彼らのビジネスプランには実現可能性が乏しいと思われる点が多数あります。また、一度経営に失敗した経営陣の能力には疑問符をつけざるを得ません」

「そうは言ってもなあ」

「内容が悪すぎます。当局を舐めるにも限度がありますよ。仏の顔も三度まで、というではないですか」

「いつものきみらしくないな。どうした木田くん。沢登くんを見ているような錯覚に陥るよ」

木田はポツンと洩らした。

「沢登は正しかったんです……」

いつもの木田とは違う神妙な顔がそこにある。

「わたしは間違っていました。昨年東京国際銀行に公的資金を再注入するとき、もっと沢登の言うことに耳を傾けておけばよかった。こんな短期間に破綻してしまうなんていうのは何か裏があるに決まっています。われわれはドン・コックスに嵌められたんです。なぜ昨年の計画が失敗したのかさえも満足に説明しようとしない。そんな男の言うことは信じられません」

「感情的になるな、木田くん。きみらしくもない」

「感情的になどなってはいません。わたしは冷静に判断しているんです。彼らは日本国民の税金をタダで使おうと思っているだけです。われわれが東京国際銀行をつぶせないだろうと踏んで、足元をみているんです。カネを搾り取れるだけ搾り取ろうとしているんですよ」

「まさか、そんなことはあるまい。東京国際銀行は、いまや元財務長官のウィリアム・ルースが社外取締役を務めている立派な銀行だ。きみが言っているような詐欺行為を働いているわけがない」

「それではお聞きしますが、そういう立派な銀行がなぜこんなに短期間に二回も破綻するのでしょうか。東京国際銀行経営陣の行動を徹底的に洗いなおして、疑義があれば刑事告発でも何でもすべきなのです」

高田はぐっと詰まった。

それは木田の質問に答えられなかったからではない。高田は木田の質問に対する答えを熟知していたからこそ、答えを躊躇したのだ。

東京国際銀行は詐欺を働いていた——それは動かしがたい事実である。

そして高田はそれをよく知っていた。

仲田均と同じく、高田喜美夫もドン・コックスの毒まんじゅうを食らっていたのである。財政研究所所長に飛ばされ、関税局長に祭り上げられた不遇の時代に、モールスサットン証券会社東京支店のグレッグ・ニューマンの口利きで、ドン・コックスと懇意になった。官庁情報を横流ししてやるかわりに、スイスのプライベート・バンクに秘密口座を開設してもらって、毎年三〇〇〇万円程度のお小遣いをもらっていたのだ。

一年前にクレジット・デリバティブの損失で東京国際銀行が破綻しかかったとき、公的資金で救済したのも、ドン・コックスにそうした借りがあるからだった。もっとも、スイスにある高田喜美夫の秘密勘定には、このときの尽力に対して、ドン・コックスから二億円の特別ボーナスが振り込まれている。

高田は、どろどろの関係の中で深みに嵌まりこんでいた。公的資金を垂れ流すことに何の罪悪感も感じなくなっていた。感じたところで、秘密口座の残高を思い起こせば罪の意識は癒された。

公の立場などもうどうでもよい。それよりも個人の蓄財に限る。

すでに答を決めていた高田は、ドン・コックスの依頼を受けた時点で、鹿島首相に根回しするためのアポイントを秘書に命じて取り付けてしまっていた。

高田は腹をくくった。

「木田くん、わたしがボスだ。今回はわたしが独断で決める」

「局長、今回、東京国際銀行を救えば、局長の名声に傷がつきかねません。再考してください」

太い声が低く響いた。

「……きみが何と言おうとわたしの決断は変わらないよ」

2

煉瓦作りの玄関に敷きこめられた赤絨毯を踏みしめて、官邸の総理執務室に向かう。部屋の主はすでに高田を待ち構えていた。

「――本気ですか」

高田喜美夫はわが耳を疑った。

高田が丁寧に説明した後、いつもであれば深く頷いてくれる鹿島龍三が、東京国際銀行への資本注入を拒絶したのだ。

「なぜなんです。ここで金融不安を起こせば、政権運営にも多大な影響が出ます。鹿島先生、総理にまでなってなぜそんな無謀なリスクを冒すのですか」

鹿島龍三は黙って腕組みをしたままだ。

「いま金融不安を起こすのは得策ではありません。これまでのように先送りしましょう。これまでは総理も同意してくださったじゃありませんか」

これまで高田喜美夫は、鹿島龍三と二人三脚で日本国の戦略を練ってきた。すべての財政政策、あらゆる金融政策は、彼ら二人の合作と言ってよかった。必ず高田は鹿島に相談した上で政策を決定してきたし、鹿島も何か問題があるとすぐに高田に相談してきた。そして、二人の意見はほとんど相反することがなかった。見事なまでにフィットしてきたのである。

鹿島の重厚な唇が動いた。

「高田さん、大蔵省時代からあなたの報告は、大丈夫です、報道されているような状態ではありませんというものばかりでした。しかし、実態はいつも違っていましたよ。わたしはこれまで大目にみていたんです。東京国際銀行が再生するというのは、どうせ口から出まかせなんでしょう」

意外な鹿島の指摘であった。

「そんなことはありません。東京国際銀行は必ず再生します」

高田は言いきった。

政治家など後からどうとでも言いくるめられるさ……。

ふてぶてしい自我が内面でふつふつと沸騰している。

「鹿島先生。日本を危うくするのですか。日本を見捨てるのですか。ここで東京国際銀行を救わなければ、これまでの苦労は水の泡です。あと少しです。ここさえしのげば、この高田が本格的に金融システムを立て直します。これが最後です。これで本当に金融問題から解放されるのです」

高田はあらん限りの力を振り絞って、鹿島を説得しようとしていた。異様な迫力だ。この迫力であらゆる局面を乗り切ってきた——ただ一回、東京国際銀行と五菱信託銀行の合併を除いて。あの苦い経験は、高田の心底に沈殿し、時折チクチクと思い出させる。

「ふーむ」

鹿島が顎に手を当てて思索する素振りをみせた。

もらった——高田は内心ほくそえんだ。

しかし鹿島のコメントは、高田の予想をはるかに越えていた。

「それでは、いまから金融システムを本格的に立て直していただきましょう」

「はあっ？」

高田は鹿島の意図するところがわからない。

「東京国際銀行からきれいにしていただきたいんです。もう金融機関を延命させるために公的資金は使わせません。一〇〇兆円も出したんです。もういいでしょう。今後公的資金は本当の破綻処理のためにしか使わせない。東京国際銀行を破綻処理して、預金者には全額預金を払い戻してください。ただし、取締役以上の経営陣は商法違反で全員訴える方向で検討しなければなりません。どうせ背任行為に近いことをやっている不届き者がいるでしょうからね。徹底的にきれいにしていただきたい。ドン・コックスとの変な取引もあるでしょう」

「いえ、わたしが申し上げているのは、東京国際銀行を救済してからということなのですが……」

すがるように高田が訴える。

「救済はしないと言っとるだろう！」

いきなり鹿島は怒号を発した。つねに冷静な鹿島にしては珍しい。長年付き合ってきた高田喜美夫も初めてだ。

何が起こっているんだ――高田は動揺した。

頭の中が真っ白になった。こんなことは大蔵官僚になって以来はじめてだ。

「どうして……なのですか」

なんとか声を振り絞って聞いてみる。

鹿島はニヤリと笑って後ろを振り返った。再び高田の方を向くと、大柄の手に茶褐色の封筒が握られている。A5サイズの茶封筒が、黙ってテーブルの上に投げ捨てられた。鹿島の目が中身をみろと合図している。

高田は恐る恐る中身を開いた。写真が一枚ひらりとおちる。

面長でのっぺりとした顔がみるみるうちに青ざめていく。

「なぜ、あなたがこんなものを……」

写真には二人の男と二人の女が淫らな格好のまま写っている。男は高田喜美夫とドン・コックス。関税局長で腐っている頃、ドン・コックスに誘われるがまま、レマン湖のほとりにあるスイスの別荘で特別な歓待を受けた。

あのときの写真だ。高田もはっきりと覚えていた。

「……こ、こ、これは昔の話ですし……今回のこととは何の関係もありません。これで、な、なにをされようというのですか……」

狼狽したかすれ声が執務室に響いた。顔面が蒼白になっている。

鹿島龍三の方は普段と変わらない。ゆっくりと話し出す。

「高田さん。あなたがドン・コックスから総額で五億円近いカネをスイスの口座にもらっていることも調査済みです。証拠も挙がっています。観念しなさい」

静かに鹿島は通告した。

高田の狼狽は絶望的な悲鳴に変わった。思わず土下座し怯えた目で鹿島を見上げる。動揺で、視線と声が定まらない。

「鹿島首相――一時の気の迷いなんです。お願いです。た、たすけてください」

普段の不遜な態度など消し飛んでいた。人生がこの一瞬にかかっている。

失意の関税局長から金融庁総務企画局長へ引き上げてくれた恩人が、これまで以上の奈落の底に突き落とそうとしている。有罪になれば刑務所暮らしが待っている。信じたくはないが、それが目の前の現実であった。

「何でもします。鹿島首相。たすけてください」

高田は正座しなおし頭をこすりつけた。プライドも見栄もない。高級官僚であることを、大蔵省に入省して以来初めて高田は忘れた。

もみ消してもらわなければ、俺は破滅だ……。

たった一分のことが、五時間にも六時間にも思えた。

頃合いを見計らったように鹿島はゆっくり立ち上がり、高田の肩に右手を乗せて耳元に囁いた。

「あなたにやっていただくことはもう考えてあります。失敗は絶対に許さないので、そのつもりでお願いしますよ」

顔を離した鹿島の険しい両眼が高田を射る。

高田は涙で顔をぐしゃぐしゃにしながら、忠実な犬のようにいつまでも首を縦に振り続けた。

3

それから程なくして、沢登隆一は金融庁に呼び戻された。九州財務局に飛ばされてから、一年しか経っていない。これまた異例の人事であった。

「沢ちゃん、よく戻ってきたな。もう二度と本庁でその小憎らしい顔はみられないと思っていたがな」

「村さん。俺もそう思ってたよ。しかし、何だろうねえ。この風向きの変化は」

沢登隆一の復帰をいちばん喜んだのは検査の師匠・村井浩三である。

行きつけの飲み屋で二人きりの歓迎会を開こうということで、今夜は早めに仕事を切り上げて七時にはホッピーで乾杯していた。神田駅ガード下の小汚い店である。つまみ類は一皿五〇〇円を超えない。このインフレーションの中で奇跡に近い値段である。おかみが一人で汗を滴らせながら、すべてを切り盛りしている。

「そうさな。あの高田の野郎がいきなり豹変しやがった。本気かどうかわからねえが、醍醐のおっさんのように検査至上主義を唱えて、悪い金融機関の一掃を始めるというから驚きだぜ」

ホルモン焼きを口に含みながら、村井が冷や酒を胃に落とし込んでいる。乾杯のホッピーはすでに空けきってしまった。村井の酒量は人並みでないことで知られている。

「そうなんだよ。木田も不思議がってた。今回については、木田も東京国際銀行の救済には反対だったんだが、高田局長は、もう一度東京国際銀行に公的資金を突っ込むつもりだったらしい。それが、最後の最後に思いとどまって止めたというんだからよくわからない。その上、公約通り、来年二〇〇四年の三月末までに問題銀行を一掃して、ペイオフ凍結を全面解除するって言い出すんだからなあ。こっちはただただびっくりするばかりだよ」

村井浩三と同じペースで飲んでは体を壊す。沢登は自分のペースを守りながら、ときおりホッピーを干していく。

「あの野郎はMOF担みたいなのを復活させて悦にいっていたんだが、この間、それも公式に禁止したしな。何だろうなあ。最後にようやく目覚めたんじゃないのか。あの高田の野郎も」

村井にかかっては、高田など野郎呼ばわりである。

「そんな玉じゃないだろう」

「そうだよな。そんな野郎じゃねえよなあ」

村井浩三のハイピッチは緩むことがない。すでに冷や酒は三杯目になろうとしている。銘柄も指定もなく一級酒かどうかもわからなかったが、そんなことをいちいち気にする村井ではなかった。

「でもよお、高田の野郎は東京国際銀行については破綻処理を最後までキッチリやってたぜ。仲田っていう副頭取がドン・コックスとつるんで私腹を肥やしていることを突き止めて、キチッと刑事告発もした。ちったあ見直したよ。やればできんじゃねえか、あの野郎もよお。これからは沢ちゃんもいることだし、バリバリやるぜ」

「ああ、九州財務局では、体がなまってしょうがなかったからね。バリバリとやらせてもらうよ。総決算をやらせてもらうさ。高田局長の気が変わらないうちにね」

「そうだそうだ。これでまた気が変わられちゃ、こっちがもたねえ。とにかく一斉にやれってことなんだからサッサとやろうぜ。ようやく沢ちゃんの言ってた『あいうえお』ができるってわけだ」

「そう、金融危機は、あっと言う間に、いっせいに、うむを言わさず、えこ贔屓せずに、おわらせなくちゃいけない。迅速に、一斉に、強制的に、公平に、完了させるということが重要なんだ。そんなことは前々からわかっていたのに、誰もやろうとしなかった。今度はやるぞ。本当に金融危機を終わらせるんだ」

「ああ、終わりにしようぜ。中途半端に公的資金をもらって延命している奴らを一掃するんだ」

二人のボルテージは上がりっぱなしである。何度も乾杯して、最後には正体なく酔っ払った。久方ぶりに気分のいい酔い具合だ。こんなに気分のいい飲み会はいつ以来だろう――と記憶を辿ったとき、沢登の脳裏にふと真四角のいかついい顔が浮かんだ。

「――これで醍醐さんがいればな」
村井もしんみりとなった。ぐっと冷や酒をあおる。
「なあ、沢ちゃん。醍醐のおっさんのためにも今度という今度はキッチリと終わらせてやろうぜ」
ガタンガタン。山手線がガード上を通過していく。
沢登の返答は列車の音にかき消されたが、何を言おうとしたのか、村井には十分わかっていた。

二〇〇三年一二月三〇日、高田喜美夫は一ヵ月のモラトリアム――預金払い出しの一時停止――を宣言する。処理の対象となる銀行名を一斉に公表し、銀行の営業が正常に再開される二〇〇四年二月一日には整斉と処理対象銀行の預金全額払い戻しを実施することを決定した。

問題銀行を一斉に指名し一斉に処理するという、これまでになく大規模かつ電撃的な早業は、国民の不安を惹起することなく円滑に完了した。その裏側に、検査局の沢登隆一と村井浩三の獅子奮迅の働きのほか、監督局の木田高志の周到な準備があったことは言うまでもない。

あれだけ長い期間ズルズルと先延ばししてきた不良債権処理であったが、高田喜美夫率いる金融庁が本気で取り組んだとき、残務整理は残っているとはいえ、準備期間を入れて実質上たった半年間で終結することができたのである。

遡れば、八〇年前、齢七三歳の高橋是清翁が意を決して事に臨んだとき、たった一ヵ月半で金融恐慌を収束させている。一九二七年三月、片岡蔵相の失言により金融恐慌が起こり、日本全国に銀行パニックが波及したとき、金融問題の根幹が信用であることを熟知していた是清は、四月二〇日大蔵大臣に就任するや否や、翌日の二一日、①緊急勅令をもって二一日間の支払猶予令――モラトリアム――を全国に公布するとともに、②震源地となった台湾銀行の救済と財界安定のための法律を成立させることを決した。モラトリアム期間中は、①公共団体の債務支払、②給料及び労賃の支払、③給料及び労賃の支払のための銀行預金の支払、④一口五〇〇円以下の銀行預金の支払、以外は認められない。そして是清は当時の国家予算の半額にあたる七億円の特別融資を決断する。これらの英断をみた国民は安心し、社会の動揺はおさまった。五月一〇日にモラトリアム期間が明け、騒ぎが完全に沈静化したのを見届けると、是清は六月二日に大蔵大臣を辞任する。この間、たった四四日間である。

是清は速攻で最大の難局を乗り切り、高田もまた速攻で最長の難局を締めくくった。高田喜美夫は「平成の是清」になった。

二〇〇四年三月末、高田喜美夫は予定通りペイオフ凍結の解禁を宣言し、問題銀行が一掃されたことを表明する。そして驚いたことに、この大仕事をやり終えるめどをつけてすぐに辞任を発表した。あまりに電撃的な勇退であった。

この大仕事をやり遂げた高田の評価はうなぎ上りで、「野坂正義の次の金融庁長官にどうか」という観測記事がしきりに流れた。腹心の木田高志は懸命に引き止めたが、高田の意志は固く、二〇〇四年六月に金融庁を静かに去った。

まさに是清ばりの出処進退の清々しさである。

鹿島龍三は例の写真を破って捨てた。

一つの時代が終わった。

新しい時代が始まろうとしていた。

4

二〇〇四年も冬を迎えた。

虎の門病院のある一室は、厳重な警戒態勢の中にある。

連絡を受けた石崎慶一郎は、すべてのスケジュールを放り出して、その一室に一目散に駆け込んだ。ベッドの周りを何人かが取り囲んでいる。白衣に身を包んだ大柄な医師が太い腕の脈をとりながら、せわしく看護婦たちに指示を出している。後は見覚えのある顔ばかりだ。

ベッドに横たわっているのは首相の鹿島龍三である。

鹿島は秋から病床に臥せっていた。悪性の胃ガンらしい。

側で見守る鹿島夫人に目礼すると、傍らにいる第一秘書が石崎をベッドの方に招き寄せる。

「石崎くん……か」

心なしか声がか弱く聞こえる。

石崎はベッドに駆け寄りひざまずいて、鹿島の息がかかる距離に顔を寄せた。第一秘書によれば、意識ははっきりしているが、鹿島の容体はきわめて悪く、今日明日にも不測の事態が起こり得るという。鹿島が「どうしても石崎と話をさせろ」とうるさいので至急来てほしい——という電話を受けて石崎は駆けつけたのだ。

「きみに任せている財政再建の方の首尾はどうかね」

「はい、いくつか難題も残っていますが、着実に進展しております。不良債権問題が片づきましたので、銀行に対する公的資金の注入はもうありません。峠は越したと思います」

「そうか、そうか」

鹿島の顔が緩んだ。

「石崎くんは、橋山内閣のときの財政改革を覚えているかね……」

「もちろんです。鹿島先生が幹事長として辣腕を振るわれていた姿を今でも覚えております。わたしはあのとき先生に政治家のあるべき姿を教えていただいた気がいたします」

柔和な笑みが返ってきた。

「一九九七年一月に財政構造改革会議を立ち上げて、わたしは財政再建をぶち上げた。公共投資による景気対策をやる時代は終わったんだ。国民や財界には耐乏を強いることになるが、戦後五〇年の決算として、国債依存体質から脱却し、財政規律を確保しなければならない。着実な財政再建のめどをつけることは後世代に対する責務だとわたしは思った。だからこそ族議員も力尽くで抑えたし、無理を承知で四月には消費税を三％から五％に引き上げたのだ。当時のアンケートでも、消費税を増税すれば、民主自由党支持者の一五％が『支持を見直す』という結果が出ていた。『増税は内閣を潰す』という永田町の法則はわたしも熟知していたが、やらざるを得ないと踏み切った」

「はい。画期的なことでした。政治的には評判の悪い財政再建で五原則まで合意が得られるとは、わたしは予想していませんでした」

「五原則」というのは、財政構造改革会議で了承された財政再建に関する五つの原則のことをいう。具体的には、次の五つである。
①財政再建の目標は二〇〇三年までとする。

②前半の三年間を「集中改革期間」としてその間については具体的な予算削減目標を作る。
③九八年度予算は一般歳出を前年度比でマイナスとする。
④すべての長期計画を見直す。
⑤財政赤字を含む国民負担率が五〇％を超えないようにする。

大蔵省の主計官僚からみてもアグレッシブな目標だった。政治家が主導して、財政再建を進める。そのこと自体、日本の政治史の中で初めての出来事であった。財政といえば、政治家は地元に財政資金をバラまくことを要請することしかしてこなかったが、このときに限っては、みずから評判の悪い歳出カットに踏み込もうとしたのだ。

「しかしな、石崎くん。あのときの財政改革の評価はどうだった。さんざんだったぞ。わたしは財政再建のために、選挙に不利になることを承知で、日本国のために財政構造改革法まで通した。国家財政を立て直すために、国家百年の計のために、党を犠牲にしてまで通したのだ。それがどうだ」

財政構造改革法とは、鹿島龍三が幹事長として成立させた財政再建のための法律である。二〇〇五年に財政赤字をGDP比で三％以下にするために、財政支出を削減する厳しい措置が盛り込まれた画期的なものだった。一九九七年一一月に成立している。

鹿島の瞳から光る一筋の水滴が流れ落ちた。石崎は声を失った。

泰然自若そのものの鹿島が泣いている……。

感情を押し殺し、緻密な勘定を密かにはじき、権謀術数を駆使して、ついに日本の頂上まで上り詰めた男が涙を流しているのだ。石崎が鹿島龍三の涙をみたのは初めてである。

「少しばかり景気が上向かなかったからと言って、マスコミや経営者たちは大騒ぎだ。まるであの財政改革が過ちであったかのように騒ぎ立てた。橋山とわたしは犯罪者扱いだった。日本の企業っていうのは、景気がいいときは政府には頼らないと大見得を切ってみせるくせに、少し悪くなるとすぐにお上に頼ろうとする。財政資金はなあ、財政資金はなあ……、国民全体のカネなんだよ。自分で会社の業績を改善できないような自堕落な経営者を救うためにあるカネじゃないんだ。ところが自分には何の痛みもないものだから、すぐに俺にもくれという話になる。そんな戯言をひとつひとつ聞いていたらどうなる。そういうモラルハザードを防ぐためには厳しい財政規律が必要になるのだ。そうだろう、石崎くん」

「ええ……」

石崎は当時を思い出している。

鹿島はあのとき、景気が悪くなったときのことに配慮し、財政再建に関して、景気調整オプションを盛り込んでおくことも考えていた。しかし、景気調整オプションを入れれば、バラマキ財政を求める圧力に屈して、これまでのように名ばかりの財政再建に終わってしまうだろう。財政改革はいずれにせよ景気に対するマイナス・インパクトがある。それを景気が悪化したからという理由で改革を中断するのでは実効があがらない。鹿島は、悩みぬいた挙げ句に、景気調整オプションを入れることで改革の理念がズルズルと後退するのを恐れた。あのとき鹿島は、政治家としての戦術よりも、国士としての理想に賭けたのである。大博打と言ってよかった。

「なあ、石崎くん。あのとき、わたしが橋山とやろうとした財政再建をスタートさせていたら、財政が破綻して、日本がここまで落ちぶれることはなかっただろう。景気対策には規制緩和で対応するという基本方針を変えなければ……な。多少の不況は企業を強くするんだ。あのとき、財政再建を貫徹していれば、今ごろ日本は筋肉質の体質になって、より雄々しく二一世紀を羽ばたいていたに違いない。それがわたしの信念だった。だから、わたしは何としてでもやり遂げたかった」

仰向けに天井をまっすぐ見詰めながら、鹿島は腹の底から声を絞り出している。音量こそ小さいが、内にこもっている迫力が鼓膜にじかに伝わってくる。

石崎は無言のまま一言一言に肯くだけであった。

ふと鹿島が石崎の方をみた。目がほころんでいる。

「きみのことをよく若いと言ったっけな」

「はい、わたしは思慮が浅いものですから、先生にはよく叱られました」

「いや、あれは叱ったわけじゃない。わたしは、きみの姿に昔の自分を投影していたんだ。大概においてきみの主張は正しい。しかし、その主張は政治的には若過ぎる。そういうことさ。そして、わたしも幹事長としては若かったんだ。財政再建は正しい政策だった。しかし、実施するには、まだ若すぎたんだ。政策として熟していなかった。正論を主張するきみの姿を見るたびに、わたしは財政再建を強行した過去の自分を思い出していたんだよ」

石崎は言わずにいられなかった。

「先生はご立派でした。先生の財政再建論は本当に正論でした」

「そう、正論だった。財政構造改革法は必要だったのだ」

再び鹿島は仰向けになって、天井を見詰め始めた。

「……しかし、日本の国民はそこまで成熟していなかった。財政再建が必要であることを受け入れるだけの心の準備がなかった。政治家として、国民の成熟度を見誤ったのは致命的なわたしの落ち度だ。いかに政策が正しくとも、それを貫き通すだけの支持が得られなければ、その政策はないも同然だ。国としてもたないのだよ。その後、小野内閣になってからは、財政再建の理念を捨てて、財政資金を垂れ流すばかりだ。財政赤字は膨らむ一方。何の哲学も持たない小野啓三は、一九九八年一二月に財政構造改革法を凍結してしまった——」

鹿島の声には沈痛な叫びが塗り込められているようだ。

「——しかし、どうだ。国民からは財政赤字を憂う声すらもれてこなかったじゃないか。カネがじゃぶじゃぶ余ってインフレの危険が増しているというのに、識者と称する愚か者どもが、目先のデフレに気をとられて、量的緩和論や調整インフレ論を喜んで担ぐありさまだ。日本国民には知性が育っていないということが証明された。民主主義は、国民のレベルを超えることはできないということを痛感させられたよ」

何と応じていいのか、咄嗟に思い浮かばない。

ふと訪れた完全な静寂が、ここが病室だということを思い出させてくれた。

「この国の国民は一度手痛い目に遭わない限り、自分から改革ができないんだ。財政赤字もそう。年金問題もそう。不良債権問題だってそうだ。できることは、先送りと先延ばしだけ。いま手術すれば回復は早いのに、ひたすらモルヒネを打って、その場しのぎに徹している。モラルハザードを助長するだけだ。このままでは本当に日本は駄目になってしまうだろう。そこでわたしは決めたんだ。ショック療法しかないとね」

「ショック療法?」

思わず石崎は聞き返した。

「そうだ。あのまま何も改革できず、先送りを続けるとどうなる。衰弱死だよ。衰弱死。日本の悲しいところは、巨額の金融資産があるということだ。対外債務がないから、海外からの財務的なプレッシャーがかかりにくい。現に国債を増発しても、国内で消化できるから問題ないというエセ識者たちの解説がまかり通っただろう」

「はい」

「日本はなまじ金持ちだから、問題の先送りができてしまう。なまじ体力があるから、先送りできてしまうんだ。皮肉なもんだ。先送りできるが故に、かえって経済力の基盤を毀損させてしまうわけだ。問題の先送りは、長い歳月をかけて、ゆっくりゆっくり日本経済の骨髄を腐らせていく。そして、腐りきっておカネがなくなった頃には、立ち上がる体力すら残されていないという状況になってしまうだろう。そんなことは許されない」

凛とした声が病室内に響いた。

「だから、わたしはゆっくりと腐らせることを拒否した。どうせ腐るのであれば、一挙に腐った方がまだ将来の世代にチャンスは残される。そこで、小野内閣のバラマキ財政を積極的に支援し、金融政策の量的緩和を推し進めた上で、ペイオフを延期し、金融機関に巨額の公的資金を注ぎ込んだ。日本経済は一挙に膨張し、最終的には思惑通りものすごいインフレーションになった」

「しかし……」

石崎は異を唱えようとしたが、鹿島は強い口調でそれを遮った。

「たしかにこれは劇薬だ。通貨を堕落させながら隆盛を誇った国は歴史上存在しない。本来であれば採るべき政策では決してない。しかしだ……」

確信に満ちた声が石崎の耳に響く。

「石崎くん……わたしは、このまま日本が朽ち果てていくのを見たくはなかった。そうなるくらいであれば、急速に悪化させせて、過去と決別すべきだと思った。次代の若者が新しく強い日本国を形作るための真っ白なキャンバスを作りたかった。その仕上げが、きみがいま奮闘している財政再建であり、高田喜美夫くんによる問題銀行の一斉整理だった」

自分に語りかけるように、鹿島は一言一言を嚙み締めながら、石崎に申し渡していく。それにしても、護送船団行政の権化のような高田喜美夫が最後の最後に問題銀行を一斉に整理するとは――石崎は鹿島人事のすさまじさに脱帽した。

「幸い、まだ日本は骨の髄までは腐りきっていない。経済力は相当消耗したが、基盤までは侵食されていない。インフレーションに伴う円安の過程で、各国と比較して高かった給与水準も是正された。日本人の能力をわたしは信じている。これからだよ、日本が本格的に復活して羽ばたくのは」

鹿島の右手が伸びてきた。

「石崎くん、これからはきみたちの時代だ。きみたち自身が切り開くんだ。われわれが残せたものはインフレの後の廃墟にすぎん。しかし、財政赤字や年金問題という過去の重荷は消え去った。ゼロからの出発だが、決してマイナスではない。きみたちの能力があれば、必ず日本は復活できる」

二つの瞳が石崎の両眼を見据えている。

「まかせたよ。日本を……」

ゆっくりゆっくり、二つのまぶたが静かに閉じていく。

「鹿島先生――」

思わず石崎は鹿島を抱き寄せようとしたが、側で付き添っている医師がやんわりと片手でそれを制した。看護婦たちがにわかに動き始める。視界がぼんやりとして、鈍いざわめきだけが鼓膜に伝わってくる。温かいものが滝のように頰を濡らして滴り落ちたが、石崎にはどうすればよいのかわからず、ただ呆然と立ち尽くしていた。

この作品はフィクションであり、実在の人物や企業とは無関係であることをお断りいたします。

万が一、現実の事件ないし状況に酷似することがあったとしても、全くの偶然にすぎません。

●著者紹介
木村剛（きむら たけし）
1962年富山県生まれ。KPMGフィナンシャル代表。金融監督庁・金融検査マニュアル検討会委員および通商産業省・アジア通商金融研究会委員を務める。東京大学経済学部卒業。論文「消費者行動理論の再構築」で大内兵衛賞入選。日本銀行に入行し、金融機関経営・マーケット構造の調査・分析、リスク管理・先端金融商品の統括、金融制度改革の企画・立案に携わり、BIS自己資本比率規制に関わる各種委員会に日本代表として参画した後、1998年2月、世界最大級の金融コンサルティング・ファームとして知られるKPMGピートマーウィックに入社。KPMGフィナンシャル・サービス・コンサルティング株式会社を立ち上げ、同年4月より現職。金融アナリスト「織坂濠」のペンネームを持つ。著書に『「破綻する円」勝者のキーワード』『リスクヘッジ経営』他がある。

通貨が堕落するとき

2000年5月30日　第1刷発行
2000年7月19日　第3刷発行

著　者　木村剛
発行者　野間佐和子
発行所　株式会社講談社
　　　　東京都文京区音羽2-12-21　郵便番号112-8001
電　話　出版部　03-5395-3523
　　　　販売部　03-5395-3622
　　　　製作部　03-5395-3615
印刷所　慶昌堂印刷株式会社
製本所　和田製本工業株式会社

本書の無断複写（コピー）は著作権法上での例外を除き、禁じられています。
定価はカバーに表示してあります。

©Takeshi Kimura　2000, Printed in Japan

N.D.C.913　390p　20cm

落丁本・乱丁本は、小社書籍製作部あてにお送りください。送料小社負担にてお取り替えいたします。なお、この本の内容についてのお問い合わせは学芸図書第三出版部あてにお願いいたします。

ISBN4-06-210195-5(0)（学三）

取締役会決議
牛島信

解任寸前の雇われ社長が、なぜ巨大流通グループのドンを屈服させたのか？　本格企業リーガル小説最新作。

定価：本体一六〇〇円（税別）

宣戦布告
麻生幾

たった一一人の工作員上陸でアジア全土が戦争状態に突入！　日本の「今そこにある危機」を描く傑作巨編。映画化決定！

定価：上下各一六〇〇円（税別）

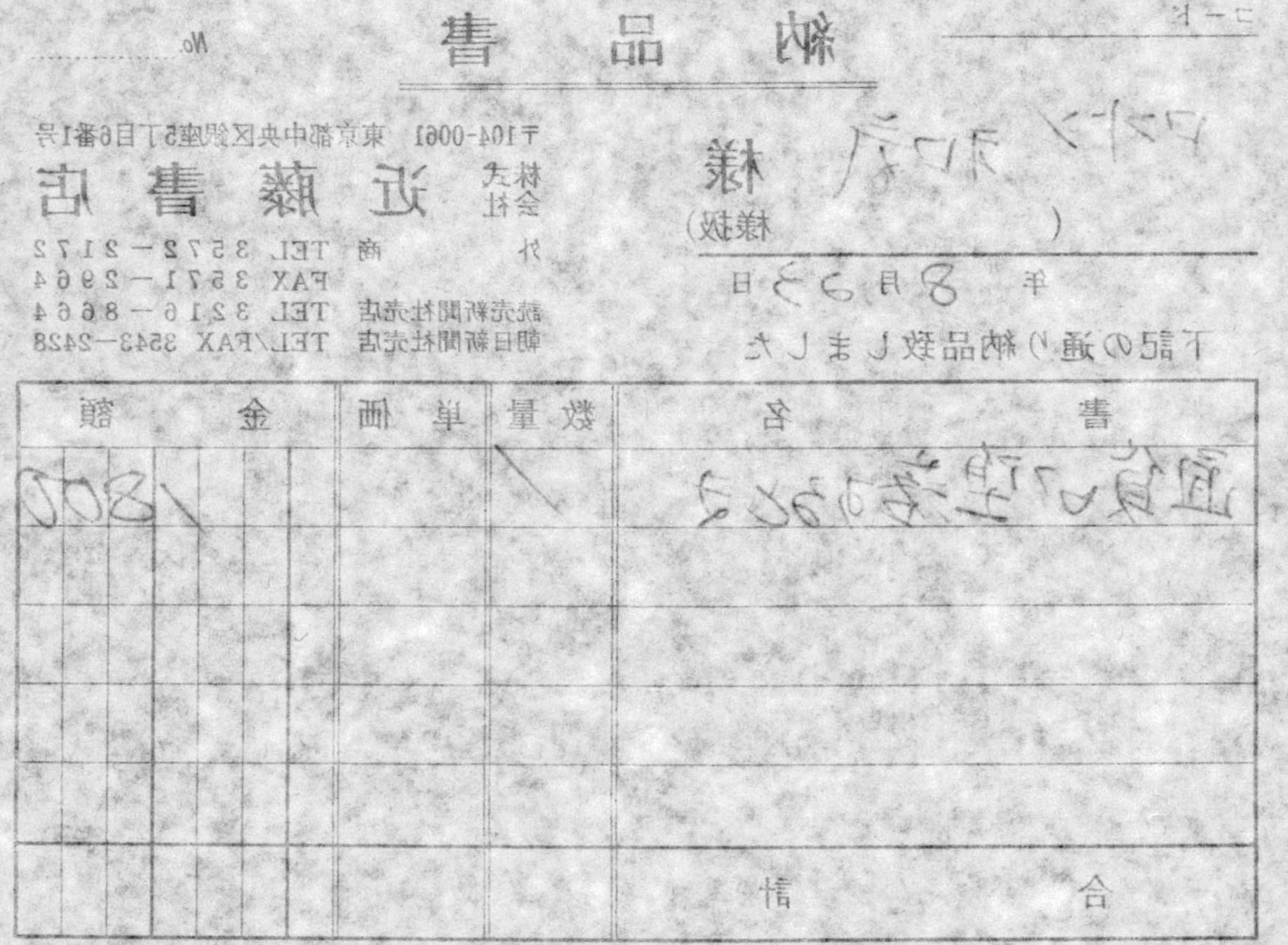

納品書

No. ……………

コード ____________

〒104-0061 東京都中央区銀座5丁目6番1号

株式会社 近藤書店

外商 TEL 3572－2172
FAX 3571－2964
読売新聞社売店 TEL 3216－8664
朝日新聞社売店 TEL/FAX 3543－2428

様
(様扱　　　　)

年 8月23日

下記の通り納品致しました

書名	数量	単価	金額
[illegible]	1		1800
合計			

コード

納品書

No.

ロンドン 和気 様
(　　　　　　様扱)

年 8 月 23 日

下記の通り納品致しました

〒104-0061 東京都中央区銀座5丁目6番1号
株式会社 近藤書店
外商 TEL 3572－2172
FAX 3571－2964
読売新聞社売店 TEL 3216－8664
朝日新聞社売店 TEL/FAX 3543－2428

書名	数量	単価	金額
通貨が堕落するとき	1		1800
合計